5

나쁜
시녀들

자야 장편소설

아시아

차 례

48
깨어나지 않으면 그게 꿈인 줄 어떻게 알아요

해적들이 자꾸 카루스를 찾아대니 그를 보기가 어려워졌다. 이번에 일어난 습격 사건으로 율리아가 한동안 저택으로 돌아가지 못하게 되었기에, 우연히 마주치는 것조차 기대하기 어려웠다.

바바슬로프가 풀 죽은 목소리로 말했다.

"내 탓이야. 내가 빨리 나아야 하는데."

"그게 왜 바바슬로프 탓이에요?"

"그야 내가 카루스 님 옆에서 오늘 할 일은 대충 마무리됐으니 이제 백작님 보러 가자고 조르거나, 오늘은 왠지 날씨가 좋으니까 백작님 만나러 가자고 조르거나, 오늘은 괜히 마음이 싱숭생숭하니까 백작님한테 가서 밥이나 얻어먹자고 조르거나……."

"그게 뭐예요. 누가 보면 제가 뇌물이라도 준 줄 알겠어요!"

율리아가 웃음을 터뜨렸다. 바바슬로프의 상처를 직접 소독하던 그녀는 조심스레 약을 바르며 그에게 말했다.

"카루스 님은 지금 바쁠걸요. 해적들이 소문 무성한 무혈 제독이랑 동료가 됐다는 생각에 그분을 붙잡고 놓아주질 않는다잖아요."

"복덩이 너는 아무것도 몰라. 우리 대장이 얼마나 일을 후딱 빨리 해치울 수 있는 인간인지."

"그래요? 철두철미한 사람인 줄 알았는데."

"그게 바로 소문의 힘이지! 실상은 전혀 그렇지 않아! 황제가 하기 싫은 일을 시킬 때마다 이렇게 인상을 콱 찡그리고 나타나서는 남들 코 후빌 시간에 대강대강 처리해놓고 다 했다면서 벌떡 일어나 사라져버리곤 했다고."

"피곤했나 봐요. 그분도 쉬어야죠."

"아닐걸. 누가 찾아와서 떼를 쓰거나 어려운 부탁을 하거나 그럴 때마다 대장이 뭘 어떻게 했는지 알아?"

"어떻게 했는데요?"

"악당처럼 웃으면서 배를 타고 나가버렸어."

바바슬로프가 한숨과 웃음을 동시에 흘렸다.

"리바이어던의 군함은 바이칸 서부에서 인식이 좀…… 무서운 편이라서. 그 검은 배를 타고 획 바다로 나가버리면 사람들은 감히 쫓아오지 못하고 육지에서 발만 동동 구르는 거야."

"카루스 님이 그랬다고요?"

"그것도 꼭 배가 요만하게 보이는 데까지만 나가서 약 올리듯 유유자적 왔다 갔다 하는 거지. 못된 인간, 무책임한 인간!"

"그런 성격인 줄은 몰랐는데……."

"그렇지? 실망스럽지? 막 혼내고 싶지?"

바바슬로프가 신이 나서 몸을 들썩거렸다. 상처가 벌어질지도 모르니 움직이지 말라고 잔소리를 해도 소용없었다.

율리아에게 등을 맡기고 있던 그가 고개를 한계까지 돌려 그녀를 바라보며 물었다.

"율리아, 우리 대장 보러 갈래?"

"시끄러워요. 바바슬로프는 환자예요."

"붕대를 두 배로 감으면 되잖아."

"붕대를 두 배로 감는다고 상처가 빨리 낫는 것도 아니고, 오늘 왜 그러는 거예요? 카루스 님이 그렇게 보고 싶어요?"

"아니, 나는…… 대장이 너를 보고 싶어할까 봐."

너는 별로 안 그런 것 같긴 하지만. 바바슬로프가 중얼중얼 혼잣말을 늘어놓았다.

"말은 안 해도 그럴 게 분명해. 사랑이 처음이잖아. 언제 어떻게 말을 걸어야 할지. 아무 때나 막 찾아가도 되는지. 뭘 원하는지. 아무것도 모른단 말이야. 마음을 고백하면 강요하는 게 될까 봐 무섭고, 감추고 인내하면 때를 놓칠까 봐 두렵고."

"경험담이다."

"야!"

바바슬로프가 꽥 소리를 지르다 상처가 벌어졌는지 몸을 둥글게 말고 끙끙 앓았다.

붕대 끝을 잡고 야무지게 매듭을 지은 율리아가 그에게 진통제를 건네주며 말했다.

"누워서 쉬어요. 저는 이제 해적들을 만나러 갈 거예요. 가서 카루스 님한테는 바바슬로프가 보내서 온 거라고 할게요."

"뭐? 너, 복덩이 너, 지금까지 나 놀린 거야? 만나러 갈 거면서 아닌 척한 거냐고!"

"제 전속 하녀들이 간호할 거예요. 의사도 대기 중이니까 아프면 불러요."

뭐라 투덜거리긴 했어도 바바슬로프는 율리아가 시키는 대로 얌전히 엎드렸다. 그가 입은 상처가 제법 컸기에 완쾌될 때까지 왕자궁에서 나갈 생각은 절대 하지 말라고, 율리아가 신신당부했다.

"알았어. 걱정하지 말고 다녀와."

"바바슬로프는 제 걱정하면서 기다려요."

"내가 왜?"

"연약한 저는 이제부터 무시무시한 해적들을 만나러 갈 거니까요."

"그럼 해적들을 걱정해야겠네. 지금까지 아르테 백작님 우습게 봤다가 큰코다친 놈이 한둘이야?"

그러니까 어서 다녀오라고, 바바슬로프가 한 손을 휘휘 저었다. 백작님 나가신다고 밖에 있는 하녀들을 부르기까지 했다. 율리아는 그에게 쫓겨나듯 방 밖으로 나왔다.

황제를 죽이고 싶다.

카루스는 황제의 배가 떠나는 모습을 보며 몇 번이나 주먹을 쥐었다가 풀었다. 저 커다란 상선에 황제 크세노가 타고 있다는 사실을 알게 된 뒤부터, 그는 애매한 거리에서 그 주위를 맴돌며 그를 감시했다.

적이 눈앞에 있는데 죽일 수가 없다니. 심지어 크세노는 지금 무방비 상태나 다름없었다.

늘 개미 떼 같은 군대의 보호를 받으며 다니던 황제가 고작 측근 한 무리만을 대동한 채 남부 해상에 나타났다. 율리아를 만나겠다는 일념 하나만으로.

그가 무모하고 충동적인 행동을 할 거라는 율리아의 말이 머리로는 이해됐어도 크게 실감이 나진 않았다. 카루스가 아는 크세노는 그런 인간이 아니었기 때문이다.

그런데 이렇게 눈앞에 떠 있는 황제의 배를 보고 있자니, 그를 향해 무기를 꺼내 들고 달려가고 싶다는 충동을 억제하기 어려웠다.

크세노를 죽여 율리아의 저주를 풀 수 있다면 카루스는 백 번이고 천 번이고 그렇게 했을 것이다. 크세노를 죽여 그의 심장을 율리아에게 바치고, 신이 되든 악마가 되든 그녀의 곁에서 살았을 것이다.

문제는 그를 죽일 수 없다는 데에 있었다. 율리아가 저주의 완성을 원하지 않는다는 점도 크나큰 걸림돌이었다.

"무슨 생각을 그렇게 하시오?"

늙은 해적 선장이 다가와 물었다. 문신으로 뒤덮인 얼굴에 긴 수염을 기른 자였다.

그는 아주 독한 담배를 입에 물고 있었는데, 그 담뱃잎이 진통제 역할을 한다는 걸 아는 카루스가 쯧 혀를 차며 물었다.

"죽어가고 있나?"

"누구 말이오?"

"당신."

"우리는 다 죽어가고 있어. 사람은 태어나자마자 죽을 날만 기다리는 가련한 짐승이 아닌가."

"뻔한 소리 하지 말고, 의사를 만나. 무슨 병인지는 몰라도 요즘 의사들은 예전하고 달리 솜씨가 좋거든. 긴 전쟁의 영향이지."

"그래서 싫은 거요."

늙은 선장이 피식 웃으며 카루스에게 담배를 권했다.

예전 같았으면 그와 가까워지려 선뜻 손을 내밀었을 것이나, 카루스는 율리아의 얼굴을 떠올리며 고개를 저었다.

"무혈 제독이 샌님이었나?"

"지난 2년 동안 자꾸 죽으려는 여자를 붙들고 살라고 윽박질렀는데, 내가 그런 거에 손대면 뭐가 되겠어."

"뭐긴, 개새끼지."

늙은 선장이 흐하하 웃으며 연기를 흘렸다. 카루스는 그가 내민 담배 대신 매운 향신료를 입에 넣고 씹었다.

이곳이 따스한 남부라 해도, 겨울 바다는 사람의 체온을 너무 쉽게 빼앗았다. 망토를 여민 카루스가 해적의 손에 향신료를 건네주자, 그가 어이없다는 얼굴로 말했다.

"바다의 괴물이라는 자가 이런 거나 씹다니."

"고래가 사자 잡아먹는 거 봤어?"

"이제 말해보시죠. 저 배에 누가 타고 있길래 내내 그런 얼굴인지."

"내 얼굴이 왜?"

"찢어 죽이고 싶은데 그럴 수가 없어서 침만 뚝뚝 흘리는 꼴이랄까."

"볼만하겠군."

카루스가 웃으며 말했다.

"저 배에 내 연인의 원수가 타고 있어."

늙은 선장이 난간 너머로 팔을 내밀어 담배를 털었다. 불이 꺼진 담

배에서 마지막 연기가 흩어지고, 그는 카루스가 건넨 향신료를 입에 넣고 우물우물 씹었다.

"내가 죽여줄까요."

"당신이?"

"아르테 백작의 원수라면 뭐…… 마조람 후작의 부스러기라거나 그런 놈들이겠지. 아니면 바이칸 제국 사람인가? 데네브라 황비의 사람? 그것도 아니면 뭐, 드추바 해전에서 도망친 놈?"

"글쎄."

"말만 하시오. 카루스 란케아의 이름으로는 건드릴 수 없는 인간쓰레기라면, 해적의 손으로 처리하는 게 딱 알맞지 않겠소. 나는 못 죽여본 놈이 없어. 나보다 강한 놈은 물론이거니와, 나보다 나쁜 놈도, 나보다 천박한 놈도 모두 죽여 보았지."

"저기 있는 건 그런 놈이 아니야."

"그럼 약한 놈인가? 반항 한마디 할 수 없을 만큼 연약한 겁쟁이요? 그래도 괜찮소. 나는 그런 놈도 많이 죽여봤으니까."

"자랑하는 건가?"

"해적을 뭐라고 생각하는 거요?"

"쓰레기."

늙은 선장이 또 한차례 흐하하 웃었다.

"맞는 말이군!"

카루스가 그를 따라 웃었다. 그러나 그의 시선은 여전히 황제의 배에 머물러 있었다. 이제 출발하려는지 선원들의 움직임이 분주해졌다.

바람이 불어 카루스의 망토가 크게 휘날렸다. 하여간 기사 출신은 그놈의 거추장스러운 망토를 잘도 두르고 다닌다고, 늙은 선장이 비아냥거렸다.

카루스가 타고 있는 배는 평범한 상선이었다. 군함이나 해적선을 끌고 오면 황제가 눈치챌 게 뻔했기에, 그는 힌치 백작이 내어준 상선을 타고 황제를 감시했다.

늙은 선장은 그를 만나기 위해 해적선에서 작은 배를 타고 건너온 참이었다.

"카루스 님!"

그때 또 하나의 작은 배가 접근한다는 소식이 들려왔다. 카루스의 부하들이 다가와 손님의 방문을 알렸다.

"누구냐."

"아르테 백작님입니다."

난간에 기대 있던 카루스가 번개처럼 움직였다. 그의 망토가 바람도 없이 크게 펄럭였다. 손에 묻은 향신료와 옷에 배인 담배 냄새를 툭툭 털어낸 그가 달리다시피 걸어갔다.

"호오."

늙은 선장이 기막힌 솜씨로 휘파람을 불었다.

율리아는 카루스와 함께 있던 늙은 선장을 만났다. 세 사람은 배 안에서 간소한 식사와 함께 대화를 나누게 되었다.

바다에선 무혈 제독의 명성이 최고였으나, 육지에선 율리아의 명성이 최고였다.

평민들 사이에선 레위시아 국왕보다 인기가 많다는 그녀의 모습을 직접 보게 된 늙은 선장이 허탈한 감상을 내뱉었다.

"어린애로군."

율리아가 평온히 받아쳤다.

"그쪽은 늙었네요."

"신은 너무 잔인해. 이제 갓 성인이 된 여자한테 세상을 움직일 운명을 지워주다니, 그런 임무는 다 늙어서 죽기 직전인 자들한테나 던져줄 일이지."

"세상을 움직이려고 하는 일이 아니에요. 다 우리끼리 잘 먹고 잘 살려고 하는 짓이죠."

"해적이 될 생각은 없소?"

"미쳤어요?"

율리아가 대놓고 그를 욕했다. 해적들 사이에서도 공포로 군림하는 늙은 선장을 눈앞에 두고도 전혀 겁먹지 않는 그녀를 보며, 카루스가 남몰래 웃음을 삼켰다.

"해적들을 만나고 싶다고 하셨다지. 이유를 물어도 되겠소?"

"부탁할 게 있어서요."

율리아가 선실에 난 작은 창문을 가리키며 말했다.

"저 배에 누가 타고 있는지 아나요?"

"당신의 원수가 타고 있다고 하더군."

늙은 선장이 카루스에게서 들은 얘기를 꺼내자, 율리아가 살짝 웃으며 고개를 저었다.

"원수인지 아닌지는 좀 더 두고 봐야 알 일이에요. 우린 아직 제대로 싸워본 적이 없거든요."

"부탁이라…… 죽여달란 거요?"

그런 거라면 아무 문제 없다고, 늙은 선장이 웃었다.

그가 오르테가에 끌고 온 해적선은 수십 차례의 개량을 거쳐 속도와 파괴력으로는 으뜸가는 최고의 배라며, 부하들을 모두 끌고 달려가서 저 배를 산산조각내고 시체를 전시해주겠다고 호언장담했다.

그런데 율리아가 전혀 다른 이야길 꺼냈다.

"발목을 붙들어주세요."

"뭐라고?"

"아무도 죽이지 말고, 공격적으로 굴지도 말고."

최대한 발목을 붙잡고 늘어져달라고, 남부 해상이 얼마나 험한 곳인지 느끼게 해달라고, 오랜 항로를 아슬아슬하게 오가던 해적들이 얼마나 노련한 선원인지 똑똑히 가르쳐주라고.

율리아는 그에게 저들의 시간을 빼앗아달라고 말했다.

늙은 선장의 얼굴에서 끔찍한 문신이 꿈틀거렸다. 그가 소리도 없이 웃고 있기 때문이었다.

"도대체 저 배에 타고 있는 게 누구기에."

"크세노 이베르트 바이칸."

율리아가 그에게 진실을 말했다.

"제국의 황제예요."

이날 오르테가 앞바다에 떠 있던 수십 척의 해적선 중 몇이 슬그머니 자취를 감추었다. 늙은 선장의 배와 그가 거느리는 몇몇 해적들의 배였다.

그들은 오르테가 앞바다를 멀리 돌아 황제의 배를 추적했다. 오랜 항로까지 갈 것도 없었다. 황제는 최대한 빨리 제국으로 돌아가고자 했으므로, 상인들이 이용하는 바닷길을 이용했다.

그런데 출발한 지 단 하루 만에 해적선이 따라붙었다.

"해적입니다!"

혼비백산한 조타수가 방향을 틀었다. 믿을 수가 없었다. 해적이라니. 수많은 상선이 오가는 바다 한복판에서 갑작스레 나타난 해적선이라니.

그들은 바이칸에서 넘어온 황제의 부하들이기에 충격이 더 컸다. 바이칸 서부의 바다에선 해적을 찾아볼 수 없었기 때문이다. 모두 무혈 제독 덕분이었다.

젊은 선원 중엔 해적을 처음 본 자도 있었다. 그들은 상상했던 것보다 훨씬 무시무시한 해적선의 위용에 잔뜩 긴장했다.

시커멓게 칠한 기둥엔 굵은 쇠사슬 장식이 매달려 있었다. 그 사이사이에 끼워진 게 죽은 자들의 해골이라는 건 자세히 보지 않아도 알수 있었다.

"폐하께 알리고 오겠다!"

부하들을 통솔하던 호르헤가 갑판 아래로 달려갔다. 크세노는 선실 안에 틀어박혀 바이칸의 지도를 펼쳐놓고 있었다.

"폐하, 해적입니다."

"해적?"

"율리아 아르테가 뒤통수를 친 게 분명합니다. 해적들이 빠른 속도로 추적중이니, 속히 방향을 틀어야 합니다."

크세노가 고개를 들고 눈을 깜박였다. 어지럽게 뻗친 머리카락을 한 손으로 쓸어올린 그가 와락 얼굴을 일그러뜨렸다.

저 배에 바이칸의 황제가 타고 있다.

율리아가 그렇게 말한 순간, 늙은 선장은 위험한 시험대에 오른 것 같은 기분이 들었다.

바이칸의 황제는 해적들에게도 원수였다. 크세노가 정복 전쟁을 시작하지 않았더라면 남부의 해적들은 넓은 바다를 오가며 자유로이 살았을 것이고, 서부의 해적들도 지금까지 명맥을 이어오고 있었을 것이다.

해적에게 가장 중요한 게 무엇이냐고 물었을 때, 많은 사람이 그 문제의 답을 '황금'이라고 답한다.

그러나 그건 틀린 답이었다. 해적에게 가장 중요한 건 '자유'였다.

"죽여도 될 것 같기도 하고."

늙은 선장이 걸걸한 목소리로 중얼거렸다.

"안 될 것 같기도 하고."

그가 쫓고 있는 배에 황제가 타고 있다는 사실은 굳이 밝히지 않았다. 그걸 말했다가는 오르테가 앞바다에 모여 있는 수많은 해적 놈들이 전부 황제를 잡겠답시고 몰려올 것이다.

사실 그도 황제를 죽이고 싶긴 했다. 직접적인 원한이 있는 건 아니었으나 정복 황제를 붙잡아 바다에 수장시킨 전설적인 선장으로 남는다면 쓰레기 같던 해적의 삶이 조금이나마 가치 있어질 것 같아서.

"놈들이 방향을 틀고 있습니다!"

망루 위의 젊은 해적이 손나팔을 하고 소리쳤다. 늙은 선장은 항해사를 불러 명령했다.

"전력을 다해 쫓아라. 정신을 차릴 수 없게 만들어야 한다! 바다 한가운데로 끌고 나가! 아무것도 못 보게 해라! 계속 방향을 바꾸게 만들어!"

"알겠습니다!"

배와 배 사이에 짧은 신호가 오갔다. 그를 따라온 해적들이 황제의 배를 교묘하게 따라붙었다.

호르혜가 구한 배는 어느 부유한 상인이 소유한 밀수선이었다. 상인은 그동안 배의 밑바닥을 개조해 밀수품을 실어 나르곤 했는데, 해군의 단속과 해적을 따돌리기 위해 노련한 선원들이 고용되어 있었다. 하지만 그런 그들도 남부 최고의 해적을 상대로는 달아날 수 없었다.

항로를 벗어난 황제의 배가 바다 한가운데로 나아갔다. 속도가 빠른 해적선 3척이 각기 다른 방향에서 황제의 배를 몰았다. 늙은 선장은 뒤에서 그들을 따라가며 지시를 내렸다.

"그냥 죽입시다. 이게 뭐 하는 짓인지 모르겠네. 숨바꼭질인가?"

늙은 선장의 부하이자, 오랜 벗이 다가와 물었다.

"선장, 도대체 뭘 노리고 이러는 겁니까?"

"노리는 건 딱히 없어."

"뭐요?"

"부탁받은 게 있어서 말이다."

늙은 선장이 흐하하 웃으며 말했다.

"해적의 딸을 만났다. 무책임한 아비가 육지에 버리고 떠나, 굶기 싫어서 죽은 해적의 호주머니를 뒤지고 살았다던 딸."

"그 여자 부탁이라고?"

"생각해봐. 그 불쌍한 게 혼자 기를 쓰고 악을 쓰고 기어올라서 귀족이 되었다고 하잖아. 우리야 바다에서 사람 죽이면서 남의 걸 빼앗다 보면 선장이 되지만, 해적의 딸이 왕국 최고의 귀족이 되려면 뭘 해야 할까."

"뒈지게 고생했겠지."

"그래, 그래서 이러는 거야."

부하는 그래도 이해할 수 없다는 얼굴이었다.

"거짓말하지 마쇼. 당신이 남의 딸한테 죄책감을 느낀다고?"

"죄책감이 아니라 자기만족이야. 내가 이렇게 남의 딸한테 잘해주면, 어딘가에 있을 내 딸도 한 번쯤은 누군가의 도움을 받지 않을까 싶어서."

그는 저 배에 황제가 타고 있다는 말은 끝까지 하지 않았다. 율리아는 그것까지 비밀로 해달라고 부탁하지 않았지만, 꼭 그래야 할 것 같은 기분이 들었다.

오르테가는 기적처럼 자라고 있었다. 강해지고 있었다. 바이칸이라는 적을 만났기 때문이다.

늙은 선장은 생각했다. 여기서 해적들의 손에 황제가 죽어 버리면, 남부는 다시 와해될지도 모른다.

율리아는 말했다.

황제는 당분간 살아 있어야 한다고. 북부와 남부를 잇고 해군과 해적이 함께 싸우게 하려면 황제라는 적이 필요하다고. 당신이 할 일은 황제를 죽이는 게 아니라, 황제의 걸음을 늦춰 시간을 벌어주는 거라고. 그건 해적이 아니면 할 수 없는 일이라고.

그는 그녀에게 충고했다. 황제는 적당히 상대할 수 있는 적이 아니라고. 그게 그렇게 쉬웠다면 왜 그 많은 왕이 황제의 발아래 무릎을 꿇고 머리를 조아렸겠느냐고.

율리아는 걱정하지 말라고 했다.

해적의 딸, 율리아.

그녀가 푸른 바다의 환초를 삼켰다.

바다에는 많은 전설이 있었다. 사랑하는 두 남녀를 신이 갈라놓았다던 이야기나 서로 증오하는 두 사람을 신이 떨어뜨려 놓았다던 이야기가 대표적이었다.

늙은 선장이 생각하기에 이 이야기에는 맹점이 있었다. 신의 존재가 분명치 않다는 것이었다.

신은 무엇인지, 신이 원하는 것이 무엇인지, 신이 존재하기는 하는 것인지. 세상엔 많은 종교가 있는데, 그중 어떤 이들이 믿는 신인지.

알 수 없었다. 그러다 보니 전설이란 것도 결국 인간이 멋대로 지어낸 이야기일 뿐이지 않으냐는 생각이 들었다.

그래서 해적들은 대부분 신이 아니라 바다를 섬겼다. 바다에 이름을 붙이거나 인격을 부여하기도 했다. 상징물을 만들고, 이야기를 지어냈다.

그들이 지어낸 이야기 속에서 바다는 언제나 심장이 차갑고 전능하며, 헤어나올 수 없는 매력을 가진 여자였다.

세상의 모든 저주는 바다로부터 시작되었다. 육지의 것들은 절대 바다를 이길 수 없고, 태초에 이 땅은 바다로부터 시작되었다. 벌하는 것도, 포용하는 것도 결국엔 바다였다.

배가 나아간 길을 따라 흰 거품이 일었다. 파도를 거스르며 길게 이어지는 포말을 바라보던 늙은 선장이 돌연 웃음을 터뜨렸다.

"이봐!"

그가 오랜 벗을 불러세웠다.

"바다의 저주가 시작되었어."

"뭐요?"

"푸른 바다의 환초 말이다. 마지막 해적왕이 삼켰다던 그 저주."

"그게 뭐 어쨌다고요?"

"새 주인이 나타났다는군."

"뭐요? 그게 누군데?"

흰 담배 연기가 쭈글쭈글한 입술을 비집고 새어 나왔다. 늙은 선장이 시퍼런 바닷물을 응시하며 말했다.

"해적의 딸, 율리아."

네가 간절했다던 황제의 말이 귓가를 떠나지 않았다.

귀가 아프도록 차가운 바닷바람이 불어왔다. 그 바람을 온몸으로 맞고 서 있던 율리아는 고독에 무너져가던 크세노의 눈빛을 떠올리곤 천천히 눈을 감았다.

그를 지배하는 외로움, 그를 갉아먹는 좌절, 그를 분노케 하는 상실. 모든 것이 이해되었다. 절절히 공감했다.

애초에 아무것도 가진 게 없었던 율리아와는 달리 크세노는 황제였다. 대륙의 지배자였다. 그동안 그가 느껴 왔을 공허함은 감히 가늠조차 되지 않았다.

"선장이 며칠이나 벌어줄 수 있으려나."

"잘할 겁니다. 항해에 있어선 따를 자가 없으니."

부두 한쪽에서 카루스와 힌치 백작이 대화를 나누고 있었다.

먼저 떠나보낸 바이칸 서남부의 귀족들이 데네브라의 친정 가문과 손을 잡고 제국 안에서 반황제파를 결성하려면 충분한 시간이 필요하니, 황제의 외유는 길면 길수록 좋았다.

"크세노 황제는 북부로 올라가지 않을 겁니다. 그가 두려워하는 건 전부 남부에 있으니까 어떻게든 이쪽을 견제하려 하겠죠."

"그럼 그사이에 북부가 좀 더 힘을 내야 하겠군요."

힌치 백작의 붉은 머리카락이 이리저리 휘날렸다. 그가 카루스에게 뜨거운 차를 건넸다.

카루스는 그걸 다시 율리아의 손에 쥐여주었다.

"추우면 안에 들어가 있어."

데운 도자기 잔에 뜨거운 찻물이 찰랑거렸다. 두 손으로 잔을 감싸 쥐고 있으려니 얼었던 손가락이 녹으며 간질거렸다.

율리아가 두 사람에게 말했다.

"북부는 걱정하지 마세요."

"이유는?"

"지금쯤이면 바이칸 북부 전선도 어수선할 거예요. 황제에겐 정복 전쟁을 멈출 생각이 없고, 그들은 결국 영원히 전쟁터에서 고통받을 거란 소문이 돌고 있겠죠."

크세노가 북부를 버리지 않았다면 소용없는 작전이었을 것이다.

"평원을 빼앗긴 것 때문에 분위기가 안 좋다고 들었어요. 전선을 지키는 자들은 결국 그 평원을 나눠 갖고자 싸우는 건데, 황제가 나 몰라라 하고 내려가버렸으니까요."

"거기다 정복 전쟁이 다시 시작된다면."

"전에 말했던 대로예요. 황제는 북부에 관심이 없어요. 그들은 고립되고 버림받았다고 느낄 거예요."

찻잔을 손에 쥔 율리아는 여느 왕궁 시녀와 다르지 않은 모습이었다. 우아하고, 어여뻤다.

하지만 그녀를 바라보는 힌치 백작의 눈엔 어느새 존경심이 깃들어 있었다.

그가 다가와 목소리를 낮추고 물었다.

"하면 백작은 바이칸 북부 전선의 귀족들이 서남부의 손을 잡고 반황제파에 가담할 수도 있다고 보는 건가?"

"네."

"허……."

"그럴 수도 있겠다고 가정하는 게 아니에요."

율리아가 따뜻한 차를 한 모금 입에 머금고 꿀꺽 삼켰다.

"되게 만들어야죠."

그러려면 몇 가지 조건을 충족해야 한다.

"북부 연합의 연속된 승리와 더불어 바이칸 북부 전선의 연속된 패배, 황제의 무관심과 전쟁은 영원히 끝나지 않을 거라는 무력감, 서남부 귀족들과 데네브라 황비의 친정 가문이 손을 잡고 반기를 들며, 바다에선 해적들이 준동하고, 남부 연합이 결성되어 바이칸을 상대로 선전포고한다면."

힘센 사자도 혼자서는 무리를 이룬 늑대를 상대할 수 없다.

적은 상상처럼 강하지 않다.

힌치 백작이 가슴 벅찬 얼굴로 율리아를 바라보았다.

"아르테 백작……."

"우리는 그걸 위해 달려왔어요. 이 모든 상황을 차근차근 만들어왔어요. 커다란 판을 짜고 거미줄처럼 엮었어요."

심지어 가장 강한 무기는 아직 꺼내지도 않았다.

카루스의 시선이 북쪽으로 향했다. 율리아도 그를 따라 북쪽 하늘을 바라보았다.

─ • ◆ • ─

북부의 용병왕.

트리스탄은 요즘 동료들이 자신을 놀리듯 부르는 별명에 조금 으쓱한 상태였다. 무스빌리에선 트리스탄도 제법 유명한 용병에 속했지만, 사실 과장된 면이 없잖아 있었다. 세상엔 그보다 잘난 인간이 너무 많았다.

그런데 얼마 전부터 북부 연합의 병사들이 그를 '어이, 용병왕 트리스탄!'이라고 부르는 게 아닌가.

왕이라니. 내 개 같은 인생에도 이런 날이 오는구나. 트리스탄은 풍선처럼 가슴이 부풀어, 누구에게건 자랑하지 않고는 못 배길 것 같았다.

헛기침 속에 웃음을 감춘 그가 전투를 마치고 숙소로 돌아왔을 때였다.

북부 연합 기사 중 친하게 지내는 자들이 파리하게 질린 얼굴로 그에게 다가와 물었다.

"도대체 누구야?"

"뭐가."

"오늘 도착한 사람들, 누구냐고?"

이게 무슨 소리지. 트리스탄이 투구를 벗으며 고개를 갸웃거렸다. 그의 굵은 목에서 시큼한 땀 냄새가 났다.

"누가 왔어?"

"정찰대 인원이 추가되었어. 콴이 새 동료를 데려왔잖아. 용병이라 던데…… 모른다고?"

"아아."

트리스탄이 무슨 말인지 알겠다며 고개를 끄덕였다.

"전쟁중이잖아, 인마. 용병이야 아무 때나 추가되는 놈들인데 뭐가 놀랍다고 이래? 여긴 승리의 전장이야. 대가도 후한 편이라고. 용병 들이 안 몰리는 게 이상한 거지."

"내 말은 그게 아니라……."

"하하하하! 왜 그래. 쫄았냐?"

"아무리 봐도 기사단 같았단 말이야……."

기사?

트리스탄의 얼굴이 삽시간에 굳었다.

그는 얼마 전 맥스웰이 빙글빙글 웃으며 했던 부탁을 떠올렸다. 동 료를 몇 명 더 데려와야 하는데, 가짜 용병패와 신분증을 만들어달라 는 얘기였다.

알렉사의 활약으로 덩달아 입지가 넓어진 트리스탄은 그 정도는 어렵지 않다고 웃으며 맥스웰의 부탁을 들어주었다.

"아…… 알렉사!"

트리스탄이 쿵쿵거리며 숙소 안으로 달려 들어갔다.

알렉사가 누군가와 인사를 나누고 있었다.

거인 같은 사내였다. 키가 어찌나 큰지, 덩치로는 누구에게도 밀리지 않던 트리스탄이 작아 보일 지경이었다.

긴 팔다리엔 단단한 각반이, 허리춤엔 묵직한 장검이 매여 있었다. 심지어 한 사람이 아니었다. 여러 명의 거대한 사내들이 그 안에서 인사를 나누자 알렉사의 방이 좁아 보였다.

그들은 기사였다.

눈이 멀지 않은 이상 모를 수가 없었다. 트리스탄의 목울대가 크게 움직였다. 기사단의 상징 같은 건 보이지 않아 정체를 알 수는 없으나, 어쩐지 누군지 알 것 같은 느낌이 들었다.

"여어, 트리스탄!"

맥스웰이 히죽 웃으며 다가왔다. 그러곤 사내들에게 트리스탄을 가리키며 말했다.

"선배님들, 이놈이 그 가짜 신분증 만들어준 놈입니다. 인사들 나누세요."

사내들이 고개를 돌려 트리스탄을 바라보았다.

미소는커녕 감정도 없고, 피도 흐르지 않을 것 같은 강직함이 그들에게 깃들어 있었다. 적을 무찌르기 위해 한계까지 단련된 자들에게만 느껴지는 날카로움이었다.

칼날 위에서 사는 자들 특유의 형형한 눈빛이 트리스탄을 꿰뚫듯 바라보았다.

"아…… 안녕하십니까."

트리스탄이 더듬더듬 입을 열었다.

"잘 부탁한다."

인사는 그것으로 끝이었다. 자기소개 같은 것도 필요 없었다. 그

들은 트리스탄이 만들어 준 용병패 속의 가짜 이름이면 충분하다고
했다.

그들이 물었다.

"우리는 어디에서 누구와 싸우면 되지?"

맥스웰이 트리스탄의 등을 슬쩍 밀며 말했다.

"그것도 이놈이 알려줄 겁니다, 선배님들."

트리스탄이 살려달라는 얼굴로 알렉사를 바라보았다.

동료라는 맥스웰조차 잔뜩 겁먹고 그들 앞에 나서지 않는데, 혼자
아무렇지 않은 얼굴로 알렉사가 말했다.

"우리는 오늘부터 본대와 떨어져 움직입니다."

이곳은 전쟁터 한복판이었다. 본대 곁에 붙어 있지 않으면 언제 소
리 없이 죽임당하게 될지 몰랐다.

그런데도 무시무시한 사내들은 알렉사의 말에 묵묵히 고개를 끄
덕였다.

"우리가 그동안 지휘관을 여럿 죽였는데도 적의 본대가 움직이지
않는다는 건, 명령을 내리는 자가 뒤에 따로 있다는 뜻입니다. 우리는
그놈을 찾아 죽이고 소규모 부대를 따로 운용하며 바이칸 동부로 향
할 겁니다."

"동부?"

"네, 란케아 영지로 갑니다."

충격적인 소식을 아무렇게나 던진 알렉사가 두툼한 가죽을 몸에
두르며 물었다.

"길은 아시죠?"

"물론이다."

그들의 눈동자에 처음으로 웃음기가 깃들었다.

— •◆• —

황제가 물러났으니 집으로 돌아가겠다는 율리아의 말에 코코와 레위시아가 정색하며 반대를 외쳤다.

"안 돼."

"코코 말이 맞아, 안 돼!"

황제가 지금은 바다 위에 묶여 있지만 다른 누군가를 시켜 율리아를 위협할 수도 있다며, 당분간 왕성을 벗어나지 말라고 그녀를 타일렀다.

"걱정하는 마음은 잘 알겠어요. 하지만 왕성에서 할 수 있는 일에는 한계가 있어요. 곧 데네브라 황비를 제국으로 돌려보낼 거잖아요. 제가 함께 가야 할 수도 있고."

"왜 네가 가? 오르테가에 외교 사절로 보낼만한 귀족이 너 하나뿐인 줄 알아? 여기 멍청이가 너무 많아서 인재 찾기 어렵다는 건 인정하는데, 그래도 너를 보내야 할 정도는 아니야."

"코코, 데네브라 황비는 제가 아닌 사람과는 잘 대화하지 않잖아요."

"우리가 지금까지 그 여자랑 수준 높은 대화가 가능해서 이 모든 일을 성사시켰다고 생각해? 대화가 안 돼도 이루어질 일은 이루어지기 마련이야."

"황비가 예전으로 돌아가면 어떡해요?"

"그럼 버려야지."

그때는 한 치의 망설임도 없이 버릴 거라고, 코코가 냉정하게 말했다. 제국의 황비면 뭐 하나. 써먹을 수가 없는데.

"데네브라가 다시 예전의 명청하고 오만한 황비로 돌아가서 섭정의 자리에 오르지 못하게 되면, 그때는 내가 직접 제국으로 가서 사생아 하나를 고른 다음에……."

"세상에, 레위시아 님에 이어서 황제까지 키워보려고요?"

"한 번 해봤으니까 두 번째는 더 잘하겠지."

코코가 어깨를 으쓱거리며 말하자, 지금까지 가만히 앉아 두 사람의 대화를 듣고 있던 레위시아가 어깨를 축 늘어뜨리며 물었다.

"두 사람 뭔가 잊고 있는 모양인데, 오르테가의 젊은 국왕에게는 측근 시녀가 세 명뿐이야. 심지어 그중 한 명은 중요한 임무를 맡아 멀리 떠나 있다고. 너희까지 떠나고 나면 난 도대체 누굴 믿고 살아야 해?"

"전하."

"불과 2년 전이야. 내가 이 왕성 안에서 천덕꾸러기 취급받으며 언제 죽을까 두려워하던 시절이."

"전하는 이제 왕이에요."

"지금은 내가 남부 연합의 중심에 있으니까 다들 날 좋아해주지만, 실수라도 조금 하는 날에는 침을 뚝뚝 흘리며 달려와 물어뜯겠지."

율리아가 물었다.

"그게 두려우세요?"

두려워해도 된다며 율리아가 웃었다. 레위시아는 카루스나 크세노와는 다른 사람이었다. 그의 장점은 결핍에서 태어났고, 두려움과 같은 어두운 감정도 때로는 도움이 될 수 있다.

레위시아가 입술을 쭉 내밀며 투덜거렸다.

"당연한 거 아니야? 사람을 이 정도로 철저하게 길들여 놨으면 책임을 져야지. 나는 내 시녀들이 함께 있으면 아무것도 두렵지 않아. 그런데 언젠가 너희 세 사람이 내 곁을 떠나거나 날 배신한다면 부왕처럼 쓸모없는 겁쟁이가 왕이 되겠지."

"맙소사."

코코가 한 손으로 이마를 짚었다.

"10년이 넘도록 정성을 다해 키웠는데 독립심을 까먹었어."

"그래, 난 실패작이야."

"누가 그렇대요?"

"네가 지금 그랬잖아!"

"사람이 왜 그렇게 비뚤어졌어요? 그동안 고생했으니까 이제 나한테 맡기고 쉬라고 말해도 모자랄 판에, 꼭 그런 식으로 나와야겠어요?"

"쉬긴! 아직 젊잖아. 앞날이 창창한데 일 좀 더 하면 어때서!"

"자꾸 그러면 아무 영애나 데려다가 결혼시켜버릴 거예요!"

"잘됐네! 남부 연합 수녀부한테 딸 하나씩 데려오라고 할까? 중혼에 중혼에 중혼이면 되겠지!"

"전하치곤 아주 쓸모 있는 생각이네요!"

코코와 레위시아의 말다툼을 한 귀로 듣고 한 귀로 흘리던 율리아가 문득 창밖을 바라보았다. 해가 지고 있었다.

"전 이만 일어날게요."

"어디 가!"

"누군가는 데네브라 황비에게 바이칸으로 돌아갈 때가 됐다는 말을 해야죠. 우릴 좋아해주는 건 괜찮은데, 여기서 영영 살려고 하면 곤란해요."

레위시아가 잘됐다며 손뼉을 쳤다.

"그래, 이제 좀 꺼지라고 해. 지긋지긋해 죽겠어."

코코가 입술을 비죽이며 물었다.

"카루스 란케아가 여기 있는데 순순히 돌아가려고 할까?"

"안 가려고 하면 질질 끌고서라도 갈 거예요."

어차피 저녁은 그 두 사람과 함께 먹으려고 생각 중이던 터라, 율리아는 자리에서 일어나 구겨진 드레스를 정돈했다.

긴 테이블에 데네브라와 카루스가 먼저 앉았다. 그들은 식탁에서 가장 멀리 떨어진 자리에 앉아 서로를 외면하고 있었다.

다만 분위기는 조금 달랐다. 카루스는 데네브라를 없는 사람처럼 대놓고 무시하는 쪽이었고, 데네브라는 카루스를 싫어하는 척하면서 기회가 있을 때마다 은밀히 힐긋거렸다.

율리아는 그 가운데 앉아 혼자 천연덕스러운 얼굴로 식사를 시작했다.

두 명의 시녀가 데네브라에게 다가와 공손히 인사를 건넸다.

"황비 전하, 필요한 게 있으면 부르세요. 저희는 문밖에서 대기하겠습니다."

"알았다."

측근 시녀가 크세노의 손에 죽은 뒤, 데네브라는 코코가 추천해준 시녀들의 시중을 받고 있었다.

공주궁에서 온 샤트린의 시녀들이었다.

코코는 바이칸에서 온 사용인들은 믿을 수가 없으니 전부 내쫓아야 한다고 주장했고, 데네브라는 그 말에 반박할 수 없었다.

샤트린의 시녀들이 물러나자마자 율리아가 데네브라에게 말을 건넸다.

"좋은 시녀들이에요."

"그래서?"

"샤트린 전하께서 무척 아끼는, 자매와도 같은 시녀들이고요."

식사를 시작하려던 데네브라가 고개를 들고 율리아를 노려보았다.

"그래서 어쩌라는 것이냐? 나도 그 철없는 공주처럼 시녀 따위와 자매 놀이라도 해야 한다고?"

"아뇨. 다정하게 배려해달라는 말이었어요. 여기 계시는 동안만이라도 사이좋게 지내면 좋잖아요."

이게 말도 안 되는 요구라는 건 율리아도 잘 알고 있었다. 데네브라의 성격 때문이 아니었다. 샤트린의 시녀들이 데네브라를 너무 싫어했기 때문이었다.

우아하게 웃으며 나긋나긋한 태도로 시중을 들고 있긴 하지만, 샤트린의 시녀들은 당장이라도 데네브라가 벼락 맞고 죽었으면 좋겠다는 말을 서슴없이 할 정도로 그녀를 싫어했다.

데네브라도 그 사실을 알고 있었다.

"다정하게 대하면 저 애들이 내 편이 된다더냐? 천지가 뒤집혀도 그런 일은 일어나지 않겠지. 걱정하지 마라. 바이칸 황성에도 시녀는 아주 많단다. 오르테가와는 비교도 안 되게 많지. 난 그동안 안 해본 게 없어."

시녀는 많았으나, 모두가 적이었다.

"다정하게 대하면 날 뜯어먹으려 하고, 냉정하게 대하면 날 죽이려 해. 잘못한 일에 벌을 주면 울면서 날 악인이라 욕하고, 잘못하지 않은 일로 벌을 주면 머리를 조아려."

데네브라는 사람을 믿지 않았다. 가까운 사람일수록 더했다.

율리아는 샤트린의 시녀들은 그런 사람이 아니라고 말하려고 했다. 이러다 데네브라와 샤트린이 머리채를 잡고 싸우는 일이 한 번 더 일어났다가는 돌이킬 수 없을 것 같아서였다.

그런데 카루스가 불쑥 끼어들어 말을 꺼냈다.

"당신이 바이칸의 황비이기 때문이다."

"뭐?"

기를 쓰고 그를 무시하던 데네브라가 한순간에 무너졌다. 그녀는 카루스를 노려보았다가 그가 자신을 똑바로 바라보고 있다는 사실을 깨닫고는 저도 모르게 시선을 돌렸다. 그러다 혼자 울컥해서는 다시 그를 노려보았다.

"내가 황비이기 때문이라니, 그게 무슨 말이냐."

"그 자리가 그런 자리라는 말이다. 기사가 되기 이전에도 나는 란케아의 후계자라는 이유만으로 온갖 모함과 비난, 이유 없는 추앙을 받았다. 동부의 척박한 영지에서조차 그런 일이 일어나는데, 황비는 오죽할까."

"이 모든 게 결국 나 때문이라고?"

"머리가 나쁘면 착하기라도 해야지."

"카루스!"

"데네브라, 바이칸으로 돌아갈 때 누구를 데려갈 생각이지?"

카루스가 별안간 날카로운 질문을 던졌다. 그에게 버럭 화를 내려던 데네브라는 말하는 법을 잊어버린 듯 아무 말도 하지 못했다.

긴 식탁 위에는 먹음직스러운 음식이 많이 차려져 있었다. 그러나 그 음식을 부지런히 덜어 먹는 사람은 율리아 하나뿐이었다.

카루스는 데네브라를 당장이라도 죽일 것처럼 노려보았고, 데네브라는 그런 카루스의 시선이 버거워 어쩔 줄을 몰랐다.

"왜, 왜 날 그렇게 봐?"

"데네브라."

"이게 다 내 탓이야? 크세노가 전쟁에 미친 게 내 탓이냐고. 내 시녀가 죽은 것도 내 탓이고, 오르테가의 왕이 죽은 것도 내 탓이냐?"

"말했잖아. 당신이 바이칸의 황비이기 때문이다."

"난 아무것도 안 했는데, 왜!"

"황비인데, 아무것도 안 했으니까."

카루스의 말투가 엄했다. 그는 데네브라의 투정을 받아줄 생각이 전혀 없었다.

"그 자리에 앉으려거든 권리보다 의무를 먼저 배웠어야지. 권력자의 가치는 그가 얼마나 많은 사람 위에 군림하는 데 있는 게 아니라, 얼마나 많은 사람의 삶을 풍요롭게 했느냐에 있는 것이다!"

카루스의 목소리가 커질수록 응접실 공기가 무거워졌다.

데네브라는 화를 내고 싶었다. 바이칸 황성에서 그랬던 것처럼 물건을 집어 던지고 사람을 죽여서 화풀이하고 싶었다.

하지만 이곳엔 그녀의 편을 들어주는 사람이 하나도 없었다. 그녀를 무서워하는 사람도 없었다. 그녀에게 머리를 조아리기는커녕, 한심하고 골치 아픈 여자라며 손가락질하기 바빴다.

아무도 없었다. 모두 다 적이었다.

오싹 소름이 돋았다.

'왜 이렇게 됐지? 언제…… 언제부터?'

카루스를 보겠다는 일념으로 처음 오르테가에 발을 내렸을 때, 데네브라의 곁에는 많은 사람이 머무르고 있었다.

그녀가 바이칸 황성에서부터 데려온 시녀와 시종, 호위 기사와 수행 귀족들이었다.

오르테가에서 가장 아름답다는 왕비궁을 차지하고도 모자라, 블라이스가 머무르던 귀빈궁까지 써야 했을 정도로 많은 사람이 그녀의 곁에서 수발을 들었다.

그런 그들이 지금은 단 하나도 남아 있지 않았다.

'왜?'

데네브라의 눈동자가 갈 곳을 잃고 헤매었다. 넓은 응접실엔 율리아와 카루스가 앉아 식사를 함께하고 있었으나, 두 사람은 그녀의 벗이 아니었다.

바이칸의 시녀들은 모두 죽거나 쫓겨나고, 오르테가의 왕궁 시녀가 문밖에서 대기했다. 호위 기사도, 시종도 마찬가지였다. 전부 오르테가인이었다.

블라이스가 죽은 뒤부터였나. 아니면 그보다 더 이전인가.

데네브라의 등 뒤엔 커다란 벽난로가 있었다. 식사를 시작할 때는 등이 따스해서 좋았는데, 갑자기 소름이 돋더니 그 열기마저 위협적으로 느껴졌다. 누군가 그녀의 목덜미에 횃불을 가져다 대고 머리카락을 태우는 것 같았다.

무서웠다. 불안했다. 사방이 적이었다.

데네브라가 율리아를 바라보았다.

"율리아."

"네, 황비 전하."

"난 언제 바이칸으로 돌아갈 수 있느냐?"

태연한 척 물었으나 말끝이 떨리는 것까지 감출 수는 없었다.

카루스가 뒤늦게 식사를 시작하고, 이번에는 율리아가 고개를 들었다.

"빨리 돌아가고 싶으세요?"

"그냥 물어보는 것이다. 적절한 시기가 언제인지 너희 왕과 상의해야겠지."

"전하의 친정 가문에서 마중을 보내거나, 서남부 귀족들이 사생아를 확보한 뒤에 전하의 거처를 마련하면⋯⋯."

"그때까지 나 혼자 여기 있으라고?"

데네브라가 다급하게 물었다. 아무도 초대하지 않는데 혼자 멋대로 올 때는 언제고, 이제는 꼭 누가 가지 말라고 붙잡기라도 하는 것처럼 굴었다.

조금 더 괴롭혀야 하나.

잠시 침묵하던 율리아가 생긋 웃으며 말했다.

"말씀하신 대로, 국왕 전하와 상의해보겠습니다."

성격 급한 데네브라는 하루가 채 지나기도 전, 다음 날 아침이 되자마자 율리아를 불러들였다. 할 말이 있으니 빨리 만나러 오라는 전갈이었는데, 율리아는 일부러 느긋하게 걸어서 왕비궁으로 갔다.

"찾으셨어요?"

"왜 이렇게 늦게 왔느냐!"

"무슨 일 있으셨어요?"

율리아는 데네브라의 질문엔 대답하지 않으면서 간밤에 무슨 일이 있었는지 걱정스레 물었다.

화를 내려던 데네브라가 율리아의 손을 잡고 가까이 끌어당기며 말했다.

"나랑 같이 가자."

"네?"

"나랑 같이 바이칸으로 돌아가자는 말이다. 너, 분명히 내게 말했지? 크세노를 끌어내리고 날 섭정으로 만들어주겠다고 했잖아. 그럼 내가 이 대륙에서 가장 높은 자리에 오른다는 것인데, 너 하나 책임지지 못하겠느냐?"

누가 누굴 책임진다는 건지 모르겠지만, 율리아는 그냥 고개를 끄덕였다.

방 안엔 아무도 없었다. 샤트린의 시녀들이 이 이야기를 들으면 안 된다고 생각했는지, 데네브라는 목소리까지 한껏 낮추었다.

"백작이 되기까지 얼마나 고생했는지 안다. 네 욕망이 어느 정도인지도 알아. 이 작은 나라에서, 그것도 고작 백작? 율리아, 나랑 같이 가자. 너는 바이칸의 공작이 되어야 해."

데네브라의 속삭임이 율리아의 귓바퀴에 흘러들었다. 진득하고 달콤했다. 크게 숨을 들이마신 율리아가 가라앉은 목소리로 물었다.

"공작이요?"

"그래! 너는 할 수 있잖아. 평민에서 백작이 되기도 했는데, 공작이 대수더냐? 내가 섭정이 되면 너는 바이칸을 손에 넣을 수 있어."

"진심이세요?"

"탐나지 않아? 자그마치 공작이다. 바이칸의 공작들은 어지간한 왕국의 왕보다 높은 자들이야. 돌아가면 크세노의 측근을 몰아내고 황성 인근 영지를 주마. 수도에서 가장 큰 저택도 주마. 영주성은 새로 지어도 된단다. 아르테 공작, 듣기 좋지 않아?"

듣기 좋았다.

"바이칸의 오만한 귀족들이 네 앞에 무릎 꿇고 머리를 조아리겠지."

아르테 공작.

가슴에서부터 웃음이 솟았다. 아르테 공작이라니.

율리아가 눈을 깜박이는 속도가 빨라졌다. 그녀가 흔들렸다고 생각한 데네브라가 만족스럽게 웃으며 말했다.

"나랑 같이 가자."

그날 밤 흰 눈이 쏟아졌다. 눈을 거의 볼 수 없다던 남부에 또 한 번 함박눈이 내리고 있었다. 캄캄한 왕궁 정원을 드문드문 밝히는 등불, 그 주위에 모여든 눈송이가 사람들의 마음을 빼앗았다.

일과를 끝낸 레위시아가 서둘러 마차에 올랐다.

"왕자궁으로 가자. 오늘 저녁은 거기서 먹기로 했어."

"석찬 회의는 취소할까요?"

"힌치 백작이 알아서 진행할 거야. 이 나라 관리들은 왕이 없으면 회의도 못 한다더냐? 오늘은 좀 쉬자."

"죄송합니다."

"자네도 일찍 퇴근해서 집으로 가. 올해 첫눈이잖아."

레위시아의 투덜거림 속에 감춰진 따스한 마음씨를 알기에, 시종이 푸근한 미소를 지었다.

"저는 언제나처럼 전하께서 침소에 드신 뒤에 물러갈 겁니다."

"나 오늘 밤샐 건데."

"쉬신다고 하셨잖습니까?"

"밤새우면서 쉴 거야."

"밤새우면서 뭐 하시려고요?"

"오랜만에 내 시녀들 치마폭에 좀 싸여 있고 싶어서. 요즘 외롭고 쓸쓸하거든."

누가 들으면 그가 정말로 코코와 율리아의 치마에 매달린 어린 국왕인 줄 알 것이다. 시종이 하하 소리를 내어 웃었다.

"모셔다 드리지요."

"뭐?"

"누구나 때로는 그런 휴식이 필요한 법입니다."

왕은 그러면 안 되는 거라고, 그 시녀들이 무슨 말로 꾀든 흔들리면 안 되는 거라고 충언해야 하는 것 아니냐고, 레위시아가 되레 시종에게 잔소리를 퍼부었다.

마차가 본궁을 떠나 왕자궁으로 가는 동안 레위시아는 끊임없이 시종을 괴롭혔다. 마음씨 넉넉한 시종은 허허 웃으며 그의 짓궂은 장난을 받아주었다.

왕자궁에 도착할 때쯤엔 눈발이 굵어져 앞이 제대로 보이지 않을 정도였다. 레위시아의 긴 머리카락에 눈송이가 달라붙었다. 마차에서 내려 입구까지 걸어온 그가 축축해진 머리카락을 신경질적으로 흔들어 털어냈다.

"어서 오세요, 전하!"

트루디가 문 앞에서 꾸벅 허리를 숙였다. 트루디의 동그란 정수리를 발견한 레위시아가 웃으며 물었다.

"왜 미리 나와 있는 거야? 네 주인이 이제는 내가 도착하는 시간까지 예언하던?"

"그게 아니라…….."

트루디가 머뭇거리며 말을 끌었다. 그러더니 아무것도 아니라면서 생글생글 웃었다.

어쩐지 수상해 보이는 그녀의 태도에 레위시아가 고개를 갸웃거릴 때였다.

"방금 내가 먼저 도착했기 때문이…… 입니다."

카루스가 안에서 문을 열었다.

직전에 도착했다는 말은 정말이었다. 그의 머리카락과 어깨에도 채 녹지 않은 눈송이가 쌓여 있었다.

레위시아가 괜한 서운함을 담아 트루디에게 말했다.

"카루스를 마중 나왔다가 나까지 얻어걸린 거야?"

"거기 서서 애처럼 굴지 말고 빨리 들어오…… 오십시오."

카루스가 트루디를 대신해서 레위시아를 마중했다.

그는 아예 문밖으로 걸어 나와서 레위시아에게 먼저 안으로 들어가라며 눈짓했다.

"네가 그러니까 내가 열등감에 찌든 못된 왕같이 느껴지는데."

"영 틀린 말은 아니지."

"재수 없는 놈. 전에도 말했지만 넌 이제 내 백성이야. 왕에게 갖춰야 할 모든 예의를 다해. 명령이다!"

"모시겠습니다, 전하."

"더 재수 없어."

레위시아가 어깨를 부르르 떨며 안으로 들어갔다. 카루스는 피식 웃으며 그의 뒤를 따랐다.

왕자궁에 있는 작은 연회장에 만찬이 차려져 있었다. 하녀들의 움직임이 분주했다. 넓고 둥근 테이블엔 아름다운 촛대가 상록수 잎으로 장식되어 있고, 갖가지 요리가 순서대로 등장했다.

"어서 오세요, 전하. 카루스 님."

율리아가 자리에서 일어나 인사를 건넸다.

레위시아와 카루스가 제일 늦었는지, 나머지 인원은 모두 자리에 앉아 가벼운 술을 마시고 있었다.

율리아를 따라 코코와 샤트린이 일어나 대충 인사를 건넸다. 하기 싫은 인사를 억지로 하는 기색이 분명해, 레위시아가 웃음을 흘렸다. 바바슬로프는 등받이가 없는 의자에 앉아 있었는데, 일어나지 말라는 레위시아의 배려에 고맙다며 고개를 숙였다.

"식사합시다."

거창한 건배사는 필요 없었다. 레위시아의 담백한 한마디에 식사가 시작되었다.

여럿이 함께 앉아 먹으니 평소보다 많은 양의 음식이 빠르게 사라졌다.

입이 짧은 코코가 기름진 음식만 골라 먹다가 제일 먼저 포크를 내려놓았다. 가리는 것 없이 뭐든 잘 먹는 율리아는 샤트린보다 더 많은 음식을 해치웠고, 레위시아와 카루스는 물보다 술을 많이 마셨다. 바바슬로프는 의사가 금지한 음식과 술을 하염없이 쳐다보며 한숨을 내쉬었다.

식사가 끝나갈 무렵, 가볍게 마시던 식전주를 밀어내고 커다란 술병을 새로 꺼낸 샤트린이 레위시아에게 말을 걸었다.

"전하."

"왜."

"데네브라가 율리아한테 공작 작위를 제안했대요."

"그럴 것 같더라니……"

"그 여잔 지금 율리아가 없으면 아무것도 못 하는 어린애가 됐어요. 꼭 예전의 전하를 보는 것 같달까."

"내가 그 정도는 아니었던 것 같은데."

"난 보내줘야 한다고 생각해요."

"샤트린!"

레위시아가 말도 안 되는 소리 하지 말라며 샤트린을 나무랐다. 그건 그렇게 쉽게 정할 일이 아니라고, 율리아가 바이칸에서 얼마나 위험해질지 생각해봤느냐고 다그쳤다.

그러나 율리아의 생각은 레위시아와 달랐다.

"드릴 말씀이 있어요."

"율리아."

"어떤 국가는 동맹국에 한해선 이중 국적이 허용되는 사례가 있다고 들었어요. 그렇다면 이중 작위도 가능하단 얘기겠네요?"

그녀는 이미 결심을 마친 뒤였다.

"전하, 저를 바이칸으로 보내주세요."

크세노를 무너뜨리고 데네브라가 섭정이 되면 오르테가는 바이칸의 보호 동맹국이 아니라 진짜 동맹국이 될 수 있다. 그러면 율리아가 이중 국적을 갖는 것도 불가능하지는 않으리라.

첫눈을 기념하려 즉흥적으로 모인 자리였는데, 율리아의 제국행에 대해 다투다가 시간이 훌쩍 지나가버렸다.

바바슬로프는 자신이 율리아의 호위 기사가 되겠다며 자처했고, 샤트린은 자기도 율리아를 따라 바이칸에 가겠다고 고집을 부렸다.

코코와 카루스는 도무지 무슨 생각을 하는지 레위시아의 지원 요청에도 시종일관 묵묵부답이었다.

식사를 마친 율리아가 창가에 서서 눈 오는 바깥 풍경을 바라보며 말했다.

"데네브라는 고립되었어요."

계획했던 대로였다. 율리아는 데네브라가 오르테가에 발을 내렸던 그 순간 이 모든 걸 구상했다. 황비를 고립시키겠다는 말은 단순히 그녀를 왕비궁에 억류하겠다는 뜻이 아니었다.

모든 것으로부터의 고립. 바이칸과의 연결점을 전부 없애 버린 뒤에 율리아에게 의지하게 하는 것.

율리아의 시선이 멀리 왕비궁이 있는 방향을 향했다. 어두운 가운데 눈까지 내려 아무것도 보이지 않았지만, 그녀는 데네브라가 자신처럼 눈 오는 창밖을 바라보고 있지 않을까 생각했다.

"솔직히 장담하기 어려웠어요. 운이 따랐다고 하는 편이 좋겠죠. 황비가 샤트린 전하를 죽이려 할 줄도 몰랐고, 블라이스가 그런 식으로 죽을 줄도 몰랐고, 크세노 황제가 나타날 줄도 몰랐으니까."

샤트린이 테이블 위에 턱을 괴고 중얼거렸다.

"난 그것도 다 네가 꾸민 일인 줄 알았는데."

"그럴 리가 있나요. 어떤 일을 일어나게 만드는 것보다는 이미 일어난 일을 이용하는 편이 쉬우니까요."

이번에는 레위시아가 물었다.

"그래서 바이칸에 가겠다고? 데네브라가 네게 의지하니까?"

"황비는 지금 꿈에 기대 있어요. 불안한 현실에서 도피하려면 성공한 미래를 반복해서 상상해야 하거든요."

지금쯤 데네브라의 머릿속엔 섭정이 되어 바이칸을 호령하는 자신의 모습이 문신처럼 각인되었을 것이다.

처음부터 권력욕이 많았던 황비였다. 크세노가 데네브라를 선택한 것도 그래서였다고 들었다. 누구보다 권력자의 자리에 어울리는 여자여서.

카루스가 의자 등받이에 몸을 기대고 말했다.

"크세노는 데네브라를 볼 때마다 멍청해서 사랑스럽다고 말하곤 했지."

꿈을 꾸고 있을 때는 괜찮다. 그게 꿈인 줄 모를 때는 특히 더 괜찮다. 꿈에서 깨기 싫으면 계속 잠을 자면 된다. 선잠이 이어지더라도, 눈만 뜨지 않으면 된다.

데네브라는 지금까지 이 먼 적국에 저 혼자 떨어져 있다는 사실을 외면해왔다.

오직 율리아뿐이었다. 데네브라를 염려하고, 그녀의 이야기를 들어주는 건.

율리아가 말했다.

"그 꿈에서 깨지 않게 해줘야죠."

그러려면 그녀가 바이칸에 가야 한다.

넓은 만찬 테이블 위에 침묵이 내려앉았다. 더는 반대할 수 없다는 사실을 깨달은 레위시아가 입술을 깨물자, 샤트린이 그를 흘깃 바라보며 한숨을 내쉬었다.

무슨 말이라도 해보라며 샤트린이 코코를 보채려는 찰나, 지금까지 별다른 말 없이 생각에 빠져 있던 그녀가 천천히 입을 열었다.

"율리아를 보내야 해요."

"코코!"

"호위 기사도 함께 보내고요."

호위 기사 하나만으론 부족하다. 기사단을 보내도 모자랐다. 바바슬로프는 목숨을 걸고 율리아를 지키겠다고 말했으나, 카루스가 그를 제지했다.

그러곤 코코와 레위시아를 번갈아 바라보며 말했다.

"제안하고 싶은 게 있는데."

49
사생아들

바이칸 서남부엔 '르세라'라고 불리는 항구가 있었다. 대륙을 통틀어 가장 크고 부유한 항구는 오르테가였으나, 두 번째로 꼽히는 게 바로 서북부의 무스빌리와 서남부의 르세라였다.

르세라는 바이칸 서부 해상에 해적들의 활동이 활발하던 시기에 발달한 도시였다. 그렇다 보니 카루스 란케아의 리바이어던 함대가 바이칸 서부 해상에서 해적들의 씨를 말려버린 뒤에는 조금씩 쇠퇴의 길을 걷고 있었다.

"오르테가 왕국과 혈맹을 맺고 남부 연합을 등에 업는다고 상상해 보세요. 상인들이 몰려와 이 넓은 부두에 배 댈 자리가 없다며 서로 다투게 될걸요. 비싼 자릿세는 영주를 배부르게 하고, 선원이 되고자 하는 이들이 부두로 몰려들 거예요."

율리아의 말에는 중독성이 있었다.

"배가 모이는 곳엔 돈이 쌓이고, 문화가 발달해요. 르세라는 바이칸에서 가장 부유한 도시가 될 수 있어요."

르세라의 영주이자 바이칸 서남부를 대표하는 귀족인 프랑크 후작은, 시간이 갈수록 데네브라보다 율리아의 말에 더 귀를 기울이고 있었다.

"황제가 르세라에 배를 댈 거라는 게 사실이오?"

"네."

"그걸 어떻게 확신하지?"

"황제에게 배를 빌려준 밀수 상인은 르세라에서 활동하는 자예요."

"해적에게 쫓겨 먼바다까지 나갔다고 했잖소. 그럼 다른 항구로 갈수도 있는 거 아닌가."

"지치고 겁에 질린 선원들은 가장 가까운 항구에 닻을 내리고 싶지 않을까요?"

"벌써 다른 곳으로 달아났을 수도 있잖소."

"의심이 많으시네요. 제 말을 믿지 않으셔도 괜찮아요. 후작께서 손해 볼 일은 아무것도 없으니까요. 그냥 하나만 약속해주시면 됩니다."

율리아가 한 손으로 르세라 앞바다를 가리키며 말했다.

"해적선이 나타나도 못 본 척해주세요."

"그거면 된다고?"

프랑크 후작이 의아해하며 물었다. 황제가 배에서 내리길 기다렸다가 공격하자거나, 도시에 숨어 있을 그의 수족을 찾아내 전부 죽이자고 할 줄 알았는데.

율리아는 그에게 많은 걸 바라지 않았다.

"그냥 모른 척해주시면 됩니다."

"흠."

"저는 황제 폐하를 공격할 생각이 없어요. 지금은 폐하께서 살아 계셔야 우리에게 유리하거든요. 후작께서도 비슷한 생각이시죠?"

"그렇소."

"너무 이른 시기에 적의 경계심을 높일 필요는 없잖아요."

"백작이 왜 레위시아 국왕의 최측근인지 잘 알겠군."

프랑크 후작이 율리아에게 호감 가득한 미소를 내보였다. 그게 귀족들 특유의 거짓 미소라는 걸 잘 아는 율리아는 그와 똑같은 접대용 웃음을 입가에 걸쳤다.

"그럼 이제 후작께서 확보하셨다는 사생아를 만나보러 갈까요?"

"황비 전하는 어쩌고?"

"전하께서는 뱃멀미가 너무 심하셔서, 오늘은 아무런 일정도 소화하실 수 없어요. 찾아뵙고 싶다면 말리진 않겠습니다."

"괜찮소. 전하의 휴식을 방해할 수는 없지."

멀미에 시달린 데네브라를 찾아갔다가 뺨이라도 맞을까 걱정되었던 프랑크 후작이 구렁이처럼 화제를 돌렸다.

"내가 찾은 사생아는 둘이오. 하나는 열두 살, 다른 하나는 여덟 살이지. 둘 다 사내아이인데, 황제를 아주 쏙 빼닮았어."

"친자가 아닐 가능성이 있나요?"

"내가 보기엔 확실하오."

황제의 사생아를 후계자로 내밀려면 누구도 감히 친자가 아닐지도 모른다는 의심을 할 수 없을 만큼 확실한 출신 정보가 있어야 한다. 율리아가 그 점을 지적하자, 프랑크 후작이 고개를 주억거리며 말했다.

"어미가 둘 다 살아 있어서 얼마든지 증언할 수 있소. 황제의 연인이었다는 증거도, 증인도 있지."

"좋네요."

"내 눈엔 큰 아이가 영특해 보이는데, 백작의 의견을 듣고 싶군."

후작이 구렁이처럼 웃었다.

변방 귀족 주제에 다음 대의 황제를 마음대로 선택할 수 있다니.

그는 지금 구름 위를 걷는 기분일 것이다. 바닥이 없어 언제 추락할지 몰라 불안하고 긴장되지만, 하늘 위의 풍경에 취해 공포가 마비된 상태.

율리아가 입꼬리를 살짝 추켜올리며 속삭였다.

"당연히 후작님의 의견에 동의하지 않겠어요? 저는 이리저리 머리 굴릴 줄만 알지, 사람 볼 줄은 모르거든요. 후작께서는 다복한 가정을 이루셨다 들었어요. 그럼 아이를 보는 눈도 남다르시겠죠."

"하하! 백작이 아직 미혼이라는 걸 깜박했군."

때로 칭찬은 협박보다 더 큰 힘으로 사람을 조종한다.

솔직히 이렇게 빨리 황제의 사생아를 찾아낼 줄은 몰랐다며, 율리아가 프랑크 후작의 정보력을 칭찬했다. 한 수 배워야겠다는 농담까지 곁들이자 짐짓 겸손한 척하던 후작도 끝까지 말을 거르지 못했다.

"하나는 내가 찾은 아이가 맞는데, 다른 하나는 내 이웃 영지의 주인이 찾았다오. 그 사람이 내가 찾은 아이마저 데려가려고 비겁한 수를 쓰기에 둘 다 데려와 보살피고 있지."

"그러셨군요."

"하하하! 이제 후계자로 떠받들어야 하니, 황자 전하라고 불러야겠군. 어디 가서 실수라도 하면 안 되니까."

"좋은 생각이에요. 철두철미하시네요."

후작이 앞장서서 걸었다. 율리아가 그녀의 뒤를 따르던 호위 기사에게 눈짓했다. 그가 미미하게 고개를 끄덕였다.

프랑크 후작의 저택엔 창문 없는 귀빈실이 있었다. 주로 가주가 밀애나 밀담을 나누기 위해 쓰이는 공간이었다. 크세노 황제의 사생아는 그곳에 갇혀 있었다.

율리아는 프랑크 후작과 함께 두 아이를 모두 만나보았다. 황제와 꼭 빼닮았다는 후작의 말은 반만 사실이었다.

"어때요?"

늦은 밤 자신의 방으로 돌아온 율리아가 물었다. 그녀를 따라 안으로 들어온 호위 기사는 창문과 욕실, 천장과 바닥까지 꼼꼼하게 확인한 뒤에야 입을 열었다.

"둘 다 친자가 아니야."

"어떻게 알아요?"

"염색했더군."

어쩐지. 율리아가 피식 웃으며 소파에 기대앉았다.

크세노 황제는 갈색 계열의 머리카락이 어두운색부터 밝은색까지 어지럽게 뒤섞여, 마치 사자와 같은 모습을 하고 있었다.

프랑크 후작이 발견했다는 두 명의 아이도 꼭 그와 같은 머리카락을 가지고 있었다.

눈썹 모양까지 완벽하게 크세노와 같아서, 관찰력이 어지간히 뛰어나지 않은 이상 대부분은 두 아이가 황제와 판박이라는 후작의 말을 곧이곧대로 믿었을 것이다.

그러나 율리아는 아이들을 보자마자 어떤 위화감을 느꼈다.

"지나치게 똑같게 만들었다는 느낌이었죠."

"화장까지 시켜놓았으면 재밌었을 텐데."

호위 기사가 비아냥거렸다.

소파에 기대어 앉아 있던 율리아가 고개를 들고 그를 바라보았다.

문득 웃음이 났다.

새카맣던 머리카락이 빛바랜 회색이 되어 흘러내렸다. 별다른 꾸밈 없이 정직하던 그의 머리카락이 한쪽은 길게 흘러내려 뺨을 덮고, 한쪽은 귀를 다 드러낼 만큼 짧게 잘려 있었다.

구름처럼 붕 떠 보이는 회색 앞머리가 이마를 대부분 덮고, 드러난 귀에는 붉은 귀걸이를 달았다.

망토 없이 몸에 꼭 달라붙는 셔츠와 바지, 늑대 가죽으로 만든 조끼 위엔 최소한의 갑옷만 걸친 채였다.

"카루스 님."

율리아가 속삭이듯 그를 불렀다.

호위 기사는 카루스였다.

바바슬로프가 무슨 수를 써서라도 자신이 율리아를 지키겠다며 떼를 썼지만, 부상을 치료중인 그를 데려올 수는 없었다.

그렇다고 그보다 실력이 뛰어나지 않은 자를 보낼 수도 없었다. 율리아에겐 바이칸에 대해 누구보다 잘 아는 사람이 필요했다.

카루스는 직접 그녀를 호위하겠다고 말했다.

"다른 사람 같아요."

율리아가 속삭였다.

카루스는 그녀가 내민 손을 감싸듯 느리게 쥐었다.

"코델리아 시녀장이라면 이 정도 변장쯤은 손쉽게 해낼 수 있으리라고 생각했거든."

"코코는 최고죠."

"레위시아를 티타니아로 만들었을 정도인데, 나 정도는 아무것도 아니었겠지."

말은 그렇게 하고 있지만 카루스는 그때도 내심 놀랐다. 적당히 눈속임하는 정도면 될 거라고 제안했는데, 코코는 그걸로는 부족하다고 말했다.

그녀는 카루스의 눈썹을 다듬어 인상을 바꾸고, 머리카락 모양을 그의 이미지와는 전혀 다르게 만들어버렸다.

빛바랜 회색 머리카락은 남부 토박이들에게만 있는 색이라서, 누구라도 그를 남부인으로 착각하게끔 했다. 2년 동안 남부의 태양 빛에 적당히 그을린 그의 피부색이 결정적이었다.

귀에는 귓바퀴를 감싸는 화려한 모양의 귀걸이를 매달아 시선을 분산시키고, 갑옷을 최소화하되 몸매를 적나라하게 드러냈다.

코코가 마지막으로 카루스에게 요구한 것은 자세를 구부정하게 하라는 것이었다.

당신은 너무 꼿꼿하고 반듯하다며, 구부정하고 껄렁껄렁해지라고 충고했다.

카루스는 코코의 말에 충실하게 따랐다.

짧게나마 남부 사투리를 배우고, 말은 최소한으로 줄였다. 구부정하고 삐딱한 자세로 서 있다가 느릿느릿하면서 불규칙하게 움직였다. 때로는 블라이스처럼, 때로는 해적처럼 굴었다.

율리아가 그의 손에 뺨을 기대고 말했다.

"정말 다른 사람 같아요."

"낯설어?"

"낯설어서 좋아요."

카루스가 한쪽 눈썹을 삐딱하게 끌어올렸다. 낯설어서 좋다니. 율리아가 흘린 도발적인 말에 그의 입가에 심술궂은 미소가 자라났다.

"그렇게 좋으면 가짜 이름으로 불러."

율리아는 거절하지 않았다. 카루스를 똑바로 바라보면서 도발적인 목소리로 코코가 지어준 가짜 이름을 말했다.

"루이스."

"이상하지."

카루스가 한 손으로 소파를 짚고 몸을 숙였다. 율리아의 뺨에 그의 입술이 닿았다. 흘러내린 머리카락이 간지러웠다.

"네가 그러니까 그게 진짜 내 이름인 것 같아."

남부에선 무척 흔해 특별할 것 없는 이름인데, 율리아가 부르자 그 이름이 세상에 하나뿐인 것처럼 느껴졌다.

"루이스, 호위 임무에 충실해야죠."

"아무도 네게 손가락 하나 닿지 않게 할게."

"거기 당신은 포함되지 않나 봐요?"

카루스가 소파를 짚지 않은 손으로 율리아의 뒤통수를 감싸 쥐었다. 그의 손가락 사이로 흘러내린 머리카락이 짜릿했다. 율리아는 웃으며 그를 보고 있었지만, 카루스는 웃을 수가 없었다.

"언젠가 이 모든 일이 끝나고 나면 매일 이런 장난을 치고 살자."

"매일?"

"난 루이스가 되고, 이안이 되고, 크리스토퍼가 되고."

"전 뭐가 될까요."

머릿속에 많은 이름이 떠올랐다. 율리아가 재밌다는 듯 그 이름들을 고르자, 카루스가 그녀의 입술에 키스하며 속삭였다.

"넌 아무것도 하지 마."

다음 날 율리아는 르세라 앞바다에 여러 척의 해적선이 나타났다는 보고를 받았다.

혼비백산한 르세라의 해군이 프랑크 후작을 다급하게 찾았지만, 그는 온종일 데네브라에게 붙들려 이리저리 휘둘리고 있었다.

"말해봐라. 내가 왜 그 사생아들과 친하게 지내야 하느냐? 둘이나 데려온 이유는 무엇이고? 분명히 말했잖으냐. 적당한 아이를 하나 골라놓으면 그 녀석을 황제로 만들겠다고!"

"하오나 황비 전하."

"고르는 것까지 내가 해야 해? 너희는 도대체 사람 볼 줄을 모르느냐? 둘 중에 더 영특하고 고분고분한 아이를 고르면 되잖아!"

"전하께서 아들처럼 여기며 사셔야 하는데, 어찌 그 귀한 분을 저희가 멋대로 선택할 수가 있습니까."

"아들처럼이라니, 무슨 개 같은 소리를……."

평소처럼 버럭 화를 내려던 데네브라가 움찔하더니 율리아의 눈치를 살폈다. 그러곤 아무 일도 없었다는 듯 천연덕스럽게 물었다.

"너는 만나보았느냐?"

"네, 전하. 두 분 다 만나뵈었습니다."

"어떻더냐?"

"프랑크 후작께서 말씀하신 대로 황제 폐하를 꼭 빼닮은 황자 전하들이셨습니다. 어린 나이임에도 풍채가 헌앙하고 의기 당당하셨어요."

"그래?"

데네브라가 율리아에게 뭔가를 더 물으려던 때였다. 바깥에서 세 사람의 대화가 끝나기만을 기다리던 르세라의 해군 장교가 더는 기다리지 못하고 문을 두드렸다.

"후작님! 큰일입니다. 빨리 나오셔야 합니다."

"아니……. 전하, 죄송합니다."

프랑크 후작이 데네브라의 눈치를 보며 슬그머니 움직였다. 그녀는 발끈하여 그를 노려보았으나 밖에서 들려오는 소리에 재빨리 입을 다물었다.

"해적선이 나타났습니다. 출정 명령을 내려주십시오!"

해적선이라니? 데네브라가 율리아를 바라보았다.

두 사람의 아슬아슬한 대화에도 흔들림 없이 앉아 차를 마시던 율리아가 생긋 웃으며 프랑크 후작을 바라보았다.

"말씀드린 거 잊지 마세요, 후작님."

프랑크 후작이 미미하게 고개를 끄덕였다. 대신 그는 눈짓으로 데네브라를 가리키며 율리아에게 잘 부탁한다는 뜻을 전했다.

"해적이라니? 그게 무슨 소리냐!"

후작이 밖으로 나가 소리쳤다. 그에게 급보를 전하러 온 해군 장교는 다급한 목소리로 르세라 해군 전체에 출정 명령을 내리고 속히 발포해야 한다는 말을 전하고 있었다.

"르세라 앞바다에 해적이 사라진 게 언제 적 일인데 이러느냐. 너희가 뭔가 잘못 본 건 아니고?"

"후작님!"

"최근에 해적선인 척 연기하는 밀수선이 얼마나 많아졌는지 아느냐? 확인도 안 하고 출정 명령 내렸다가 백성들이 생업도 못 하고 겁에 질리면 누가 그 손해를 보상해?"

백성들의 생업까지 염려하는 귀족이라니. 누가 보면 대단히 인자한 영주인 줄 알겠네. 율리아가 속으로 웃음을 흘렸다.

"내가 직접 확인할 것이다. 가자!"

프랑크 후작은 율리아의 부탁을 충실하게 들어주었다.

그가 직접 확인하겠다며 바다까지 나가는 시간에, 저건 해적선이 아니라 밀수선이라며 우기는 시간까지 더하면, 크세노 황제를 쫓았던 해적선들은 르세라에서 무사히 휴식을 취한 뒤 오르테가로 돌아갈 수 있으리라.

"보급이냐?"

데네브라가 물었다.

"해적들이 르세라에서 보급하게 하려고 이러는 거야?"

"아니에요."

율리아는 그게 아니라며 고개를 저었다.

"황제의 배가 보급을 못 하게 하려는 의도가 더 크죠."

"크세노가 여기 왔어?"

"근처까지 왔다가 해적선에 쫓겨 물러났을 거예요."

크세노 황제는 물을 무서워한다. 그런 그가 바다에 갇힌 지도 벌써 한 달이 다 되어가고 있었다. 비밀리에 떠난 길이었기에 그를 수행하는 인원도 많지 않을 것이다. 새를 부르기에도 마땅찮았다. 배는 항상 움직이고 있기 때문이다.

해적들은 최소한의 인원으로 떠나 보급이 굳이 필요치 않았으나, 황제는 다를 것이다.

르세라에서 식량과 물을 보급하지 못하면 그는 부득이하게 그보다 더 북쪽에 있는 작은 항구에 배를 대야 하리라.

그러면 그가 황성으로 복귀하는 시간도 늦어지고, 르세라에 귀족들이 모여 반황제파를 만들고 있다는 것도 들키지 않게 된다.

데네브라의 입에서 낮게 혀 차는 소리가 들렸다.

"넌 정말 무서운 인간이야."

"황비 전하."

율리아가 데네브라의 잔에 차를 따르며 말했다.

"프랑크 후작이 찾았다는 아이들은 황제의 친자가 아니에요."

차를 마시려던 데네브라가 얼굴을 일그러뜨렸다.

"뭐야? 내 저것들을 당장⋯⋯!"

"그러니 제가 고른 아이를 후계자로 내세우는 척하면서 다른 귀족들에게도 아직 기회가 남아 있다는 걸 흘리세요."

"난 그런 간계엔 소질이 없어."

"그래서 제가 왔잖아요."

그런 간계라면 자신 있다. 율리아 아르테는 여러 번의 삶을 거치며 단련되었고, 코델리아 힌치로부터 나쁜 시녀가 되는 법을 배웠다.

"율리아."

데네브라가 율리아의 손을 잡았다.

"바이칸의 귀족들은 오르테가를 우습게 봐. 그뿐 아니야. 너를 내 하녀라 여기면서 희롱하고 무시할 것이다."

"각오했어요."

"그러니까 내 시녀장이 되어라."

"네?"

"너를 내 새 시녀장이라고 소개할 거야. 황비궁엔 시녀장이 없거든. 하도 심하게 감시를 하길래 내가 죽여버렸어. 이제 와 생각해보니 그 여자도 크세노의 첩자였겠구나."

"타국의 귀족도 시녀장이 될 수 있어요?"

"알 게 뭐냐. 내가 그렇게 하고 싶다는데. 오르테가와 바이칸의 동맹 관계는 아직 유효해."

그러니까 네가 나와 함께 가서 그 두 명의 아이 중에서 누구를 후계자로 선택해야 할지 알려달라고, 데네브라가 율리아의 손을 잡아당겼다.

━ • ◆ • ━

첫 번째 아이는 제 어미와 함께 있었다.

올해 12살이라는 소년의 이름은 위레우스였다.

어미는 바이칸에서 제법 유명한 상인 가문의 딸로, 황제의 아이를 낳았다는 이유로 상단 후계자에서 밀려나 저보다 더 높은 귀족 가문의 남자와 결혼하게 되었다고 했다.

귀족들의 결혼 시장에서 황제의 아이를 낳았다는 건 결점이되 결점이 아니었다. 욕심 많은 일부 귀족들은 황제의 아이를 지참금이라 부르며 가문에 입적시키기도 했다.

위레우스는 그런 아이였다.

"처음 뵙겠습니다. 위대한 바이칸의 하나뿐인 황비 전하, 위레우스라고 불러주십시오."

어디서부터 잘못을 지적해야 하나.

이제 고작 12살밖에 되지 않은 아이가 기계처럼 딱딱한 자세로 인사를 건네고, 완벽한 예법을 구사하고 있었다. 이 한순간을 위해 저 아이가 얼마나 혹독한 가르침을 받아야 했을지 떠올리니 눈앞이 아찔해졌다.

"너는 나가도 좋다."

다행히 데네브라는 황비답게 행동해주고 있었다.

아이를 칭찬하거나 나무라지 않고, 아이에게서 시선을 거두어 어미와 눈을 맞추었다.

위레우스가 데네브라에게 깊이 절하고 문밖으로 나갔다.

오르테가에서 율리아에게 한동안 천덕꾸러기 취급을 받긴 했어도, 데네브라는 바이칸의 황비였다. 그녀의 시선을 정면으로 받게 된 아이의 어미가 두려움을 감추려 두 눈을 내리깔았다.

"너도 알고 있겠지만."

데네브라가 다리를 꼬았다. 그녀의 긴 팔다리와 긴 머리카락은 눈앞에 있는 것만으로도 상대에게 압박감을 주었다.

"나는 한 명의 후계자가 필요할 뿐이란다."

"지당하신 말씀입니다."

"저 아이가 크세노의 친자라는 걸 어떻게 믿지?"

데네브라는 에둘러 묻지 않았다. 그녀는 황비였다. 예법 위의 존재. 그녀에게 복잡한 귀족식 예법을 기대하는 자는 없었다.

위레우스의 어미도 그 정도는 예상했는지 망설임 없이 대답했다.

"제가 당시 폐하의 연인이었다는 걸 증명할 수 있습니다. 그분이 주신 편지와 선물, 그분께 갈 때마다 동행했던 기사와 황성의 시종, 제가 아이를 가졌을 당시에도 그분은 걱정하지 말라며 집을 한 채 하사하셨고……."

"그때 네가 크세노 한 사람만 만났다는 건 어찌 증명하려고?"

데네브라가 다시 물었다.

그것까지 캐물을 줄은 몰랐는지, 여자가 잠시 말을 잃고 침을 삼켰다. 그러더니 숙였던 고개를 들어 데네브라를 바라보았다.

"황비 전하."

"말하렴."

"저 아이는 황제 폐하의 어린 시절을 따라가고 있습니다."

"그게 무슨 말이냐?"

"폐하께서 익히셨던 검술, 폐하께서 흥미를 보였던 학문, 그분이 즐기던 취미와 그분이 좋아했던 책."

"그런 걸 가르치고 있다고?"

"저는 감히 단언할 수 있습니다. 폐하의 사생아 중에서 위레우스만큼 완벽한 황자는 없을 것이라고요."

위레우스가 크세노의 친자라는 걸 밝힐 수 있는 존재는 오직 신뿐이다. 그러니까 증거와 증인, 정황으로 추측할 수밖에 없다.

여자는 그 사실을 알기에 데네브라의 마음을 사로잡으려 애썼다.

"저희 친정 가문과 제 남편의 가문, 그리고 위레우스의 후견인들. 모두가 전하를 지지할 것입니다."

"왜?"

"그야……."

"크세노보다는 위레우스가 너희에게 이롭기 때문이겠지."

데네브라가 코웃음 치며 말했다.

"너희도 나와 똑같잖아. 황제의 힘이 너무 강해 파고들 틈이 없으니 새 황제를 내세우려는 것 아니냐. 그러면 나는 네 아이를 선택할 이유가 없어. 일이 끝난 뒤에도 권력을 놓고 너희와 싸워야 하니까."

"그렇지 않습니다. 저희가 어찌 감히 황비 전하와……."

"황제와도 싸우려는 것들이 나랑은 안 싸우겠다고? 거짓말을 하려거든 미리 연습 좀 하지 그랬어. 열두 살 위레우스도 너보다는 잘하던데."

당황한 여자의 시선이 흐트러졌다. 그녀는 데네브라가 이렇게까지 공격적으로 나오리라고는 예상하지 못한 것 같았다.

아무리 성격 나쁜 황비라도 폐위당할 위기에서 아군이 될 자의 손을 내치지는 않을 거라고, 그렇게 믿은 것이다.

예전의 데네브라라면 모를까, 지금 그녀에게는 율리아가 있었다.

"황비 전하."

율리아가 데네브라의 손을 끌어다 부드럽게 잡았다.

"시간은 충분합니다. 지금 당장 결정하지 않으셔도 괜찮아요."

차분하면서 다정하고, 은근한 힘이 느껴지는 말투였다. 데네브라의 성급한 기운이 그녀를 따라 느슨하게 가라앉았다.

위레우스의 어미가 율리아를 바라보았다.

오르테가 출신의 새 시녀장이라고 소개받았는데, 그런 자리에 오르기엔 너무 젊은 여자였다. 이제 고작 20대 초반. 앳된 얼굴에 고운 목소리는 여느 아가씨들과 다르지 않았다.

하지만 율리아의 말 한마디에 데네브라의 분위기가 달라지자, 이제까지와는 다른 눈으로 그녀를 보게 되었다.

데네브라가 의자에서 벌떡 일어나며 말했다.

"나는 한동안 르세라에 머무를 것이다."

"예, 전하."

"너 말고도 많은 이들이 황제의 사생아를 찾고 있고, 또 찾았다고 들었다."

"알고 있사옵니다."

"너는 네가 한 말을 증명해야 할 것이야."

"명심하겠습니다."

여자가 공손히 머리를 조아렸다. 데네브라는 그녀의 정수리를 거만하게 내려다보곤 흐응, 하는 콧소리를 내며 문밖으로 나섰다.

두 번째 아이의 이름은 제이비온이었다.

"재밌구나. 이름을 지을 때부터 일말의 기대감이 있었던 게 분명해. 위레우스는 황족 출신으로 성자의 자리에 올랐던 이의 이름이고, 제이비온은 크세노의 조부가 어릴 때 사용했던 이름이지."

"그래요?"

"너는 뭐든 다 아는 것처럼 굴더니, 바이칸의 역사는 꼼꼼히 살피지 못했느냐?"

"바이칸 황족의 조상들까지 어떻게 다 외워요. 그걸 아는 전하가 더 대단한데요?"

"내 가문의 어른들이 크세노의 아내가 되려면 알아야 한다며 강요한 공부였다."

그러니 위레우스와 제이비온이라는 이름은 황제의 자리를 염두에 두고 지은 것이 분명하다고, 데네브라가 비웃었다.

"우습지 않으냐. 저 아이들이 태어났을 때는 크세노에 대한 공포가 대륙을 지배하다시피 하던 때인데. 그때도 저놈들은 다음을 노리고 있었던 거야."

"기회는 준비된 자에게만 찾아오는 법이니까요."

"너는 이게 다 놀랍지 않으냐?"

"저 아이들의 이름이 태어났을 때 지어졌다는 보장도 없고요."

"뭐라고?"

데네브라가 놀라 되물었다. 그녀의 곁에서 나란히 걷던 율리아가 귓속말을 속삭였다.

"황자로 만들려고 최근에 바꾼 이름일 수도 있잖아요."

가능성 있었다. 데네브라가 입술을 우물거리며 이 상황에 어울리는 욕설을 찾는 동안, 율리아가 문을 열며 생긋 웃었다.

"황비 전하께서 오셨습니다. 일어나 예를 갖추세요."

"어서 오세요! 기다리고 있었습니다, 전하."

제이비온의 어미는 젊고 자유로운 분위기의 여자였다.

위레우스의 어미는 상인 가문의 여자라기엔 무척 귀족적이면서 정치적이었는데, 이 여자는 고명한 가문의 외동딸치곤 종잡을 수 없는 매력이 있었다.

붉은 드레스로 몸을 한껏 치장하고 긴 금발을 구불구불하게 말아 늘어뜨렸다. 머리카락을 자랑으로 여긴다는 걸 한눈에 알 수 있을 만큼 화려한 차림새였다.

데네브라가 안으로 들어오자마자 눈살을 찌푸리며 물었다.

"제이비온의 어미가 너냐?"

"네! 전하, 저와 제 가문에 대해서 말씀드리자면…….."

"지금 뭐 하자는 거냐. 너 말고 아이를 소개해야지."

그녀는 한마디로 데네브라에 대해 잘 모르는 여자였다.

데네브라가 앉지도 않은 채 서서 화를 내자, 당황한 여자가 율리아를 바라보았다. 그러곤 눈짓으로 황비를 가리키며 입술을 깨물었다.

시녀니까 네가 알아서 해결해보라는 뜻이었다.

율리아가 다시 생긋 웃었다.

"제이비온 황자는 어디 가고 혼자 계십니까? 황비 전하께서는 당신의 아들이 황제 폐하의 친자인지 확인하고, 아이의 기질을 살피러 오셨습니다. 그러니 어서 아이를 데려오세요."

"건방지게…… 당신 누구야?"

"부족하오나 황비 전하를 모시고 있는 시녀장 율리아 아르테입니다."

"시녀장이라고?"

여자가 깜짝 놀라 되물었다.

데네브라는 이쯤에서 자신이 나서야겠다고 생각했다. 그냥 가만히 놔둬도 율리아는 알아서 뭐든 잘 해결하겠지만, 지금은 그런 걸 구경하고 있을 때가 아니었다.

"너야말로 건방지구나. 황비의 시녀장을 앞에 두고 태도가 그게 무엇이냐? 네 꼬락서니를 보아하니 제이비온은 만나보지 않아도 될 것 같구나. 난 이만 물러가겠다. 너는 네 집으로 돌아가 그 빨간 드레스와 치렁치렁한 금발이나 자랑하면서 살아라!"

"전하! 무슨 말씀이셔요. 제이비온은 황제 폐하의 아들인데, 만나보지도 않으시겠다고요?"

"닥쳐라!"

"제 아들은 전하에게 기회입니다!"

여자가 지지 않고 언성을 높였다.

"폐하의 친자예요. 폐하의 아들이라고요! 저는 다른 사기꾼들과는 달라요!"

그 순간 율리아는 그녀에 대한 평가를 조금 수정해야겠다고 생각했다. 철없는 귀족인 줄만 알았더니, 무모할 정도로 담대한 것이었다.

"제이비온은 아직 어립니다. 이렇게 늦은 시간에는 정신을 차리지 못하고 꾸벅꾸벅 졸아요. 전하께 양해를 구하는 게 먼저라고 생각해서, 옆방에서 유모와 함께 기다리라고 했어요."

"닥치라고 하였다!"

데네브라는 여자의 말을 듣지 않고 있었다. 기선제압을 했으니 무시하고 나갈 차례라고 생각했다. 그래서 율리아의 손을 홱 잡아채고 몸을 돌렸는데, 이번에도 발목을 잡히고 말았다.

"황비 전하."

율리아가 데네브라의 손등을 부드럽게 쓰다듬었다.

"제이비온 황자를 만나보고 가세요. 저의 말대로 여덟 살은 아직 어려요. 황제 폐하를 빼닮았다는 얼굴만 확인하고 돌아가면 되는 일이에요."

"내가 정말……!"

데네브라는 뭐라 화를 내려 했지만, 제이비온의 어미가 기회를 틈타 옆방으로 달려가 아이를 데리고 나오는 바람에 어쩔 수 없이 걸음을 멈추었다.

"안녕하세요, 황비 전하. 제이비온입니다."

곱디고운 사내아이가 잔뜩 겁먹은 얼굴로 머리를 숙였다. 묘하게 시선을 잡아끄는 아이였다. 8살밖에 안 된 아이가 어른들 사이에서 기죽은 얼굴로 눈치를 보는데, 누구라도 마음이 쓰일 법했다.

"제이비온."

"예, 황비 전하."

머뭇거리면서도 또박또박 대답하는 아이를 보며 데네브라가 작은 감탄사를 내뱉었다.

황비가 제이비온의 무엇을 보고 감탄하는 줄은 몰랐으나 그게 긍정적인 반응이라고 생각했는지, 아이의 어미가 밝게 웃으며 말했다.

"기분 상하게 해 드렸다면 정말 죄송해요. 황비 전하, 저는 황족을 이렇게 가까이에서 뵌 적이 없어서……."

"중앙이나 황성에 온 적이 없다고?"

"아이를 낳고 키우느라 바빴거든요."

데네브라는 여전히 제이비온을 뚫어지게 바라보고 있었다.

아이는 유령이라도 만난 양 잔뜩 움츠린 상태였다.

큰 키에 긴 팔다리, 진하게 화장한 데네브라는 아이에게 이야기책에 나오는 마녀와도 같아 보였을 것이다.

보다 못한 여자가 손을 내밀자 아이는 울 것처럼 잔뜩 달아오른 눈으로 어미의 품에 안겼다.

"제이비온, 졸려서 그래? 괜찮아."

여자는 능숙하게 아이를 안고 달래었다. 허리를 숙여 아이의 정수리에 입 맞추고 등을 느리게 쓰다듬었다. 그녀가 작은 힘으로 토닥토닥 등을 두드리자, 아이가 금세 긴장을 풀었다.

"됐다."

데네브라가 몸을 돌렸다. 그러곤 더는 볼 필요도 없겠다며 직접 문을 열고 밖으로 나갔다.

"황비 전하, 잠깐만요!"

"따라오지 마라! 율리아, 가자."

율리아가 데네브라를 대신해 여자와 아이에게 눈으로 인사를 건넸다.

방으로 돌아온 뒤에는 누가 들을세라 문을 꽉 닫고 침실 안으로 들어갔다. 오르테가에서 조심성만 늘었는지, 데네브라는 방문에 이어 창문까지 다 꽉 닫은 뒤에야 입을 열었다.

"여자아이 같은데."

"여자아이 같아요."

데네브라와 율리아가 동시에 말을 꺼냈다.

처음 봤을 때는 몰랐다. 크세노 황제처럼 머리카락을 자르고 염색했다는 것만 알아챘을 뿐, 이렇게 가까이에서 자세히 들여다보지 않았기 때문이다.

율리아가 의외라며 물었다.

"전하는 어떻게 알아채셨어요?"

"바이칸 황성에는 말이야. 크세노와 나 사이에 아이가 없으니까, 혹시 제 아이가 우리 눈에 뜨일까 헛된 꿈을 꾸는 부모들이 몰려와 산단다."

데네브라는 아이에게 익숙한 사람이었다.

"크세노의 친인척이거나 내 친정 가문에 속한 자들은 혼인하여 아이를 낳으면 전부 황성으로 와. 어떻게든 내게 들이밀려 애쓰지. 황비궁엔 그런 아이들을 위한 공간이 따로 마련돼 있을 정도야."

그래서 그 아이들을 피해 매일 밤 술과 무희로 가득한 연회를 열었노라고, 데네브라가 비웃으며 말했다.

"여자아이를 데려다놓고 사내라 속이다니. 어미의 욕심이 도가 지나치구나. 저 알량한 거짓말을 들키는 날엔 목숨을 부지하기 어렵다는 걸 모르지 않을 텐데."

전쟁중인 국가의 백성들은 무력적으로 강한 후계자를 원하기 마련이고, 때문에 제이비온의 어미는 아이의 성별을 바꾸었다.

"카루스 님은 눈치채지 못했어요. 다른 사람들도 마찬가지 아닐까요?"

"그 자식은 눈이 뒤통수에 달렸다더냐?"

"가까운 사람은 매수하고, 아이를 내보여야 할 때는 어미가 나서서 시선을 끌었겠죠."

그래서 그렇게 화려한 차림새를 하고 있었던 모양이다. 율리아가 웃으며 중얼거리자, 데네브라가 머리 장식을 뜯어 던지듯 내려놓곤 침대에 벌렁 드러누웠다.

"누구를 선택하는 게 좋겠어?"

"제이비온이죠."

데네브라가 몸을 들썩거리며 웃었다.

"네 말대로 아무 아이나 데려다 친자인 양 속일 거라고는 생각했지만, 여자아이를 남장시켜서 데려올 줄 누가 알았나."

"약점으로 잡고 이용하세요."

이리저리 몸을 뒤척이던 데네브라가 다시 몸을 일으켰다. 드레스 때문에 누워도 몸이 편하질 않아서였다.

율리아가 다가와 드레스 매듭을 풀어주자 데네브라는 어색해하면서도 그녀의 시중을 받았다.

"제이비온이 크세노의 친딸일 수도 있다는 생각이 드는데, 너무 섣부른 짐작일까?"

"글쎄요."

"이왕 할 거짓말이라면 사내아이를 데려왔겠지."

제이비온은 크세노의 친딸일지도 모른다. 어쩌면 앞으로 나타날 사생아 중에서 유일한 친자일 수도 있다.

그때 율리아가 데네브라에게 바짝 다가와 그녀의 귓가에 속삭였다.

"그게 그렇게 중요한가요?"

"뭐?"

"어차피 선택은 전하의 몫이에요. 황제의 친자이건 아니건 아이를 데려다 황제로 키우는 것도 전하의 몫이죠. 언젠가 그 아이가 황제의 자리에 오르게 되면…… 사람들은 그를 누구의 아이라고 기억할까요?"

"너……."

데네브라가 멍하니 중얼거렸다.

"그게 얼마나 무서운 말인지 알고 하는 거냐? 내가 적국의 아이를 선택해도, 반역자의 아이를 선택해도, 노예의 아이를 선택해도…… 그 아이가 황제가 된다는 말이잖아."

"네."

"너 진짜 미쳤구나."

데네브라가 한탄하며 말했다.

깊은 밤이었다.

르세라 앞바다에 나타난 해적선을 위장한 밀수선이라고 결론 내린 프랑크 후작이 겁먹은 해군을 달래고 돌아왔다. 그가 무슨 말로 어떻게 르세라의 해군을 달래었는지는 모르나, 그들은 해적선을 발견하고도 출정하지 않았다.

덕분에 황제를 쫓아 바이칸으로 넘어왔던 해적들도 오르테가로 무사히 귀환할 수 있었다.

데네브라는 제이비온을 선택했다.

그녀는 길게 고민하지 않았다. 다음 날 아침이 되자마자 제이비온을 손가락으로 가리키면서 나와 함께 황성으로 가자고 말했다.

제이비온의 어미는 뛸 듯이 기뻐했으나, 위레우스의 어미는 있을 수 없는 일이라고 강하게 반발했다. 위레우스가 나이로 보나 배움으로 보나 제이비온보다 뛰어난 황자라며, 다시 생각해달라고 몇 번이고 항의했다.

게다가 크세노의 사생아를 낳았다는 여자는 그 두 사람뿐만이 아니었다.

거리가 멀어 당장 선보일 수는 없으나, 자신의 가문에서 황제의 아이를 기르고 있다는 편지가 속속들이 도착했다. 흙먼지를 뒤집어쓴 전령들이 앞다투어 달려와 몇 겹으로 봉한 편지를 내밀었다.

율리아는 데네브라의 곁에서 그 모든 걸 지켜보았다.

"나이가 같은 아이가 셋이에요. 크세노 황제가 타고난 정력가라고 해도, 그 먼 거리의 여자들을 동시에 세 명이나 만났을 것 같지는 않거든요. 심지어 벌써 성인이 다 된 아이도 있어요. 다들 뭘 노리는 건지."

프랑크 후작의 저택은 전쟁터와 다를 바가 없었다. 편지를 가져온 전령들이 답변을 받아가야 한다며 데네브라에게 매달리고, 위레우스와 그의 어미는 온종일 그녀를 쫓아다녔다.

그나마 다행인 건 데네브라가 제멋대로에 난폭한 성격을 가졌다는 점이었다.

"귀찮다고 짜증을 내더니, 결국엔 고래고래 소리를 지르고 닥치는 대로 물건을 집어 던졌어요. 애어른 같은 위레우스가 울음을 터뜨렸을 정도니까요. 제이비온이 그걸 못 봐서 다행이라고 해야 할지."

율리아는 저택 정원에 나와 있었다. 호위 기사로 변장한 카루스가 한 걸음 떨어진 곳에서 그녀와 함께 걸었다.

"제이비온이라. 조금만 더 자라면 여자아이란 게 티가 날 텐데, 그때는 어떡하려고 그러는 거지?"

"전쟁이 끝날 걸 아는 거죠."

"데네브라가 후계자를 잘 키울 것 같진 않은데."

카루스가 두어 번 혀를 찼다.

그는 제이비온을 가엾어했다. 욕심 많은 어미만으로도 충분히 고달플 텐데, 데네브라의 손에 길러진다면 아이의 미래가 어떻게 될지 안 봐도 뻔하다고 했다.

율리아는 어차피 아이는 엄선된 전문가의 손에 길러질 거라며, 데네브라의 영향보다는 아이의 타고난 기질이 더 중요하리라고 봤다.

"크세노 황제는 지금쯤 어디에 있을까요."

"르세라에 배를 대지 못했으니 그보다 북쪽으로 갔겠지. 부두도 없는 작은 마을에 내리지는 못했을 거야. 적어도 그의 비밀 기사단이 마중 나올 수 있는 작은 도시."

"여기서 하루 거리 정도 되겠네요."

르세라 인근 해역 지도를 떠올린 율리아가 말했다. 이름은 기억나지 않지만 여기서 하루 거리에 작은 항구 도시가 있었다.

"거기서 황성까지 가려면 얼마나 걸려요?"

"이십여 일."

"북부 전선까지는요?"

"그보다 조금 더 걸리지."

황제는 북부 전선으로 가려고 할까. 아니면 곧장 황성으로 돌아가려고 할까. 정복 전쟁을 이어가려면 북부 전선으로 가는 편이 좋으리라. 남부 연합이 탄생한 이상, 바이칸은 반드시 북부에서 승리를 거두어야 했다.

카루스에 이어 데네브라까지 변절했다는 사실을 알게 되었으니 황성으로 돌아가 반역에 대비할 수도 있다. 대륙 통일보다는 황제의 자리가 더 중요하니까.

걸음을 멈춘 율리아가 오르테가에서 만났던 크세노의 모습을 떠올렸다.

대륙 통일을 눈앞에 둔 정복자.

저주의 굴레를 벗어나기 위해 신이 되겠다고 선택한 남자.

그러나 그는 불안정해 보였다. 율리아를 죽이고 싶어 미칠 지경인데 그럴 수가 없어서 화가 나 있었다.

또한, 그녀의 존재가 너무 간절했던 나머지 그게 증오인지 그리움인지조차 구별할 수 없는 지경에 이르렀다.

"이 세상에서 나를 이해할 수 있는 유일한 존재."

율리아가 속삭였다.

"저도 한때는 그가 간절했어요."

이번 삶의 내가 당신의 손을 잡지 않았다면, 어쩌면 그의 그 말에 무너졌을지도 모른다.

율리아의 한 걸음 뒤에서 그녀를 따라 걷던 카루스가 걸음을 멈추었다. 그는 어느새 그녀의 한 걸음 앞에 서 있었다.

"당신한테 처음부터 다 털어놓길 잘했다는 생각이 들어요."

"그래."

"어떤 거짓말로 설득해야 내 편이 되어줄까. 정말 수십 번 고민하고 연습했거든요. 그런데 어떤 거짓말을 해도 당신은 쉽게 속아줄 것 같지 않았어요."

"너라면 속았을 거야."

"카루스 님."

율리아가 말했다.

"구해줘서 고마워요."

이제는 당신이 너무 소중해서 죽을 수가 없다. 코코와 레위시아, 알렉사가 소중해서 죽을 수가 없다. 이 마음은 나에게 커다란 약점이 되겠지만, 그래도 괜찮다.

아홉 번째가 되어서야 진짜 삶을 사는 것 같아서.

르세라의 겨울은 오르테가보다 춥고, 티타니아보다는 따뜻했다.

50

공적

"폐하를 제대로 보필하지 못한 저의 탓입니다."

호르헤가 무릎을 꿇고 머리를 조아렸다.

크세노의 암행을 위해 그가 마련한 밀수선이 반파된 채 부두에 널 브러져 있었다. 어차피 돈을 주고 산 배라 망가진들 아쉬울 건 없었으 나, 해적들의 추적을 피해 달아나다 선원을 다수 잃었다.

그중엔 호르헤의 충실한 부하들도 포함되어 있었다.

"그게 왜 네 탓이야. 멋대로 움직인 내 탓이지."

바다에서의 한 달여 간, 크세노는 많은 고민에 빠져 있었다. 어쩌다 일이 이렇게 된 것인지, 어떻게 이 일을 헤쳐 나가야 할지 생각에 생 각을 거듭했다.

해적이 쫓아온다는 말을 처음 들었을 때는 율리아가 자신을 배신 했다고 판단했다. 그래서 그 여자를 손에 넣고도 죽이지 않고 물러난 자신을 향해 욕설을 퍼부었다.

하지만 배 안에서 돌이켜 곱씹어보니, 율리아는 그에게 아무것도 약속하지 않았다는 걸 깨달을 수 있었다.

호르헤가 말했다.

"새를 보냈으니 머지않아 폐하의 기사들이 달려올 것입니다. 고단한 몸을 편히 하시되, 빠르게 귀환하시길 간청드리옵니다."

"귀환하라고?"

"예, 폐하."

크세노가 물었다.

"어디로?"

호르헤는 그가 왜 그런 질문을 하는 건지 이해할 수 없었다. 황제는 황성으로 가야 한다. 그건 너무 당연한 일이었다.

"황성으로 돌아가시는 것이 아니었습니까?"

"거기 가서 뭘 해야 하는데?"

할 일이야 많았다. 지원군을 조직해 북부 전선으로 보내고, 데네브라를 폐위시키기 위한 절차를 밟고, 남부 연합에 대비해야 한다.

그 밖에도 할 일은 산더미였다. 그는 황제였다. 그가 자리를 오래 비울수록 바이칸은 위태로워질 것이다.

"호르헤."

크세노가 망가진 배를 바라보았다.

"내가 최근에 가장 많이 떠올린 사람이 누군지 알아?"

"그야…… 그 여자가 아니겠습니까."

"율리아 아르테."

아침에 일어나 눈을 뜰 때도, 망망대해를 바라보며 두려움에 시달릴 때도, 깊은 밤 갑작스레 눈을 뜰 때도, 그는 율리아를 떠올렸다.

"내가 만약 율리아라면 지금쯤 어디에서 무슨 짓을 꾸미고 있을까."

내가 그 여자라면.

내 적이 황제라면.

"폐하……."

"율리아는 데네브라를 데리고 바이칸에 왔을 거야."

반드시 그랬을 거란 생각이 들었다.

남부 연합은 레위시아 국왕이 있으니 율리아가 구심점이 되지 않아도 괜찮다. 북부 전선은 북부 연합의 연이은 승리로 분위기가 반전된 상태였다.

"데네브라의 친정 가문과 손을 잡겠지. 어쩌면 서남부의 욕심쟁이들도 황비의 손을 잡았을 것이고, 또 어쩌면……."

크세노는 이 모든 일이 놀이라도 되는 양 웃으며 말하고 있었다.

그가 진심으로 이 상황을 즐기고 있다는 사실을 깨달은 호르헤가 눈가 주름에 경련을 일으켰다.

"폐하, 당장 황비를 폐위시켜야 합니다."

"반역을 일으킬 거다."

나라면 그랬을 거고, 크세노가 손가락으로 자신을 가리켰다.

"율리아는 바이칸에 있어. 서남부. 르세라일 확률이 높지."

사절로 보냈던 서남부의 귀족 중, 특별히 욕심이 많았던 자. 놈의 이름이 뭐더라. 크세노가 중얼거리자, 호르헤가 낮게 가라앉은 목소리로 말했다.

"프랑크 후작입니다."

"그래, 그런 이름이었지."

그때 호르헤의 부하들이 알맞은 저택을 찾았다며 보고해왔다. 기사단이 올 때까진 안전을 위해 황제의 정체를 밝힐 수 없었기에, 호르헤는 부하들을 보내 저택에 있는 자들을 내쫓고 반항하면 죽이라는 명령을 내렸다.

그곳은 바닷가 절벽 위에 지어진 어느 귀족의 별장이었다. 별장 관리인은 칼 든 자들이 쳐들어오자마자 뒤도 안 돌아보고 달아났다. 그러나 경비를 서는 병사들은 용감하게 맞서다 모두 죽임을 당했다.

크세노는 그곳을 차지한 뒤 이틀 동안 바다에서 쌓인 피로를 풀었다. 뜨거운 물과 독한 술, 기름진 음식과 푹신한 침대까지. 그는 그제야 자신의 두 발이 땅에 닿아 있음을 실감했다.

"황제는 왜 인간이어야 했을까."

신이 정말 인간을 만들었다면 책임지고 보살펴야 하는 거 아닌가. 아예 직접 내려와 다스려도 좋았을 텐데.

황제는 인간이었다. 그래서 한계가 있었다.

칼에 찔리면 죽고, 병에 걸려도 죽었다. 몸은 약하고 영혼은 불안정했다. 잘못된 판단에 치명적인 실수 한 번이면 국가 전체를 위험에 빠뜨릴 수도 있었다.

"신이 할 일을 내가 대신해주고 있는데, 아무런 대가가 없어."

적어도 평범하지는 않게 해줘야지. 칼에 찔려도 살고, 병에 걸려도 살게 해줘야지. 그래야 실수해도 한 번은 돌이킬 수 있을 텐데.

"호르헤, 그거 알아? 땅은 인간이 다스릴 수 있는데……."

바다는 그렇지 않았다.

술에 취한 채 저택을 빠져나온 크세노가 절벽 끝에 아슬아슬하게 섰다. 바람이 거세 두툼한 가운이 펄럭이며 휘날렸다. 그의 머리카락이 엉망으로 헝클어졌다.

"그래서 신이 되려는 거야."

크세노는 죽고 싶지 않았다. 지고 싶지 않았다. 그에게 죽음이란 너무나 변덕스럽고 절대적인 것이었다. 또, 패배란 다시는 돌이켜 생각하고 싶지 않은 상처였다.

그는 그가 통제할 수 없었던 모든 과거를 혐오했다.

"호르헤."

"예, 폐하."

"아무도 데네브라와 카루스의 변절을 입에 담지 않게 해라. 데네브라는 여전히 내 하나뿐인 아내이고, 카루스는 여전히 바이칸의 충신이라고 믿게 해."

"하오나 폐하!"

"데네브라 하나뿐이면 상관없지만 카루스까지 변절했다는 소문이 퍼지면, 귀족들이 흔들릴 것이다. 율리아가 원하는 건 반황제파의 결집이야."

"명령에 따르겠습니다."

"르세라의 영주가 남부 해적과 손을 잡고 밀수 사업을 하고 있었다고 발표해라. 저 배를 끌어다 르세라 인근에 버려두고 증거로 내밀어. 해적들을 목격한 자가 있을 테니 증인을 구하는 것도 어렵지 않겠지."

"조치하겠습니다."

"인근 귀족 중 병사들을 이끌고 가장 빨리 달려오는 자에게 르세라를 주겠다고 해. 우리는 반역자를 처벌하는 것이 아니라, 불법 밀수

사업을 벌인 부패한 귀족을 처단하는 것이다."

새가 날았다.

쏴아아. 절벽을 할퀴며 오른 바람이 높은 하늘로 사라졌다.

— ◆ ◆ ◆ —

인근 귀족들이 병사를 끌어모아 움직이기 시작했다는 소식에 프랑크 후작이 잔뜩 겁을 먹고 달려왔다.

"황비 전하, 이를 어쩌면 좋단 말입니까. 그들은 모두 제 이웃입니다!"

"나한테 어쩌라는 거냐!"

"이러다 다 죽게 생겼습니다. 전하의 친정 가문에선 아직도 연락이 없습니까?"

"보채지 좀 말아라!"

르세라엔 지상군이 많지 않았다. 그렇다고 해군에게 기마를 내주고 싸우라고 할 수도 없었다.

데네브라가 프랑크 후작을 상대하는 동안, 율리아가 슬그머니 뒤로 물러나 카루스에게 물었다.

"황제가 빠르게 움직였네요."

그녀는 황제가 바다 위를 떠도는 동안에 제한된 정보만 가지고도 자신의 행보를 추측했다는 사실에 감탄했다.

"황제에게 그 특별한 새들이 있는 이상, 소식을 전하는 속도로는 따라잡을 수가 없어."

"르세라는 방어에 취약한가요?"

"방어랄 것도 없지. 여긴 바다로부터의 위협을 지키는 곳이지, 등 뒤 육지에서 적을 맞닥뜨린 경험은 없을 거야."

"싸우면 지겠네요."

"위레우스와 제이비온의 가문에서 손을 내밀어준다면 얘기가 다르지만."

카루스가 율리아를 향해 몸을 기울였다. 그의 입에서 놀라운 정보가 새어 나왔다.

"위레우스의 어미는 바이칸에서도 손꼽히는 상인 가문 출신이고, 북부 전선에 보급을 지원하고 있어. 전쟁 물자에 관해선 전문가나 다를 바 없지."

"그래요?"

"제이비온의 어미는 황제의 사생아를 낳고도 여태 결혼하지 않았을 만큼 대단한 가문의 딸이야. 중앙보단 남부에 가까운 위치에 영지가 있지."

그렇단 말이지.

율리아가 살짝 고개를 끄덕였다.

가슴이 두근두근 뛰었다. 심장에 찬바람이 가득 차올랐다가 빠르게 빠져나갔다. 불안함 때문인가 싶었는데, 기대감 때문이었다.

"황제는 아직 몰라요."

그녀는 자신했다.

"그를 대신할 후계자가 우리 손에 있다는 걸."

생각보다 이른 감이 있지만, 충격은 빠를수록 좋았다. 선공은 언제나 많은 이득을 가져다준다.

율리아는 저들이 르세라에 쳐들어올 때까지 기다리지 않기로 했다.

"나는 밀수업자가 아니오! 해적이랑 붙어먹지도 않았어!"

프랑크 후작이 자신은 억울하니 진실을 알려주겠다며 초대장을 보냈다.

르세라의 인근 귀족들은 초대엔 응했으나 그의 주장을 받아들이지 않았다. 오히려 잔재주 부리지 말라며 증거도 이미 확보했다고 그를 윽박질렀다.

한때 프랑크 후작에게 굽실거리던 자들이 이제 황제를 등에 업고 그를 잡아먹으려 하고 있었다.

그러자 데네브라가 나서서 그를 변호했다.

"후작은 오르테가에 억류된 나를 구하러 온 충성스러운 귀족이며, 황제가 직접 임명한 사절이다. 네놈들이 뭔데 그에게 누명을 씌우느냐?"

"황비 전하! 하오나 폐하께서……."

"닥쳐라! 여기 황제의 후계자가 있다!"

데네브라가 버럭 소리를 질렀다.

"나는 지금 황제의 후계자를 보호하고 있단 말이다! 그러니 르세라에 칼을 들고 다가오는 자는 모두 반역으로 다스릴 것이야!"

"예?"

"후계자라고…… 후계자라고요?"

"잘 들어라. 크세노는 전쟁을 멈출 생각이 없어. 그는 너희를 전쟁터에 몰아넣고 영원히 싸우게 만들려 해. 통일 대륙을 만들겠다는 그가, 다 이겨놓은 북부를 버리고 도망 다니는 이유를 한 번이라도 생각해보았느냐?"

"그야……."

"너희가 자랄 수 없도록 싹을 밟는 것이다!"

데네브라가 고래고래 소리를 지르는 동안 프랑크 후작이 위레우스와 제이비온, 그리고 두 아이의 어미를 데려왔다.

황제를 꼭 빼닮은 두 아이의 모습을 보자 귀족들이 더 큰 혼란에 빠져들었다.

혈통에 가문까지 완벽했다. 황제에게 적통이 없는 만큼, 그들은 바이칸에 절실한 존재이기도 했다.

데네브라가 말했다.

"사생아는 많아."

"전하!"

"누가 황제의 후계자가 될지는 너희 하기에 달렸지만."

이 지긋지긋한 전쟁을 끝내는 가문의 아이가 다음 대의 황제가 될 것이다.

르세라를 둘러싼 인근 영주들은 이 상황이 결코 달갑지 않았다.

어느 쪽을 선택해도 목숨을 걸어야 했기 때문이다.

데네브라와 다음 대의 후계자를 선택하면 황제에게 목이 날아가고, 황제를 선택하면 데네브라와 반역 세력에게 목이 날아갈 판이었다.

"북부가 저 지경이 아니었으면 고민조차 하지 않았을 문제지."

누군가 무거운 탄식을 내뱉었다.

북부 연합의 연이은 승리로 북부 전선이 상당히 남하했다는 소식이 퍼져 있었다. 평원을 빼앗긴 것도 모자라 그 아래에 있는 영지까지 넘어갔다는 것이다.

"북부 연합이 조금만 더 내려오면 운하를 빼앗기게 돼. 그것만은 막아야 하는데, 지원군은 어떻게 된 일이지?"

"아무도 가지 않으려고 하겠지. 황제 폐하께서 친정하거나 강제 소집 명령을 내려야 그나마 가능한 일인데, 그분은 북부를 버렸잖은가."

분위기가 무거웠다. 황제가 북부 전선에서 평원 방어를 앞두고 갑자기 멋대로 사라져버렸다는 건 유명한 이야기였다.

"그래서 어떻게 할 작정이오?"

한 영주가 물었다. 그는 이미 결심을 마친 뒤였으나, 다른 영주들의 의견을 듣고 싶어했다.

그런데 그의 질문에 쉬이 대답하는 자가 없었다. 다들 서로의 눈치를 보며 헛기침을 하더니 은근슬쩍 몸을 뒤로 물리는 것이다.

"뭐 하는 겁니까? 우리끼리라도 뭉쳐야지요. 이러다 양쪽 모두에게 버림받고 언젠가 단두대에 줄을 서게 될 것이오!"

"말은 바로 합시다. 여기서 솔직하게 말해봤자 무슨 이득이 있답니까. 당신이 나를 배신하고 밀고할 수도 있는 문제 아니오?"

"뭐라고? 사람을 어떻게 보고!"

"돌아가서 가신들과 상의해봐야겠소."

"르세라를 치려면 지금이 적기인데? 시간을 끌다간 반격당할 수 있다니까!"

"그럼 당신은 황제 폐하를 선택하는 거요? 잘 알겠소."

소리치던 귀족이 입을 꾹 다물었다. 당황한 그가 주위 영주들을 한 바퀴 돌아보았다. 욕심 많은 귀족들이 그를 흘깃거리며 알 수 없는 귓속말을 나누고 있었다.

등줄기가 오싹해졌다.

'내가 폐하의 명령대로 병력을 이끌고 르세라를 치면…… 내 영지는?'

배신자는 어디에나 있다.

'저놈들이 그 틈을 타 내 영지에 쳐들어오면, 나는 어떻게 되는 거지?'

의견은 이미 갈라졌다. 저들 중에도 데네브라의 편에 서는 자가 있을 것이다.

르세라가 방어적 요새는 아니었으나, 데네브라가 있는 이상 쉽게 무너지리라 생각하기도 어려웠다. 황비의 친정은 바이칸에서도 최고의 가문으로 손꼽히니까.

그는 깨달았다. 그들은 어느 편에도 설 수 없다는 걸.

혼자 르세라에 쳐들어가는 건 바보짓이요, 지금 황비의 편에 서는 것도 마찬가지였다.

"나…… 나도 영지로 돌아가 가신들과 상의를 좀."

"그럴 줄 알았소이다."

돌아가는 그들의 발걸음이 빨랐다. 르세라에 들어올 때는 한데 모여 거들먹거리더니, 나갈 때는 뿔뿔이 흩어져 서로를 견제했다.

프랑크 후작은 데네브라에 대한 평가를 상당 부분 수정할 수밖에 없었다. 이기적이고 오만하며 멍청한 황비라고 생각했는데, 의외로 여우 같은 구석이 있었다.

"영주들이 병력을 이끌고 자기 영지로 돌아갔습니다. 은밀한 경로로 우리 쪽에 붙겠다고 의사를 전해온 자가 있기는 하나, 영지 방어가 우선이라며 나중에 얘기하자고 했습니다."

"흥."

"대단하십니다. 후계자를 내보인 것만으로 이런 결과라니."

"내······."

내 생각이 아니라고 말하려던 데네브라가 눈동자를 굴려 율리아를 바라보았다.

율리아가 티 나지 않게 살짝 고개를 저었다.

인근 영주들이 물러간 건 여러 복합적인 이유 때문이었지만, 율리아는 그것까지 설명해주진 않았다. 자신은 감춰져 있는 편이 좋다. 프랑크 후작은 어느 정도 눈치를 챈 모양이지만, 그 역시 섣불리 떠벌리고 다니지는 않을 것이다.

"우연이었다."

데네브라가 대충 얼버무린 후에 율리아에게 손을 척 내밀었다.

황비다운 모습을 보이고자 무겁고 거추장스러운 드레스를 입은 그녀는 앉고 일어서거나 계단을 오르내릴 때마다 누군가의 손이 필요했다. 그래도 아무나 데리고 다니고 싶진 않았다.

오르테가에서 자신의 측근들에게 크게 배신당한 후, 데네브라는 율리아가 아닌 사람에겐 함부로 손을 내밀지 않게 되었다.

"어디로 가시게요?"

"위레우스의 어미가 저녁을 대접하겠다는데, 쓸데없는 소리를 할 게 뻔해서 제이비온의 어미도 불렀어."

잘했군. 율리아가 고개를 끄덕이며 데네브라의 손을 잡고 의자에서 일어나는 걸 도왔다.

"아이들에게 잘해주시되, 어미에게는 냉정하게 구세요. 아이들의 실수나 투정은 너그럽게 용서하시고, 어미가 도 넘은 욕심을 부리거나 전하께 간섭하면 역정을 내세요."

"알았다."

"저는 르세라의 내륙 쪽 경계를 돌아보고 올게요."

데네브라는 율리아와 함께 가고 싶었으나 어쩔 수 없다는 걸 알았다. 그래서 시무룩한 심경을 감추고자 되레 큰 소리로 말했다.

"조심하거라!"

"네, 전하."

내륙 쪽 경계엔 호위 기사 루이스를 데려가기로 했다. 율리아에게 뭐라 더 말하려던 데네브라가 입술을 질끈 깨물고는 드레스를 갈아입겠다며 자신의 거처로 발길을 돌렸다.

"허어."

황제조차 제대로 다루지 못해 바이칸 황실 최고의 문젯거리로 손꼽히던 데네브라가 오르테가의 평민 출신 시녀에게 목줄을 잡혀 살다니.

살다 보니 이런 걸 구경하게 되는 날이 올 줄은 몰랐다고, 프랑크 후작이 몰래 웃음 지었다.

━ • ◆ • ━

"폐하, 인근의 배신자들을 먼저 죽여야 합니다."

두 명의 영주가 크세노를 찾았다. 그들은 황제에 대한 충성심이 깊어 데네브라의 간계에 흔들리지 않은 자들이었다.

"르세라는 어차피 내륙 쪽 방비가 허술해 언제 어느 때고 무너뜨릴 수 있습니다. 저희가 폐하의 뜻에 따라 르세라를 치는 사이 배신자들이 저희 영지를 탐내지 않도록 척결 명령을 내려 주십시오!"

두 영주가 무릎을 꿇었다.

"이렇게 간청드립니다."

이웃 영지를 먼저 치겠다는 건 그들 나름의 해결책이었다. 황제의 명령이라면 어디든 무소처럼 달려들 수 있지만, 영지를 빼앗길 수는 없었다. 영지가 없으면 그들은 아무것도 아니었기 때문이다.

크세노가 알 수 없는 표정으로 그들을 내려다보았다.

"폐하……."

황제의 침묵이 길어지자, 불안해진 영주들이 슬그머니 고개를 들었다.

그가 웃고 있었다.

크세노가 입꼬리를 길게 늘여 웃고 있었다. 그의 눈동자가 소년처럼 반짝거렸다. 즐거워서 참을 수 없다는 듯, 잔혹한 놀잇감을 발견한 아이처럼 심술궂게 웃었다.

"사생아라고?"

"예? 예, 그렇습니다."

"사생아를 찾았다고? 데네브라가 황위 후계자를 데리고 있어?"

미친 데네브라, 미친 율리아, 미친!

"하하하하하!"

도대체 언제부터 준비된 계획인가.

공수가 뒤바뀌었다. 자신이 공격하면 율리아가 수비할 거라고 예상했는데, 눈을 뜨고 보니 먼저 무기를 휘두른 건 저쪽이었다.

크세노는 팔뚝을 타고 오르는 소름을 견딜 수가 없었다. 셔츠 소매를 걷어 올린 그가 손바닥으로 팔뚝을 세게 문질렀다. 그러곤 두 명의 영주에게 말했다.

"척결 명령을 내리겠다."

"듣고 있사옵니다!"

"너희 영지의 모든 병력을 소집해, 최대한 빨리 르세라를 쳐라."

"예…… 예? 폐하! 하지만……!"

"너희 그 손바닥만 한 영지가 뭐가 그리 중요하다고 이래? 르세라는 서남부에서 가장 큰 항구다. 이 모든 일이 끝난 뒤에 그 항구가 얼마나 발전할지, 얼마나 부유한 도시가 될지 생각해봤느냐?"

"폐하, 하오나 저희 영지엔 가족들이 있사옵니다!"

"피신시켜."

크세노가 의자에서 일어나 창밖을 내다보았다.

드물게 맑은 겨울 하늘엔 구름 한 점 없었다. 잔잔한 파도 위에 햇빛이 알알이 부서져 눈이 부셨다.

"이건 시간 싸움이야. 등 뒤에 미련을 남기고 돌격하는 장수에겐 거대한 승리가 뒤따르지 않는 법이지."

"폐하!"

"명령이다! 여기서 어물쩍거리지 말고, 당장 르세라를 쳐라!"

"……알겠습니다."

두 명의 영주가 천천히 무릎을 세웠다. 그들도 이제는 선택지가 없다는 걸 알았다.

크세노를 정복자로 만들어준 황제군이 언제 도착하는지 묻고 싶었으나, 그의 눈초리가 무시무시해 차마 입을 떼지 못했다.

르세라 북쪽에서 두 명의 영주가 선전포고해왔다.

황제의 깃발 아래 가문의 깃발을 매단 그들은 르세라의 영주와 데네브라 황비, 그리고 그들에게 동조하는 자들을 역당이라 지칭하며 항복하지 않는 자는 죽음으로 다스리겠다 경고했다.

사생아의 존재를 공표한 이후 인근 영주들이 칩거하면서 마음을 놓았던 프랑크 후작이 얼굴에 경련을 일으키며 달려 나왔다.

"병력을 소집하라! 비상 나팔을 불어!"

"예, 후작님!"

"해군은 배를 버리고 모두 내륙 쪽 경계로 나가라! 무기를 들 수 있는 자는 모두 무기를 들어야 한다! 너희는 항구로 내려가 상비군을 모아라!"

"알겠습니다!"

"황비께 전해! 지원군을 요청해야 한다고! 한시가 급하다!"

병사들이 동서남북으로 달려 나갔다. 프랑크 후작은 떨리는 가슴에 흉갑을 고정하며 크고 길게 심호흡했다.

"프랑크 후작님."

잠시 후 그의 집무실에 율리아가 나타났다.

데네브라가 인근 영주들과 친정 가문에 지원군을 요청하는 편지를 쓰는 동안, 율리아는 프랑크 후작을 만나러 온 것이다.

"아직 상대 병력의 규모를 파악하지 못했소. 지원군을 기다리며 버티는 것도 애매해. 저들에게도 지원군이 있을지 모르니까."

후작의 말이 갈수록 빨라졌다. 이럴 때일수록 침착해야 한다는 걸 머리로는 아는데, 그게 말처럼 쉽지 않았다.

율리아는 그의 집무실 한가운데 걸려 있는 태피스트리를 보고 있었다. 르세라의 지도가 수놓인 태피스트리였다.

그녀의 초록색 눈동자가 한없이 깊게 가라앉았다.

"후작님."

율리아가 손가락으로 르세라 북쪽, 지대가 높은 해안가를 가리켰다.

"상대는 이곳으로 오나요?"

"뭐 하는 겁니까?"

프랑크 후작은 율리아가 데네브라를 조종하는 자라는 걸 알고 있었다. 오르테가에서 2왕자 레위시아를 왕으로 만든 장본인 중 하나라는 것도 알고 있었다.

하지만 그녀와 전쟁에 대해 논할 마음은 없었다.

"맞소. 지금은 급한 상황이니, 당신은 데네브라 황비께 가서……."

시녀는 시녀일 뿐이다.

간혹 율리아처럼 정쟁에 능숙하고 간계에 뛰어난 자가 나타나기는 하지만, 병법과 전술은 완전히 다른 문제였다.

그런데 율리아가 그런 그에게 다 안다는 듯 생긋 웃으며 말했다.

"걱정하지 마세요. 르세라는 함락되지 않아요."

율리아의 목소리엔 기이한 힘이 있었다. 크지도 않고 울림이 있는 것도 아닌데, 절로 귀를 기울이게 되었다. 듣다 보면 꼭 그렇게 될 것 같다는 착각마저 들었다.

다급한 마음에 가슴을 들썩이던 프랑크 후작이 다시 길게 심호흡했다. 불규칙하게 뛰던 심장이 간신히 제 리듬을 되찾았다.

"설명해주시오."

그가 눈짓으로 사과하며 말해왔다.

욕심이 많아서 그렇지, 그는 나쁘지 않은 동료였다. 황제가 왜 프랑크 후작에게 서남부 대귀족의 자리를 내렸는지 알 것 같았다.

이득이 확실한 싸움엔 몸 사리지 않고, 같은 편이란 확신이 드는 상대에겐 융통성을 발휘할 수도 있는 남자.

율리아가 고개를 끄덕이며 말했다.

"황제의 눈엔 이 모든 게 시간 싸움처럼 보일 거예요. 그는 서둘러 진격 명령을 내릴 수밖에 없었어요. 여기엔 데네브라 님이 있으니까요."

"황비 전하의 친정 가문에서 지원군을 보내기 전에 쳐야 한다는 거겠지."

"맞아요."

"하지만 저들에게도 황제 폐하의 정복군이 있소. 그들은 무시무시한 전쟁 전문가야. 바이칸을 제국으로 만든 일등 공신이기도 하지."

프랑크 후작이 고개를 설레설레 저었다. 이게 시간 싸움이라는 건 이쪽에도 해당하는 얘기라며 걱정을 떨치지 못했다.

"정복군은 황성에서 와요. 거리가 멀죠."

"폐하에겐 아주 빠른 새가 있소. 벌써 소식이 닿았을 수도 있어!"

"후작님."

율리아가 그를 달래듯 웃으며 말했다.

"당신이 오르테가에서 데네브라 님의 편에 서기로 했을 때, 제가 보냈던 전령들 기억하시죠?"

"전하께서 폐위당할 위기에 처했다는 소식을 전하려 한 것이 아니었소?"

"르세라에 지원군을 요청했어요."

"뭐요?"

그게 언제더라. 한 달도 더 전의 일이 아닌가.

프랑크 후작의 가슴이 다시 불규칙하게 뛰기 시작했다. 두 눈을 한계까지 치켜뜬 그가 몇 번이나 되물었다. 그게 사실이냐고, 그때부터 이 일을 예상했냐고.

율리아의 손가락이 태피스트리의 한 부분을 다시 가리켰다.

"마냥 기다리기만 할 수는 없잖아요. 말해주세요, 후작님. 저들은 이곳으로 오나요?"

"맞소. 내게 선전포고한 두 사람의 영지는 이곳과 이곳에 있어. 아주 가깝지. 해안을 낀 고지대는 저들에게 무척 유리한 지형이라, 반드시 막아야 할 텐데……."

"여길 내어주세요."

저들에게 유리한 고지를 일부러 내어주라니.

이제는 율리아가 무슨 말을 해도 놀랍지 않을 지경이었다. 기가 막힌 나머지 저도 모르게 마른 웃음을 터뜨린 프랑크 후작이 그녀를 뚫어지게 쳐다보며 물었다.

"지원군이 그쪽에서 오는 거요?"

그렇지 않고서야 이해할 수 없는 작전이었다. 프랑크 후작이 그렇게 말하자, 율리아가 그에게 다가와 속삭였다.

"황제는 오랫동안 바다를 떠돌았어요. 데네브라 님의 친정 가문에서 그 많은 병력이 조직되고, 움직이고 있다는 걸 보고받을 수 없었죠."

"하……."

"르세라는 함락되지 않아요."

율리아가 단언했다.

여기까지 온 이상 질 수는 없다. 크세노 황제에게 새가 있다면 이쪽엔 사람이 있다. 지난 삶의 경험이 있다. 절박함이 있다.

이건 질 때마다 판을 엎고 다시 시작할 수 있는 놀이가 아니다.

내게는 유일한 기회다. 그러니까 이길 것이다.

크세노 황제의 척결 명령에 힘입은 두 명의 영주가 르세라 북쪽 해안가 고지대에 병력을 집결시켰다.

그들은 이 모든 게 시간 싸움이라던 황제의 말을 기억하곤, 전령을 보내 포고문을 읽게 하거나 상대 영지의 영주를 만나 규칙을 정하는 등의 사전 쟁의를 무시하고 곧바로 무기를 들었다.

전운이 감돌았다.

도시 전체가 긴장감으로 부풀어 올라 터질 것만 같았다.

침묵하는 병사들 속에 고성을 지르는 지휘관이 보였다. 시민들은 덧문을 걸어 잠그고 집 안으로 들어가 숨을 죽였다.

"폐하를 배신한 르세라의 영주를 죽여라!"

"투항하지 않는 자는 모두 죽여라!"

전투가 시작되었다. 해가 뜬 지 얼마 되지 않은 시각이었다. 늦추위가 기승이라, 병사들의 입에서 흰 입김이 연기처럼 뿜어져 나왔다.

"막아라!"

"르세라를 지켜라! 바이칸의 미래를 지켜라!"

전투가 시작되자 병사들의 몸에서도 아지랑이 같은 열기가 뿜어져 나왔다. 비슷한 병력에 비슷한 실력, 하지만 유리한 고지를 선점한 쪽에 약간의 승기가 기울었다.

"겁먹지 마라! 저들은 황제의 정복군이 아니다! 너희 가족과 너희 터전을 약탈하러 온 강도떼일 뿐이야! 막아라! 막아야 한다!"

"후작님!"

"지원군이 온다, 지원군이 올 거란 말이다!"

프랑크 후작의 목에서 피 섞인 고함이 쏟아져나왔다. 그는 전장에 우뚝 서서 얼굴이 벌게지도록 소리를 질렀다.

지원군이 온다.

그 말은 병사들에게 큰 의지가 되었다. 가족을 등 뒤에 두고 싸우는 자들에겐 물러설 곳이 없었다. 그들은 땅에 두 다리를 박고 버텼다. 앞에 있던 병사가 쓰러지고, 옆에 있던 병사가 쓰러져도 달아나지 않았다.

지원군이 온다. 그때까지 버티기만 하면 된다.

"방어선이 무너지고 있습니다!"

"안 돼! 이쪽으로! 움직여라, 어서!"

해군 위주로 편성된 르세라의 병력은 지상 전투에 경험이 부족했다. 중앙 방어선이 무너지자, 다급해진 프랑크 후작이 측방 부대를 모두 중앙으로 끌어모았다.

그래도 한 번 무너진 방어선은 수복되지 않았다. 도미노처럼 쓰러지는 병사들의 모습을 목격한 그가 핏발선 눈으로 뒤를 돌아보았다.

지원군은 도대체 언제 오는 건가.

나는 잘못 선택한 건가. 내 욕심 때문에 르세라는 무너지게 되려나. 황비는, 황비의 시녀는 어디서 무엇을 하고 있나.

그때였다.

발밑에서 묵직한 진동이 느껴졌다. 흡사 지진이라도 난 것 같았다.

감각이 한계까지 예민해진 기사들이 가장 먼저 이상을 감지하고 진동이 시작된 방향으로 고개를 돌렸다.

지원군이었다.

붉은 갑옷을 입은 황비의 군대가 몰려오고 있었다.

데네브라의 친정 가문과 그 방계의 가신들, 그리고 황비에게 충성하는 병사들까지.

피를 머금은 구름이 몰려왔다.

황비를 상징하는 깃발이 크게 펄럭였다. 먼 길을 달려왔으면서도 그들은 진격을 멈추지 않았다.

"지원군이 왔다―!"

프랑크 후작이 절규하듯 외쳤다.

데네브라의 지원군은 동북쪽에서 직선으로 달려왔다. 선두엔 전신 갑옷과 긴 창을 든 기마 부대가 있었다. 그들은 번개처럼 쏘아져 적군의 측면을 꿰뚫었다.

적군은 그들에게 몸통의 절반을 내어준 뒤에야 후퇴 명령을 내렸다. 두려운 나머지 바다로 몸을 던지는 자들이 많았다.

첫 승리였다.

―●·◆·●―

'발에 채는 봄이 한 뼘 거리에 있다.'

뱃사람들은 이 시기만 되면 이런 말을 하곤 했다.

"남부니까."

코코가 피식 웃으며 중얼거렸다.

어릴 때는 영감들이 낮부터 술 마시고 헛소리를 한다고 비웃었는데, 30대가 된 뒤에는 봄이 올 때마다 저 말을 떠올리며 웃게 되었다.

봄이 이른 남부라서, 곧 죽어도 낭만을 찾는 뱃사람들이라서.

"꼭 오늘 같은 날 율리아는 눈보라 속에 버려졌겠네요."

티타니아를 바라보는 코코의 눈엔 깊은 슬픔이 깃들어 있었다.

산맥 아래 바닷가엔 이른 봄이 찾아와 벌써 정수리가 간질간질한데, 산맥 위엔 눈보라가 치고 있을 것이다.

레위시아가 망토를 끌어 내리며 그녀의 곁에 섰다.

"바실리 그 자식을 내 손으로 죽였어야 했는데. 율리아한테 다 맡겨놓고 구경만 한 꼴이라니. 아마 난 죽을 때까지 후회할 거야."

"누군들 안 그러겠어요."

"율리아는 여길 내려올 때마다 무슨 생각을 했을까."

티타니아는 험한 산맥이었다.

노련한 보부상이나 몸 튼튼한 용병, 약초꾼이나 되어야 넘어 다니는 험지. 오르테가를 지켜주고, 오르테가를 고립시켰던 원인. 누군가에겐 극복의 상징이며, 누군가에겐 영험한 정기와도 같은 산.

"뻔하죠. 복수해야지. 죽여 없애야지. 내가 당한 만큼, 꼭 그만큼 갚아줘야지. 이번만은 살아남아야지. 꼭 살아남아서……."

"알고 보면 율리아도 참 지독한 성격이란 말이야."

"알고 보면, 이라뇨. 그 계집애는 그냥 지독해요. 세상에서 제일 지독해. 적당히 해도 될 텐데, 어쩌면 그렇게 지독하게……."

"코코가 할 소린 아닌 것 같은데."

"제가 왜요?"

"가르쳤잖아!"

"전하도 제가 가르쳤어요!"

"난 배움이 얕잖아."

레위시아의 당당함에 할 말은 잃은 코코가 그를 흘겨보며 말했다.

"다른 사람들 앞에선 제발 그러지 마세요. 과거 왕들이 왜 그렇게 하나같이 재미없는 사람이었는 줄 알아요? 왕에게 마땅히 있어야 할 위엄 때문이에요! 백성들은 진중하고 성실한 군주를 원해요!"

"나 정도로 잘생기면 괜찮아."

이제는 뺀질거리는 걸 넘어 헛소리까지 쏟아내는 그를 보며, 코코가 손가락을 치켜들었다.

"가세요. 가서 해적들한테 그렇게 말해요."

"안 그래도 그러려고."

레위시아가 환하게 웃으며 말머리를 돌렸다.

그가 달려가는 방향에 해적 우두머리들이 모여 이야기를 나누고 있었다. 이제는 자식 또래의 왕을 대하면서도 적당히 예를 차릴 줄 알게 된 그들이 허허 웃으며 자리를 만들었다.

"어서 오십시오, 국왕 전하."

"무슨 얘기 하고 있어?"

"저걸 넘을 놈을 고르는 중이었소이다."

"뭘 넘어?"

"저거."

한 해적이 티타니아를 가리켰다.

그의 입에서 매캐한 담배 연기가 뿜어져 나왔다. 가래 섞인 기침을 두어 번 내뱉은 그가 히죽 웃으며 말했다.

"국왕 전하는 어떻게 생각하시오?"

"뭐어? 당연히 미쳤다고 생각하지. 저건 군대가 넘을 수 있는 산이 아니야. 팔다리 후들거리고 발톱 빠진 상태로 전쟁터에 나가고 싶은 게 아닌 다음에야."

"천천히 가면 되지."

"보급은? 가면서 풀뿌리 캐 먹고, 나무 열매 따 먹고?"

"사냥하면 되지!"

"해적은 배나 타!"

"미안한데, 벌써 뽑아버렸어."

한 해적이 텅 빈 제비뽑기 통을 흔들며 레위시아에게 한쪽 눈을 찡긋했다.

그들은 말로는 죄송하다고 하면서, 왕이 하는 말은 전혀 듣고 있질 않았다.

레위시아가 한숨을 내쉬며 말했다.

"누가 걸렸는데?"

"어디 열어볼까."

해적들이 몸을 들썩거리며 제비를 펼쳤다. 어차피 들통날 걸 알면서도 남에게 보이지 않으려 큰 몸을 돌려 구겨 앉은 자도 있었다.

레위시아가 티타니아를 바라보며 중얼거렸다.

"뽑힌 놈은 이제 산적이 되는 건가."

'X'를 뽑은 해적들이 호탕하게 웃으며 제비를 던졌다.

그러곤 자리에서 일어나 저들끼리 악수를 하거나 주먹질을 하는 등 요란을 떨었다.

그런데 마지막까지 의자에 앉아 침묵하는 해적이 하나 있었다. 그의 손에서 'O'가 진하게 그려진 종이가 떨어졌다.

팔랑거리며 떨어지는 종이를 잡아챈 레위시아가 웃으며 물었다.

"그래서…… 산악전엔 자신 있고?"

당첨된 해적이 대답 없이 일어나 몸을 풀었다. 선장치곤 무척 젊은 자였다. 그를 따르는 해적들의 숫자는 대충 천여 명. 남부를 수호하기보단 바이칸 서부 해안으로의 진출에 뜻을 둔 자였다.

그가 나이든 선장들을 향해 물었다.

"늙은이들, 이십 년 전엔 어떻게 싸웠어?"

"그냥 싸웠지. 뭘 어떻게 싸워?"

"어떻게 싸웠기에 황제 새끼가 겁보 머저리가 되어서 도망쳤냐고? 후배를 위해 그 정도도 얘기 못 해줘?"

"그때 어땠더라……."

해적들이 머리를 맞댔다. 바다에서 저들끼리도 싸우기 바빴던 자들이 한데 뭉쳐 의견을 나누는 모습을 보고 있자니, 레위시아의 가슴에서 무언가 알 수 없는 뭉클함이 피어올랐다.

콧등이 찡했다. 손가락으로 코를 문지른 그가 해적들에게 말했다.

"있잖아. 나중에라도 우리 배는 털지 마. 배신감 느껴질 것 같단 말이야."

"어이, 국왕 전하. 무슨 소리를 하는 겁니까. 오르테가 상선은 제일 좋은 먹잇감인데. 우린 해적이란 말이오! 그게 싫으면 우리가 전쟁 나가서 다 뒈지길 기도하면 되겠네."

"그래, 그냥 다 뒈져라."

레위시아가 이죽거리며 일어섰다. 발로 의자를 쾅 차버리고 돌아오는 그의 등 뒤로 해적들의 난잡한 웃음소리가 뒤따랐다.

첫 승리를 거둔 르세라에 상당 규모의 병력이 증원되었다. 데네브라의 친정 가문과 그 파벌이 보낸 지원군이었다.

상비군이긴 해도 그들은 정예였다. 기사단은 물론이거니와 기마 부대와 장거리 부대가 따로 운용되어 지상전에 취약한 르세라에 큰 힘이 되었다.

"왜 이렇게 늦게 왔느냐! 기다리다 사람 목 빠질 지경이 되어서야 대가리를 들이밀다니, 솔직하게 말해보아라. 누구 엉덩이가 그리 무겁더냐? 응? 말하라니까!"

"황비 전하, 고정하십시오."

"고정? 지금 고정이라고 했느냐? 크세노가 날 폐위시키려 할 때, 너희는 도대체 어디서 뭐 하고 있었기에! 내가 폐위되면 너희라고 무사할 것 같으냐?"

"저희는 전하와 운명을 함께하는 자들입니다. 그 말씀은 거두어주십시오."

"말만 번지르르해서는!"

구해주러 온 사람들한테 소리부터 냅다 질러버리는 데네브라를 보며, 프랑크 후작이 눈을 질끈 감고 앞으로 나섰다.

"하하하하! 왜 이러십니까. 여기 저를 보십시오. 황비 전하의 은혜에 몸 둘 바를 모르고 있지 않습니까. 와주셔서 정말 고맙습니다. 여러분은 르세라의 은인이십니다. 하하하!"

후작이 넉살 좋은 웃음으로 분위기를 무마하는 동안, 율리아는 황비의 뒤에 서서 몰래 지원군 수뇌부의 분위기를 파악하고 있었다.

그들은 데네브라를 좋아하지 않았으나, 적어도 그녀와 운명을 함께하고 있다는 데에는 의견을 같이하는 것 같았다.

지원군이 생각보다 늦게 도착한 이유는 그들과 다른 의견을 가진 자들을 처리하느라 시간을 잡아먹었기 때문이리라.

설득했을까. 아니면 제거했을까.

저 가문에서 자란 데네브라의 성정을 생각하면 제거했을 확률이 높았다. 반대하는 자들을 모두 제거하면 뒤에서 뒤통수를 맞지 않아도 되니 여러모로 이득이었다.

"전하, 르세라로 오는 길에 북부 전선에 대규모 방어진이 펼쳐질 거란 첩보를 입수했습니다."

"북부? 대규모 전투라고?"

"운하를 빼앗기면 가장 안전하고 빠른 보급 경로를 빼앗기는 것이기에, 모든 병력을 쏟아부어 지키려고 하겠죠. 북부 연합도 그걸 모르진 않을 테니, 무슨 수를 써서라도 운하를 손에 넣으려 할 겁니다."

"운하? 그게……."

데네브라가 당황해서 율리아를 바라보았다.

북부의 지형이나 전황에 대해 아무것도 모르는 데네브라는 여기서 뭐라고 대답해야 할지 알 수가 없었다.

율리아가 데네브라에게 다가가 귓속말을 속닥거렸다.

"북부는 연합에 맡기고, 너희는 르세라를 지키는데 전력을 다하라고 하세요."

데네브라가 고개를 빳빳이 들고 똑같이 말했다.

"북부는 알아서 잘하고 있으니까 염려 마라. 너희는 이제부터 나와 르세라를 지키는 데 전력을 다해야 할 것이야! 알겠느냐?"

"예, 황비 전하."

"잘 들어라. 내가 섭정의 자리에 오르면 너희는 군주를 배출한 가문이 되는 것이다. 앞으로 쓰일 바이칸 역사서 첫 줄에 나오는 첫 번째 이름. 내 이름과 바이칸 사이에 너희 가문의 이름이 들어가겠지. 어쩌면 다음 대의 황제도 같은 이름을 쓰게 될지 모른다."

데네브라는 다른 건 몰라도 이런 건 아주 잘하는 편이었다.

욕심을 부추기고 승리감에 도취시켜 두려움과 의심을 멎게 하는 것.

그녀가 웃으며 물었다.

"탐나지 않느냐?"

그날 황비의 친정 가문에서 도착한 지원군이 르세라에 둥지를 틀었다. 그들이 도착하자 미온적이었던 인근 영주 중 서넛이 이쪽에 합류하겠다는 의사를 밝혔다.

아군과 지원 병력이 속속들이 모여들었다.

제이비온을 선택하겠다던 데네브라가 위레우스의 어미와 자주 만나면서 태도를 확실하게 하지 않자, 불안해진 제이비온의 어미가 가문에 파발을 보내어 꽤 많은 수의 병사와 보급을 받아냈다.

그러자 위레우스의 어미도 남편에게서 그와 비슷한 규모의 지원을 약속받았다.

르세라 바닷가에는 작은 성처럼 생긴 해안 망루가 여러 개 있었다. 마지막 해적왕이 바이칸 서부 해상을 지배하던 시절, 마을 단위로 이루어진 르세라에 해적의 배를 감시하려 세워진 망루였다.

당시 해적들은 작은 마을을 노려 약탈을 일삼았다. 그래서 사람들은 망루를 지어 놓고 해적선이 나타날 때마다 서로에게 소식을 알리곤 했다.

카루스는 그 망루에 올라 있었다.

밤하늘 아래 회색으로 염색한 머리카락이 어지럽게 흩날렸다.

"버려진 망루에서 뭐 해요."

율리아가 다가와 물었다.

카루스와 리바이어던 함대가 바이칸 서부 해상에서 해적의 씨를 말려버린 뒤부터 르세라의 망루는 버려져 낡아빠진 등대가 되었다.

망루 꼭대기에 커다란 화로가 있어, 카루스의 등 뒤로 불꽃이 어른거렸다. 조금 전 그가 피워놓은 불이었다.

율리아는 화로를 빙 돌아 그에게 다가갔다.

카루스가 난간에 팔을 올리고 말했다.

"내 영지엔 바다가 없어."

"네?"

의외의 사실이었다. 율리아가 눈을 동그랗게 뜨고 그를 바라보았다. 날 때부터 바닷가에 살았을 것 같은 남자가 그렇게 말하자, 그가 어쩌다 해군 제독이 되었는지 궁금해졌다.

카루스가 웃으며 말을 이었다.

"내 부모님은 날 기사로 키우셨지. 완벽하고 명예로운 사령관이 되라고 하면서."

"엄한 분들이었다고 들었어요."

"내가 전쟁에 나가 공을 세울 때마다 아버지의 어깨엔 훈장이 늘고, 어머니의 드레스엔 보석이 늘었어. 그런 건 별로 상관없었는데……."

"그런데요?"

"어느 날이더라. 황제가 나를 불러서 함대를 맡아보지 않겠냐는 거야. 서부 해상에 해적 세력이 국가를 이룰 정도가 되니 골치가 아프다면서."

카루스가 피식 웃으며 율리아의 손을 잡았다. 그러곤 그녀의 손바닥에 키스하며 말했다.

"난 그때 수영도 할 줄 몰랐어."

"뭐라고요? 그런데도 함대를 맡았어요?"

"부모님이 격렬하게 반대하더라고."

당시 카루스는 너무 젊었다. 성인이 된 지도 그리 오래 지나지 않은 시점이었다.

해군은 특별한 조직이다. 노련한 뱃사람이자 지혜로운 사령관, 냉엄한 제독. 그 조건을 모두 충족해야 물 위에서 그들을 통솔할 수 있다.

"바다에 나가자마자 물고기 밥이 되거나 해적의 손에 목이 잘려 죽을 거라고, 황제가 널 죽이려고 벌이는 수작질이라며 길길이 날뛰더군."

"부모님이요?"

"그래."

"그런데도 바다에 나갔군요."

"부모님이 시키는 대로 하고 싶지 않았어."

카루스는 그때 자신에게 그렇게 대단한 반항심이 있다는 사실을 처음 깨달았다고 말했다.

성장기엔 부모님께 순종하며 자랐고, 청년기엔 전쟁터에 나가 공을 세우느라 바빴다. 그런데 어른이라고 할 만한 나이가 되자마자 다른 사람처럼 변했다.

황제의 말도 듣지 않고, 부모의 말도 듣지 않았다.

"황제는 내가 금방 죽을 줄 알았을 거야. 내 부모님도 마찬가지였을 거고."

"그때가 첫 시도였나 보네요."

율리아가 가라앉은 눈을 하고 그를 바라보았다.

크세노 황제는 카루스를 죽이려고 지금까지 수십 차례 갖은 수를 써 왔다. 어쩌면 기사였던 그를 바다로 내보낸 것 자체가 첫 시도였을 수 있다는 생각이 들었다.

"처음 배를 타고 나가던 날에는 이런 다짐을 했어. 바다에서 자유자재로 수영할 수 있을 때까지 돌아오지 말아야겠다."

"세상에."

"두 번째 출항하던 날에는 이렇게 생각했지. 조타수의 기술을 배워야겠다. 세 번째는 항해사, 네 번째는 노예장, 다섯 번째는……."

그러다 마침내 어설프게나마 선장 흉내를 낼 수 있게 되었을 때, 카루스는 처음으로 선상 반란을 겪었다.

"멍청한 애송이가 함장이랍시고 나대는 게 어지간히 꼴 보기 싫었던 모양이지. 군인에게 선상 반란은 즉결 처형감이란 걸 알면서도 놈들은 집요하게 나를 노렸어."

"그래도 살아남았잖아요."

"다 죽였으니까."

"혼자서요?"

"내 부하들이."

지나치게 말이 없어 누구의 편인지 알 수 없었던 부하들이 그들을 모두 죽였다.

카루스보다 훨씬 나이가 많고, 그만큼 경험이 많고, 그보다 충성스러운 사람들.

그들은 반란을 일으킨 자들을 하나하나 색출해 모두 목을 자르고 바다에 던졌다. 배 위에선 모자 쓴 놈이 왕이라던 우스갯소리도 그때 처음 알게 되었다.

카루스는 부하들에 의해 구해진 함장이었다.

난간에서 몸을 떼어낸 그가 장작을 집어 들고 불 속에 던져 넣었다.

하나, 둘, 세 개. 순간적으로 잦아들었던 불이 다시 천천히 몸을 키웠다.

"나는 그들을 존경해."

"리바이어던."

"함대가 커지고 기사단의 수가 늘어감에 따라 황제의 견제가 심해졌어. 내 부모님은 무슨 생각인지 영지에 틀어박혀 세상과 담을 쌓고 살았고. 황제가 동북부 사막 경계에 그분들을 보냈어도…… 말없이 수긍하면서."

"카루스 님."

우습게도, 율리아는 황제의 심정을 이해할 수 있었다.

황제는 카루스가 언젠가는 자신을 등지리라는 걸 본능적으로 깨달았을 것이다. 그가 멍청하고 충성스러운 기사였으면 좋았을 텐데, 겉으로만 고분고분한 척하는 반항아라는 걸 알았으니까.

죽이지 않으면 안 되는 적이 있다. 내 편이 될 가능성은 없는데 나보다 더 뛰어나 존재만으로도 위협이 될 때.

크세노 황제는 카루스를 죽이려 무던히 애썼다. 데네브라를 이용하기까지 했다.

"난 죽을 수 없었어. 그들에게 맹세했거든."

카루스는 그를 살렸던 부하들에게 한 가지 맹세를 했다고 했다.

"바다 위에서는 절대 패배하지 않겠다고."

그래야 그들에게 떳떳한 상관이 될 수 있을 것 같았다. 그 과분한 충성에 보답할 수 있을 것 같았다. 그들이 그에게 내보인 신뢰는 그만큼 무거운 것이었다.

카루스의 시선이 바다로 향했다.

출렁이는 파도와 변덕스러운 바람이 부는 곳. 신화와 전설이 탄생하는 태곳적 요람.

"그래서 괴물이 되기로 했지."

무혈 제독은 그렇게 탄생했다.

르세라에 병력이 추가됨에 따라 황제를 따르는 자들의 숫자도 늘어갔다. 크세노는 자리를 옮겨 첫 전투에서 패배한 영주의 성을 차지하고 그 안에서 명령을 내렸다.

황제군에 가담하는 자들은 대부분 그와 정복 전쟁을 함께했던 자들이거나, 혹은 얼마 후면 도착할 정복군의 실력을 믿는 자들이었다.

수도에서 출발한 정복군이 빠른 속도로 르세라를 향해 달려오고 있었다. 그들은 정복 황제 크세노의 상징이자, 그의 가장 강력한 무기였다. 전쟁 경험이 곧 삶의 궤적인 자들.

심지어 그들은 바이칸에서 가장 큰 규모를 가진 군대였다.

정복군이 도착하는 날, 르세라는 흔적조차 남지 않고 짓밟힐 것이다. 모두가 그렇게 생각했다. 프랑크 후작과 데네브라의 친정 가문도 마찬가지였다.

그러니까 정복군이 도착하기 전에 황제를 잡아야 한다.

51
리바이어던

두 번째 전투를 앞두고 르세라 전체가 긴장감에 물들었다.

도시를 지키는 병사들은 비장하게 마음을 다지고, 시민들은 덧문 위에 잠금쇠를 하나씩 더 달거나 언제든 떠날 수 있도록 짐을 꾸렸다.

제이비온의 가문에서 보낸 지원 병력이 르세라에 들어오던 날, 공교롭게도 위레우스의 후견인이 어마어마한 물량의 보급품을 보내왔다.

크세노 황제는 두 번째 전투에서 무슨 일이 있어도 르세라를 함락시키겠다고 공언했다. 그쪽에도 그를 따르는 자들이 속속들이 집결하고 있었다.

프랑크 후작이 며칠 새 해쓱해진 얼굴로 말했다.

"차라리 우리가 먼저 칩시다."

회의실에 모여 있던 귀족들이 아연실색해 그를 바라보았다.

데네브라와 후계자의 편에 서긴 했어도, 황제를 먼저 공격한다는 건 보통 배짱 있는 자가 아니면 할 수 없는 행동이었다.

프랑크 후작이 그들에게 물었다.

"여러분은 황제의 정복군을 이길 수 있습니까? 그들을 상대해본 적이 있습니까? 뒤에서 보호받는 게 아니라, 앞에서 무기를 맞대본 적이 있냐는 말입니다."

"있을 리가 있겠소?"

"나도 그렇습니다."

후작은 솔직하게 말했다.

"그들은 지난 이십여 년간 셀 수 없이 많은 전장을 거쳐 왔습니다. 바이칸 최고의 전쟁 전문가는 모두 정복군에 있지요. 우리가 이 싸움에서 승리하려면 방법은 하나밖에 없습니다."

"그게 뭡니까."

"그들과 싸우지 않는 것이지요."

정복군에 대해 말하는 그에게서 깊은 두려움이 느껴졌다. 다른 귀족들도 마찬가지였다.

"후작, 정복군은 이미 출발했을 겁니다. 아마 전속력으로 황제에게 오고 있겠지요."

"그러니까 지금, 그들이 도착하기 전에 황제를 쳐야 한다는 것입니다!"

"황비와 후계자를 지키기 위해 무기를 드는 건 반역이 아니라고 우길 수 있소. 하지만 황제를 죽이려고 무기를 드는 건 차원이 다른 문제지. 후작, 우리는 괜찮지만 다른 사람들은?"

"이제 와 물러서겠다는 겁니까?"

"그건 아니지만, 가문과 병사들에게까지 전부 목숨을 걸라는 것은
⋯⋯."

"하면 무슨 뾰족한 수가 있다고!"

회의는 밤새 이어졌지만 이렇다 할 계책은 없었다.

첫 번째 전투에서의 승리가 아니었으면 진작 와해되었을 무리라
고, 프랑크 후작이 한탄을 내뱉었다.

그 시각 크세노 황제는 르세라 인근 내륙 지도를 보고 있었다.

뒷짐을 지고 서 있던 그가 커다란 지도 주위를 천천히 거닐며 생각
에 빠져 있는 동안, 그를 따르는 귀족들은 말 한마디 꺼내지 않은 채
침묵을 지켰다.

수도에서 르세라로 향하는 가장 빠른 길을 눈으로 훑은 크세노가
한 자리에 멈춰 섰다. 그러곤 한 귀족의 어깨너머에서 한쪽 팔을 쑥
내밀어 지도의 어느 한 점을 가리켰다.

"여기."

황제가 제 어깨너머에서 말하고 있다는 걸 깨달은 귀족이 마른침
을 꿀꺽 삼켰다.

"여기가 좋겠다."

크세노가 가리킨 곳은 첫 번째 전투에서 그들이 크게 패배한 해안
가 고지대였다.

"폐하, 그곳은⋯⋯."

"알아. 하지만 봐라. 여기보다 지형적으로 유리한 곳은 없단 말이
다. 첫 번째 전투에서 너희가 진 건 데네브라의 지원군이 도착할 걸
예상하지 못했기 때문이잖아."

"폐하의 말씀이 옳습니다."

크세노와 더불어 몇 번의 정복 전쟁을 치렀던 한 귀족이 그의 말에 동조하며 나섰다.

"우리에게 유리한 장소가 버젓이 있는데 한 번 패배했다고 포기할 수는 없지요. 그때처럼 허를 찔리지만 않으면 됩니다."

지원군이 또 있다면 정찰대를 조직해 미리 알아보면 된다.

"그들은 반역자입니다. 인근 영지에 금족령을 내리시고, 어기는 자는 모두 단두대로 보낸다고 엄포를 놓으셔야 합니다."

"그렇게 하지."

크세노가 가볍게 고개를 끄덕였다. 그가 한쪽 손을 대충 휘젓자, 한쪽에 대기하고 있던 황제의 사자가 금족령에 대한 명령서를 작성하기 시작했다.

크세노가 다시 느릿느릿 걷기 시작했다. 회의실 탁자를 가운데 두고 사자처럼 어슬렁거리는 그에게 귀족들의 시선이 따라붙었다.

"놈들은 선공을 택할 거야."

"예?"

"정복군이 오기 전에 나를 죽이려고 하겠지."

크세노의 목소리에 약간의 웃음기가 섞였다. 귀족들은 황제 폐하께 어찌 그럴 수가 있느냐며 목소리를 높였으나, 머리로는 당연한 결정이라고 생각했다.

"방어라면 이쪽이 유리합니다. 르세라엔 변변찮은 성벽조차 없지만, 이곳엔 성벽과 망루는 물론이요, 수성 병기도 어느 정도 갖추고 있다고 들었습니다."

"방어전은 안 돼."

"예?"

"반역을 저지른 건 저들이다. 우리는 응징을 해야 해. 성에 갇혀 방어에 전전하는 모양새를 보였다가는 적군의 사기만 높아질 뿐이야. 저쪽에 가담하는 반역자만 늘어나겠지."

"하면 어찌하면 좋겠습니까?"

"적이 선공을 고민하고 있다면, 우리가 먼저 쳐야지."

크세노는 율리아를 생각했다.

내가 너라면 어떻게 할까. 율리아 아르테, 내가 너라면.

판을 통제하는 힘은 선수 치는 자에게 있다. 선공은 언제나 많은 이득을 가져다준다. 준비된 자만이 할 수 있는 선택이기 때문이다.

이번에는 내가 공격할 테니, 네가 막아야 할 것이다.

우리가 어디까지 갈 수 있는지 궁금하지 않으냐고 물었지.

"오늘 밤 기습하겠다."

율리아, 나는 네가 궁금해 미칠 것 같아.

— • ◆ • —

두 번째 전투는 황제군의 기습으로 시작되었다.

정복군이 도착하기 전에 황제를 쳐야 한다던 프랑크 후작의 주장에 힘이 실리기도 전, 바로 그날 새벽에 시작된 기습이었다.

한 번 패배했던 해안가 고지대에 다시 진을 친 황제군은 완만한 내리막에 보병 부대를 배치하고, 그들이 도시 경계를 넘은 뒤에는 기름 먹인 화살에 불을 붙여 쏘았다.

아군과 적군, 도시 안에 있는 시민들까지 무차별 공격하겠다는 뜻이었다.

아수라장이 펼쳐졌다. 전혀 예상치 못했던 기습이었기에, 혼비백산한 프랑크 후작이 각 가문의 수뇌부와 함께 회의실로 달렸다.

갑옷을 입은 자는 없었다. 제대로 옷을 갖춰 입은 자도 없었다. 그들은 임기응변을 발휘해야 했다.

"황제는 미친 게 틀림없어! 정복군이 전속력으로 달려오고 있을 텐데, 그들도 없이 싸움을 걸어오다니!"

"우리가 모르는 사이에 지척까지 온 게 아닐까요?"

"그럴 리가 없소. 수도에서 이쪽으로 오는 모든 길목에 정찰병을 보내놨거든."

"그럼 왜 저러는 것입니까!"

"우리 생각보다 훨씬 분노한 모양이오. 이성을 잃은 게지."

엉뚱한 추측이었으나, 완전히 틀린 이야기도 아니었다. 시종의 도움을 받아 실내복 위에 갑옷을 걸치던 프랑크 후작이 회의실에 모인 귀족들을 훑어보았다.

"우린 함께 훈련 한번 한 적 없는 타인이오."

"무슨 말씀입니까?"

"당장 한 몸이 되어 싸울 수 없다는 얘기지. 그러니까 각자 부대로 달려가 그대들이 필요한 곳에서 해야 할 일을 하시오!"

"뭐라고요?"

"지금 이 상황에서 작전이 중요한가?"

후작의 말이 옳았다. 귀족들이 재빨리 움직였다. 갑옷을 손에 들고 뛰는 자도 있었다.

"황비 전하께 달려가 상황을 보고해라!"

"황제군은 북쪽 고지대를 점령하고 있다! 도시 경계에 있는 민가를 버리고, 큰길로 모이라고 해!"

그때, 고래고래 소리를 지르며 달려가는 귀족들 사이로 율리아가 모습을 드러냈다.

그녀는 프랑크 후작을 향해 똑바로 걸어왔다. 다른 사람들은 실내복이거나 자다 깬 얼굴인데, 그녀만은 기이하게 단정한 차림새에 형형한 눈빛을 하고 있었다.

차가운 바깥바람이 그녀와 함께 걸었다. 훅 밀려오는 한기에 프랑크 후작이 가슴을 움츠렸다.

"후작님."

율리아가 말했다.

"바다로 가야 합니다."

—·◆·—

르세라는 마을 단위로 이루어진 항구였다. 해안가를 따라 다섯 개의 마을이 길게 늘어서 있어, 해마를 닮은 도시라고 불렸다.

해적들이 바다를 지배하며 약탈을 일삼던 무렵, 사람들은 가족과 재산을 지키기 위해 저들끼리 뭉쳐야 한다고 생각했다. 르세라는 그렇게 다섯 개의 마을이 합쳐져 도시가 되었다.

하지만 시간이 흐르고 해적이 사라져도 마을에 대한 소속감은 사라지지 않아, 사람들은 다섯 갈래로 갈라져 경쟁하곤 했다.

그중 가장 부유한 건 북쪽 해안을 차지하고 있는 마을이었다. 그들이 르세라에서 제일 큰 부두를 차지하고 있었기 때문이다.

그 마을이 불길에 휩싸였다.

"사람 살려! 살려주세요!"

"빨리 나와! 집에 불이 붙었잖아. 빨리! 그냥 나오라고!"

"금고가…… 전표가 다 안에 있단 말이야!"

"미쳤어? 그게 지금 목숨보다 중요해? 나와, 이 인간아!"

마을이 불타고 있었다. 덧문을 걸어 잠그고 집 안에 숨었던 사람들이 비명을 지르며 뛰쳐나왔다. 그들은 어떻게든 불을 꺼보려고 했으나 머리 위에서 쏟아지는 화살을 보곤 꽁지가 빠지도록 도망치기 시작했다.

르세라 5분의 1이 무너졌다. 불에 타고, 점령당했다. 황제군은 감히 황제에게 반기를 든 자들을 용서하지 않았다.

율리아는 망루 위에서 그 장면을 바라보고 있었다.

사방이 불이었다. 폐가 타도록 매캐한 냄새가 바닷바람을 타고 번졌다. 새카만 밤하늘로 검은 연기가 솟아올랐다.

그 와중에 별은 또 왜 이렇게 많은지. 지상을 바라보면 아비규환이 따로 없는데, 하늘을 올려다보면 그런 현실로부터 뚝 떨어져 꿈속을 떠도는 기분이었다.

"왜…… 왜 이래야 합니까?"

프랑크 후작이 물었다.

그는 괴물을 바라보듯 율리아를 보고 있었다. 지금까지 그녀에게 보였던 인간적인 호감은 흔적도 없이 사라졌다.

괴물, 혹은 마녀.

같은 편이라 굳게 믿었는데, 아닐 수도 있겠다는 생각이 들었다.

"황제가 정확히 언제 어디서 공격해올지 예측할 수는 없었어요. 제가 할 수 있는 거라곤…… 내가 만약 황제라면 어떻게 할까, 그런 걸 생각해보는 정도였죠."

"그걸 예측 못 했다고 당신을 원망하진 않소. 아르테 백작, 지금은 황제군을 막아내기 위해 한 사람의 손이라도 보태야 해!"

"후작님."

율리아가 물었다.

"제 호위 기사가 며칠 전부터 다섯 개의 해안 망루에 불을 밝히고 있다는 건 아세요?"

"보고 받았소. 그런데 그게 왜."

"이건 등대예요."

이곳은 망루의 역할을 다한 뒤부터 등대가 되었다.

율리아가 양손에 장작을 들고 거대한 불에 던져 넣었다. 그것도 모자라, 병 속에 든 기름을 던져 붓기까지 했다.

불꽃이 유령처럼 춤을 추었다. 크게 몸을 일으킨 불이 붉은빛과 검은 연기를 뿜어냈다.

"아르테 백작!"

"르세라 앞바다에 해적들이 나타나면 망루를 지키던 초소병들은 어떤 식으로 신호를 주고받았죠?"

"해적선을 발견한 자가 먼저 불을 피우면 그 아래서 북을 쳤소. 밤에는 불을, 낮에는 소리를 이용했다고 들었어."

"후작님."

율리아가 그에게 기름통을 내밀며 말했다.

"오르테가를 떠나기 전부터 생각했어요. 우리에겐 무혈 제독이라는 영웅이 있는데, 왜 그를 남부에 묶어놓으려고 하나."

"뭐…… 뭐요?"

"카루스 란케아는 여기에 있어요."

프랑크 후작의 눈이 찢어질 듯 커졌다.

"리바이어던 함대도, 여기에 있어요."

율리아가 한 손을 쭉 뻗어 바다를 가리켰다.

새카만 바다엔 아무것도 보이지 않았다. 프랑크 후작은 그녀에게 어떤 말을 해야 할지 알 수가 없었다. 거짓말하지 말라고 고함을 치거나, 그게 정말이냐고 환호할 수도 없었다.

아무것도 믿을 수가 없었다. 믿어지지 않았다.

"당신은 도대체……."

"보세요."

율리아가 기름통에 남은 기름을 모두 불 속에 던져 넣었다. 새빨간 불꽃이 비명을 지르며 날아올랐다.

그러자 칠흑과도 같았던 바다 위에 빛이 나타나기 시작했다.

밤하늘 가득하던 별이 수평선으로 내려와 앉은 듯 수십, 수백 개의 불빛이 점점이 모습을 드러냈다.

"아……."

프랑크 후작이 망루 난간에 몸을 기댔다. 떨어지면 죽을 높이임에도 그는 제 몸을 주체하지 못하고 난간 밖으로 손을 내밀었다.

리바이어던이다.

깊은 바다에 사는 괴물. 한 번 목격한 자는 살아 돌아갈 수 없던 무적의 존재.

카루스 란케아를 무혈 제독으로 만들고, 바이칸 서부 해상에서 해적의 씨를 말린 자들.

수평선을 따라 미끄러지듯 나타난 배들이 점점이 밝혔던 불을 한 꺼번에 들었다.

르세라 앞바다가 리바이어던 함대로 가득 찼다.

프랑크 후작이 미친 사람처럼 날뛰었다. 망루에서 떨어질 기세로 달려간 그가 전장 한가운데로 뛰어들더니, 바다를 보라고 소리쳤다.

"바다를 봐! 바다를 보라고, 이 새끼들아! 바다를 보라니까?!"

그를 따라 달리던 기사들이 어리둥절해 바다를 보았다.

저게 뭔가.

검은 바다에 무시무시한 배들이 떠 있었다. 한꺼번에 불을 밝힌 배 들이 한 방향을 향해 몸을 돌리기 시작했다.

바이칸에 저 정도 규모를 가진 함대는 단 하나뿐이었다.

"리바이어던이다!"

그들의 입에서 비명과 환호가 번갈아 튀어나왔다.

"이런 빌어먹을…… 바다를 봐라! 바다를 보라고 해! 놈들에게 전 해라, 아군이라고! 바다를 보라고!"

"아군이다. 지원군이야!"

"무혈 제독이 왔다!"

달아나던 시민들도, 중구난방으로 흩어져 각자 가문의 병사들과 고군분투하던 귀족들도, 성 꼭대기 방에서 불안해하던 데네브라도, 모두가 바다를 바라보았다.

거대한 군함이 몸을 돌렸다. 느리지만 정확하게. 그들은 율리아와 카루스가 보내는 신호에 따라 움직였다. 그러곤 황제군이 차지하고 있는 해안가 고지대를 향해 포문을 열었다.

강렬한 대포 소리가 울려 퍼졌다. 르세라엔 대포 소리를 처음 들어보는 사람도 많았다.

두 손으로 귀를 틀어막은 사람들이 이번에는 함대가 아니라 포탄이 날아간 방향을 바라보았다.

황제군이 거기 있었다.

황제군이 달아나고 있었다.

바다에서 나타난 괴물이 육지의 군대를 물어뜯었다. 포탄이 떨어지는 곳마다 지옥도가 펼쳐졌다. 기세 좋게 내려오던 황제의 병사들은 다 어디로 갔는지, 그들은 그저 저 괴물에게서 달아나려 젖 먹던 힘을 다해 뛰었다.

적의 진영을 망가뜨리는 데 성공한 함대가 다시 몸을 돌렸다. 이번에는 뱃머리를 정확히 북쪽 부두를 향해놓고, 미끄러지듯 다가왔다.

굶주린 괴물은 뭍에도 발을 올릴 수 있었다.

리바이어던 함대는 아주 오랫동안 제독의 부름을 기다렸다. 황제가 그들을 핍박하고 차별해도, 바다에 고립시켜 움직일 수 없게 해도 묵묵히 때를 기다렸다.

서북부 무스빌리에서 배를 타고 더 북쪽으로 올라가야 하는 섬. 리바이어던은 그곳에 죄인처럼 갇혀 지냈다. 황제가 카루스를 견제하기 위해 그들을 짐승처럼 가둬두었기 때문이다.

"르세라로 와."

"황제를 쳐라."

"나는 반역을 저지를 것이다."

마침내 때가 왔다. 그들은 언제든 출항할 수 있도록 모든 군함을 준비시켜두고 있었다. 바이칸의 국기는 버린 지 오래였다.

거창한 이유는 필요 없었다. 황제는 카루스의 적이었고, 리바이어던의 적이었다. 처음부터 그랬다.

어부들이 앞다투어 부두를 비우기 시작했다. 커다란 상선에서부터 작은 어선까지, 모든 배가 함대를 위해 부두를 비웠다.

망루에서 내려온 카루스가 혼자 걸어서 부둣가로 왔다.

그의 곁에 다가가는 사람은 아무도 없었다. 리바이어던 함대에서도 가장 빠르고 무시무시한 배가 그에게 다가오고 있었다.

한 자리에 멈춰 선 카루스가 그들을 바라보았다. 배 위에 빼곡하게 모여든 그의 부하들이 우묵한 눈으로 제독을 반겼다.

말 없는 재회였다.

—◦•◦•◦—

반 황제파가 르세라에서 이뤄낸 두 번의 승전 소식이 바이칸 각지로 퍼져 나갔다. 발 빠른 전령들이 말을 바꿔 가며 밤낮없이 달렸다. 때로는 새가, 때로는 배가 편지와 사람을 실어 날랐다.

하지만 드넓은 바이칸 동북부까지 그 소식이 닿기엔 좀 더 많은 시간이 필요했다.

"저도 황제처럼 새나 키울 걸 그랬습니다."

"시녀님도 답답하죠? 답답해 미치겠죠?"

"그렇긴 한데……."

알렉사가 피식 웃으며 맥스웰을 바라보았다.

"저는 율리아를 믿으니까 괜찮습니다. 그러는 맥스웰은 카루스 님을 믿지 않나 봅니다?"

"그 양반을 제가 왜! ……믿죠. 엄청 믿죠. 우리 할머니보다 더 믿어요."

아니라고 꽥 소리를 지르려던 맥스웰이 갑자기 진지하게 카루스를 찬양하는 말을 늘어놓았다.

"세상에 그렇게 완벽한 상관이 있을까 싶어요. 실력은 말할 것도 없거니와 인격은 성자요, 부하들은 또 어찌나 아껴주시는지."

"거짓말인 거 너무 티 나는데."

트리스탄이 눈치 없이 끼어들었다.

"그거 아닌가? 반어법! 나도 알아. 재수 없는 인간을 너무 재수 없다고 말할 때, 너무 훌륭하다고 칭찬하는 거!"

"아니야, 이 자식아!"

"아니긴 뭐가 아니야? 맞고만!"

"너 이 새끼, 일부러 그러는 거지?"

최근 들어 부쩍 친해진 두 사람이 주먹을 휘두르며 대화를 주고받았다. 그러면서도 맥스웰은 슬금슬금 기사들의 눈치를 보고 있었는데, 눈이 마주칠 때마다 천진난만한 눈웃음을 흘리기 바빴다.

하지만 그에게 마주 웃어 주는 기사는 없었다.

"이 천하에 재미없는 선배님들……."

"맥스웰, 말을 아껴라."

"예, 예. 알았어요."

맥스웰이 불쌍한 척 어깨를 늘어뜨리고 트리스탄의 곁으로 다가갔다.

"트리스탄."

"왜."

"안아줘. 갑자기 너무 추워졌어."

"이리 와."

트리스탄이 굵은 팔을 넓게 펼쳤다. 그러나 두 사람 다 말을 타고 있었기에 그의 품에 안길 수는 없었다.

그들이 주접을 떨거나 말거나 길을 찾느라 여념이 없던 알렉사가 기사들을 향해 물었다.

"여기서 어느 쪽으로 갑니까?"

"저쪽."

"얼마나 남았습니까?"

"하루면 된다."

"거의 다 왔네요."

알렉사가 안도의 한숨을 내쉬었다. 그녀의 머리를 감싼 천에서 부연 먼지가 흩날렸다.

동북부는 끝없는 사막과 닿아 있어, 척박하기 짝이 없는 곳이었다. 서남부와 비교하면 영지민의 숫자도 6분의 1이 채 안 되고, 영주들의 성도 뚝뚝 떨어져 있어 귀족 간의 교류도 활발하지 않았다.

그래서 중앙의 귀족들은 동북부를 마지막 유배지라고 불렀다.

크세노 황제가 동북부에서 가장 쓸모없는 땅을 카루스 란케아에게 주고 그곳을 란케아 영지라고 명명했을 때, 귀족들은 카루스가 반역을 일으킬지도 모른다고 생각했다.

심지어 황제는 카루스에게 목숨 바쳐 충성하는 5백 명의 기사를 그곳으로 유배 보내고 금족령을 내렸다.

리바이어던 기사단은 리바이어던 함대와 더불어 무혈 제독을 상징하는 대표적인 무장 집단이었다. 그런 그들을 황제는 짐승처럼 우리에 가둬두고 족쇄를 채웠다. 영웅이라 부르지 못하게 했다.

알렉사는 그들을 만나러 가고 있었다.

모래 섞인 바람이 불었다. 한동안 이어진 침묵을 깨고, 알렉사가 물었다.

"반겨주겠죠?"

대답하는 사람은 없었다. 기사들은 여전히 과묵했고, 맥스웰은 의미를 알 수 없는 표정을 짓고 있었다.

일그러진 것 같기도 하고, 웃는 것 같기도 한 얼굴이었다.

52
물에 빠진 사자

리바이어던 함대의 등장으로 반파된 황제군은 유리한 고지대와 인근 영지를 버리고 달아날 수밖에 없었다.

르세라 항구에 닻을 내리고 카루스와 재회한 리바이어던 함대는 상대가 황제군이건 황제 본인이건 크게 상관치 않았다.

그들은 배에서 내린 뒤에도 바다 위에서와 같이 사나웠고, 황제군을 멀리 쫓아낸 뒤에는 환호하는 프랑크 후작과 르세라 방어군을 뒤로한 채 다시 배로 돌아가버렸다.

크세노 황제는 절반밖에 남지 않은 황제군의 보호를 받으며 멀리 달아났다. 그를 찾아왔던 새들도 텅 빈 영주성 위를 맴돌다 소식을 전할 주인을 찾지 못해 길게 울며 사라졌다.

황제는 정복군이 정확히 어디까지 내려왔는지 알 수 없었다. 그래서 기약 없이 움직여야만 했다.

정복군과 합류하기만 하면, 르세라에 남은 자들을 모두 죽이고 도시를 흔적도 없이 불태워 버리겠다. 크세노는 달아나면서도 그런 경고를 남겼다.

하지만 리바이어던 함대의 등장은 르세라 방어군에게 이 싸움의 승기가 자신들에게 기울었음을 알려주는 축포와 같았다.

"황제를 쫓읍시다!"

한 귀족이 흥분해서 소리쳤다.

"전에 후작께서 말씀하시지 않았습니까! 황제가 정복군과 합류하기 전에 쳐야 한다고! 지금이 기회입니다. 기마대를 조직해서 황제를 쫓읍시다!"

"누가 말입니까?"

"우리에겐 무혈 제독이 있지 않소!"

모두가 카루스를 바라보았다.

그는 여전히 회색 머리카락을 아무렇게나 늘어뜨린 채 호위 기사의 차림새를 하고 있었다.

그가 카루스 란케아인 줄 꿈에도 몰랐던 프랑크 후작이 남몰래 한숨을 내쉬었다. 후작은 혹시 자신이 아르테 백작과 그녀의 호위 기사에게 실수했던 건 없는지 과거를 돌이켜 봐야만 했다.

"제독."

프랑크 후작이 물었다.

"어떻게 생각하십니까?"

카루스가 그들을 한 차례 훑어보았다. 사실 그는 지금 아무 생각이 없었다. 이 모든 건 율리아와 코코가 오르테가에서 머리를 맞대고 만들어낸 판이었다.

르세라 방어군이 따라야 할 지휘관은 카루스나 데네브라, 프랑크 후작이 아니었다.

율리아 아르테였다.

하지만 그렇게 털어놓을 수는 없어서, 카루스가 느릿느릿 입을 열었다.

"내 병사들은 배를 떠나지 않는다."

"예? 하, 하지만……."

"황제를 추적하고 싶거든 너희가 직접 병사들을 지휘해서 쫓아라."

황제를 죽이러 가자고 외치던 귀족들이 한꺼번에 입을 다물었다.

무혈 제독이 있으면 이길 수 있다. 하지만 그가 없으면 승리를 장담할 수 없다. 우리는 정복군이 어디까지 내려왔는지 모른다.

프랑크 후작은 등이 축축해지는 것 같은 기분을 느끼며, 그에게 다시 물었다.

"황제가 정복군과 합류하면 곧장 르세라에 복수하러 돌아오겠지요?"

"글쎄."

카루스는 뭐 하나 속 시원하게 대답해주는 법이 없었다. 그가 다른 귀족들에게서 눈을 떼곤 프랑크 후작을 지그시 바라보았다.

"그대가 짐작하는 대로 되겠지."

"예?"

"회의는 여기까지다."

율리아가 없으면 회의 같은 건 하나 마나가 아닌가. 카루스는 진심으로 그렇게 생각하고 있었다. 그래서 만류하는 귀족들을 물리친 채 몸을 돌려 회의실 밖으로 뚜벅뚜벅 걸어 나갔다.

귀족들이 웅성거렸다. 어떻게든 카루스를 찾아가 설득해야 한다는 사람이 있는 반면, 그의 말대로 함대는 바다에 있어야 하는 법이라고 말하는 자도 있었다.

프랑크 후작은 카루스가 남기고 간 말을 곱씹었다.

'내가 짐작하는 대로 될 거라니.'

그러자 자연스레 율리아의 얼굴이 떠올랐다. 그녀의 목소리가 환청처럼 들렸다.

르세라가 위기에 처할 때마다 절망에 빠진 그의 멱살을 잡아채던, 맑고 또렷한 눈동자.

회의실을 도망치듯 달려온 프랑크 후작이 율리아를 찾아 데네브라에게 달려갔다.

"아르테 백작!"

헐떡거리며 계단을 오른 그가 황비의 응접실에 나타났을 때, 율리아는 데네브라의 긴 머리카락에 약을 바르고 있었다.

햇살 쏟아지는 창가에 앉아 율리아에게 머리카락을 맡긴 데네브라는 무척 편안해 보였다.

율리아는 크림처럼 하얀 약을 조금씩 덜어 데네브라의 머리카락에 바르고, 빗으로 빗어 내렸다. 그러자 인위적으로 까맣게 물들어 있던 데네브라의 머리카락이 조금씩 제 색을 찾기 시작했다.

"아, 금발이셨지……."

프랑크 후작이 저도 모르게 중얼거렸다.

까맣게 잊고 있었다. 데네브라가 카루스를 마음으로 쫓기 시작한 뒤부터 그녀는 오랫동안 검은 머리를 고수해왔다. 하지만 그녀는 본래 빛나는 금발을 가진 여자였다.

"무슨 일이세요, 후작님?"

율리아가 물었다. 정신을 차린 프랑크 후작이 간절함을 담아 소리쳤다.

"당신을 따르겠소. 그러니까 이제부터 내가 뭘 해야 하는지 지시를 내려주시오!"

데네브라가 감고 있던 눈을 떴다. 그녀의 입에서 낮은 비웃음이 튀어나왔다.

"너도 이제야 알았구나. 이 판을 움직이는 자가 누군지."

"황비 전하."

"그거 아느냐? 황제가 날 폐위시키리란 것도, 너희가 올 거란 것도, 사생아를 거론하면 너희가 내 편이 되리라는 것도 전부 율리아가 알려준 것이란다."

"그게 사실입니까?"

숨이 막혔다. 레위시아 국왕은 도대체 어떻게 이런 자를 시녀로 맞이했단 말인가.

"해적을 이용해 크세노를 바다에 고립시킨 것도 율리아가 한 짓이지. 덕분에 내 친정 가문은 병력을 모아 르세라로 이동할 수 있었고, 리바이어던 함대는 제독을 찾아 남하할 수 있었던 거야."

데네브라가 손거울을 들어 올려 자신의 모습을 비춰 보았다.

"크세노와 싸우는 건 너희들이 아니야. 카루스 란케아도 아니다."

율리아 아르테였다.

프랑크 후작의 얼굴이 서서히 경직되었다. 그는 자신의 심장에서 피가 빠져나가는 것 같은 기분을 느꼈다. 조금 전까진 계단을 올라오느라 숨이 찼는데, 이제는 심장이 뛰지 않는 것 같았다.

피가 빠져나간 손끝이 저릿저릿했다.

"아르테 백작, 당신은…… 우리 편입니까?"

묻지 않을 수가 없었다. 유치하다고 비웃어도 어쩔 수가 없었다.

율리아 아르테가 만약 우리 편이 아니면 어쩌나. 르세라를 이용하고 버리면? 데네브라의 편이 아니라, 반 황제파의 편이 아니라.

아군인 척하는 적군이면 어떻게 하나.

데네브라도 그게 궁금했는지 후작을 비웃는 대신 고개를 돌려 율리아를 쳐다보았다.

한 손에 빗을 든 시녀. 크림색 드레스와 우아함 꾸밈새.

그림처럼 자연스러워 위화감이라곤 전혀 들지 않는 그녀가 두 사람을 달래려 입을 열었다.

"저는 시녀예요."

시녀는 왕족을 위한다.

"왕족의 시녀가 가져야 할 첫 번째 덕목은 충성심이요, 둘째가 품위이다. 시녀는 왕족의 일상을 함께하기에, 스스로 드높이되 책임을 진다."

"그게 무슨 말입니까?"

"데네브라 님은 황제의 자리에 앉으실 겁니다."

엉킨 머리카락을 풀어 주는 빗처럼 부드럽고 조곤조곤한 목소리였다. 다시 빗질을 시작한 율리아가 데네브라의 귓가에 속삭였다.

"전하는 금발이 훨씬 아름다워요."

데네브라가 프랑크 후작에게서 시선을 돌려 다시 거울을 바라보았다. 황비의 얼굴도 피가 빠져나가 약간 창백한 빛을 띠고 있었다.

하지만 그녀는 더 묻지 않고, 칭얼거리지도 않았다.

◆ • ◆ • ◆

르세라가 두 번째 방어전에서 대승을 거둔 뒤 열흘이 지났다.

기마대를 조직해 당장 황제를 쫓아야 한다던 귀족들의 의견은 금세 사그라들었다. 영주인 프랑크 후작이 갑자기 강경한 태도로 방어에 전념해야 한다고 말했기 때문이었다.

"이해할 수 없군. 황제는 무슨 일이 있어도 정복군을 데리고 르세라에 복수하려 들 텐데, 후작이 겁을 먹은 건가?"

"리바이어던 함대가 있으니까 해볼만하다고 생각하는 게 아니겠소?"

"상대는 정복군이야."

"이쪽엔 무혈 제독이 있지요."

의견이 분분했다. 답답했던 나머지 몰래 후작을 찾아가는 이들도 있었다. 밤마다 술병을 든 귀족들이 삼삼오오 모여 수군거렸다. 가끔 용감한 자들은 데네브라나 카루스를 찾기도 했다.

그렇게 차근차근 시간이 흘러 이른 봄이 왔다.

르세라는 바이칸에서 유일하게 동백꽃을 볼 수 있는 곳이었다. 첫 동백이 개화했다는 소식에 들뜬 어부들이 곧 좋은 소식이 들려올 거라며 술잔을 나누었다.

하지만 봄과 함께 나타난 건 황제의 정복군이 르세라를 향해 진격하고 있다는 소식이었다.

"이럴 수가! 정복군입니다!"

크세노와 합류한 정복군이 무시무시한 기세로 달려오고 있었다.

"전령이…… 정찰병이 도착했습니다!"

"다 죽고 하나만 살아남았다고 합니다! 후작님, 후작님은?"

"그러게 진작 황제를 죽였어야 했다니까! 이보게, 무혈 제독께도 전해드려야 하는 것 아닌가?"

먼저 전령을 만난 귀족들이 난리 법석을 떨었다. 서둘러 달려 나온 프랑크 후작이 전령을 붙잡고 소리쳐 물었다.

"정복군이 왔어? 어디까지!"

"하루 거리…… 하루 거리입니다. 더 일찍 발견해서 알려드렸어야 했는데."

"하루 거리라고? 벌써 거기까지……."

"규모가 큽니다. 후작님, 피하셔야 합니다."

전령은 피하라고 조언했다. 도시를 버리고 달아나라고 말했다.

정복군의 규모가 유례없이 크다고, 황제가 위험하다는 소식을 듣곤 전군이 몰려온 것 같다고 했다.

"선봉대의 숫자만 해도 어림잡아 3만은 되어 보였습니다. 그 뒤엔 본대의 보병들이, 그 뒤엔 보급 부대가…… 특수 부대와 후방은 확인조차 하지 못했습니다."

"허어……."

"공성 병기가 오고 있습니다."

후퇴해야 한다. 프랑크 후작도 그렇게 생각했다.

선봉대가 3만이라면 본대는 그 몇 배는 될 것이다. 정복군의 공성 병기는 도시 하나를 쑥대밭으로 만들고도 남는다.

하지만 이곳은 항구 도시였다. 후퇴할 곳이라곤 바다밖에 없는데, 어디로 가란 말인가.

같이 바다에 빠져 죽자고 설득이라도 하라고? 정복군이 하루 거리에 있다 함은 달아나도 소용없다는 말과 다르지 않지 않나?

숨이 가빠왔다. 심장이 빠르게 뛰었다. 불안하고 두려웠다. 그런데 목까지 차오른 숨이 입 밖으로 튀어 나가려던 순간, 갑자기 무언가 묵직한 기운이 그를 짓눌렀다.

프랑크 후작은 자신이 어느새 이런 상황에 익숙해졌다는 사실을 깨달았다.

"모두 침착해라."

그도 자신이 이렇게 인내심 있고 차분한 사람인 줄 처음 알았다.

"잊지 마라. 우리는 크세노 황제를 상대로 두 번이나 승리한 르세라의 수호자들이다. 각자 자리로 돌아가 방어에 전념해라."

"후작님!"

"명령이다!"

이곳엔 데네브라 황비가 있다. 카루스 란케아가 있다.

무엇보다 율리아 아르테가 있다.

크세노 이베르트 바이칸이 정복 황제라는 위명으로 불리게 된 데에는 정복군의 역할이 컸다.

황제의 직할 부대인 그들은 처음엔 여느 왕국의 중앙군과 다르지 않은 규모를 가지고 있었다.

한데 크세노가 첫 전쟁에서 승리하고 그다음에도, 또 그다음에도 연이어 승리를 거두자 점점 그 규모가 눈덩이처럼 불어나기 시작했다.

　명장들이 말하길 전쟁은 숫자로 하는 게 아니라고 했다. 하지만 압도적인 전력은 승패에 있어 가장 큰 무기임에는 틀림이 없었다.

　하물며 그들이 지난 수십 년간 전쟁 정보와 경험, 요령을 터득한 전문가들임에야.

　"황제 폐하께 충성을—!"

　수많은 병사가 황제 앞에 무릎을 꿇었다. 엄격한 군율 아래 살기로 무장한 그들은 완벽하게 도열하여 진을 쳤다.

　끝없는 인파. 크세노는 그들을 보며 바다를 떠올렸다.

　카루스 란케아에게 바다가 있다면 나에겐 이들이 있다. 놈은 그저 그 바다 위에 둥둥 떠서 표류하는 힘없는 인간에 불과하다.

　바다는 위대하고 잔혹하기에 인간이 그에 닿을 수는 없다.

　하지만 자신은 달랐다. 황제는 신에 닿은 인간이다. 신의 의무를 대신하는 인간이다. 신이 버리고 달아난 자리에서 스스로 희생을 반복하는 자다.

　나는 황제다. 인간이 만든 절대자. 그렇기에 땅 위에선 신조차 나를 지배할 수 없다.

　크세노가 높은 단상 위에 섰다.

　"각 부대에 전달하라."

　그의 목소리가 크게 울렸다.

　"르세라 항구에 반역자들이 무리를 이루어 감히 내게 대항하고 있다! 놈들의 이름은 데네브라 황비이며, 카루스 란케아이고, 프랑크 후작과 그들을 따르는 수십 개의 가문이다!"

　황제의 기사들이 입술을 짓씹으며 으르렁거리는 소리를 냈다. 그들은 데네브라와 카루스를 용서할 수 없었다.

크세노 이베르트 바이칸은 그들이 만든 정복자였다. 황제의 이름은 곧 정복군의 명예였으며, 그가 다스리는 대륙은 정복군의 전리품과 같았다.

"놈들의 머리와 몸을 분리해 대륙의 동쪽 끝과 서쪽 끝에 묻어야 합니다."

한 기사가 방패를 땅바닥에 콱 박아 넣으며 말했다. 그러자 주위의 기사들이 그를 따라 목소리를 높였다.

"르세라를 사막으로 만들고 100년 동안 봉인해야 합니다."

"카루스 란케아로부터 리바이어던의 이름을 빼앗고, 황비를 폐위시키셔야 합니다!"

크세노는 카루스와 데네브라가 변절했다는 소식을 최대한 막으려 했다. 그가 앞선 두 번의 전투에서 승리했다면 마땅히 그렇게 했을 것이다.

하지만 그는 패배했다. 두 번 모두, 어처구니없이 패해 전장을 두고 돌아서야만 했다. 심지어 겁에 질린 짐승처럼 도망치기까지 하지 않았나.

그는 이제 아무것도 숨길 수가 없게 되었다.

"르세라를 지도에서 지워버려라!"

르세라를 하루 앞둔 어느 영지에서, 크세노가 명령했다.

—◆•••◆—

나는 당신을 죽일 수 없다.

당신도 나를 죽일 수 없다.

언덕 위에 거센 바람이 불었다. 투레질하는 말을 도닥이며 달래던 율리아가 고개를 들었다.

드넓은 구릉지에 빽빽한 인파가 보였다. 크세노 황제의 정복군을 직접 눈으로 보는 건 그녀에게도 처음인 일이었다.

구릉을 가득 채운 병사와 말, 그리고 멀리서 우레 소리를 내며 끌려오는 공성 병기를 보고, 율리아가 고삐를 쥔 손에 힘을 주었다.

크세노가 깨달았는지는 모르겠지만 율리아는 그동안 몇 번이나 그를 죽일 수 있었다.

그가 오르테가 왕궁에 은밀히 숨어들었을 때, 데네브라와 왕비궁을 포기하고 그 사실을 알려 포위했다면 죽일 수 있었을 것이다.

늙은 해적 선장이 죽여줄까, 하고 물었을 때도 마찬가지였다. 그때 그녀가 고개를 끄덕였다면 크세노는 바다 한가운데서 해적들의 공격을 받아 죽을 수도 있었다.

르세라의 두 번째 방어전도 그와 비슷했다.

카루스와 그의 부하들은 크세노를 죽이고 싶어 했다. 프랑크 후작과 데네브라, 반 황제파의 귀족들도 똑같았다.

하지만 율리아는 크세노를 죽일 수 없었다. 황제가 죽으면 자신도 죽어, 2년 전 겨울의 끝자락으로 가게 될 게 뻔했으니까.

두 개의 영혼에 깃든 하나의 저주. 율리아는 크세노와 자신이 서로에게 기생하는 괴물과도 같다고 생각했다.

"황제에게도 저를 죽일 기회가 여러 번 있었어요."

언덕 위에 올라 정복군을 내려다보고 있는 건 율리아 혼자가 아니었다. 그녀의 곁엔 카루스가, 그의 곁엔 리바이어던 함대의 부하들이 자리하고 있었다.

카루스가 고개를 끄덕이며 대답했다.

"여러 번 있었지."

"하지만 그는 절 죽일 수 없었죠. 처음으로 돌아가고 싶지 않았으니까."

"지금도 마찬가지일 거야."

"이건 기만이에요."

황제와 자신이 서로를 죽일 생각도 없으면서 싸우고 있다는 율리아의 말에, 카루스는 그녀의 싸움이 혼자만을 위한 것이 아님을 강조했다.

"세상을 구하는 기만이지."

저들에게 고향을 빼앗기고 노예가 된 자들을 떠올려야 한다. 황제의 야욕에 희생된 수많은 사람을 떠올리다 보면 이게 얼마나 숭고한 싸움인지 알 수 있다.

"세상을 구할 생각 따윈 없어요."

"그럼 나라도 구해."

카루스가 가볍게 농담을 건네자 그를 따라온 부하들이 피식 웃음을 흘렸다.

적의 주둔지를 지켜보던 율리아가 홀린 듯이 중얼거렸다.

"정복군은 소문보다 더 대단하네요."

그건 한숨 섞인 감탄이자, 어찌할 수 없는 질투이기도 했다.

당신은 좋겠다.

아무 노력도 없이 저토록 대단한 힘을 손에 쥔다는 건 어떤 기분일까. 그는 그저 황제의 아들로 태어났을 뿐인데, 이 세상에 나오자마자 저 많은 사람의 충성을 받게 되었다.

나는 한 끼 식사를 위해 목숨을 걸었는데, 사랑받고 싶어서 노예이길 자처했는데, 끔찍하게 죽고도 비참하게 매달렸는데.

이 세상은 나 같은 사람에게 꽃 한 송이조차 공짜로 주지 않았는데.

"율리아."

그녀와 함께 정복군을 살피던 카루스가 고개를 들어 하늘을 바라보았다.

새 우는 소리가 들렸다. 십수 마리의 새가 거센 바람을 타고 날아왔다. 그러곤 누군가를 찾는 듯 주위를 빙빙 돌았다.

"왔군."

그건 황제가 각지에 심어둔 첩자들이 날린 새였다. 그동안 율리아의 계략에 빠져 이리저리 이동해야 했던 크세노 황제는 받아야 할 소식을 제때 받지 못하고 있었다.

율리아도 고개를 들고 하늘을 바라보았다.

곧 해가 질 것이다. 그녀의 입에서 하얀 입김이 흘러나왔다.

카루스가 율리아에게 다가가 말했다.

"걱정하지 마. 성공했을 거야."

"걱정 안 해요."

율리아의 눈이 발갛게 달아올랐다.

"전 코코와 알렉사를 믿어요."

어쩌면 나보다 더, 그 두 사람을 믿는다. 우리가 이 순간을 위해 얼마나 오랫동안 달려왔는지 안다면 신도 내 손을 들어줄 수밖에 없을 것이다.

봄은 언제나 그녀의 편이었다.

정복군과 합류한 크세노는 한 영주의 성을 빼앗아 임시 주둔지로 삼고 그곳에서 부대를 편성했다.

르세라는 두 번의 승리와 리바이어던 함대의 합류로 상당히 고무되어 있는 상태였다. 사기 높은 적은 상대하기 까다롭다. 반역자인 그들에게 남은 선택지가 없는 경우에는 더 그랬다.

"단 한 놈도 살려주지 마라."

크세노가 지휘관들을 모아놓고 명령했다.

"포로는 필요 없다. 인질이나 협상도 필요 없어. 항복도 받아주지 않겠다. 르세라를 포위하고, 그 안에 살아 있는 건 사람이건 동물이건 모두 다 죽여라."

"알겠습니다!"

"놈들은 방어에 전념할 것이다. 우리가 가까이 다가가면 리바이어던 함대의 대포 사정거리에 들어가게 되니, 그 밖에서 움직여야 한다."

"폐하, 놈들은 쥐새끼처럼 도시 안에 숨어 있을 겁니다. 도대체 무슨 수로 끌어내야 합니까?"

"끌어낼 필요 없다. 튀어나오게 만들면 돼."

"예?"

"공성 병기를 전면에 배치해. 기름통을 던져 도시에 뒤집어씌우고, 불화살을 날려라. 영주성과 항만 관리국, 그리고 해군 기지부터 부숴라. 크고 높은 건물일수록 빨리 부숴야 한다."

크세노가 쉴 새 없이 말을 했다. 정복군과 함께 직접 전장을 지휘하는 것도 오랜만이었다. 청년이었던 20년 전으로 돌아간 것 같아, 그의 가슴이 얕게 부풀었다.

"공성탑을 보내 중앙을 들이받은 뒤엔 도시 측면에 전차 부대를 써. 르세라는 저지대에 있다. 방어 시설이라곤 바닷가에 있는 게 전부야. 공성 병기만으로도 도시의 절반을 무너뜨릴 수 있을 거다."

"쉬운 전투가 되겠군요."

"리바이어던의 대포 사정거리. 그 안에만 들어가지 않으면 된다. 명심해."

"알겠습니다. 저희는 폐하께 반드시 승리를 안겨드릴 것입니다."

지휘관들이 흉흉한 웃음을 터뜨렸다. 아무리 봐도 유리한 전투였다. 리바이어던 함대만 아니었다면 정복군이 이렇게 몰려올 필요조차 없어 보였다.

"해가 뜨는 즉시 출발하겠다. 병사들에게 충분한 양의 고기와 금화를 베풀어라."

"예, 폐하!"

지휘관들이 각자 부대로 돌아가고, 크세노는 영주성에서 술과 고기를 잔뜩 먹은 채 침대에 누웠다. 한데 어쩐지 잠이 오지 않았다. 평소보다 술을 많이 마셨는데도 그랬다. 막바지 겨울이 기승을 부려, 밤이 되자 날씨가 살이 에이도록 추웠다.

그에게 성을 빼앗긴 영주는 황제 폐하를 소홀히 모셨다가 정복군에게 목이 잘릴지도 모른다고 생각했는지, 창문을 꽁꽁 닫은 채 침실을 따뜻하게 데워놓았다.

두툼한 양모 이불 위에 짐승의 털가죽을 얹고, 벽난로엔 장작이 가득했다. 찬바람이 들어오지 못하게 바닥까지 끌리는 커튼이 창문과 침대 앞을 이중으로 감쌌다.

괜찮아. 어차피 이긴 싸움이다.

크세노는 자신에게 정복군이 있는 이상 르세라의 행운도 여기까지라고 생각했다. 20여 년 전 티타니아에서의 패배와는 달랐다.

그때는 정복군이 지금처럼 규모가 크지도 않았고, 그에게 충성하는 자도 많지 않았다. 모두가 젊은 황제의 능력을 시험하고 싶어했다. 앞에선 그를 찬양하고, 뒤에선 저울질하느라 바빠 보였다.

그래서 그때의 패배를 인정할 수 없었다.

그는 이겨야만 했다. 승전의 상징이어야만 했다. 그래야 정복 황제로서 대륙을 통일할 수 있었다.

건방진 북부 연합이 평원을 차지하고 남하하는 건 괜찮았다. 하지만 남부가 하나가 되어 그에게 반기를 드는 건 용납할 수 없었다. 그 지독한 남부의 사내들이 티타니아를 넘어오게 해서는 안 됐다.

'율리아.'

인정한다. 이번만은 네게 놀아났다는 걸 인정하지 않을 수가 없다.

카루스 란케아와 리바이어던이라니. 놈들이 외딴 섬을 뛰쳐나와 르세라 항구까지 내려왔을 줄이야.

'하지만 거기까지다.'

반복되는 삶에서 카루스는 언제나 그를 배신하고 반기를 들었다. 이번에도 마찬가지였다. 아직은 모든 것이 예상 범주 내였다.

'이 정도는 막을 수 있어. 아직은 내가 통제할 수 있어.'

율리아가 르세라에서 두 번 이겼다고 해도 고작 도시 하나뿐이다. 바이칸엔 그런 도시가 수십 개나 된다. 그가 빼앗긴 건 고작 오래된 항구 하나일 뿐이다.

그렇게 되뇌자 그제야 잠이 쏟아졌다. 넓은 침대 한가운데에 자리 잡은 크세노가 천천히 눈을 감았다.

맑은 날이었다.

얼어붙은 구릉지를 뒤로하고 르세라로 이동하는 동안, 정복군은 조금 더 봄에 가까워진 느낌을 받았다.

병사들조차 이 싸움이 자신들의 승리로 끝나리라 믿어 의심치 않았다. 그들은 이미 각 부대의 지휘관으로부터 가장 중요한 지시 사항을 전달받은 뒤였다.

리바이어던 함대의 대포 사정거리 안에만 들어가지 않으면 된다. 그 외엔 전부 오합지졸이며, 한낱 연습 상대일 뿐이다.

"르세라가 보입니다!"

르세라로 향하는 가장 큰길을 차지하고 보란 듯이 행군하던 선봉대가 깃발을 들어 올렸다.

크세노는 선봉대와 함께 있었다. 그가 여유롭게 손짓하자, 깃발을 든 기수들이 말을 타고 이리저리 뛰어다니며 부대 위치를 옮기기 시작했다.

그때 호르헤가 다가와 말했다.

"폐하, 새가 왔습니다."

"뭐?"

호르헤가 손짓으로 하늘을 가리켰다. 크세노도 고개를 들어 하늘을 바라보았다. 그가 부리는 새들이 길게 울며 머리 위 하늘에서 빙빙 돌고 있었다.

"호르헤, 방해하지 마라. 지금은 무엇보다 이 전투에서의 승리가 중요해."

"하오나 폐하…… 아무래도 이상합니다. 새들로부터 소식을 받지 못한 지가 너무 오래되었습니다. 저 새들은 폐하를 찾아 헤매다 운 좋게 여기까지 온 것입니다."

"날 알아봤구나."

"오래 걸리지 않을 것입니다."

크세노가 할 수 없이 고개를 끄덕였다. 중요한 전투를 앞두고 이런 식으로 시간을 끌고 싶지는 않았으나, 호르헤의 말대로 그는 너무 오랫동안 고립되어 있었다.

새들은 황제를 알아본 게 분명했다. 하루 동안 그를 따라오기까지 했다. 하지만 수많은 인파에 둘러싸여 있는 그에게 날아올 생각까진 하지 못했다.

"쏴라."

호르헤가 궁수들을 불렀다. 그러곤 새를 가리키며 말했다.

"쏴서 떨어뜨려라. 내게 가져와."

아깝긴 하지만 어쩔 수 없었다. 궁수들이 그의 명령에 따라 화살을 쏘았다. 크세노의 머리 위를 빙글빙글 돌던 새들은 모두 화살에 꿰뚫려 죽음을 맞았다.

툭. 툭. 죽은 새들이 여기저기 떨어졌다. 병사들이 죽은 새를 들고 호르헤에게 달려왔다. 그는 새의 다리에 매달린 통에서 암호 섞인 편지를 꺼내 빠르게 읽었다.

호르헤가 두 손을 부들부들 떨기 시작했다.

"폐, 폐하……."

크세노가 그를 향해 고개를 기울였다.

"왜 그래?"

"폐하, 폐하. 큰일 났습니다. 당장…… 당장 군대를 돌려야 합니다!"

"그게 무슨 소리냐."

"어, 어떻게 이런 일이! 이게 대체 언제 일어난 일이란 말인가. 이런 일이 왜 동시에 일어나느냔 말이다!"

호르헤가 미친 사람처럼 고함을 질렀다. 애꿎은 병사들이 겁먹은 얼굴로 그를 바라보았다. 선 채로 경련을 일으키던 호르헤가 크세노에게 구르듯 달려와 편지를 내밀었다.

그러곤 끓는 분노를 담아 외쳤다.

"북부 연합이 운하를 차지했다고 합니다. 그것으로도 모자라 북부 방어군을 섬멸하고 수도를 향해 진격하고 있다는 소식입니다!"

"뭐?"

북부 연합이 운하를 차지하다니.

"오르테가의 레위시아 국왕이 남부 연합과 함께 해안을 통해 진입, 바이칸 남부 국경을 넘어 시에라와 녹스의 옛 땅을 차지했다고 합니다!"

믿을 수가 없었다. 크세노가 편지를 들고 하나하나 펼쳐 보았다. 그의 눈동자가 빠르게 움직였다.

"폐하, 군을 돌려야 합니다! 시간이 없습니다!"

종이를 든 손가락이 움찔 떨렸다. 크세노는 구겨진 편지를 몇 번이나 다시 읽어보았다. 그러다 가장 먼 곳에 떨어진 새를 마지막으로 가져온 병사를 보곤 그의 손에서 새를 빼앗아 직접 편지를 꺼내 읽었다.

"아."

크세노가 입을 벌리고 짧은 신음을 내뱉었다.

그건 그가 동북부 란케아 영지에 심어 놓은 첩자가 보낸 급보였다.

그 편지엔 아주 다급한 한마디가 쓰여 있었다.

[리바이어던 기사단이 인근 영지를 습격, 승전 후 수도를 향해 빠른 속도로 진격 중.]

소름이 돋았다.

크세노는 그 순간 이 모든 게 그를 잡으려 누군가 펼쳐 놓은 그물이라는 걸 깨달았다.

북부 연합은 평원을 수복한 것으로 모자라 운하를 차지하고 바이칸의 수도를 향해 남하하고 있다.

르세라엔 서남부의 대귀족인 프랑크 후작과 데네브라 황비가 리바이어던 함대의 비호를 받으며 반 황제파의 집결을 유도하고 있다.

동북부에선 복수심에 불타는 리바이어던 기사단이 황제를 죽이려 오랜 침묵을 깼다.

바이칸 남부 해안은 이미 남부 연합에 먹힌 것이나 다름없었다. 시에라와 녹스가 레위시아 국왕과 손을 잡았다.

사방이 적이었다. 터지기 직전의 둑이었다.

북쪽을 막으면 남쪽이 무너질 것이고, 서남부를 치면 동북부가 내려올 것이다. 어느 쪽이건 구멍이 뚫려 익사하게 되리라.

크세노가 표정 없는 얼굴로 호르헤를 응시했다.

"호르헤."

"폐하, 정신 차리셔야 합니다!"

그는 어딘가 고장 난 사람처럼 가만히 서 있었다. 말도 하지 않고, 웃거나 화를 내지도 않았다. 그저 눈앞에 있는 모든 게 허상인 것처럼 낯선 눈으로 바라보았다.

"호르헤."

"폐하, 왜 그러십니까. 지금도 늦지 않았습니다. 정복군을 돌려 수도를 지키고 저 건방진 반역자들을……."

"아무래도 다시 시작해야 할 것 같다."

그렇게 말하는 황제의 얼굴이 더 낯설었다. 호르헤는 저가 뭔가 잘못 들었다고 생각했다. 그래서 되물었고, 크세노는 똑같이 대답했다.

다시 시작해야 할 것 같다고.

"내가 졌어."

크세노는 그렇게 말하고도 믿을 수 없다며 헛웃음을 머금었다.

지다니. 내가 왜? 나는 황제인데, 정복군의 수장인데. 바이칸 제국을 다스리는 절대자인데. 고작 르세라 하나 빼앗겼을 뿐인데. 아직 아무것도 시도하지 않았는데?

어디선가 기분 나쁜 파도 소리가 들리는 것 같았다. 환청이라는 걸 알면서도 몸이 움츠러들었다. 지독한 겨울 바다, 그 위에서 떠돌았던 한 달간의 기억이 새겨진 탓이었다.

호르헤가 크세노의 주위에서 사람을 물렸다. 그가 명령을 내리기만을 기다리던 지휘관들도, 깃발을 든 기수들도 모두 멀찌감치 물러나 그를 바라보았다.

"폐하, 군의 방향을 돌려야 합니다."

"그게 무슨 의미가 있어? 정복군이 아무리 대단해도 바이칸의 드넓은 국경을 모두 막을 수는 없어."

이 모든 게 정복 전쟁의 결과였다. 바이칸은 그로 인해 대륙 전체를 아우르는 제국이 되었으니까.

황제의 정복군과 귀족들이 소유하고 있는 사병, 상비군과 용병들을 동원한대도 모든 방향의 국경을 막을 수는 없었다.

호르헤가 깊이 머리를 조아렸다.

"폐하, 목숨을 다해 간청드립니다. 군의 방향을 돌려 최대한 빨리 북쪽으로 올라가셔야 합니다."

"북부 연합부터 막으라고?"

"르세라의 반 황제파에겐 시간이 필요합니다. 동북부의 리바이어 던 기사단은 수가 적고 거리가 멀어 상비군으로 대처할 수 있습니다. 남부 연합의 목적은 저들의 영토를 지키는 것이지, 바이칸을 침략하 는 게 아닙니다."

"이게 다 침략이야, 호르헤."

"하지만 북부 연합은 너무 많은 것을 탐하고 있습니다. 놈들이 운 하를 차지했다는 것은, 본래 바이칸의 것이었던 땅까지 진출하겠다 는 말입니다! 수도와의 거리가 너무나 가깝습니다!"

어쩌면 놈들은 수도를 바로 앞에 두고서야 멈출지도 모른다.

호르헤는 그것만은 막아야 한다고 소리쳤다. 시에라와 녹스를 빼 앗기고, 티타니아와 르세라, 동북부 사막을 모두 빼앗겨도 북부만은 사수해야 한다고 간언했다.

크세노가 호르헤를 물끄러미 내려다보았다.

"그렇지 않아."

"폐하!"

"막으려면 남부를 막아야지."

말도 안 되는 소리였다. 호르헤가 망연자실한 얼굴로 고개를 들었 다. 황제의 얼굴이 낯설었다. 그를 바라보는 호르헤의 눈동자가 크게 확장되었다가 천천히 잦아들었다.

크세노는 호르헤가 알 수 없는 과거, 혹은 미래를 떠올리며 말했다.

"처음이야. 북부는 매번 반기를 들었으니까 그러려니 했지. 카루스와 리바이어던도 늘 나를 배신했고……. 그런데, 남부가 여기까지 온 건 처음이야. 해안을 통해서 왔다고? 레위시아 국왕에게 20년 전 티타니아 전투에 대해 알려준 사람이 있었나 보군."

"폐하, 무슨 소리를 하시는 겁니까."

"한 번은 부딪쳐봐야지. 그래야 다음엔 좀 더 효율적으로 대처할 수 있어. 나머지는 예상 가능한 일에 속하지만 남부는 아니야."

남부는 통제할 수 없다. 크세노가 결론을 내렸다. 통제하려면 그들에 대해 알아야 한다.

한 번 부딪쳐 무너뜨리면 다음엔 더욱 쉬워지리라.

"북부는 내버려둬. 동북부도 뭐…… 그들이 여기 닿을 때쯤이면 이미 승패는 판가름 나 있겠지."

"바이칸을…… 지키셔야 합니다."

호르헤가 힘없이 중얼거렸다.

북부 연합이 운하를 이용해 보급을 확충하고 병력을 늘려 바이칸의 수도를 향해 남하하고 있다. 그들은 누구보다 바이칸에 대해 잘 알고, 또한 끓어오르는 복수심으로 똘똘 뭉친 자들이다.

한데 크세노는 '다음번'을 위해 바이칸 제국을 적의 먹잇감으로 던지는 일마저 서슴지 않고 있었다.

"말했잖아, 호르헤."

크세노가 손짓으로 기수를 불렀다.

"이 세상은 율리아나 내가 죽는 순간 흔적도 없이 사라질 허상일 뿐이라고."

기수가 달려와 황제 앞에 부복했다.

크세노는 각 부대의 기수와 지휘관을 불러 모아 남부 연합이 국경을 넘어 침략해, 시에라와 녹스를 빼앗았다고 말했다.

북부나 동북부에 관한 이야기는 꺼내지 않았다.

크게 흥분한 지휘관들이 너도나도 손을 들어 자신을 남부로 보내달라고 청했다. 오르테가의 어린 국왕을 짐승 우리에 가둬 끌고 오겠노라며, 은혜를 배신으로 갚은 도적의 무리를 섬멸해야 한다고 목청을 높였다.

"내가 직접 가겠다."

"폐하!"

"르세라의 반역자들은 어차피 데네브라가 아니면 아무것도 하지 못해. 내 아내는 멍청하니까 그리 큰 위협이 되지 못한다."

"남부는 저희만으로 충분합니다!"

"그렇지 않을걸."

크세노가 지휘관들을 어린애 바라보듯 내려다보았다.

그의 입가에 기이한 웃음기가 머물러 있었다. 노란 눈동자가 번들거리며 빛났다. 전투를 앞두고 얕게 부풀었던 가슴이 걷잡을 수 없이 빠르게 오르내렸다.

"이번엔 이길 것이다."

오래전 그에게 잊지 못할 패배를 안겨 주었던 티타니아. 그곳으로 돌아갈 것이다. 그리하여 강제로 지워버린 패배 위에 승리의 기록을 덧씌워, 누구도 과거의 일을 언급하지 못하게 하리라.

정복군이 방향을 틀었다. 그들은 갑자기 마음을 바꾼 황제를 따라 남쪽 국경으로 나아가기 시작했다. 기수를 따라 움직이던 거대한 공성 병기도 해체되어 모습을 감추었다.

르세라는 환호했다. 불안과 긴장으로 숨 막히던 도시에 안도와 기쁨이 자리 잡았다.

그동안 불안해하는 자들을 다독이며 뚝심 있게 이 순간을 기다린 프랑크 후작은 반 황제파의 우두머리가 되었다.

초원에 이른 봄풀들이 고개를 내밀었다. 정복군이 짓밟은 땅 위에도 조그만 새싹들이 머리를 들었다.

르세라를 등지고 돌아서는 길, 호르헤의 부하들이 그에게 다가와 은근슬쩍 말을 걸었다.

"이거 실망입니다. 르세라에 부자가 많다고 들어서 크게 한탕 하고 가나 했는데. 호르헤 님, 남부는 어떻습니까?"

"오르테가에도 부자가 많지."

"하하, 좋네요! 빨리 가고 싶어졌습니다."

호르헤는 그들과 함께 정복군 후방 부대를 통솔하며 혹시 모를 위험에 대비했다. 하지만 그의 시선은 줄곧 선봉 부대와 함께 움직이는 크세노 황제를 향하고 있었다.

'아홉 번의 삶이라니, 그걸 여태 생각하고 있었단 말인가.'

솔직하게 말하자면, 호르헤는 황제의 말을 다 믿는 편은 아니었다. 황제 앞에선 그저 순종하며 반발 없이 받아들였으나, 그게 충성심만으로 믿을 수 있는 이야기는 아니었기 때문이다.

아홉 번째의 삶을 반복하고 있다니. 그것도 죽음의 순간을 공유하는 대적자가 있다니. 사실 말도 안 되는 소리였다.

그도 이 세상에 논리적으로 설명할 수 없는 일이 많이 일어난다는 건 알고 있었다. 그래서 주술이나 저주도 어느 정도는 믿는 편이었다.

하지만 크세노 황제가 겪고 있는 일은 그런 정도로는 이해하기 어려웠다.

'북부를 막아야 해.'

크세노는 지금 황제의 책임과 의무를 모두 내던진 상태였다. 바이칸의 모든 권력은 황제를 향해 집중되어 있는데, 그가 위험한 놀이에 빠진 청년처럼 그 자리를 박차고 뛰쳐나가 버렸다.

"수도만은 지켜야 한다."

남부와 르세라, 동북부는 언제든지 수복할 수 있다. 하지만 북부는 달랐다. 전선이 내려와 수도와의 거리가 너무 가까웠다. 그들이 비옥한 평원 지대와 운하를 차지했다는 것도 마음에 걸렸다.

바이칸을 지켜야 한다.

생각을 마친 호르헤가 부하들에게 손짓했다.

"너희는 폐하께서 선봉에 계신 사이, 은밀하게 움직여 지휘관들에게 모든 사실을 알려라. 남부뿐만 아니라 북부와 동북부의 일까지."

"예?"

"특히 북부 전황에 대해 상세히 전하고, 그곳을 수비해야 한다고 말해."

"하지만 폐하께서……."

"모든 책임은 내가 진다. 폐하께서도 언젠가는 이해하시겠지. 지휘관 중에 나와 뜻을 함께하는 자가 있을 거야. 그들을 내게 데려와야 한다."

호르헤의 부하들이 무겁게 고개를 끄덕였다. 각 부대를 향해 자연스레 섞여드는 그들의 뒷모습을 보며, 호르헤가 뻑뻑해진 눈가를 문질렀다.

어쩐지 뒤에서 누가 자신을 쳐다보는 것 같은 느낌이 들었다. 황제는 앞에 있는데, 시선은 뒤에서 느껴졌다.

호르헤가 고개를 돌려 뒤를 확인했다.

르세라는 고요했다. 떠나는 정복군을 향해 화살을 쏘거나 야유를 퍼붓지도 않았다.

거대한 도시가 지나치게 고요해, 마치 껍질 속에 숨은 거북이를 보는 것 같았다.

53
물거품처럼 사라지지 않게

멀리 우뚝 선 티타니아가 보였다.

바이칸 남부 한적한 해안을 통해 제국 땅을 밟은 레위시아는 시에라와 녹스의 왕족들과 함께 거한 저녁 만찬을 즐겼다.

오르테가의 젊고 아름다운 왕을 실물로 처음 본 그들은 첫눈에 호감을 표시하며 그의 잔에 쉼 없이 술을 채웠다.

레위시아는 그들이 권하는 술을 마다하지 않고 넙죽넙죽 받아 마셨다. 청초한 생김새와는 달리 고래처럼 술을 마시는 그를 보며 혀를 내두르는 사람이 많았다.

이게 다 어릴 때부터 자신을 강하게 키운 시녀장 덕분이라며, 레위시아가 해맑게 웃음을 터뜨렸다.

하지만 도도한 얼굴의 코코가 그의 옆자리에 앉아 소매치기처럼 술잔을 바꿔치기하고 있다는 걸 눈치챈 사람은 아무도 없었다.

물이 들어 있는 자신의 잔과 레위시아의 잔을 바꿔치기한 코코가 그걸 마시는 척하며 자연스레 내려놓았다. 그러곤 다른 사람들이 웃고 떠드는 사이, 몰래 다른 잔에다 부었다. 때로는 바닥에, 때로는 다 먹은 그릇에 흘려 넣었다.

오직 레위시아만이 그녀의 교묘한 솜씨에 감탄하며 즐거워했다.

"코코, 그런 건 어디서 배웠어?"

"아버지한테요."

"술도 잘 마시잖아. 술은 누구한테 배웠는데?"

"아버지한테요."

"뭐야. 내가 배운 건 전부 힌치 백작이 원조였던 건가. 이따가 백작을 만나게 되면 아빠라고 불러도 될까?"

코코가 그를 경멸하는 눈으로 바라보았다. 적당히 취한 척하며 하하 웃던 레위시아가 자리를 털고 일어났다.

"술은 그만 마시는 게 좋겠습니다. 언제 어디서, 누구와 전쟁을 해야 할지 모르니까요. 황제의 위치를 파악하는 대로 다시 모이기로 하죠."

"알겠습니다. 맡겨주십시오."

일부이긴 해도 왕국의 땅을 되찾은 시에라와 녹스의 왕족들은 레위시아에게 무척 호의적이었다. 사실 구심점인 그가 없으면 남부 연합은 뿔뿔이 흩어지고 말 것이기에 다른 선택지가 없기도 했다.

그들에게 황제의 위치를 파악해달란 말을 남기고 레위시아가 자리를 떴다.

해가 지고 있었다.

코코와 함께 임시 주둔지를 거닐던 그는 멀리 바다가 있는 방향을 바라보았다.

"황제는 우리가 배를 타고 오리란 걸 예상하지 못했을까?"

"예상했겠죠."

"율리아한테 정신이 팔려서 막지 못한 걸까, 아니면 남부 따위는 무시해도 되는 상대라서 막지 않은 걸까."

"바다에 고립되어 있어서 대처를 못 한 거예요."

코코가 걸음을 멈추고 길게 이어지는 티타니아 산맥을 바라보았다. 높은 산 능선을 따라 노을이 짙어지고 있었다.

레위시아가 그녀를 따라 걸음을 멈추고 투덜거렸다.

"답답해 죽겠네. 소식을 알 수가 없으니 어디까지 진격해야 할지 감도 안 잡혀."

"할 수 있는 데까지 해야죠. 이왕이면 국경을 새로 그리는 편이 좋겠어요."

"제국의 영토가 갖고 싶어?"

"아뇨. 우리 말고요. 시에라와 녹스의 국경을 새로 그려야죠."

"왜?"

"그래야 우리에게 두 개의 방어벽이 생기는 셈이니까요. 앞으로 시에라와 녹스가 티타니아 앞에서 제국에 대항하기 시작하면 어떻게 되겠어요?"

"황제가 오르테가를 치려면 그들을 다 해치우고도 산맥까지 넘어야겠지."

"이번 기회에 바이칸이 두 번 다시 오르테가에 보호 동맹이란 헛소리를 하지 못하게 만들어야 해요."

레위시아가 작게 감탄했다.

"있잖아. 나는 어쩌면 왕이 될 운명이 아니었을까? 왕자궁의 천덕꾸러기였던 시절에도 코코는 내 시녀였는데. 어쩌면 코코를 만난 그 순간부터 내 운명은 왕이 되는 게 아니었을지."

"제가 고맙죠? 대단하죠? 존경스럽죠?"

"조금."

능선에 걸친 노을을 감상하던 두 사람이 다시 걸음을 옮기기 시작했다.

"코코."

"말씀하세요."

"나중에 말이야. 시간이 좀 흐른 뒤에."

레위시아는 느슨해진 갑옷 매듭을 다시 묶고 있었다. 처음 갑옷을 걸칠 땐 어색하기 짝이 없었는데, 이제는 제법 익숙해져 움직임도 자연스러웠다.

그가 지나가는 말투로 가볍게 말했다.

"내 후계자는 코코가 골라 줘."

"전하."

"코코가 선택하고, 코코가 가르쳐. 너는 내 시녀이기 이전에 누님이고 스승이니까. 자격이 충분하다 못해 넘쳐. 사실이 그렇잖아. 내 어머니는 어머니의 역할을 하지 못했고, 아버지도 마찬가지였지."

"후계자라니, 벌써 그런 걸 생각하고 있었어요?"

"학자들이 말하길 사람의 성향은 태어나는 순간에 어느 정도 정해진다는데, 그럼 나는 겁쟁이 부왕과 사랑에 미친 어머니를 닮아서 태어난 거잖아. 너는 그런 사람을 왕으로 키우고 만들었지."

"전하께도 좋은 배우자가 나타날 거예요. 후계자 교육은 그 뒤에 생각해도 늦지 않아요."

"율리아를 사랑하지 않고는 살 수가 없을 것 같아서 그래."

웃음기 섞인 고백은 점점 농담을 닮아가고 있었다. 그가 이렇게 평온하게 사랑을 말하게 되기까지 얼마나 많은 방황을 해왔는지 알기에, 코코는 그냥 고개를 끄덕일 수밖에 없었다.

레위시아가 자신을 가리키며 물었다.

"한심하지?"

"조금."

"그래? 정말?"

"낭만적이잖아요. 저는 선왕을 싫어했지만, 그런 점까지 싫어하진 않았어요. 물론 빨리 털어버리고 전하가 돈 많은 왕족 여자랑 결혼해서 자식을 넷쯤 낳았으면 좋겠지만."

"그거야말로 걱정 안 해도 되지 않아? 왕궁엔 샤트린이 있고, 4왕자도 있으니까. 누구든 언젠가는 결혼해서 애를 낳겠지."

"왕의 핏줄이 아니어도 상관없어요?"

"그게 중요한가?"

레위시아의 융통성은 파격에 가까웠으나 코코는 그것도 딱히 싫어하지 않았다. 이제는 사랑을 말하면서도 아파하지 않는 그를, 코코가 대견하게 바라보았다.

"전하는 날 닮았어요."

"어…… 그래?"

레위시아가 떨떠름한 얼굴로 고개를 끄덕거렸다. 코코가 그렇게 말하면 그런 거겠지, 그렇게 중얼거린 그가 멀리서 이쪽으로 다가오는 힌치 백작을 발견하곤 한 손을 번쩍 들어 올렸다.

"아."

"빠, 라고 말해보세요."

"진짜? 해도 돼?"

"네."

혼날까 봐 슬그머니 손을 내렸던 레위시아가 다시 손을 번쩍 들어 올렸다. 그러곤 짓궂게 웃으며 소리쳤다.

"힌치 아빠!"

빠른 속도로 다가오던 백작이 걸음을 멈췄다. 그의 얼굴이 경악으로 물들어 있었다.

웃음기라곤 하나도 없이 돌처럼 굳어버린 그를 보며, 코코가 흐응 콧소리를 냈다.

레위시아 국왕을 대표로 내세운 남부 연합이 바이칸 남부 해안을 통해 시에라와 녹스의 옛 땅을 수복하고 티타니아를 향해 진격했다.

거대한 산맥은 오랫동안 오르테가와 바이칸을 단절하는 벽으로 존재해왔다. 그렇기에 바이칸 남부는 침략에 대비할 필요가 없었다. 그들은 침략자였지, 피해자였던 적이 없으니까.

남부 연합군은 그런 바이칸의 약점을 파고들며 빠른 속도로 행군을 이어갔다. 정규군의 숫자가 적은 그들은 자신의 약점을 잘 알기에, 전면전은 피하고 국지전 위주의 작전을 썼다.

뭍에 오른 해적들은 남부 연합의 뒤를 따라 나타나 티타니아 경계로 파고들었다.

"우리는 티타니아 전투를 재현할 것이다."

레위시아의 그 말은 남부 연합 모든 이에게 커다란 용기를 주었다.

모르는 자가 없었다. 20여 년 전, 크세노 이베르트 바이칸은 티타니아 앞에서 두 번이나 처참하게 패했다. 마지막 전투도 황제의 승리는 아니었다.

당시 남부 연합은 어설펐고, 수가 적었다. 그런데도 황제를 상대로 대단한 승리를 거두었다. 난전에 강한 남부의 사내들은 산맥을 등에 지고 짐승처럼 싸웠다. 지형이 험할수록 이득이었다.

"정복 황제를 여기 묻어라!"

레위시아가 소리쳤다. 그가 칼을 들어 올리자, 우레와 같은 함성이 뒤따랐다.

남부 연합은 그때와 같이 티타니아 경계에 진을 펼쳤다. 주둔지는 산속에, 보급은 가장 가까운 해안을 통하기로 했다.

다음 날, 시에라와 녹스의 왕족들이 지천에 깔아둔 정찰병으로부터 급보가 전해졌다.

"황제와 정복군이 오고 있습니다!"

크세노가 남부를 선택했다는 소식이었다.

긴장한 수뇌부가 빠르게 모였다. 마음의 준비를 단단히 하긴 했지만, 상대는 정복군이었다. 만약 크세노가 정복군을 전부 데리고 이쪽으로 온다면 전멸을 각오해야만 했다.

그런데 늦은 밤 여러 방향에서 달려온 정찰병들이 놀라운 이야기를 꺼냈다.

"정복군이 갈라졌습니다."

"뭐라고?"

"처음엔 두 부대가 갈라져 북쪽으로 올라가기에, 북부 방어를 위해 군을 나누었나 했습니다. 그런데 그날 이후에도 부대 단위의 병사들이 탈영하듯 정복군을 떠났습니다."

"탈영인가?"

"그런 줄 알았는데, 아니었습니다. 지휘관이 있었거든요."

"규모는?"

"절반에 달합니다."

레위시아가 주먹을 불끈 쥐었다. 소리치며 환호하는 자도 있었다. 절반이라면 해볼만하다. 승리를 장담할 수는 없지만, 최소한 함께 죽기라도 하겠지. 우리에겐 티타니아가 있으니까.

코코가 차갑게 웃으며 말했다.

"성공했네요."

레위시아가 빠르게 머리를 주억거렸다. 테이블 위에 펼쳐진 티타니아 인근 지도를 보며, 코코가 살기 어린 목소리로 말했다.

"이제 우리 차례예요. 황제의 기억을 되살려주죠."

—•••—

"조심해."

"괜찮아요."

리바이어던 함대의 병사들은 카루스가 율리아의 손을 잡고 배 위에 오르는 모습을 뚫어지게 쳐다보고 있었다.

맡은 자리를 뜨거나 경박하게 소리를 내는 자는 없었다. 그러나 꾹 다문 입과는 달리 눈만은 번쩍번쩍한 안광을 빛내며 율리아와 카루스를 지켜보았다.

"얼굴이 뚫릴 것 같아요."

"익숙해지는 게 좋을 거야."

"기분 나쁘다는 소리는 아니었어요. 호감이라는 걸 아니까요."

"그걸 어떻게 알아?"

카루스가 신기하다며 물었다.

그가 보기에도 리바이어던 함대의 병사들은 지나치게 험상궂고 무뚝뚝했다. 피부는 바닷바람과 태양 빛에 오랫동안 노출되어 검고 단단해지고, 바다 위에서 의사소통하다 보니 목소리는 걸걸하다 못해 거칠었다.

그런데 율리아는 도리어 그런 그가 재밌다는 듯 맑은 소리를 내며 웃었다.

"저는 오르테가 여자예요. 아버지는 해적이었죠. 제 평생 대부분을 바닷가에서 살았다고요."

카루스가 내민 손을 가볍게 뿌리친 율리아가 한 손으로 밧줄을 잡고 당당하게 섰다. 간편한 복장 위에 코트를 걸친 그녀는 젊은 선원을 떠올리게 했다.

율리아를 바라보는 병사들의 눈이 더욱 흥흥해졌다. 그게 웃음이라는 걸 아는 카루스가 맙소사, 하고 중얼거리더니 어깨를 으쓱였다.

"귀찮게 굴어도 이해해줘."

"귀찮지 않아요."

해적의 딸이 배를 무서워한다는 건 말이 안 된다. 율리아는 흔들리는 배 위에서도 잘만 걸어 다녔다. 병사들의 시선이 그녀를 따라 움직였다.

카루스가 그런 그들을 보며 나지막이 말했다.

"너무 귀찮게 하지 마."

출발을 알리는 뿔 나팔 소리가 들렸다. 카루스의 기함은 함대의 중앙에서 거대한 군함들의 호위를 받으며 나아갔다.

르세라 부두엔 항구를 떠나는 리바이어던 함대를 배웅하기 위해 수많은 시민이 나와 서 있었다. 손을 흔드는 자도 있었고, 바다에 뭔가를 뿌리며 기도하는 자도 있었다.

그들이 하는 소리가 다 들리는 건 아니었지만, 아마 고맙다는 말을 하는 것이리라.

"나머지는 잘 따라오고 있나?"

"네."

르세라의 해군 함대가 리바이어던을 뒤따랐다. 프랑크 후작은 한 척의 배도 남기지 않고 전원 출항 명령을 내렸다.

반 황제파는 둘로 갈라져 움직이기로 했다. 절반은 리바이어던과 함께 남부 연합 보급로를 따라 티타니아로 가기로 했고, 나머지는 정복군을 뒤쫓았다.

율리아의 머리카락이 펄럭이듯 휘날렸다. 그녀의 얼굴을 지그시 바라보던 카루스가 웃으며 말했다.

"순풍이군."

◆ ··· ◆

훗날 한 역사가는 자신의 일기에 이런 문장을 썼다.

[인재를 곁에 두고 육성하지 아니하는 군주는 그 인재 중 셋이 운명적으로 만나 손을 잡았을 때, 그에 대항할 방도를 마땅히 셋 이상으

로 찾아야만 한다.]

[신은 한 인간에게 재능과 덕행과 식견, 그리고 권위를 모두 내리지 않으므로 인간은 모여 살아야 하는지도 모른다.]

[크세노 이베르트 바이칸은 섬 속의 섬이었다.]

티타니아 전투는 정복군의 선공으로 시작되었다.

남부 연합은 완벽에 가까운 대비를 하고 있었음에도 꽤 큰 상처를 입었다. 대륙 안에선 감히 막아낼 국가가 없다던 정복군의 명성은 과장된 게 아니었다.

크세노 황제는 그 기세를 몰아 남부 연합을 섬멸하고 본때를 보여 주려 했다. 하지만 절묘한 순간 레위시아 국왕이 후퇴 명령을 내렸고, 남부 연합은 티타니아를 방패 삼아 산맥 안으로 모습을 숨겼다.

"당장 산맥 안으로 진격해야 합니다! 놈들은 겁을 먹고 꼬리를 만 채 달아나고 있습니다! 지금이 적기입니다!"

정복군은 드높은 산맥도 자신들을 막을 수는 없으리라고 외쳤다.

하지만 크세노 황제는 그렇게 생각하지 않았다.

"멈춰라. 군을 정비하고 다음 전투에 대비해."

"폐하!"

"아무 준비 없이 산맥 안으로 진입해선 안 된다."

크세노 황제는 요지부동이었다. 뭔가 굉장히 끈끈한 것이 그의 발목을 잡고 산맥 경계선을 넘지 못하게 막았다.

그건 지난 패배로 인한 두려움일 수도 있고, 혹은 전성기 때처럼 날카로워진 육감 때문일 수도 있었다.

"함정일 수도 있다."

"폐하!"

"정찰병을 최대한 넓게, 많이 풀어라. 산맥으로 향하는 모든 길목에 초소를 설치해. 특히 해안가 보급로와 동북부 방향을 경계해야 한다."

적의 보급로는 끊기 어려웠다. 반도 국가인 오르테가는 티타니아를 머리 위에 품은 모양새라, 지상군이 그 긴 해안을 다 막을 수는 없었다. 지형이 험해 공성 병기를 쓰기에도 적합지 않았다.

그때 고민에 빠진 크세노의 귀에 한 지휘관이 옆 사람과 수군거리는 소리가 들렸다.

"남부는 사실 별것도 아니잖아. 우리도 전부 북부로 올라갔어야 하는 거 아냐?"

"아무래도."

"운하 밑으로는 대도시가 없어. 호르헤 님이 정복군 절반을 끌고 올라가지 않았다면, 북부 연합이 수도에 닿는 데까지 한 달도 걸리지 않았을……."

크세노가 그들을 빤히 바라보았다.

"언제부터 정복군의 지휘관들이 황제의 명령에 의구심을 품기 시작했지?"

"폐하, 그것이 아니라……."

수군거리던 지휘관 둘이 서둘러 무릎을 꿇었다. 그러나 크세노는 그들의 변명을 들어주지 않았다.

그날 밤, 목이 잘린 두 구의 시체가 정복군 후방에 내걸렸다. 군을 이탈하려는 자들에게 보이기 위함이었다.

두 번째 전투도 정복군의 선공으로 시작되었다.

"돌격하라!"

며칠이 지나도록 남부 연합이 산맥 안에서 한 걸음도 나오지 않자, 답답해진 크세노가 결국 진격 명령을 내렸다.

그는 정복군을 여러 단위로 쪼개 섬세하게 움직였다. 기마대는 완만한 길목을, 보병들은 갑옷을 덜어내고 무거운 방패 대신 도끼를 들었다. 그러곤 나무를 베어 좁은 산길을 넓히며 나아갔다.

예전처럼 무력하게 패하지 않겠다.

그때는 전쟁에 대해서도, 산맥에 대해서도 잘 알지 못했다. 이제는 달랐다. 크세노는 기습조 병사들이 산속에서 추위에 떨지 않도록 신경 썼으며, 지형 파악이 되지 않은 곳으로는 진격하지 못하게 했다.

두 번째 전투 역시 정복군의 애매한 승리로 마무리되었다.

남부 연합은 도망치는 듯하다가 뒤돌아 역습하고, 또 도망치는 듯하다가 뒤돌아 역습하는 작전을 썼다. 달아날 때는 쥐새끼처럼 빠르게 흩어져 달아나면서, 역습할 때는 광인처럼 괴성을 지르며 나타났다.

크세노는 레위시아를 멍청한 애송이라고 욕했다. 병사들의 체력을 그런 식으로 낭비했다가는 산속에서 발을 헛디뎌 죽게 될 것이라면서.

"산에 불을 지르는 방법은 어떻습니까."

"티타니아는 눈이 많은 산이오. 특히 겨울에서 봄으로 넘어가는 이 시기에 많은 눈이 내리지."

지휘관들의 대화를 한 귀로 듣고 한 귀로 흘리던 크세노가 과거의 패배를 곱씹어보았다.

당시 남부의 사내들은 그에게서 두 번이나 승리를 쟁취하고도 티타니아의 척박한 환경을 견디지 못해 자멸하고 말았다.

그걸 이용하면 어떨까.

"시간을 끌자."

"폐하? 시간을 끌다니, 그게 무슨 말씀입니까."

부하들이 기겁하며 그를 바라보았다. 사방에서 제국을 공격하고 있는 지금, 한시라도 빨리 전투를 마무리 짓고 움직여야 하거늘.

크세노가 의자에 몸을 깊이 묻으며 말했다.

"티타니아는 그런 곳이야. 여유를 가진 자가 승리한다. 놈들은 지쳐 추위에 떨다가 와해될 것이다."

지휘관들이 입을 다물었다. 누구 하나 나서서 크세노에게 반발하는 자가 없었다. 두 명의 동료가 목이 잘린 채 후방에 내걸려 있다는 걸 아는 그들은 황제의 명령에 그저 묵묵히 머리를 조아렸다.

하지만 각자 자신의 막사로 돌아간 뒤에는 이런 생각에 휩싸였다.

'황제는 전쟁을 끝내고 싶어하지 않는다.'

그 소문은 사실일지도 모른다.

정복군은 황제가 휘두르는 칼이었다. 너무 거대해서 휘두를 때마다 수백, 수천 명의 삶이 스러지는 칼.

'어쩌면 우리는 위대한 정복 황제가 아니라 살육에 도취된 폭군을 만든 게 아닐까.'

며칠 뒤 세 번째 전투가 시작되었다.

산맥 안에서 고양이처럼 요리조리 피해 다니기만 하던 남부 연합이 뒤늦게 제대로 된 대열을 갖추고 모습을 드러냈다. 그들은 완만한 산등성이를 꽉 채우고 나타나 정복군이 점령하고 있는 평지를 내려다보았다.

크세노가 그것 보라며 그들을 비웃었다.

"잘 들어라. 놈들의 힘은 후방에 있다. 난전에 강한 해적들이 후방에서 대기하고 있다가 기회를 노려 등장할 것이다. 함정에 주의해라. 산속으로 끌려 들어가지 말고, 놈들을 끌고 내려와 싸워야 한다."

"명심하겠습니다!"

"너희가 지나간 자리에 숨 쉬는 적이 없게 하라!"

크세노가 칼을 휘두르며 큰 소리로 외쳤다. 지휘관들이 그를 따라 괴성을 지르며 칼을 들어 올렸다. 각 부대의 깃발이 춤추듯 흔들리고, 병사들은 신호를 따라 빠르게 움직였다.

전면전이라면 질 리가 없다. 우리는 정복군이다.

모두 그렇게 생각했다. 가장 높은 곳의 황제부터 가장 낮은 곳의 보병에 이르기까지, 모두가 그렇게 믿었다.

날씨는 추운데 정수리는 따뜻했다. 기묘한 느낌이었다. 냉혹하지만 사랑스럽고, 변덕이 죽 끓듯 한다던 요정 티타니아가 머리 위 전장을 날고 있는 것 같았다.

그때 남부 연합에서 기이한 움직임이 포착되었다.

산등성이를 꽉 채우고 있던 병사들이 주섬주섬 뭔가를 나르기 시작했다. 그들이 들고 있는 것은 칼과 방패가 아니라, 밧줄과 도끼였다.

우르릉우르릉. 천둥이 울었다. 하늘은 맑은데 도대체 어디서 나는 소리인가.

의아해진 정복군이 시선을 들어 올렸다.

태양 빛이 강렬했다. 눈이 부셔 제대로 바라볼 수가 없었다.

"어⋯⋯."

누군가 멍하니 입을 벌렸다. 주먹으로 거세게 눈을 비비며, 멍하니 중얼거렸다.

"나무⋯⋯?"

위에서부터 나무가 굴러떨어지고 있었다.

한두 개가 아니었다. 굵고 거대한 나무들이 며칠 전 정복군이 나무를 베어가며 만들어놓은 길을 따라 한꺼번에 쏟아졌다.

우르릉우르릉. 산에서 천둥이 울었다. 거목이 통째로 굴러떨어지는 모습은 여느 공성 병기와 견주어도 손색이 없을 만큼 무시무시한 파괴력을 가지고 있었다.

"피, 피해!"

"달아나! 후퇴해! 비켜, 이 새끼들아!"

"엎드려!"

달아날 곳은 없었다. 뒤에도, 그 뒤에도 아군이 있었다. 도망치면 목이 잘리고, 맞서면 개죽음이었다.

정복군 병사들의 비명이 티타니아를 가득 채웠다.

코코는 산등성이 한쪽에 세워진 임시 초소에서 전장을 바라보았다. 그녀의 시선은 가엾은 병사들이 아니라, 저 멀리 본대 한가운데 있을 크세노 황제에게 못 박혀 있었다.

'사로잡아야 해.'

코코는 이 싸움을 시작하기 전부터 계속해서 한 가지 생각에 몰두

해 있었다.

'죽이면 안 돼. 사로잡아야 해.'

죽이면 안 된다. 실수로라도 죽여선 안 된다. 만약 황제가 죽을 위기에 처한다면 연합을 배신하는 한이 있어도 그를 보호해야 한다.

미치고 환장할 노릇이었으나, 코코는 이미 결심을 마친 상태였다.

"빌어먹을 카루스 란케아는 왜 여태 안 오는 거야!"

분명 배를 타고 온다고 했다. 르세라에서의 작전이 성공한 뒤에는 리바이어던 함대를 끌고 해안으로 와서 보급로를 통해 합류하겠다고.

황제가 좀 더 시간을 끌어주면 좋으련만. 코코가 입술을 잘근잘근 씹었다.

정복군이 산을 마주하고 머뭇거리는 동안 산등성이를 차지한 남부 연합은 반대편에서 큰 나무를 베어 조심스레 운반했다. 그러곤 세 번째 전투가 시작된 후에야 그걸 아래로 굴려 보냈다.

허점이 많은 작전이었다. 완만하고 넓은 입구엔 이미 적들이 진을 치고 있고, 남부 연합이 차지한 길목은 너무 좁아 나무가 떨어져도 중간에 저들끼리 막혀 괜히 진입로만 위험하게 만들 가능성이 있었다.

하지만 코코는 율리아의 말을 믿었다.

"코코, 황제는 시간을 끌려고 할 거예요. 함정이 있을까 봐 조심할 거고요. 그에게 두려운 건 사람이 아니라, 티타니아니까."

그래서 강행했다. 정복군이 저들을 위해 좁은 산길을 넓히기를 기다렸다.

정복군 병사들이 창 대신 도끼를 들고 산을 오르기 시작했을 때, 레위시아는 미리 준비해둔 나무들을 산등성이 위로 끌어 올리라고 지시했다.

성공이었다. 아래 전장에 비명이 가득했다. 초소 위에서 적군의 동태를 살피던 코코가 신경질적으로 중얼거렸다.

"빨리 끝내야겠어."

적의 죽음조차 가슴에 쌓여 독이 되기 전에, 이 지독한 비극을 끝내야만 한다.

◆ ◆ ◆ ◆ ◆

우울한 전장에 봄기운이 내려앉았다.

해가 떠오르고 얼마 지나지 않았는데도 추위가 멀어지는 느낌이 들었다. 뼛속까지 시리던 새벽 한기가 저만치 물러나자, 병사들이 바쁘게 움직이며 식사를 마쳤다.

전날 제법 많은 수의 정복군 병사들이 거목에 깔려 목숨을 잃거나 전투 불능이 되었다.

황제를 찾아 온 지휘관들이 레위시아 국왕과 타협해 죽은 병사들의 시신을 수습하자 제안했으나, 크세노는 그들의 말을 들어주지 않았다.

"괜찮아."

"하오나, 폐하!"

"걱정하지 말라니까. 자네들은 이해하지 못하겠지만…… 이 전쟁에서 죽는 사람은 없어. 어차피 다 돌아가게 될 거야."

이해가 안 되는 것은 전쟁 상황이 아니라 황제 크세노였다. 그나마 호르헤가 있을 때는 그에게 부탁해 황제를 설득할 수 있었는데, 이제 그런 역할을 해줄 사람은 없었다.

크세노가 물었다.

"적의 동태는?"

"지난밤 여기저기에서 불을 피우기 시작했습니다. 숫자는 불규칙하고, 금세 꺼지는 곳이 많았습니다."

"한계에 다다랐다는 소리지."

불을 피우면 적에게 위치를 들키게 된다. 숨어 있는 쪽은 저들이기 때문이다. 레위시아도 그걸 모르지 않을 테니, 병사들에게 멋대로 불을 피우지 말라고 명령했을 것이다. 추위를 견디지 못한 자들이 결국 그 명령을 어겼을 테고.

크세노가 웃으며 말했다.

"밤새 얼어 죽은 병사라도 있었나? 산 밑은 이미 봄인데, 티타니아는 그렇지 않겠지."

때가 됐다. 크세노가 정복군 산맥 진입로를 손가락으로 가리키며 말했다.

"들어가야겠다."

준비는 끝났다. 이만하면 놈들을 충분히 파악했다고 생각한다.

"또 나무를 굴리면 어떻게 합니까?"

"산개한다."

감상하듯 티타니아를 바라보던 크세노가 산등성이를 따라 시선을 미끄러뜨렸다.

"산개해서 진입하되, 산등성이를 차지한 후에는 한데 모여라. 달아나는 놈들까지 애써 쫓을 필요 없다. 너희는 무조건 적의 중앙, 레위시아 오르테가를 노려라."

"알겠습니다!"

남부 연합은 여러 국가와 세력이 합쳐져 있기에 결속력이 약하다. 그러니 정복군 주력 부대가 레위시아를 노려 친다면 단번에 진영 전체를 혼란에 빠뜨릴 수 있었다.

"이번엔 내가 직접 출전하겠다."

크세노가 칼을 허리에 찼다. 그의 시종이 다가와 투구를 내밀자, 지휘관들의 얼굴에도 비장한 기운이 감돌았다.

황제가 직접 나서준다면 전날의 패배로 가라앉은 사기 따위는 문제가 되지 않을 것이다.

정복군이 다시 움직이기 시작했다. 수십 갈래로 갈라져 산맥에 진입한 그들은 길도 없는 골짜기를 뱀처럼 파고들었다.

남부 연합 병사들이 밤새 피운 모닥불의 흔적이 지척에 깔려 있었다. 그들은 추위를 달래기 위해 냄새나는 짐승의 털가죽을 뒤집어쓰거나, 마른 나뭇잎을 모아놓기도 했다.

정복군은 승리를 확신했다.

이번엔 나무를 굴려도 소용이 없을 것이다. 한자리에 가만히 서서 나무나 굴리고 있다간 오히려 표적이 되기 쉬웠다.

"흩어져라!"

그때 레위시아의 명령이 남부 연합 여기저기에 퍼졌다. 병사들은 미리 언질받은 대로 각자 정해진 방향으로 흩어지기 시작했다.

"뛰어!"

"빨리 뛰어! 저쪽으로!"

가까이에서 본 그들은 혼란에 빠져 아무렇게나 달아나는 것 같았다. 하지만 멀리서 보면, 남부 연합은 크게 두 갈래로 갈라져 움직이고 있었다.

하나는 산맥 서쪽 보급로를 향해.

다른 하나는 더 깊은 산 속으로.

지척에서 칼을 휘두르던 정복군은 그 사실을 눈치챌 수 없었다. 뭔가 이상하다는 걸 알아챘을 때는 이미 너무 늦어 있었다.

정복군은 골짜기를 따라 산맥 깊숙한 곳까지 들어왔고, 이제는 쉬이 방향을 돌리기도 어렵게 되었다.

산속은 추웠다. 봄이 왔다는 걸 믿을 수가 없을 만큼 추웠다. 해가 들지 않는 곳에선 여전히 흰 입김이 흘러나왔다. 정복군의 마음이 급해졌다. 그들은 해가 떨어지기 전에 이 싸움을 끝내야만 했다.

어디선가 비릿한 피 냄새가 났다.

짐승의 누린내 같기도 하고, 갓 잡은 생선에서 흘러나온 비린내인 것 같기도 했다. 비명과 고함으로 요란하던 티타니아에 낯선 웃음소리가 울려 퍼졌다.

"황제는― 어디에― 있냐―!"

누군가 우렁찬 고함으로 황제를 찾았다. 사내의 고함이 메아리가 되어 골짜기를 맴돌았다. 거칠고 날카로우며, 광기 어린 목소리였다.

"해적들이 왔다!"

달아나던 남부 연합 병사들이 반갑게 외쳤다.

"해적들이다! 남부의 사내들이 왔다!"

통일성이라곤 전혀 찾을 수 없이 아무렇게나 갖춰 입은 갑옷에 덥수룩한 수염, 사람을 여럿 죽여본 자만이 가질 수 있는 살육의 본능, 죽음을 베개 삼아 안고 잔다던 해적 특유의 광기.

"이 개새끼들아! 황제를 내놔라!"

해적들이 정복군을 향해 달려들었다.

그들은 차마 입에 담을 수 없는 욕설을 퍼붓고 미친 사람처럼 웃기도 했다. 온몸에서 독한 술 냄새를 풍기는 자도 있었다. 때로는 걸리적거린다며 아군의 머리채를 잡아당기고 그를 앞질러 달리기도 했다.

산개한 채 올라온 정복군은 하나로 뭉쳐 있고, 하나로 뭉쳐 있던 남부 연합은 여러 갈래로 갈라져 있었다.

그런 와중에 산속에서 튀어나온 해적들이 정복군의 약점을 파고들었다. 자유롭게 움직일 수 없는 지형에선 난전에 강한 자가 유리했다. 갑옷은 무거워 거추장스럽고, 상관이 보는 앞에서는 멋대로 달아날 수도 없었다.

"지금이다! 쳐라!"

때마침 보급 경로로 달아난 줄 알았던 레위시아와 연합군 병사들이 되돌아오기 시작했다.

뒤늦게 도착한 해적들도 질세라 전력으로 달렸다.

"어이, 국왕! 비켜! 비키라고!"

"황제 대가리에 선장의 배가 걸려 있다고? 빌어먹을, 다 비켜! 그건 내 거야!"

"정복군 하나당 금화가 한 주먹이라고 했겠다! 이번에야말로 자식 새끼한테 아비 노릇을 할 수 있겠구나!"

"속옷까지 다 벗겨 팔아먹자! 비켜, 귀족 놈들은 내 거야!"

그 언젠가 젊은 크세노를 두려움에 떨게 했던 사내들이 죽을 자리를 찾아 달리고 있었다.

살아 돌아오겠다는 맹세는 없었다. 해적은 바다에서 죽어야 한다고 외치던 사내들이, 이번에는 자유와 고향을 지키고자 티타니아에 생명의 닻을 내렸다.

목이 터지도록 고함을 지르던 레위시아가 다 쉬어 바람 새는 소리로 말했다.

"죽지 마."

오르테가 왕국 법에, 해적은 무조건 사형이었다.

해적을 죽인 자에겐 살인죄를 묻지 않고, 해적의 것을 훔치는 자에겐 절도죄를 묻지 않았다. 단 한 번이라도 해적질에 가담한 자는 사형이 원칙이었다.

그런데 레위시아가 그들을 보며 기도하고 있었다.

"죽지 말라고……."

———— • ✦ • ————

전쟁이 시작되기 전, 해적들은 티타니아 앞에서 제비를 뽑았다. 선장 중 한 놈을 골라 산맥을 걸어서 넘게 하자는 악의적인 장난질이었다. 그때 운 나쁘게 뽑힌 젊은 해적 선장은 자신을 따르는 천여 명의 해적을 데리고 정말로 산에 올랐다.

산맥을 통과하는 내내 선장을 향한 온갖 욕설과 원망이 나부꼈다.

해적이 산에서 얼어 죽으면 참 볼만할 거라는 우스갯소리에, 죽을 때도 그냥 죽지는 않을 거라며 선장의 고환을 잡고 죽겠다는 놈도 있었다.

선장이 젊어서 그런가, 그들 무리는 해적치고도 상당히 자유분방한 분위기였다. 그러다 보니 서열에도 융통성이 있었다.

얼마 전에도 노예장을 쓰러뜨리고 놈의 자리를 차지한 녀석이 있었다. 젊은 선장이 그의 이름을 불렀다.

"이봐, 산도발!"

이름을 불린 해적이 선장을 향해 어슬렁거리며 걸어왔다.

덥수룩한 수염에 박박 민 머리, 흉터가 많은 몸엔 누더기처럼 여러 사람의 것을 덧댄 갑옷을 걸쳤다.

해적이 된 지 얼마 되지 않은 놈인 것으로 아는데, 유난히 새카맣게 변한 얼굴에선 처음의 도련님 같은 모습을 떠올리기 어려웠다.

"얼마나 남았지?"

"모릅니다."

"네놈이 지도를 제일 잘 읽는다며?"

"여기가 중간 갈림길이라는 것만 압니다."

그들이 잠시 멈춰 쉬어가던 곳은 티타니아 중턱에 있는 한 갈림길이었다. 갈림길 중앙엔 낡은 나무 표지판이 쓰러지기 직전의 형태로 덜렁거리고 있었는데, 젊은 선장이 그걸 턱짓으로 가리키며 물었다.

"제대로 박아놓고 와."

"제가 말입니까?"

"돌아갈 때 길 잃어버리면 안 되니까."

돌아갈 수나 있을까. 안 죽고 살아남는 놈이 있기는 할까.

돌아가더라도 이 산을 다시 넘는다는 선택지는 없을 것 같은데.

하고 싶은 말은 많았으나 그는 묵묵히 걸어가 표지판을 수리하기 시작했다. 해적이 된 뒤에 그가 가장 먼저 배운 건 선장의 말을 거역하지 말라는 것이었다.

배 위에선 모자 쓴 놈이 왕이었다. 선장이 왕이었다. 그는 일개 백성이었으며, 왕의 변덕에 목숨이 오락가락하는 버러지였다.

그래서 노예였던 과거를 떨치고자 싸움을 배웠다. 몸으로 부딪치고 피를 흘리며 익혔다. 제일 약한 놈을 쓰러뜨린 뒤엔 그다음으로 약한 놈을, 뼈가 두어 번 부러진 뒤에는 노예 중에서 가장 강한 놈을 이길 수 있었다.

"이거 미친놈일세?"

"당신이 새로 온 노예장인가?"

"어…… 야, 하하! 하하하하! 너, 너 나 몰라? 이게 무슨 기막힌 우연이야. 미쳤어, 미쳤네!"

"미친 건 당신인 것 같은데."

"내 이름은 산도발이야."

새로 온 노예장의 이름은 산도발이었다.

바다 한가운데서 선장이 건진 놈이었는데, 제국 쪽 노예시장에 인맥이 넓고 재주가 많아 단번에 노예장의 자리를 꿰찼다.

"너 바실리잖아. 바실리 마조람."

"……."

"이야, 반가워 미칠 것 같네. 내가 너 때문에 어떤 미친 여자한테 걸려서 뒈질 뻔했거든."

산도발은 눈썰미가 좋았다. 사람을 사고파는 일에 종사하던 놈이라 그런지, 바실리의 외모가 전과는 많이 다른데도 그를 한눈에 알아보았다.

그날부터 산도발의 학대가 시작되었다. 바실리는 처음 해적선의 노예가 되었을 때보다 더한 폭력에 시달렸다.

바실리는 놈을 죽이기로 했다.

어차피 싸워 이겨야 살아남는 세계였다. 그는 어느새 완전한 해적이 되어 있었다. 노예들과 몸을 부딪치며 갈고닦은 실력에 노를 저으며 굵어진 팔뚝, 이제는 다른 사람의 피를 봐도 아무렇지 않았다. 그런 자신을 믿었다.

바실리와 산도발의 싸움은 그 해적선의 커다란 유흥거리였다. 두 사람은 무기도 없는 맨손으로, 상대가 죽을 때까지 싸웠다.

바실리는 그 싸움으로 한쪽 귀와 두 개의 손가락을 잃었다. 갈비뼈도 부러졌으나 그건 이미 다 붙었으니 괜찮았다.

싸움에 져서 죽어가는 산도발을 보며, 심판이었던 선장이 물었다. 그의 무엇을 취하겠느냐고.

바실리는 말했다.

"산도발, 그의 이름을 원합니다."

마조람 후작가의 하나뿐인 후계자였던 남자는 놈의 이름을 빼앗고 진짜 해적이 되었다.

"산도발!"

선장이 소리쳤다.

표지판 수리를 마친 그가 먹먹한 한쪽 귀를 주먹으로 툭툭 치며 일어섰다. 어쩐지 눈에 익은 갈림길이었다. 처음 오는 길인데, 꼭 언젠가 왔던 것 같은 기분이었다.

"이 새끼가…… 왜 불러도 대답이 없어? 이제 남은 한쪽 귀도 안 들리는 거냐?"

"왜 부르셨습니까."

"할 말 있으니까 잘 들어."

선장이 은근슬쩍 목소리를 낮추어 말했다.

"이번 전쟁에서 우리는 별동대 같은 거야. 그 예쁘장한 국왕이나 늙은 선장들이 무슨 생각을 하는지는 나도 몰라. 사실 알 게 뭐야. 우리는 그냥 싸워서 이기고, 전리품만 취하면 그만이라고."

"저도 그렇게 생각합니다."

"그러니까 이왕이면 신분이 높고 귀한 걸 몸에 걸친 놈만 노려. 내 말 무슨 말인지 알지? 여차하면 인질로 잡고 몸값 협상이나 하게."

"그걸 왜 저한테……."

"네놈 귀족이었다며? 잘 알아볼 거 아냐."

알고 있었나. 바실리가 묵묵히 고개를 끄덕였다.

"야, 산도발."

젊은 선장이 허리춤에서 독한 술을 꺼내 입에 머금었다. 그에게서 알싸한 술 냄새와 함께 달콤하면서 매캐한 향기가 났다.

"앞으로 해적들은 남부 해상에선 살아갈 수가 없게 될 거야. 무혈 제독이 남부에 닻을 내린 이상, 우리 같은 놈들은 무조건 바이칸 서부로 올라가야만 해."

"그가 남부에 정착한다고 합니까?"

"여자가 남부에 있잖아."

"……."

"이름이 뭐였더라. 율리아 아르테! 맞아, 그랬지. 어쨌거나 이번 싸움이 끝나도 우린 오르테가로 돌아가지 않는다. 승전 보상 같은 건 줘도 안 받아. 분명 얼마 되지도 않는 거 몇 푼 쥐여주고 말 거야. 더는 해적질도 못 하게 되겠지."

"선장님."

"바이칸 서부로 가자. 거기서 마지막 해적왕처럼 해적들의 왕국을 건설해보는 거야. 사내라면 이 정도 야망은 있어야지?"

선장은 약에 취해 있었다. 진통제 역할을 하는 독초였는데, 술과 함께 씹어 삼키면 통증이 줄어들고 기분이 좋아지는 약이었다. 몸이 더워져 추운 산을 오르는 데도 상당히 효과가 있었다.

얼마 뒤 그들은 티타니아를 넘는 데 성공했다.

예정보다 일찍 출발해 여유롭게 움직였기에 가능한 일이었다. 얼어 죽은 놈은 하나도 없었다. 발가락에 동상 걸린 놈이 종종 있었으나, 약으로 버틸 수 있었다.

그렇게 정복군과 맞닥뜨렸다.

"황제가 저기에 있다!"

젊은 선장이 커다란 칼에 술을 부었다. 전투에 앞서 마지막 남은 술을 한입에 털어 넣은 그의 몸에서 아지랑이 같은 열기가 치솟았다.

골짜기에 갇혀 사방에서 공격을 받던 정복군은 점점 더 깊은 산속으로 후퇴하고 있었다.

젊은 선장과 함께 산맥을 넘은 천여 명의 해적들은 그들 바로 뒤에서 나타났다.

"황제를 죽여라! 다 죽여버려!"

약에 취한 해적들이 정복군을 향해 우르르 달려 내려갔다. 그들 중엔 산도발의 이름을 빼앗은 바실리도 섞여 있었다.

"산도발, 이쪽이다. 이쪽이야!"

"으아아아아! 죽여라!"

그는 이 싸움에서 해적들이 이길 리가 없다고 생각했다. 귀족 교육을 받은 만큼, 훈련받은 정규군이 얼마나 무서운 집단인지 잘 알고 있었기 때문이다.

어쩌면 나는 여기서 죽겠구나. 마조람의 후계자가 아니라 한낱 해적이 되어서.

나쁘지 않다는 생각이 들었다. 언젠가부터 죽음은 그의 등에 지워져 무게를 가진 짐이 되었다. 삶은 뱃전에 부딪혀 부서지는 파도와 같았다.

칼과 칼이 마주쳤다. 정복군은 강했다. 한 사람 쓰러뜨리는 것도 힘에 부쳤다. 그래도 해적들은 포기하지 않았다.

"산도발!"

젊은 선장이 그를 부르고 있었다. 온몸에 피를 뒤집어쓴 그가 정복군의 칼을 빼앗아 휘두르며 앞장섰다.

등 뒤에서 기습을 당한 정복군은 큰 혼란에 빠졌다. 전장이 너무 시끄러워 누구의 명령을 들어야 하는지도 몰랐다.

그러자 정복군은 본능적으로 몸을 움직였다. 정복군이 여기서 다 죽더라도 지켜야 할 한 사람. 바로 황제를 위한 대열을 갖추기 시작한 것이다.

전신 갑옷을 입은 기사들이 전장에서 빠지더니 한곳으로 모였다. 그들은 누군가를 등지고 있었다.

황제였다. 바실리는 금세 알 수 있었다.

"황제가 저기에 있다!"

그가 소리 높여 외쳤다.

그러나 대답하는 사람은 없었다.

어지러웠다. 시야가 피로 물들어 잘 보이지 않았다. 한쪽 귀가 망가진 뒤부턴 누가 뒤에서 말을 걸어도 잘 모를 때가 많았는데, 이번엔아예 모든 소리가 뭉그러져 저 멀리서 들렸다.

주위를 두리번거리는 바실리의 눈에 쓰러지는 선장의 모습이 보였다. 선장의 가슴에 긴 창이 꽂혀 있었다. 입에선 피거품이 부글부글끓었다.

이럴 줄 알았다니까. 바다에서 도적질이나 할 일이지, 왜 여기까지와서 정복군과 싸우겠다고 이 지랄인지. 바실리는 그렇게 생각하면서도 선장에게 달려가 쓰러지는 그를 붙잡았다.

"봤냐? 우리가 이겼어."

선장은 웃고 있었다. 그의 눈에 초점이 없었다. 바실리는 그가 너무많은 술과 약을 삼켰다고 생각했다.

그때 멀리서 믿을 수 없는 소리가 들렸다.

"우리가 이겼다!"

"정복군이 달아난다. 황제가 도망친다!"

"이럴 줄 알았어! 그가 왔다! 우리가 이겼다고!"

승리를 알리는 뿔 나팔 소리가 산속에 울려 퍼졌다. 난전 속에서도가까스로 질서를 유지하던 남부 연합의 병사들이 크게 환호하며 누군가를 맞이하고 있었다.

무혈 제독, 카루스 란케아였다.

리바이어던과 르세라의 해군을 육지로 끌고 올라온 그가 부하들과 함께 달리고 있었다. 어쩐 일인지 회색이 된 머리카락이 어지럽게 흩날렸다.

카루스는 투구조차 쓰지 않은 채 정복군을 향해 돌격했다. 난전에 지친 정복군은 후퇴를 외치고 있었다. 카루스와 그의 부하들은 달아나려는 정복군을 짓밟고 잔인하게 물어뜯었다.

정복군은 황제를 지키기 위해 목숨을 내던지며 그를 막았다. 완만한 내리막을 따라 피의 길이 만들어졌다. 오직 황제 한 사람을 위한 희생이었다.

"크세노!"

카루스가 외쳤다.

"두 번 다시 티타니아를 밟지 마라!"

네게는 자격이 없으니.

황제가 그 말을 들었는지는 알 수 없었다.

이날 크세노 이베르트 바이칸은 티타니아에서 자신의 끔찍한 과거와 마주해야만 했다. 첫 패배, 첫 굴욕, 첫 수치. 역사를 날조하면서까지 덮어야 했던 두려움의 실체가 이곳에 있었다.

그때에도, 이번에도 크세노는 패배자였다. 앞선 두 번의 승리는 승리라고 부를 수도 없었다.

티타니아에 올랐던 정복군 공격 부대는 전멸에 가까운 타격을 입었다. 황제를 등에 업고 기세 좋게 진격했던 병사들의 얼굴엔 짙은 열패감과 공포가 깃들었다.

그것으로도 모자라, 북부를 방어하기 위해 탈주했던 호르헤가 르세라 방어군의 발 빠른 추격으로 북부 전선에 닿기도 전에 사망했다는 소식이 들렸다.

절반으로 나뉜 르세라 방어군이 쫓았던 정복군은 크세노가 아니라, 호르헤를 따르는 자들이었다.

━ ◆ ‧ ◆ ━

해적들의 피해가 컸다.

살아남은 자보다 죽은 자가 더 많았다.

특히 티타니아를 넘어왔던 젊은 선장과 그를 따르는 천여 명의 해적은 골짜기에 갇힌 정복군의 후방을 기습해 커다란 성과를 거두었으나, 극소수만 살아남고 대부분 사망했다.

해적들은 선장의 죽음을 애도하며 그의 시신을 불에 태웠다. 얼어붙은 산에 묻을 수는 없다는 노예장의 지시였다.

그렇게 산도발이라는 이름의 노예장이 살아남은 소수의 해적을 이끌게 되었다.

"해적왕이 되겠다더니."

바실리는 선장이 남긴 조끼 주머니에서 진통제를, 그리고 그의 짐 가방에서 얼마 안 남은 독한 술을 찾아냈다.

밤이 깊었어도 산속은 밝았다. 전사자들을 화장하기 위해 거대한 모닥불을 여기저기 피워놓았기 때문이었다. 시체 태우는 냄새가 끔찍할 법도 하건만, 불 앞을 떠나는 자는 없었다.

바실리는 선장처럼 진통제를 입에 넣고 질겅질겅 씹다가 독한 술을 한 모금 마셨다. 그러자 금세 온몸이 뜨끈하게 달아오르면서 고통이 둔해지는 게 느껴졌다.

고통은 둔해지고 감각은 예민해졌다. 기분이 붕 뜨고 긴장이 사라지기까지 했다.

자박자박. 누군가의 발소리가 등 뒤에서 들렸다.

소름 끼치게 익숙하고, 또 그만큼 낯설어진 목소리도.

"바실리."

율리아였다.

바실리가 살아 있고, 해적이 되었고, 해적들과 함께 전쟁에 참여해 정복군과 싸우고 있더라는 이야기는 율리아에게도 큰 놀라움을 안겨주었다.

그를 알아본 건 남부 연합에 소속된 한 왕실 기사였다. 처음엔 외모가 너무 달라져 긴가민가했는데, 자꾸 보다 보니 그가 맞았다. 기사는 레위시아에게 달려가 그 사실을 알렸고, 화들짝 놀란 레위시아가 코코에게 알렸다.

코코는 바실리가 조금이라도 수상한 행동을 하거든 죽여 없애라는 명령을 내렸다. 하지만 하룻밤이 다 지나도록 수상한 점은 발견할 수 없었다.

"내 이름은 이제 산도발이야."

바실리가 무뚝뚝하게 말했다. 말없이 그를 바라보던 율리아가 의아하다는 듯 되물었다.

"산도발?"

"네가 놈을 바다에 던져 죽이려 했다면서."

"안 죽었던 모양이네."

"내가 죽였어."

바실리는 율리아에게 해적선에서 산도발을 만나 그와 목숨 걸고 싸웠던 이야기를 들려주었다. 한쪽 귀와 손가락을 내어주고, 그의 목숨을 취할 수 있었다고.

"이름은 왜 빼앗았어?"

"바실리 마조람으로 살고 싶지 않아서."

그거라면 성공했다. 그는 예전과는 다른 사람이 되어가고 있었다. 율리아는 그게 자신 때문인 것만은 아니리라고 생각했다.

"율리아."

바실리가 술을 한 모금 더 삼켰다. 불을 삼킨 것처럼 배가 뜨거웠다. 해적들의 진통제를 처음 먹어보는 그는 약 기운에 지지 않으려고 일부러 눈에 힘을 줬다.

"걱정하지 마. 이제 내가 너와 얽힐 일은 없을 거야."

"걱정하지 않아."

그도 알고 있었다. 율리아는 그가 아는 예전의 율리아가 아니었다. 그 사실은 그동안 너무 뼈저리게 깨달아서 새삼 놀랍지도 않았다. 달라진 게 있다면, 바실리도 이제는 예전의 그가 아니라는 것이었다.

"널 사랑하지 않았어."

이런 말을 하려던 건 아닌데, 그가 중얼거렸다.

"널 동정하고, 질투하고…… 갖고 싶었을 뿐이야."

율리아는 대답하지 않았다. 그녀는 그저 탐색하듯 바실리를 쳐다보기만 했다.

"사과하지 않을 거야. 넌 충분하고도 남을 만큼 내게 복수했으니까. 사실이 그렇잖아? 넌 그저 첫사랑을 잃었을 뿐인데, 난 모든 걸 잃었으니까. 그래도 율리아, 걱정하지 마. 오늘 밤 이후로 우리가 다시 만나는 일은 없을 거야."

이 전쟁이 끝나면 그는 멀리 떠날 생각이었다. 죽은 선장의 소원대로 바이칸 서부로 가서 자유로이 해적질이나 하며 살 것이다.

율리아가 물었다.

"후회해?"

많은 의미가 함축된 질문이었다.

후회하는 거라면 너무 많아서 탈이었다. 무엇을, 어느 순간을, 어떤 선택을 말하는 것인지도 알 수 없었다.

그래서 바실리는 그냥 고개를 저었다.

크리스틴이 그를 알아보고도 외면했던 날을 잊을 수가 없다. 그때 그는 동생을 향해 살려달라고 빌었다. 제발 날 구해달라고, 괴성을 지르며 몸으로 기었다.

하지만 크리스틴은 후계자가 되고자 바실리를 버렸다.

"안 해."

후회하지 않는다. 마조람이었던 바실리는 그날 죽었다. 동생의 손에 찢겨 죽었다. 남은 건 더러운 살인자이며, 노예 상인에게서 이름까지 빼앗아 해적이 된 산도발뿐이었다.

거대한 모닥불에 나무와 시체가 더해졌다. 주머니에 남은 약초와 술을 가늠해 보던 바실리가 율리아에게 물었다.

"내일 무혈 제독이 황제를 잡으러 갈 거라면서."

율리아가 고개를 끄덕였다. 바실리에게서 시선을 거둔 그녀의 옆얼굴에 모닥불 그림자가 어른거렸다.

바실리가 불쑥 말을 꺼냈다.

"나도 갈 거야."

"뭐?"

"황제를 잡으러, 나도 자원할 거라고."

"……."

"선장의 복수는 해야지."

말은 그렇게 했지만, 사실 충동적인 결정이었다. 바실리는 자신이 왜 갑자기 그런 결심을 했는지 이유를 알 수 없었다.

선장의 복수라니. 그를 따르긴 했어도 지킬 의리 같은 게 있지는 않았는데.

그렇다고 율리아 때문인 것 같지는 않았다. 이제는 그녀를 사랑하지 않으니까. 사랑하지 않는다. 이렇게 가까이에 서 있어도 그저 가슴이 뻥 뚫린 것처럼 시릴 뿐, 예전 같은 설렘은 느껴지지 않았다.

갚아야 할 빚이 남아 있는 것도 아니었다. 바실리는 율리아에게 더는 미안하지 않았다. 그녀는 복수에 성공했다. 한 점의 아쉬움도 없이 아주 훌륭하게 완성했다.

어쩌면 이 결심은 두 사람 사이에 얽힌 지독한 악연을 끊어내기 위한 가위질인 모양이라고, 그는 그렇게 생각하기로 했다.

"그래."

율리아가 그에게 마지막 인사를 건넸다.

뒤돌아 멀어지는 그녀의 뒷모습이 익숙했다. 이제는 그녀의 얼굴이나 목소리가 낯설고, 뒷모습이 더 익숙해졌다.

율리아는 그가 아무리 발버둥 쳐도 닿을 수 없었던 여자였다. 그건 두 사람이 연인이었던 과거에도 마찬가지였다.

이별이 두 사람에게 그토록 다른 속도로 찾아온 것도 당연했다.

바실리 마조람은 자격도 없이 사랑을 욕심냈고, 버림받고도 그걸 실감하지 못해 죄를 키웠다.

"어이, 산도발!"

그래서 그는 산도발이 되기로 했다.

"왜 불러?"

"내일 출전할 거냐? 놈들이 멀리 달아나기 전에 빠르게 칠 거라는데, 몸값 벌려면 우리도 귀족 놈 하나 정도는 잡아야 하지 않겠어?"

"좋지."

어지러웠다. 오랜 산행과 격렬한 전투, 술과 약에 취한 바실리가 히죽 웃으며 칼에 술을 부었다.

"바다면 어떻고, 산이면 어때. 해적 새끼들이 하는 짓이 다 거기서 거기지. 죽이고, 빼앗고, 인질로 삼자."

해적들이 난잡하게 웃었다. 그들 중엔 죽은 동료의 주머니를 뒤지는 자들이 많았다. 값나가는 건 거의 없었다. 어쩌다 조끼 안주머니에서 유서로 보이는 종이나 편지가 나오면, 재수 옴 붙는다면서 재빨리 불에 던져 넣었다.

바실리는 그 모습을 보면서도 율리아를 떠올렸다. 그러곤 그런 자신이 등신 같아서 더 크게 웃었다.

◆ • ◆ • ◆

카루스가 율리아와 함께 남부 연합에 합류한 날, 레위시아는 해적들의 죽음을 마주하고 있었다.

거대한 모닥불에 시체가 쌓였다. 나무가 부족할 일이 없어 다행이라는 우스갯소리가 그렇게 슬플 수가 없었다.

다행히 눈물은 나오지 않았다. 레위시아가 연기 때문에 따끔거리는 눈을 주먹으로 비비자, 율리아가 다가와 그에게 젖은 수건을 내밀었다.

"전하, 카루스 님이 작전 회의를 준비하고 있어요. 곧 그쪽으로 가셔야 할 거예요."

"바실리는 만나봤어?"

레위시아는 율리아가 바실리를 찾아가 대화하는 모습을 멀리서 지켜보고 있었다. 놈이 허튼수작이라도 부리면 바로 죽이라는 명령을 내리기 위해서였다.

바실리는 레위시아와 한 번 눈을 마주치기도 했다. 따로 인사를 건네거나 하지는 않았지만, 레위시아가 그를 지켜보고 있다는 걸 눈치챈 것 같았다.

율리아가 신중하게 말을 골랐다.

"그는 바실리 마조람이 아니에요."

산도발이었다.

그의 재미없는 사연에 대해 늘어놓을 생각은 없었다. 레위시아도 굳이 되묻지 않고 그냥 고개를 끄덕였다.

해적들이 노래를 부르고 있었다. 부르는 놈마다 다른 가사를 중얼거렸지만, 대충 금을 가득 싣고 돌아가 사랑하는 여인에게 고백하자는 내용인 것 같았다.

죽은 선장이 많았다. 레위시아는 그에게 농담을 건네던 몇 명의 선장이 시체가 되어 모닥불 속으로 사라지는 모습을 지켜보았다.

죽음이란 이토록 낯설고, 시시한 것이었다.

시체 타는 냄새가 진동하는데도 실감이 나지 않을 만큼 낯설고, 죽은 사람의 장례를 치르면서도 산에 장작이 많아 다행이라는 생각이 들 만큼 시시했다.

그래, 마치 물거품처럼.

"율리아."

"네."

사랑한다고 말하면 너는 어떤 얼굴을 할까.

이 낯설고 시시한 죽음 앞에서 한 치 앞도 내다볼 수 없는 나는, 그 짧은 고백에 남은 삶을 전부 바칠 수도 있는데.

레위시아가 웃었다. 그의 눈에 눈물이 가득 고여 찰랑거렸다.

"카루스한테 가자."

54
서막부터 올려라

카루스가 연합군과 함께 정복군을 쳤다. 완만한 구릉지를 따라 비스듬하게 내려간 그들은 적에게 가까워질수록 속력을 높였다.

전날의 패배로 엉망이 된 정복군을 보며 지휘관들은 후퇴 명령을 내렸다. 지금은 카루스 란케아와 싸울 수 없었다. 차라리 바이칸 남부를 포기하고 인근 도시에서 군을 재정비하는 게 나았다.

그런데 황제가 갑옷을 입고 말에 올라 소리쳤다.

"돌격하라!"

"예?"

크세노의 얼굴은 지극히 평온했다. 그는 전날 그 많은 군사를 잃고도 전혀 비통해하지 않았다.

시신을 수습하진 못해도 간단하게 위령제 정도는 지내야 하는데, 황제는 계속해서 알 수 없는 소리만 지껄였다.

"폐하, 퇴각해야 합니다. 이틀만 올라가면 적당한 크기의 도시와 수성에 유리한 성이 있습니다."

"그냥 공격해."

"폐하!"

"너희가 왜 이러는지 아는데, 괜찮아. 나를 믿어라. 너흰 아무도 죽지 않을 테니."

"퇴각해야 합니다! 제발 정신 차리십시오!"

지휘관들이 눈을 부릅뜨고 크세노를 노려보았다. 그들의 눈에 충성심은 사라지고 의심과 분노가 가득했다. 호르헤가 왜 황제를 배신하고 북부로 갔는지 절절히 이해가 되었다.

"호르헤 님이 죽었습니다. 르세라 방어군이 그분을 죽인 뒤에 시신을 매달았다고 들었습니다! 폐하! 지금이라도 늦지 않았습니다. 남부를 포기하고 북부로 가서……."

"그만해."

크세노가 처음으로 지친 얼굴을 했다.

"다음을 위해선 어쩔 수 없어."

너무 이상했다. 황제는 미친 것처럼 보이지 않았다. 감정에 휘둘리고 있는 것도 아니었다. 겉으로 보기에 그는 지극히 이성적이고 차분했다. 부하들이 반발해도 화내지 않을 만큼 너그럽기도 했다.

그러나 그는 이번 전쟁에서 내내 이해할 수 없는 명령을 내렸다. 북부를 버리고 남부를 선택한 것부터, 산맥을 진입할 때도 몇 번이나 명령을 번복하고, 질 게 뻔한 싸움에 병사들을 밀어 넣기까지 했다.

"나를 믿어라."

크세노가 다시 말했다.

지휘관들이 어쩔 수 없이 고개를 숙였다. 주먹을 꽉 쥔 채 부르르 떠는 자도 있었고, 몰래 서로 눈짓을 주고받는 자도 있었다.

그사이 카루스와 연합군이 지척까지 다가왔다.

크세노가 몇 가지 명령을 내렸다. 기마대를 둘로 나누어 적의 측면과 후방을 노리되, 유연하게 대응하라는 지시였다. 보병들은 산개하여 정면으로, 선공은 궁수 부대에 맡겼다.

평범한 지시였다. 지상에서 전면전을 할 때면 적의 실력을 가늠해보기 위해 가볍게 부딪칠 때마다 써먹었던 전술이기도 했다.

돌격하라는 황제의 명령에 따라 병사들이 움직였다. 이제는 절반도 남지 않은 정복군이 무거운 다리를 억지로 이끌었다.

그런데 그때, 한 지휘관이 뒤에서 소리쳤다.

"후퇴하라!"

절박한 목소리였다.

"후퇴해라! 죽고 싶지 않으면 후퇴해서 후일을 도모해! 다음 도시를 향해 전속력으로 달려라!"

"후…… 후퇴하자!"

"괜찮아! 바이칸은 무너지지 않을 것이다! 빨리, 빨리 달려!"

뒤에서부터 수백 명의 병사가 걸음을 멈추었다. 그들은 황제를 배신한 지휘관이 자신의 부하들을 데리고 서둘러 달아나는 모습을 지켜보았다.

대열이 무너지는 건 순식간이었다. 전투와 행군에 지치고, 연이은 패배에 겁먹은 병사들이 몸을 돌리기 시작했다. 이탈하는 자는 모두 즉결 처형하겠다는 황제의 외침도 소용없었다.

"빌어먹을, 가자!"

"빨리 따라와! 여기서 죽고 싶어? 상대는 무혈 제독이라고!"

절반도 남지 않은 정복군 중 또 절반에 달하는 수가 전장을 빠져나 갔다. 사방으로 흩어져 달아나는 그들을, 크세노는 막을 수가 없었다.

저 앞에서 카루스가 달려오고 있었기 때문이다.

검은 갑옷과 검은 투구, 붉은 망토를 두른 카루스 란케아가 말을 타고 전속력으로 달려왔다. 그가 한 손에 들고 있는 건 묵직한 대검이었다. 그가 달려온 길을 따라 부연 먼지가 일었다.

거대한 황소를 보는 듯했다. 전투 마차보다 더 크고, 더 거센 존재 감으로 카루스가 달려왔다.

그에게 정면으로 덤벼드는 간 큰 놈은 없었다. 아군의 이탈로 혼란에 빠진 지휘관들이 가까스로 정신을 차리곤 병사들을 독려하기 시작했다.

"막아라, 막아야 한다! 무조건 막아!"

"활을 쏴라! 궁수들은 어디에 있는 거냐!"

카루스의 뒤엔 그에게 충성하는 기사단 수십 명이 함께 달리고 있었다. 아마도 크세노가 오르테가로 함께 쫓아 보낸 그의 측근들이리라. 남부 연합의 모든 병사와 르세라의 해군, 살아남은 해적들과 리바이어던 함대의 해군이 카루스의 명령에 따라 정복군을 포위하듯 몰려나왔다.

그들의 함성이 티타니아를 뒤흔들었다.

산맥에서부터 시작된 먼지가 구릉지로, 이내 크세노의 눈앞에서 하늘 높은 곳으로 솟아올랐다.

"……후퇴하라."

크세노가 마침내 퇴각을 명령했다.

후퇴하라. 지휘관들이 목청이 터지도록 크게 외쳤다. 깃발을 바꿔든 기수들이 방향을 틀어 달렸다. 빨리 알아챈 병사들은 빨리 달아났고, 뒤늦게 알아챈 병사들은 절망하며 울부짖었다.

크세노는 카루스와 싸우려고 했다. 그의 다음번을 위해선 이 싸움의 결말을 알아야만 했다.

그런데 차마 그럴 수가 없었다. 패배가 확실한 전장에 기세 좋게 나설 배짱이 없었다. 죽음이 두려운가 묻는다면, 그렇다고 말할 수도 있었다. 하지만 그렇게 단순한 이유인 것만은 아니었다.

'여기선 얻을 게 없어.'

그는 이 전쟁에서 졌다.

전멸을 각오하고 부딪쳐봤자 얻을 게 없었다. 차라리 호르헤의 말대로 북부로 올라가 시간을 버는 편이 나았다.

크세노는 카루스가 자신을 향해 달려오리란 걸 알았다. 그래서 뒤돌아 달리기 시작했다. 말이 거친 투레질을 내뱉더니 미친 듯이 속력을 냈다.

따라와라, 카루스.

짓씹어 터진 입술에서 피가 흐르는 줄도 모르고, 크세노가 억지웃음을 지었다.

카루스는 연합군과 해적들에게 정복군을 추격하라고 명령한 뒤, 자신은 부하들과 함께 황제를 뒤쫓았다.

아슬아슬한 추격전이 길게 이어졌다. 크세노는 노련한 기사였고, 그만큼 말을 잘 다뤘다. 그가 타고 있는 말은 바이칸에서 가장 혈통이 좋은 군마였다. 그래서 추격하기가 쉽지 않았다.

그래도 카루스는 크세노를 따라잡는 데 성공했다.

"지독한 놈."

크세노가 웃으며 몸을 돌렸다.

그들은 먼지 가득한 벌판에서 서로를 마주하게 되었다. 황제의 기사들이 그를 지키려 칼을 들었으나, 크세노는 그들을 물리고 직접 앞으로 나섰다.

카루스가 그를 지그시 노려보았다.

크세노의 표정을 읽을 수가 없었다. 그의 모든 것이 뒤틀려 보였다. 화가 난 것 같은데 웃고 있고, 두려움에 젖은 것 같은데 망나니처럼 보였다.

"널 좀 더 빨리 죽였어야 했는데."

크세노가 중얼거렸다.

"아깝다고 살려놓을 게 아니라, 그냥 죽였어야 했어."

말도 안 되는 소리였다. 크세노는 카루스를 몇 번이나 죽이려고 했다. 다만 그의 능력이 뛰어나 죽이지 못했을 뿐이다.

카루스가 그 사실을 지적하려던 때였다.

"카루스."

크세노가 칼을 뽑아 들었다.

"날 죽이고 싶어?"

카루스의 뒤에 있던 그의 기사들이 거의 동시에 무기를 뽑아 들었다. 황제의 기사들도 마찬가지였다.

벌판에 낮게 깔린 살기가 터질 듯 부풀어 올랐다. 누가 건드리기만 해도 짐승처럼 이빨을 세우고 달려들 기세였다. 그 정도로 거친 살기였다.

특히 리바이어던의 분노가 심했다. 그들은 너무 오랫동안 황제의 핍박을 견뎌왔다. 섬김을 강요당하고, 전쟁터에 끌려다니고, 가는 곳마다 덫에 걸렸다.

그들은 모두 크세노를 죽이고 싶어했다.

"불쌍하긴."

크세노가 한 걸음 더 앞으로 걸어 나왔다.

"너흰 날 죽일 수 없어."

그가 뚜벅뚜벅 거침없이 다가왔다. 방패를 버리고, 투구도 버렸다. 가슴에 덧댄 갑옷도 힘주어 뜯어버렸다.

"들었나? 카루스 란케아는 절대 날 죽일 수 없어. 절대로."

그는 완전히 무방비 상태였다. 마치 너희는 내 손끝조차 건드리지 못하리라고 도발하는 것 같았다.

분노한 기사들이 당장이라도 달려들 것처럼 날을 세웠다.

하지만 카루스가 그들을 막았다.

"안 돼!"

말에서 내린 카루스가 다급하게 부하들을 막았다. 황제에게 달려들지 못하게 했다.

"그를 죽여선 안 된다."

"카루스 님!"

"절대 안 된다. 건드리지 마라!"

그사이 크세노는 카루스의 코앞까지 다가와 있었다. 그가 입술을 비틀어 웃음 지었다. 그의 손엔 날카로운 검이 들려 있었다. 그저 뻗기만 해도 카루스를 상처 입힐 수 있는 거리였다.

"카루스, 너는 나를 죽일 수 없어. 죽이려는 시도도 할 수 없지. 하지만 난 달라. 난 이 자리에서 기꺼이 네놈의 목을 칠 수 있어."

카루스가 입을 꾹 다물었다. 황제의 도발이 계속되었다.

"목을 자를 수도, 심장을 찌를 수도 있지. 치명상을 입혀서 죽을 때까지 끌고 다닐 수도 있어. 너희 모두를 그렇게 만들어서 황성에 걸어두고 구경거리로 만드는 것도 좋겠군."

그래도 카루스는 크세노를 공격할 수 없었다. 그가 죽으면 율리아가 죽으니까. 빌어먹을 저주에 걸린 그들이 죽음을 공유하고 있으니까.

크세노가 의기양양하게 말했다.

"부하들에게 무기를 버리고 물러나라고 해."

침묵이 흘렀다. 거친 전장에 어울리지 않는 침묵이었다. 카루스는 아무 말도 하지 않고 황제를 바라보았다.

그때였다.

카루스의 등 뒤, 덩치 큰 기사가 꿈틀거리며 몸을 움직였다. 모두가 긴장하여 아무도 나서지 않는데, 그가 말을 움직여 한쪽으로 자리를 비켜섰다.

그의 뒤에 몸집이 몹시 왜소한 기사가 하나 있었다.

"그건 나도 마찬가지야."

맑은 목소리, 율리아였다.

두툼한 장갑을 벗은 그녀가 맨손으로 투구를 벗어 늘어뜨렸다. 긴 머리카락이 쏟아져 바람에 흩날렸다.

말을 타고 달리느라 거칠어진 숨을 몰아쉬며, 율리아가 말했다.

"그렇게 자신 있으면 어디 한번 죽어 봐."

그녀는 웃고 있었다.

"다음으로 가보라고."

크세노의 눈이 율리아에게 고정되었다.

넓은 전장, 뿌연 먼지와 말발굽 소리. 죽어가는 자들의 비명과 아군을 부르는 병사들의 고함. 그 모든 게 낯설게 느껴졌다. 낡은 그림처럼 빛바래, 곧 부서질 것만 같았다.

그를 지키는 황제의 기사들도, 그를 가로막은 카루스와 그의 부하들도 마찬가지였다.

나의 대적자.

크세노가 자세를 고쳐 정면으로 율리아를 바라보았다. 허리를 곧게 세우고 표정을 갈무리했다. 날뛰던 심장도 억지로 가라앉혔다.

"율리아 아르테."

크세노의 목소리엔 이해할 수 웃음기가 깃들어 있었다. 그조차 이해할 수 없는 반가움이 불쑥 솟았다.

율리아 아르테. 저 여자를 손에 넣어야 하는데, 어떻게든 그녀의 운명을 빼앗아 전부 자신의 것으로 만들어야 하는데.

이렇게 또 가까이에서 마주하니 숨이 막히도록 긴장되는 한편, 솜털이 바짝 일어설 만큼 짜릿한 쾌감이 느껴졌다.

율리아도 마찬가지일 것이다.

크세노는 확신할 수 있었다. 그녀 역시 자신을 볼 때마다 똑같은 기분일 거라고. 죽여야 하는 상대를 보며 반가워하고, 먼 곳에 있는 상대를 찾으며 그리워하고.

"폐하."

크세노의 기사가 은밀하게 움직이며 무기를 손에 쥐었다. 서로가 이렇게 가까이에서 대치하고 있을 때, 적들의 시선이 황제 한 사람에게 꽂혀 있는 틈을 타 카루스를 죽이려는 계획이었다.

독을 바른 칼이 기사의 손에 들려 있었다. 심지어 그 한 사람인 것도 아니었다. 석궁을 든 자도, 표창을 꺼내는 자도 있었다. 그들 모두가 카루스를 노릴 것이다. 비겁하지만 효과적인 수였다.

하지만 크세노는 그들에게 공격하라는 명령을 내릴 수 없었다.

"당신은 나를 죽일 수 없어."

어느새 카루스를 제치고 앞으로 걸어 나온 율리아가 그를 똑바로 바라보며 물었다.

"뭘 감추고 있는 거지?"

웃음이 났다.

너는 어쩌면 그렇게 나와 같은지.

크세노가 한 손을 크게 휘둘러 기사들을 막았다. 카루스를 죽이려면 앞에 서 있는 율리아를 공격해야 한다. 그럴 수는 없었다. 이런 곳에서, 이런 식으로 그녀를 해쳐서는 안 됐다.

다급해진 기사들이 그를 보챘다.

"폐하!"

"안 돼. 율리아 아르테의 머리카락 하나 건드리지 마라. 명령이다."

"폐하, 왜 이러시는 겁니까! 폐하!"

"명령이라고 하지 않았나!"

"이러실 때가 아닙니다. 제발……."

기사 중 하나가 뒤에서 크세노의 팔을 잡아당겼다. 완력으로라도 황제를 데려가 이 위험한 상황에서 빠져나가려는 것이었다.

하지만 크세노는 그의 팔을 뿌리치고 칼을 휘둘렀다.

"이거 놔라!"

"황제 폐하……."

팔을 깊게 베인 기사가 비틀거리며 뒤로 물러났다. 붉은 피가 울컥 쏟아졌다. 그는 믿을 수 없다는 얼굴로 황제를 보고 있었다. 다른 기사들도 마찬가지였다.

황제가 이상하다. 크세노 이베르트 바이칸은 제정신이 아니다.

그를 가까이에서 모시던 자들은 언제부터인가 흔적도 없이 사라져 오직 호르헤 한 사람만 곁에 남았다. 황제가 기행을 일삼는다던 소문도 갈수록 커졌다. 그것도 모자라 그는 있어야 할 곳에서 달아났다. 의무를 저버렸다.

마땅히 지켜야 할 것들을 버렸다. 제국을, 전우를, 백성을 멀찌감치 밀어 두고 저 혼자만의 세계에 빠져 살았다.

"계속 말했잖아."

크세노가 피곤하다는 듯 두 눈을 세게 감았다가 떴다.

"이건 다 허상이라고."

황제의 기사들이 말없이 크세노에게 손을 뻗었다. 그들은 이제 크세노를 말로 설득할 수 없다는 걸 알았다. 그렇다고 황제를 여기서 버릴 수는 없으니, 힘으로 제압해서 끌고 가는 수밖에 없었다.

"죄송합니다."

그들은 황제를 지켜야만 했다. 뼛속까지 새겨진 의무감 때문이었다.

"멈춰라! 허튼짓하지 마. 거기서 한 걸음이라도 움직이면 내가 직접 너희를 베겠다."

"폐하!"

크세노가 기사들로부터 한 걸음 더 멀어졌다. 그만큼 율리아와의 거리는 가까워졌다.

율리아는 크세노의 모든 것을 놓치지 않고 주시하고 있었다. 그의 말, 표정, 행동. 흥분을 가라앉히려 억지로 가슴을 내리누르는 모습과 칼을 휘둘러가며 기사들을 물리치는 모습까지.

주위 모든 게 낡은 그림처럼 보이는 기분은 그 혼자만의 것이 아니었다. 율리아도 마찬가지였다. 그녀는 크세노와 마주한 순간, 자신을 둘러싼 모든 것이 낯설고 볼품없는 허상인 듯 느껴졌다.

'이제 알겠어.'

몸은 무거운데 마음이 붕 떴다. 무엇이든 원하는 대로 할 수 있을 것 같은 기이한 설렘이 출렁거렸다. 그건 어떤 쾌감을 닮아 있었다.

'날 죽일 수 없는 이유가 있는 거야. 적어도 여기서, 이런 식으로는.'

그가 너무 이해돼서 위험했다.

크세노는 리바이어던 기사단 틈에 숨어 있던 율리아를 발견하자마자 분노와 살기를 누그러뜨리고 억지로 웃었다.

떨리는 손을 감추려 칼을 휘둘러 부하를 다치게 했다. 뭘 감추고 있는 거냐는 율리아의 말에 대답하지 못했다.

다시 시작한다는 건 한 사람의 완전한 죽음을 전제로 했다. 지금까지는 매번 율리아가 죽었다. 여덟 번이나, 온갖 시련 속에서 실패하며 죽었다.

율리아'만' 죽었다.

크세노는 한 번도 죽지 않았다. 율리아의 죽음에 이끌려 별안간 과거로 돌아가게 됐을 뿐, 그가 온전히 죽음을 맞이한 적은 한 번도 없었다. 죽음이라고 느껴온 순간조차 늘 그녀의 것이었다.

크세노는 아무것도 통제할 수 없었다.

율리아는 그의 눈동자와 손끝, 억지웃음과 광기를 마주하며 한 가지 결론에 도달할 수 있었다.

어쩌면 그가 허상이라고 생각하는 모든 게 자신의 것일 수도 있다는, 과거로 돌아가는 것도, 다시 시작하는 것도 모두 자신에 의해서만 일어나는 일일 수 있다는 생각이었다.

"두려워?"

속삭이듯 작은 목소리였다. 그런데도 그녀의 말은 크세노의 귓가에 벼락처럼 내리꽂혔다. 소리가 아니라 입술이, 그 움직임이 강렬하게 눈에 박혔다.

"두려우냐고?"

크세노가 중얼거렸다. 그의 얼굴에서 웃음기가 사라지고 있었다.

율리아가 조금 더 몸을 앞으로 내밀었다. 크세노가 칼을 휘두르면 닿을 수 있는 거리였다.

카루스가 몸을 바짝 긴장시켰다. 그는 율리아를 말리려 했으나, 섣불리 나섰다가는 이 아슬아슬한 균형이 깨어질 거란 걸 잘 알고 있었다.

"황제 폐하."

율리아가 크세노에게 말했다.

"그거 아세요? 당신은 아직 시작조차 하지 않았어."

"……."

"아직도 첫 번째였어. 그러니까 아홉 번째의 나를 그런 눈으로 바라보는 거야."

그래서 그런 것이었다.

아홉 번의 시련을 기회인 줄 착각하고, 아홉 번의 절망을 희망이라 왜곡하고, 아홉 번의 삶을 허상이라 업신여기면서.

그녀를 두려워하고, 부러워하고, 끔찍하게 여겼다.

율리아가 웃었다. 투구를 벗었을 때처럼 깔끔한 미소는 아니었다. 반쯤은 일그러지고, 반쯤은 부서질 것 같은 미소였다.

"여기서 나를 죽여도 과거로 돌아가지 않을까 봐 무서운 거야. 내가 모르는 뭔가를 당신은 알고 있어. 그렇죠?"

— • ◆ • —

크세노의 기사들이 먼저 움직였다. 그들은 황제가 저 미친 여자와 계속 대화하도록 내버려둘 수 없었다. 그들은 무기를 휘둘렀고, 석궁을 쏘았으며, 표창을 던지기도 했다.

"안 돼! 멈춰라!"

크세노가 미친 듯이 고함을 질렀다. 그의 시선은 율리아에게 못 박혀 있었다. 그녀가 죽을까 봐 무서워하면서도, 자신이 죽을까 봐 나서지도 못했다.

그때 카루스가 번개같이 움직였다. 그는 율리아의 팔을 잡아 뒤로 당기고 그녀의 앞으로 튀어나갔다. 덩치 큰 기사가 커다란 방패로 율리아를 보호하고, 카루스는 거대한 검을 빠르게 휘둘렀다.

"카루스 님!"

"황제를 죽여선 안 돼!"

이해할 수 없는 공방이 벌어졌다. 어느 쪽도 상대를 몰아붙일 수 없었다. 한쪽의 실력이 우세하기라도 하면 어떻게든 결말이 날 텐데, 황제를 지키는 기사들의 수가 워낙 많아 카루스와 그의 부하들만으론 제압하기 어려웠다.

여기서 황제를 놓치면 안 된다.

카루스가 이를 악다물었다. 이만큼 오기까지 그들은 정말 많은 준비를 해야 했다. 이토록 절묘한 기회는 흔치 않았다. 다음엔 더 많은 희생을 치러야만 할지도 모른다.

그의 몸이 폭발적으로 움직였다. 방패도 없이 거대한 칼 하나만으로 황제를 향해 돌격한 그는 수십 명의 적에게 둘러싸인 뒤에도 움츠러들지 않고 사납게 날뛰었다.

조금만 더. 조금만 더 가까이.

황제의 기사들을 쓰러뜨릴 때마다 카루스의 검이 애절한 소리를 내며 울었다. 검날에 이가 다 나가도록 격렬하게 휘두르고, 팔 하나를 내줄 각오로 몸을 던졌다.

뒤에서 율리아가 큰 소리로 그를 부르고 있었다. 사령관이 목숨을 걸었다는 걸 깨달은 리바이어던의 기사들이 그와 함께 싸우려 목숨을 걸고 달려들었다.

"카루스를 죽여라! 율리아는 건드리지 마! 차라리 카루스 란케아를 죽여!"

크세노가 기사들에게 이끌려 달아나면서 소리 질렀다. 손가락으론 카루스를 가리키고 있으면서, 그의 시선은 여전히 율리아에게 고정되어 있었다.

"황제를 사로잡아라!"

카루스가 외쳤다.

그의 몸에 상처가 늘었다. 시체가 쌓여 진입이 어려워지고 있었다. 황제의 기사들이 몸으로 벽을 만들었다. 무자비한 희생이었다.

"저리 꺼져라!"

포악하게 무기를 휘두르던 카루스가 조금씩 멀어지는 황제를 보더니 피에 젖은 투구를 벗었다.

투구가, 갑옷이 무거웠다. 놈을 사로잡아 율리아에게 넘기려면 바람처럼 몸이 가벼워야 했다. 그래야 놈에게 닿을 수 있었다.

무슨 일이 있어도 지키겠다고 약속했다. 다시는 그 외로운 싸움을 혼자 하게 내버려두지 않겠다. 열 번째로 가더라도 너를 기억하겠다는 말은, 열 번째로 가지 않게 하겠다는 맹세였다.

마지막인 것처럼 살라고 했다. 매 순간 최선을 다해서. 삶이 하나뿐인 평범한 사람처럼 살라고 했다. 저 가엾은 여자에게 아무것도 모르면서 그토록 잔인한 말을 내뱉었다.

사랑을 원한다는 이유로 상처를 되새기게 했다.

율리아를 지킬 것이다.

황제를 사로잡아 저주의 제물로 쓰리라. 놈이 알고 있는 모든 비밀을 캐내고, 영원히 탑에 가두어 지킬 것이다. 원수의 문지기가 되어 살아도 괜찮았다. 율리아를 지킬 수만 있다면.

"크세노!"

카루스가 울부짖었다.

그의 절박함이 한계를 넘게 했다. 중력을 벗어난 듯 몸이 가벼웠다. 누구라도 물어뜯고, 무엇이라도 찍어누를 수 있을 것 같았다.

거대한 칼이 깃털처럼 느껴졌다. 자신의 팔을 움직이는 것처럼 자연스러워, 칼날에 닿는 적의 살점이 촉감으로 느껴질 지경이었다.

몸으로 벽을 만들어 그를 막고 있던 황제의 기사들이 경악하며 물러섰다. 그들은 혼자서 수십 명의 적을 무찌르며 무소처럼 전진하는 카루스를 보고, 경외심마저 느끼고 있었다.

"막아라! 카루스 란케아를 막아!"

온몸이 피에 절어 미끄러웠다. 시야가 붉었다. 이른 봄이라 서늘했었는데, 누구의 것인지 모를 핏물에서 뜨거운 열기가 뿜어져 나왔다.

카루스의 칼이 크세노의 코앞에 다다랐다.

여기서 너를 죽일 수 있다면 얼마나 좋을까.

카루스는 그 짧은 순간에도 그런 생각을 했다. 사람을 죽인 만큼 벌을 받아야 한다거나 언젠가 지옥에 떨어져 백 배의 형을 살게 된다 해도, 지금 황제를 죽여 율리아의 슬픔을 끝낼 수만 있다면 그는 얼마든지 그 고통을 감내할 자신이 있었다.

　　"카루스 님이 저를 왜 걱정해요."

　　"마조람 후작이 당신과 손을 잡았거든요. 무너뜨릴 수 있었는데…… 사형당했어요. 그때 맹세했어요. 다시 시작하게 되면 이번에는 내가 당신과 손을 잡아야겠다고요."

　　"저한테 잘해주지 마세요."

죽으면 어차피 다음으로 가게 될 테니, 아무것도 필요 없다던 여자. 걱정하지도 말고, 신경 쓰지도 말라던 여자. 이 모든 기억은 결국 자신에게만 남을 거라며, 아무와도 마음을 나누고 싶지 않다던 여자. 그저 잊히고 싶지 않았던 여자.

그런 여자를 붙잡았다. 제 곁에 뿌리를 내리라고 붙잡고 매달렸다.

'율리아, 너는 모를 거야.'

카루스가 팔을 뻗었다. 황제의 기사들이 그를 향해 다급히 달려들었다. 팔 하나로는 어림도 없었다. 크세노를 말에서 끌어 내리고 달아나지 못하게 하려면 목숨을 내줘야 할지도 몰랐다.

그래도 카루스는 멈추지 않았다. 자신을 향해 쏟아지는 수십 개의 검날을 보면서도 두려워하지 않았다.

그는 율리아의 여덟 번째를 생각했다. 복수에 거의 성공했으나, 마지막 순간 자신 때문에 실패해 형장의 이슬로 사라져야 했던.

'너는 모를 거야. 내 삶에 네가 어떤 존재인지.'

아무래도 이게 자신의 운명인 것 같다. 율리아를 살리기 위한 삶. 카루스는 그 순간 어떤 강렬함 끌림을 느꼈고, 그 힘에 자신을 온전히 내맡겼다.

카루스가 크세노를 따라잡았다. 그의 검이 황제의 망토를 찢고 말을 베었다. 놀란 크세노가 저도 모르게 뒤를 돌아보았다. 상처 입은 말이 크게 날뛰었다.

부연 먼지가 일었다. 비명과 고함이 어지럽게 뒤섞여, 무엇이 아군의 소리인지 알 수 없었다.

크세노가 말에서 굴러떨어졌다.

"황제 폐하—!"

황제의 기사들이 카루스를 향해 달려들었다. 그러나 그들은 카루스의 심장에 칼을 꽂아 넣을 수 없었다.

카루스가 크세노를 제압한 채, 그의 턱밑에 칼을 대고 있었다.

바람이 불어 먼지가 걷혔다. 카루스가 피에 젖은 몰골을 하고 크세노를 노려보았다. 그의 온몸이 상처투성이였다. 찢어진 이마에서 피가 뚝뚝 떨어졌다.

"너는, 나를 죽일 수 없어."

크세노가 뚝뚝 끊어지는 말투로 중얼거렸다. 그의 가슴이 거칠게 오르내리고 있었다. 짓눌린 목에서 가느다란 신음이 새어 나왔다.

카루스가 말했다.

"죽일 수 있어."

"……거짓말."

카루스가 크세노의 귓가에 악귀처럼 속삭였다.

"방법을 찾을 거다."

"내가 말할 것 같아?"

"모든 비밀을 알아낸 뒤에, 너는 반드시 내 손에 죽는다."

"……뭣들 하는 거냐!"

크세노가 버럭 소리를 질렀다. 어서 카루스 란케아를 죽여 없애라고, 빨리 떼어내지 않고 뭐 하는 거냐며 화를 냈다. 어차피 놈은 자신을 죽이지 못한다고 외쳤다.

하지만 황제의 기사들은 그럴 수 없었다.

그들은 황제가 무슨 말을 하는지 몰랐다. 카루스가 마음만 먹으면 크세노의 목을 가볍게 내려칠 수 있다는 것만 알았다. 그건 그냥 찰나의 순간일 뿐이었다. 카루스가 마음만 먹으면, 황제는 머리와 몸이 분리된 채 먼지 자욱한 벌판 한가운데에 나뒹굴게 될 것이다.

"죽여! 죽이라니까! 죽이란 말이다!"

황제의 기사들은 카루스를 공격하는 대신 두 사람을 겹겹이 둘러쌌다. 카루스가 남부 연합이나 리바이어던과 합류하지 못하게 몸으로 막았다. 그러곤 이렇게 소리쳤다.

"멈춰라! 가까이 다가오지 마라! 카루스 란케아가 죽는 걸 보고 싶지 않다면, 모두 멈춰!"

"무혈 제독! 폐하를 놔주시오! 그분을 해쳤다간 당신도 무사하지 못할 것이오!"

그들도 알고 있었다. 방법이 없었다. 이렇게라도 하지 않으면 황제를 잃은 것도 모자라 패잔병이라는 오명을 뒤집어쓴 채 비참한 삶을 살게 될 것이다.

어쩌면 이 싸움에서 아무도 살아남지 못할지도 모른다.

남부 연합의 승리가 확실해지고 있었다. 정복군은 대부분 뿔뿔이 흩어져 달아났고, 일부는 남부 연합과 해적들의 포로가 되어 울부짖었다.

"카루스 란케아, 어서 그 칼을 치우고 우리 말을……."

황제의 기사들이 카루스를 설득하기 위해 애써 입을 열려던 때였다. 진격을 멈췄던 리바이어던의 기사들이 다시 무기를 들어 올렸다. 사령관인 카루스가 적들에게 둘러싸여 있는데도 그들은 아랑곳하지 않고 공격 준비를 마쳤다.

고삐를 쥔 손에 바짝 힘이 들어갔다. 말들이 거친 투레질을 내뱉었다.

"무슨 짓을……!"

멀리서 기사단이 달려오고 있었다.

그건 아주 느린 구름처럼 보였다. 부연 덩치를 느릿느릿 키우며 바람을 타고 다가오는 구름. 뭉게뭉게 피어난 먼지구름이 일직선으로 솟아올랐다. 진동이 느껴지는 건 조금 더 뒤의 일이었다.

리바이어던 기사단이었다.

란케아 영지에서 출발한 오백 명의 기사들이 카루스와 함께 싸우기 위해 달려오고 있었다. 동북부 끝에서 남부 전선까지, 그 먼 길을 달려 드디어 도착했다.

"……! ……!"

맥스웰이 뭐라 고래고래 소리를 질렀다. 하지만 오백 기의 군마가 내뱉는 거친 발굽 소리에 묻혀 아무것도 들리지 않았다.

알렉사가 선두에서 달리고 있었다.

길게 꼬리를 물며 달려온 리바이어던 기사단은 정복군을 뒤에서 부터 들이받았다. 긴 창이 적의 몸을 꿰뚫었다. 대포가 터지는 것처럼 살벌한 소리가 전장을 뒤흔들었다.

"알렉사!"

카루스가 벌떡 일어나 소리 질렀다.

그를 발견한 알렉사가 말을 탄 채 화살처럼 달려왔다. 그녀는 막아 서는 적을 그대로 들이받고, 날뛰는 말 위에서 새처럼 몸을 날렸다.

알렉사의 머리에서 긴 천이 풀렸다. 갑자기 불어온 바람을 타고 높 이 떠오른 천은 온통 먼지와 땀에 절어 있었다.

말 위에서 몸을 날려 적의 칼을 쳐내고 카루스의 곁에 사뿐히 착지 한 알렉사가 크게 숨을 몰아쉬며 말했다.

"늦어서 죄송합니다."

"안 늦었어."

"황제는 제가 맡을 테니, 부하들을 지휘하세요."

카루스가 고개를 끄덕였다. 그는 상처투성이였으나, 굳건하게 다 시 일어섰다.

부하들이 싸우고 있었다.

해군은 지상군이 되어 싸우고, 기사단은 주군이었던 황제를 무너 뜨리려 검을 들었다. 반역자가 되어도 상관없었다. 그들에게는 카루스가 왕이었다.

"들어라!"

카루스가 말에 올라 소리쳤다.

"황제는 우리 손에 있다! 항복하지 않는 자는 이 자리에서 모두 죽을 것이다!"

알렉사가 크세노의 멱살을 잡고 그를 일으켰다. 그녀에게 무기를 모두 빼앗긴 황제는 창백한 얼굴로 카루스를 노려보고 있었다.

"바이칸의 패배다! 이 땅에 이제 황제는 없다!"

바람이 불었다. 먼지 냄새와 피 냄새로 가득한 바람이었다. 끝까지 맞서려던 정복군 기사들이 허망한 얼굴로 황제를 바라보았다.

알렉사가 팔꿈치로 크세노를 가격하곤 그를 짓눌렀다.

고귀한 황제가 보잘것없는 포로가 되어 가장 낮은 곳에 무릎을 꿇고 있었다.

정복군이 허망한 얼굴로 그를 바라보았다.

대륙을 통일해 역사상 최초의 통일 황제가 될 거라던 크세노 이베르트 바이칸. 그가 거친 땅바닥에 강제로 무릎 꿇려졌다. 황제를 따라 정복군의 명예도 함께 추락했다.

그동안에는 그의 승전 기록이 정복군의 역사이며, 그의 권력이 정복군의 힘이었는데.

그 대단한 명예가 티타니아 앞에서 무너져 내렸다.

바이칸이 졌다. 황제가 졌다.

황제는 전리품이었다. 역사상 가장 대단한 전리품. 황제를 사로잡아 포로로 만든 자들이 이 전쟁의 영웅으로 기록될 것이다.

레위시아 오르테가를 중심으로 남부 연합을 조직하고 카루스 란케아의 이름으로 리바이어던을 움직였다. 데네브라 황비를 설득해 반 황제파를 결성, 르세라를 방어하고 서남부를 반역자들의 교두보로 삼았다.

북부 연합이 연이은 승전 끝에 운하까지 내려올 수 있었던 것도 반쯤은 그들의 작품이었다.

코델리아 힌치와 알렉사 쾬, 그리고 율리아 아르테.

그들의 승리였다.

—•◆•—

티타니아 앞에서 치러진 남부 연합과 정복군의 전투는 남부 연합의 커다란 승리로 끝을 맺었다.

크세노 황제는 포로가 되어 레위시아 국왕의 손으로 넘어갔다. 시에라와 녹스, 해적들과 리바이어던은 황제의 신병을 요구하지 않았고, 그의 처우를 전적으로 레위시아 국왕에게 맡기는 데 동의했다.

해적들의 피해가 가장 컸다. 죽은 자는 셀 수 없이 많았고, 살아남은 자 중에도 전투 중에 달아난 이가 많았다. 일부는 승전 보상을 요구하며 해적질을 그만두고 육지에 정착하려 했으나 나머지는 전쟁이 끝나자마자 사라져 다시는 돌아오지 않았다.

해적 중엔 죽은 정복군의 시신을 뒤적이는 자가 많았다. 값비싼 갑옷과 검, 장신구와 휘장에 이르기까지. 그들은 돈이 될만한 것들을 모두 챙겨 사라졌다.

바실리의 시신은 찾을 수 없었다. 그가 마지막 전투에서 죽었는지 살았는지는 알 수 없었다. 다만 달아나지 않고 끝까지 싸웠다는 말만 전해 들을 수 있었다.

황제를 버리고 달아난 정복군에겐 돌아갈 곳이 없었다.

르세라 방어군에서 반 황제파가 된 데네브라의 병력은 북진하던 호르헤를 죽이고 북부 연합과 협정을 맺었다.

운하를 차지한 북부 연합은 진격을 멈추었고, 데네브라는 바이칸의 패배를 인정하며 영토와 보상금을 약속했다. 그 대신 북부는 데네브라를 바이칸의 섭정왕이라 부르고 그녀와 협력하겠다고 발표했다. 프랑크 후작의 유연한 외교술이 빛을 발한 순간이었다.

철썩. 철썩.

아무리 큰 배라도 거센 파도엔 흔들리지 않을 수가 없다. 주위가 고요하니 뱃전에 부딪히는 파도 소리가 아주 가까이에서 들리는 듯했다. 잠을 잘 때도, 잠을 자지 않을 때도 저 소리가 귓가에 맴돌아 괴로웠다.

크세노는 그를 바라보는 율리아를 바라보았다.

어쩐지 낯설었다. 처음 초상화를 확인했을 때보다도 더 그녀가 낯설게 느껴졌다.

크세노는 율리아가 자신을 이해한다고 생각했다. 이 세상에 하나뿐인 벗이자 운명이 짝지은 대적자라고 믿었다. 이렇게 말없이 서로 바라보고만 있어도 평생 함께한 친구처럼 진심이 통하는 상대라고 여겼다.

어쩌면 사랑에 빠졌을지도 모른다. 좀 더 일찍 만났더라면, 저주에 대해 아무것도 모르는 채 만나게 되었더라면.

크세노는 의자에 앉아 있었다. 그의 힘으로도 들어 올릴 수 없을 만큼 무거운 쇠사슬이 손목과 발목을 구속했다.

율리아가 그런 그를 물끄러미 내려다보았다.

그녀의 표정을 읽을 수가 없었다. 참 한결같이 속을 알 수 없는 여자였다. 테네브라는 껍데기가 얇아 속이 훤히 들여다보이는 점이 사랑스러웠는데, 율리아는 황비와 정반대였다. 이렇게 가까이에 있어도 무슨 생각을 하는지 도무지 알 수가 없었다.

괴물을 품은 바다처럼 깊이 들여다볼 수가 없었다.

크세노가 물었다.

"율리아, 날 어떻게 할 작정이야?"

그는 거짓 웃음으로 율리아의 시선을 끌었다. 이 모든 건 자신에게 있어 그저 한순간의 실패일 뿐이라며 여유를 가장했다. 네가 원하는 건 아무것도 털어놓지 않을 거라고 비웃었다. 그녀 앞에서 흔들리고 싶지 않았다.

율리아가 물었다.

"어떤 느낌이었어요?"

"뭐?"

"내가 처음 죽었을 때, 어떤 느낌이었어요."

부드럽고 낮은 목소리였다. 한데 말끝이 선명하고 높아 꼭 뱃전을 할퀴는 파도 소리 같았다. 크세노는 율리아의 물음에 정직하게 대답했다.

"추웠어."

"추웠다고요?"

"지독한 한기가 뼛속까지 흘러들었어. 안에서부터 얼어붙는 느낌이었지. 너무 추워서 순식간에 굳어버렸어. 움직이긴커녕 비명조차 지르지 못할 만큼."

율리아가 어깨를 살짝 늘어뜨렸다. 그때를 떠올리자 자연스레 몸이 긴장돼 억지로 심호흡을 해야만 했다.

"난 얼어 죽었어요."

"그렇다고 하더군."

"두 번째는요?"

"비슷했는데…… 그냥 영혼이 몸을 떠나는 느낌이었지."

그랬더니 처음 그 순간으로 돌아갔다고, 크세노가 말했다.

율리아는 그의 말을 귀담아들었다. 그가 하는 모든 말을 주의 깊게 되새겼다. 그가 과거를 회상할 때마다 자신의 과거를 대입해 비교하고, 그의 심정을 헤아려보았다.

"황제 폐하."

"그냥 크세노라고 불러."

"붉은 산의 다이아몬드는 어디에 있죠?"

"몰라."

크세노는 그 값비싼 보석을 소중히 여기지 않았다. 그럴 필요가 없다고 말했다.

"비싼 값에 팔아도 금방 내게 돌아와. 멀리 갖다 버려도 어느 날 주머니 속에 들어와 있어. 다른 사람한테 주고 그와 멀어지면, 어떤 방식으로든 내게 돌아와. 그건 아주 집요한 매개체야."

"주인을 따라다니나 봐요."

"땅에 묻어도 보고, 바다에 던져도 봤어. 아무한테나 주고, 가공해서 목걸이로도 만들어봤지. 그런데 소용없더라고. 상상해봐. 자다가 일어났는데, 절벽 아래로 집어 던졌던 보석이 손바닥에 올려져 있다면 어떤 기분일지."

"끔찍했겠죠."

"그래서 데네브라한테 걸어줬어."

그 끔찍한 기분을 너도 느껴 보라는 뜻이었다며, 크세노가 웃었다.

율리아는 그가 익숙했다. 어쩐지 친근했다. 처음 왕비궁 데네브라의 침실에서 마주쳤을 때보다 더 가깝게 느껴졌다.

율리아는 크세노가 자신을 두려워한다고 생각했다. 이 세상에 하나뿐인 벗이라는 건 너무 절대적인 존재라서 잃을까 봐 두렵고, 이 세상에 하나뿐인 대적자가 그보다 여덟 번이나 많은 죽음을 경험했다면 감히 이기지 못해 두려울 수밖에 없었다.

"크세노 폐하, 저는요."

율리아가 그에게 말을 걸었다.

"언제나 같은 사람에게서 구원받았어요."

"카루스를 말하는 건가."

"처음 죽었을 때는 내가 죽었다는 사실조차 깨닫지 못했는데, 두 번째 죽었을 때는 확실하게 알 수 있었어요. 나는 그때 죽었고, 나를 죽음에서 이끌어주는 존재가 있다는 걸."

그래서 원망도 많이 했다.

"죽고 싶은데 자꾸 살리니까 화가 났어요. 게다가 그는 날 기억하지도 못했죠. 원망도 못 하고, 하소연도 못 하고, 그렇다고 미워할 수도 없었어요. 내가 아무리 비뚤어진 사람이라고 해도 생명의 은인까지 원수로 삼을 수는 없었으니까."

이번에는 크세노가 율리아의 이야기를 들었다.

그는 탐색하듯 율리아의 눈빛과 표정을 살피다가도 금세 그녀의 이야기에 빠져들었다.

"아홉 번째가 시작됐을 때는 카루스 님을 만나자마자 내가 계속 다시 살고 있다는 걸 말했어요. 매번 당신이 나를 살리고 있다고. 그랬더니 그분이 뭐라고 했는지 알아요?"

"거짓말하지 말라고 했겠지."

"맞아요. 좋은 소설이 될 뻔했다고 했죠."

"그게 나였다면 좋았을 텐데."

크세노가 중얼거렸다. 자연스레 흘러나온 진심이었다.

율리아는 그의 말에 대꾸하지 않고 다른 걸 물었다.

"황제 폐하가 대적자라는 사실을 알게 됐을 때, 내가 제일 먼저 한 생각이 뭔지 아세요?"

"뭔데."

"당신의 구원자는 누구일까."

율리아가 크세노를 똑바로 바라보았다.

"내 구원자는 카루스 란케아였는데, 크세노 이베르트 바이칸의 구원자는 누구일까."

"……."

대답할 수 없었다. 크세노는 자신의 구원자가 누군지 몰랐다. 있는지, 없는지도 몰랐다. 죽어본 적이 없으니까.

율리아가 그 점을 지적하며 말했다.

"당신은 아무것도 몰랐던 첫 번째의 나와 같아요."

"나는……."

"어떻게 죽을지, 어디서 죽을지, 누구에게 죽을지, 누구에게 구원받을지. 아무것도 몰라요. 내겐 그 눈보라 치는 산속이 시작점이었는데, 당신의 시작점은 어디인지 그것조차 몰라요."

"그럴 리가 없어. 너 때문에 내가 그동안 얼마나……."

"내 죽음이었어요."

황제의 것은 아니었다.

"다시 처음으로 돌아올 때마다 무슨 생각을 했어요? 어떤 행동을 했어요? 다르게 살아보고, 다르게 싸워도 보고, 다른 길을 걸었어요? 당신이 가진 모든 걸 버리고 새로 시작해봤어요? 누군가의 전부가 되거나, 누군가를 당신의 전부라고 여긴 적이 있어요?"

도대체 그동안 무엇을 했나.

"당신은 그냥 두려움에 떨었을 뿐이에요."

통제할 수 없는 죽음의 순간을 기다리며, 지독한 권태에 빠졌다.

크세노는 이번에도 대답하지 못했다. 아니라고 말하고 싶은데 어떤 말로 부정해야 하는지 알 수가 없었다. 말을 잃어버린 사람이 된 것 같았다.

그가 움찔거릴 때마다 쇠사슬이 절그럭거리는 소리를 냈다. 바깥에선 여전히 철썩거리는 파도 소리가 들렸다.

"황제 폐하, 내 여섯 번째에 대해서 말해줄게요."

율리아의 목소리가 한층 낮아졌다. 조금 떨기까지 했다. 그녀는 누구에게도 털어놓은 적 없는 자신의 여섯 번째에 대해 말하기 시작했다.

"그때 난 너무 지쳐 있었어요. 아무것도 하고 싶지 않았어요. 복수하지 않으면 어때, 어차피 이 빌어먹을 세상은 전부 가짜인데. 그렇게 생각했어요."

먹는 것과 입는 것, 숨 쉬는 것도 우습게 여겨졌다.

"날 학대했어요. 아무렇게나 살았어요. 아무 목표도 없이 그냥 망가졌어요. 누가 날 때려도 반항하지 않았고, 누가 날 착취해도 도망치지 않았어요."

"어떻게 됐지?"

"정신을 차려보니, 탑에 갇혀 있었어요."

누가 저지른 짓인지도 몰랐다. 바실리인지, 크리스틴인지. 혹은 후작이나 후작 부인인지. 아니면 집사나 다른 사람일 수도 있었다.

"다른 사람을 죽이는 건 쉬웠는데."

율리아가 두 손으로 자신의 목을 조르는 시늉을 했다.

"나를 죽이는 건 어렵더라고요."

크세노의 눈동자가 격렬하게 흔들렸다. 이번에는 절그럭거리는 소리가 조금 크게 났다. 어쩐지 파도 소리도 더 커진 것 같았다.

"여덟 번이나 죽었어요. 얼어 죽고, 목 졸려 죽고, 칼에 찔려 죽고, 사형당하고, 온갖 끔찍한 고통 속에서 죽었어요."

하지만 그 모든 걸 합친다 해도 여섯 번째처럼 힘들진 않았다.

"황제 폐하."

율리아가 그에게 물었다.

"할 수 있겠어요?"

나는 다시 살아야 할 때마다 죽는 것보다 더 큰 용기가 필요했는데, 당신이 나라면 어떨 것 같냐고. 그렇게 묻는 그녀의 눈동자에 새파란 광기가 넘실거렸다.

55
구원

율리아와 일행은 티타니아 승전 후 보급로를 통해 해안으로 돌아와 배에 올랐다. 다른 사람들은 섭정왕이 된 데네브라를 조만간 르세라에서 만나 새로 그어진 국경에 대해 논의하기로 했다.

"아르테 백작께서 남아주셨으면 합니다."

그들은 데네브라와 프랑크 후작이 율리아에게 유독 약하다는 사실을 어떻게 알았는지, 그녀에게 오르테가로 돌아가지 말고 르세라에 남아 달라고 부탁했다.

"황비…… 아니, 데네브라 섭정왕도 아르테 백작을 시녀장으로 임명할 정도로 믿고 의지했다고 들었습니다."

그들은 간절해 보였다.

율리아가 남으면 그들에게는 여러모로 이득이었다. 레위시아 국왕이 각별하게 아끼는 측근이니, 그녀가 있으면 그를 쉽게 끌어들일 수도 있었다.

"생각해보겠습니다."

율리아는 그들에게 확답을 주지 않았다. 아직 그녀에겐 해결해야
할 문제가 남아 있었으니까.

크세노 황제를 좁은 선실에 가둬버리고, 카루스는 배를 바다 한가
운데에 띄워놓았다.

육지에 머물렀다간 혹시 누가 황제를 구하려 할 수도 있었다. 그러
나 리바이어던 함대가 있는 이상, 바다에서는 감히 그들에게 대적할
자가 없었다.

"오늘은 어때?"

카루스가 물었다.

그는 난간에 기대 서 있었다. 다시 검어진 머리카락이 바닷바람에
거칠게 휘날렸다.

여기저기 상처가 많았다. 분명 의사가 정성스레 치료하고 붕대를
감아놓았을 텐데, 답답했는지 다 풀어헤친 모습이었다. 그에게서 쓴
약초 향이 났다.

"알렉사가 곯아떨어져서 안 일어나요. 아무리 피곤해도 식사는 하
고 잤으면 좋겠는데……. 란케아 영지에서 온 기사들도 다들 곯아떨
어졌겠죠?"

"두들겨 패도 안 일어난다고 하더군. 맥스웰이 너무 심하게 코를
골아서 중간에 쫓겨났다는 말만 들었지."

"코코는 레위시아 님과 새로운 동맹 협약서를 만든다고 했어요. 다
른 왕국들은 물론이고, 바이칸과도 이제는 새로운 관계를 쌓아야 하

니까요."

"휴전 협약서인가?"

"평화 협약서라고 부르던데요."

율리아가 카루스의 곁으로 다가가 난간에 팔을 걸쳤다. 그녀에게선 은은한 박하 향이 났다. 알렉사가 좋아하는 향이었다.

"크세노는."

카루스가 다시 물었다.

"좀 털어놓았어?"

"아뇨."

율리아가 고개를 저었다.

"아직 입을 다물고 있어요."

크세노를 쉽게 설득할 수 있을 거라곤 생각하지 않았다. 그에겐 목숨과도 같은 비밀일 테니까. 죽인다는 협박은 통하지 않고, 죽는다는 협박도 통하지 않으리라.

그와의 첫 만남부터 해적왕의 유서와 짧았던 전쟁에 이르기까지, 율리아는 크세노의 행동을 되새기며 깊은 고민에 빠져들었다.

율리아가 바라보는 바다를 함께 바라보며, 카루스가 말했다.

"너무 걱정하지 마."

"어떻게 걱정을 안 해요. 여기까지 왔는데 실패하면 안 되잖아요."

"여차하면 내가 놈을 아주 깊은 감옥에 가둬두고 죽지도 살지도 못하는 몸으로 만들어버릴 테니."

"그만둬요. 그건 최후의 수단으로 남겨둘래요."

"코델리아 시녀장도 같은 소리를 하던데? 매일 몸에 좋은 것만 먹이면서 최고의 의사를 붙여놓고 오래오래 살게 해야 한다고."

"그게 뭐예요."

율리아가 웃었다. 봄바람 같은 미소였다. 따스한 여운이 차가운 바람 위에 내려앉았다. 몸은 추운데 마음이 들떴다.

손을 내밀어 율리아를 쓰다듬으려던 카루스가 상처투성이인 자신의 손을 보고는 자연스레 거두어 팔짱을 꼈다.

"육지에 가봐야 한다면서."

"조만간 르세라에서 조약을 체결할 거예요. 레위시아 전하와 독립 왕국의 왕족들 그리고 북부 패전국 연합 대표가 먼저 만나서 바이칸을 어떻게 할 건지 상의하겠죠. 데네브라 황비는 먼저 바이칸 황실에서 섭정왕으로 인정받아야 하니까, 다음 계절이 되어야 만나겠네요."

"레위시아는 네가 없으면 아무것도 못 하는 멍청이야."

"제가 데네브라 황비의 시녀장이잖아요. 프랑크 후작의 간곡한 요청이 있었다고 들었어요."

"그 멍청이들도 똑같군. 네가 없으면 정말 아무것도 못 하나?"

"자꾸 그러면 고자질할 거예요."

"코델리아 시녀장이 어련히 알아서 할 텐데."

"코코한테 너무 많은 짐을 지우는 거 아니에요?"

율리아가 웃으며 되물었다. 카루스는 찡그린 얼굴을 풀고 피식 웃음을 터뜨렸다.

"알 게 뭐야. 여긴 바다라고. 내 도움이 없이 르세라엔 어떻게 가려고?"

"데려다주시는 거 아니었어요?"

"내가 언제?"

"다들 그러던데요."

율리아가 고개를 한쪽으로 기울이더니 저 뒤에서 이쪽을 노려보고 있는 리바이어던 함대의 병사들을 가리켰다.

눈을 가늘게 뜨고 그들을 노려보던 카루스가 한숨을 내쉬었다.

"르세라로 가고 있었군."

어쩐지 기분이 나쁘더라니.

카루스가 투덜거리며 한숨을 내쉬었다.

해 질 무렵이 되자 멀리 르세라가 보였다. 붉은 노을을 몰고 나타난 배가 긴 부두에 닿았다. 배가 멈추자 율리아는 카루스의 손을 잡고 좁은 판자 위를 걸어 선창에 발을 내렸다.

"기다리지 마세요. 며칠 걸릴 거예요."

"그래서 언제 올 건데?"

"조약서 초안 정도는 만들어봐야 하지 않을까요. 본격적인 이야기는 데네브라 황비가 와야 진행될 테지만."

"기다리지."

카루스가 씩 웃더니 율리아의 손을 잡고 그녀의 손가락 끝에 입을 맞추었다. 함대의 배를 구경 나왔던 사람들이 얼굴을 붉히며 시선을 돌렸다.

율리아는 카루스의 시선을 피하지 않았다. 바람에 휘날리는 머리카락을 손가락으로 쓸어 올린 그녀가 그에게 바짝 다가갔다. 그러곤 야윈 뺨에 입술을 가져다 댔다.

"다녀올게요."

그저 담백한 인사였으나, 카루스의 귀엔 한없이 달콤하게 들렸다. 네 목소리가 달아서 큰일이라고 중얼거리는 그를 바라보며, 율리아가 말했다.

"가서 의사한테 치료나 제대로 받으세요. 붕대는 왜 다 풀어버린 거예요?"

"……그냥, 답답해서."

돌아왔을 땐 당신한테서 약 냄새가 안 났으면 좋겠다는 율리아의 말에, 카루스가 가볍게 웃음을 터뜨렸다.

율리아를 부둣가에 내려준 뒤, 카루스는 육지에서 조금 떨어진 바다 위로 되돌아왔다. 육안으로는 도시가 보이지 않을 만큼 적당히 먼 거리였다.

밤바다 위로 별의 강이 흐르고 있었다. 한동안 맑은 날이 계속될 거라던 병사들의 말이 떠올랐다.

카루스는 등불 밝은 갑판 위를 천천히 거닐었다. 그에게 다가와 말을 건네던 병사들도 하나둘 선실로 돌아가고, 밤을 지키는 자들만 남아 각자의 자리에 섰다.

낮에 율리아와 나란히 서 있던 자리까지 온 그가 난간에 기대 바다를 바라보았다. 한 병사가 다가와 그의 곁에 등불을 놓고 물러났다.

카루스는 한동안 그렇게 서 있었다.

언제였더라. 무혈 제독이라는 별명을 얻었을 때쯤이었나. 그때 카루스는 대륙에서 가장 강한 남자였고, 가장 위대한 사령관으로 불렸다. 하지만 그는 누구나 탐내는 명예를 얻고도 전혀 기뻐하지 않았다. 지위나 권력 같은 건 그에게 아무런 의미가 되지 못했다.

그에겐 그저 출렁이는 파도와 고요한 밤바다, 해가 뜨고 지는 수평선만이 전부였다. 격렬한 전투 후에 찾아오는 이 장엄한 평화가 좋았다. 인간을 무력하게 만드는 바다. 그는 자신이 종종 수면 위로 튀어

오르는 어린 물고기보다도 못한 존재라고 생각했다.

언젠가 자신에게도 죽음이 찾아온다면, 이토록 고요한 밤바다에서 죽는 게 좋을 것 같다. 막연히 그렇게 생각했다. 서부 해적들은 바다에 산 채로 던져지는 걸 가장 두려워했지만, 카루스는 그와 반대였다.

그는 죽어서라도 이 장엄한 평화에 속하고 싶었다.

바람이 불어 등불이 흔들렸다. 등불 그림자가 그의 팔에 드리워졌다. 카루스는 난간에 올려진 자신의 손을 바라보았다.

상처투성이인 손이었다.

셔츠를 걷어 팔을 드러내자, 검붉은 상처가 드러났다. 처음 베였을 때는 살점이 벌어질 정도로 상처가 깊었는데, 며칠 새 검은 피로 채워져 부풀어 올라 있었다.

팔을 들어 올리자 쓰디쓴 약초 냄새가 났다.

율리아가 알렉사의 박하 향에 취해 있어서 다행이었다. 그녀와 함께 있을 때 바람이 많이 불어서 다행이기도 했다. 그래도 완전히 감출 수는 없었지만.

카루스는 중독되었다.

마지막 전투에서 황제를 지키려던 정복군 기사들이 비겁하게 독을 바른 무기를 썼다. 그들의 공격을 몸으로 받아내며 돌파했던 카루스는 그 과정에서 많은 상처를 입었고, 몇 개의 상처에서 검은 피가 흐르며 살점이 부어올랐다.

의사는 그가 오래 살 수 없을 거라고 했다. 아무리 독한 약을 써도 시간을 늦추는 정도에 그칠 거라고. 팔에 입은 상처 하나라면 팔을 잘라내면 되지만, 그런 상처가 여러 군데였다. 중독된 피가 돌고 돌아

심장을 까맣게 채운 뒤에는 살 수 없을 거라 말하며, 그 기간이 일주일에서 열흘 정도라고 했다.

고통은 참을 수 있었다. 실제로 카루스는 율리아와 함께 티타니아 앞에서 보급로를 지나 배에 오르기까지 단 한 번도 아픈 기색을 내비치지 않았다.

그러나 그녀를 남겨두고 죽는 것만은 받아들이기 힘들었다.

율리아의 곁에 있고 싶었다. 함께 살고 싶었다. 그녀를 지키고, 그녀의 삶에 스며들고 싶었다. 남부의 따뜻한 바닷가에서 함께 늙어가고 싶었다. 왕궁 시녀 같은 건 이제 그만하라고 투정 부리면서, 때때로 배를 타고 바다로 나가 며칠씩 망망대해만 바라보며 살고 싶었다.

고단했던 그녀의 삶을 이야기하고, 죽은 아버지를 추억하면서.

하나뿐인 삶을 남들처럼 평범하게.

상처를 중심으로 점점 감각이 무뎌져갔다. 이제 시간이 얼마 남지 않았다. 이날은 그가 중독된 지 꼭 열흘이 되는 날이었다.

카루스는 자신이 죽기 전에 마지막으로 해야 할 일이 있다는 걸 알았다.

"어디 가십니까?"

"아무도 내려오지 못하게 해."

갑판 위를 벗어나 좁은 선실로 들어가며, 그가 부하들에게 명령했다. 충직한 병사들은 카루스가 황제를 만나러 간다는 걸 알곤 계단 입구에서 경비를 섰다.

선실 앞엔 아무도 없었다. 카루스의 지시였다. 크세노는 어차피 달아날 수 없는 처지였다. 그의 팔다리엔 굵은 쇠사슬이 채워져 있고, 쇠사슬의 끝엔 묵직한 쇠공이 연결돼 있었다.

문을 열고 들어가자, 벽에 기대앉아 있던 크세노가 눈을 떴다.

카루스가 먼저 입을 열었다.

"크세노."

문을 굳게 닫은 그가 황제에게 조금 더 가까이 다가갔다. 선실엔 창문이 하나였다.

창백한 달빛이 새어 들어와 카루스의 얼굴을 비추었다.

◆ ◦ ◦ ◦ ◆

르세라에 도착한 율리아는 곧장 프랑크 후작의 저택으로 안내되었다. 같은 날 도착한 레위시아와 코코가 그곳에서 그녀를 기다리고 있었다.

"후작께서는 언제 돌아오신다고 하던가요?"

"전령을 보내긴 했는데, 아직 정확한 일정은 모릅니다. 데네브라 황비 전하께서 황성에 들어가셨으니 후작님도 오래 지나지 않아 르세라로 돌아오시겠죠."

"새로운 소식은 최대한 빨리 알려주세요."

르세라의 관리들에게 재차 당부한 율리아가 저택 안으로 들어가 귀빈실의 문을 열었다.

코코와 레위시아가 소파 위에 축 늘어져 있었다.

목욕하거나 옷을 갈아입을 기운조차 없었는지, 두 사람은 전쟁터를 떠날 때와 별반 다르지 않은 차림새를 하고 있었다.

레위시아의 자랑이었던 긴 머리카락은 땀과 먼지로 한 덩어리가 되어 대충 묶인 채였고, 코코는 화장기 없는 얼굴에 젖은 수건을 올려놓고 팔다리를 아무렇게나 뻗고 누웠다.

두 사람을 시중들던 하녀가 괜히 어쩔 줄을 몰라 하더니 율리아에게 살짝 고개를 숙여 인사했다.

"괜찮으니까 나가봐."

"예, 아르테 백작님."

하녀는 욕실에 더운물을 받아놓았다는 말을 남기곤 서둘러 사라졌다. 갈아입을 옷도 한쪽에 준비되어 있었다.

"전하, 얼른 일어나서 씻으세요. 고단하시겠지만…… 이대로 잠들었다간 내일 전하한테서 구린내가 날지도 몰라요."

"이미 나고 있어."

"어서요.

"코코한테 먼저 하라고 해. 난 조금만 더 있다가……."

레위시아가 몸이 아파 도저히 일어날 수 없을 것 같다고 칭얼거렸다. 전쟁이 끝나 긴장이 풀리자마자 티타니아에서 르세라까지 강행군을 이어왔으니, 몸살이 나도 단단히 난 게 분명했다.

코코도 레위시아보다 더하면 더했지 덜하진 않았다. 투정 부릴 힘도 없는지, 그녀는 누워서 끙끙 소리를 내며 앓기만 했다.

손바닥으로 코코의 이마를 짚어본 율리아가 열이 난다며 가볍게 혀를 찼다.

율리아는 아까 내보냈던 하녀를 다시 불렀다. 그러곤 의사를 부르게 했다. 프랑크 후작의 저택엔 상주하는 의사가 여럿 있었고, 그중 하나가 서둘러 달려왔다.

"피로 때문입니다. 특별히 해드릴 게 없어 죄송합니다만…… 잘 먹고 푹 쉬는 것밖엔 방법이 없습니다."

"열은요?"

"내일이면 내릴 것 같긴 한데, 혹시 모르니 약을 지어드리겠습니다."

의사가 커다란 가방 안에서 몇 가지 약을 꺼냈다.

코를 찌르는 듯한 약 냄새가 방 안 가득 퍼졌다. 효과를 빨리 보려면 달여서 마시는 게 좋다며, 의사가 물에 약을 넣어 끓이기 시작했다. 진통 효과에 해열제와 영양제가 섞인 약이었다.

가만히 서서 그가 만드는 약을 바라보던 율리아가 문득 생각나는 게 있어 물었다.

"칼에 베인 상처에 바르는 약에서도 이렇게 독한 냄새가 나나요?"

"예? 그럴 리가요. 바르는 약은 냄새가 독하면 사람들이 싫어합니다. 특히 귀족들이 싫어해서, 어지간하면 냄새가 심하지 않게 만들지요."

"그런데 이거랑 비슷했어요. 코를 찌르는 것 같은 쓴 냄새에……바닷물 냄새가 섞인 것 같았어요. 약초인데 꼭 바다에서 건진 것처럼."

"예? 그건…… 이상하네요."

의사가 고개를 갸웃거렸다.

"정말 상처에 바르는 약이었습니까?"

"맞아요."

"먹는 약이면 모를까, 바르는 약에서 그런 냄새가 났다면 그건 해독제일 확률이 높아요. 독한 진통제에 해독용 생풀을 섞으면 그런 냄새가 나거든요. 꼭 비린내처럼 느껴지죠."

율리아의 얼굴이 빠르게 굳었다.

"해독제……?"

"독을 가진 뱀에 물리거나 해파리에 쏘였을 때 주로 그런 약을 씁니다. 그럴 땐 급하니까 냄새 같은 건 신경 쓰지 않거든요. 그러고 보니 병사 중에도 독에 당한 사람이 몇 있던데, 그분들한테서 맡은 냄새인가요?"

"독에 당한 사람이 있었어요?"

"티타니아에서 정복군이 썼다고 하던데요. 그 바람에 오늘도 한 사람이 죽었어요. 하여간 그놈들도 어지간히 급했나 봅니다. 독을 쓰는 건 금지되어 있을 텐데."

"죽었다고요?"

"못 들으셨습니까? 이동 중에도 여럿 죽었다고 알고 있는데……."

의사는 끝까지 말을 마칠 수 없었다. 율리아가 갑자기 방을 박차고 달려 나갔기 때문이었다.

"아르테 백작님?"

멀어지는 그녀의 발소리가 몹시 다급했다. 의사가 어리둥절한 얼굴로 활짝 열린 문을 바라보았다.

손가락 하나 까딱할 수 없다며 늘어져 있던 코코와 레위시아도 벌떡 일어나 서로를 바라보았다.

"부두까지 빨리!"

피가 다 빠져나간 듯 창백하게 질린 얼굴로 저택을 빠져나간 율리아가 마차를 타고 소리쳤다.

"빨리요!"

비명처럼 들리는 그녀의 목소리에 마부가 서둘러 마차를 출발시켰다.

치마를 꽉 쥔 율리아의 손이 덜덜 떨렸다.

아닐 거야. 아닐 것이다. 그건 그냥 진통제 냄새여야 한다. 카루스가 답답하다면서 붕대를 다 풀어버리는 바람에, 오래된 약 냄새가 우연히 비슷하게 난 것이다.

그는 아무렇지 않아 보였다. 배를 타고 오면서도 매일 율리아와 함께 식사하고 바다를 구경했다. 율리아가 크세노를 찾아갈 때마다 근처를 서성이며 그녀를 지켜보기도 했다.

"아니야."

율리아가 스스로 다짐하듯 중얼거렸다.

카루스가 독 따위에 당했을 리가 없었다. 그 남자는 무혈 제독이었다. 율리아가 아홉 번째를 사는 동안 단 한 번도 죽거나 쓰러진 적 없는 강한 남자였다.

그때 그녀의 머릿속에 어떤 장면이 떠올랐다.

크세노를 사로잡기 직전, 카루스는 달아나는 정복군을 헤집고 혼자 뛰어들었다. 그의 속도가 너무 빨라 기사들이 따라잡을 수가 없었다. 율리아를 지키기 위해 뒤쪽에 남아 있던 덩치 큰 기사가 당황해서 크게 소리를 질렀다.

율리아는 눈도 깜박이지 않은 채 카루스를 보고 있었다.

그가 수십 명의 정복군을 베어 넘기며 돌격하는 모습, 그를 향해 쏟아지는 무기들, 그리고 마침내 크세노에게 닿았을 때 카루스의 몸에 새겨져 있던 수많은 상처.

그는 그때 피투성이였다.

"아니야."

율리아가 또 한 번 중얼거렸다. 눈이 타는 듯 뜨거워지더니 맑은 눈물이 차올랐다. 떨리는 손끝에 눈물 한 방울이 툭 떨어졌다. 그러곤 이내 한꺼번에 흘러넘쳤다.

아니야. 율리아가 입을 꽉 다문 채 울음을 터뜨렸다. 그럴 리가 없었다. 아닐 수도 있는데, 자신의 과한 상상일 수도 있는데, 생각만으로도 가슴이 찢어지는 것 같았다.

울퉁불퉁한 길을 따라 전속력으로 달리던 마차가 부두에 다다랐다. 마부가 거의 다 왔다고 소리쳐 알려주었다.

철썩거리는 파도 소리가 들렸다. 짠 내 섞인 바람도 함께였다.

"위험해요!"

율리아는 마차가 완전히 멈추기도 전에 마차에서 뛰어내렸다. 깜짝 놀란 마부가 위험하다고 경고했지만, 그녀의 귀에는 닿지 않았다.

카루스의 군함은 이미 시야에서 완전히 사라진 뒤였다. 율리아는 그가 어디로 배를 몰고 갔는지도 몰랐다.

"배를…… 배를 타야 해요."

"왜 그러십니까?"

"저 앞, 수평선 너머에 리바이어던 함대의 배가 있어요. 거기로 가야 해요. 제발…… 도와주세요. 네? 뭐든지 드릴게요."

마부는 율리아가 오르테가에서 온 아르테 백작이라는 걸 알고 있었다. 그녀가 데네브라의 곁에서 시중을 들던 우아한 시녀님이라는 것도 알고 있었다.

그런 그녀가 사시나무 떨듯 온몸을 떨며 애원하고 있었다. 하얀 얼굴에 눈물이 가득했다.

이미 밤이 깊어지고 있었으나, 마부는 그녀를 돕기로 했다.

"따라오십시오!"

마부가 율리아를 억지로 마차에 태워 해군 기지로 향했다. 그러곤 아르테 백작께서 급하게 바다로 나가야 하니, 가장 빠른 배를 준비시켜달라고 부탁했다.

━ ◆ ∙∙∙ ◆ ━

크세노는 눈앞에 서 있는 카루스를 한동안 노려보았다.

그의 아름다운 얼굴과 건장한 몸, 그에게서 느껴지는 짐승의 기운과 서늘한 살기, 도무지 빼앗을 수 없었던 긍지까지.

"난 아무것도 말하지 않을 거야."

크세노가 여유를 가장하며 말했다.

"저주를 완성하는 방법이건, 저주를 끝내는 방법이건 아무것도 알려주지 않을 거다. 너희는 영원히 행복해지지 않을 거야. 나와 함께 이 가혹한 운명 속에서 끝까지 고통받겠지."

"크세노."

카루스가 한 걸음 더 가까이 다가왔다.

"단 한 번만이라도 솔직해져봐."

"뭐야. 내가 지금 거짓말이라도 하고 있다는 거냐?"

카루스가 물었다.

"붉은 산의 다이아몬드는 어디에 있지?"

크세노는 그의 질문을 이해할 수 없었다. 율리아도 그렇고 카루스까지, 두 사람이 왜 붉은 산의 다이아몬드를 찾는 건지 알 수가 없었다. 그들에겐 그 보석을 찾을 이유가 없었다.

"말했잖아. 그건 언젠가 나한테 돌아오게 되어 있다고."

"아직도 네가 그 보석의 주인인가?"

"도대체 무슨 말을 하고 싶은 거냐?"

크세노가 몸을 움직여 절그럭거리는 소리가 났다. 그는 쇠사슬의 길이만큼 움직일 수 있었으나, 그 끝에 매달린 쇠공 때문에 금세 다시 자리에 주저앉았다.

카루스가 그런 크세노를 가만히 응시하다 말했다.

"그럼 이게 왜 내 손에 있는지 설명해봐."

그가 쥐고 있던 주먹을 풀었다. 커다란 손바닥에 붉은 보석이 올려져 있었다.

불길한 빛깔을 요요하게 내뿜는 보석은 크세노의 눈에도 무척 익숙한 것이었다.

"그게 왜……."

붉은 산의 다이아몬드였다.

크세노의 호흡이 거칠어졌다. 그의 눈이 한계까지 뜨여 있었다. 붉은 핏줄이 터질 듯 부풀어 올라, 눈에서 피가 날 것 같았다. 보석을 보자마자 평정심을 잃은 크세노가 쇠사슬을 질질 끌어 카루스에게 다가왔다. 절그럭거리는 소리와 함께 쇠공이 반 바퀴 굴렀다.

"그게 왜 네놈에게 있지? 똑같은 가짜를 만들었나? 너야말로 솔직히 말해봐, 카루스 란케아. 그게 왜 네놈의 손에 있는지!"

"나야말로 알고 싶군."

카루스가 크세노의 눈앞에 얼굴을 들이밀고 물었다.

"말해 봐, 크세노. 네가 아직도 이 보석의 주인인가? 말해!"

"당연하지. 그건 내 것이다!"

"그런데 왜 내게 왔느냔 말이다. 왜! 전쟁이 끝나자마자 어느 날 갑자기 손아귀에 쥐여져 있었어. 가짜인 줄 알고 버렸는데, 다음 날에도 똑같이 내 손에 쥐여 있었단 말이다. 말해, 크세노! 너는 그 이유를 알잖아!"

"거짓말하지 마라! 그건 내 것이다! 내가 그 저주의 주인이야! 과거로 돌아가는 건 나란 말이다!"

"좋아. 그럼 이렇게 하지."

카루스가 뚜벅뚜벅 걸어가 선실에 하나뿐인 창문을 열었다. 차가운 밤바람이 안으로 흘러들어왔다. 그는 보석을 든 손을 창밖으로 내밀고 말했다.

"이걸 바다에 버리고, 이번에는 누구에게 돌아오는지 보자고."

안 돼. 크세노가 멍하니 한 손을 내밀었다.

하지만 무거운 쇠사슬 때문에 오래 버티지 못하고 금세 툭 떨어뜨리고 말았다.

"율리아, 너는…… 푸른 바다의 환초를 삼켰다지?"

"그건 왜 물어보세요?"

"그때 이야기를 들려줘. 어떻게 발견했고, 어떻게 삼켰는지. 푸른 바다의 환초는 네게 몇 번이고 돌아오거나 그러지 않았단 거지?"

"돌아오다뇨. 그걸 발견하자마자 빼앗길까 봐 얼른 입에 집어넣었어요. 그 뒤론 한 번도 본 적 없어요."

"한 번도?"

"네, 한 번도."

율리아는 저주를 삼켰다고 했다. 입에 넣은 뒤에는 물처럼 스며들어 두 번 다시 찾을 수 없었다고 했다. 삶을 반복하는 동안에도 마찬가지였다. 푸른 바다의 환초는 그렇게 율리아의 영혼에 스며들었다.

크세노는 달랐다.

붉은 산의 다이아몬드는 그에게 매번 돌아오긴 했어도, 그의 영혼에 스며들지는 않았다. 삶을 반복하면서도 늘 그의 주위를 맴돌았다. 처음 그 차이를 깨달았을 때, 크세노는 굉장히 불길한 가능성 하나를 떠올렸다.

붉은 산의 다이아몬드는 진짜 주인을 찾고 있었던 것일지도 모른다.

어쩌면 그가 진짜 주인이 아닐 수도 있다. '보석을 손에 넣은 자'가 '저주의 주인'이 아닐지도 모른다.

과거로 돌아가지 못할지도 모른다.

마지막 해적왕도 그랬다. 그는 광산 노예였던 대적자가 죽을 때마다 함께 회귀해 마침내 그를 찾아내기까지 했으나, 저주를 완성하지는 못했다.

대적자의 심장을 취해야 한다는 걸 알려준 자들은 북부 산지의 주술사들이었다. 그러나 전설이라는 게 으레 그렇듯, 그들이 하는 말은 여러 가지 상징적인 의미를 담고 있었다. 그가 모르는 다른 진실이 숨어 있을지도 모른다.

불안해서 견딜 수가 없었다. 율리아를 죽여 확인해볼까 했지만, 그때는 이미 전쟁이 시작된 지 한참이 지난 후였다. 이대로 율리아만 죽어 사라지고 자신은 과거로 돌아가지 않는다면, 크세노 이베르트 바이칸은 패배한 황제로 역사 속에 남게 된다.

그는 아무것도 돌이킬 수 없었다.

"언제부터지?"

카루스가 물었다.

"이 보석이 너를 떠난 게, 정확히 언제냐고 물었다."

대답할 수 없었다. 크세노는 더욱 굳게 입을 다물었다. 어떤 말로도 카루스를 속일 수 없다는 걸 알기 때문이었다.

붉은 산의 다이아몬드가 자신에게 돌아오지 않는다는 걸 깨달은 건 전쟁이 시작된 이후였다. 정확히는 밀수선을 타고 오르테가에 다녀온 뒤였다.

그래도 그때는 평소보다 조금 늦게 돌아오는 거겠거니, 여겼다. 데네브라에게 주었을 때처럼, 데네브라가 블라이스에게 주었을 때처럼 돌고 돌아 자신에게 올 거라고 막연히 생각했다.

한데 돌아오지 않았다.

그때부터 크세노는 아침마다 일어나 편집증 환자처럼 제 품을 뒤졌다. 몰래 사람을 시켜 보석을 찾아보게 하기도 했다. 도대체 언제 사라진 건가. 언제부터 돌아오지 않는 건가. 마지막으로 손에 쥐었던 기억은 분명 북부 전선이었다.

북부 패전국 연합이 평원을 앞두고 물러나 전쟁의 양상이 바뀌었을 때, 그날 이후부터 크세노는 붉은 산의 다이아몬드를 보지 못했다.

카루스가 창밖으로 내밀었던 손을 끌어당겼다. 그의 손가락 사이에서 피처럼 붉은 보석이 반짝거렸다.

"그렇군. 너는 율리아를 죽일 수 없어."

카루스가 안도의 한숨을 내쉬었다.

"이 보석은 더는 너를 주인으로 생각하지 않는 모양이고."

카루스는 거의 확신하고 있었다. 전쟁 중엔 긴가민가했는데 이제는 확실해 보였다. 율리아가 말한 대로, 황제는 과거로 돌아가지 못할까 봐 겁에 질린 상태였다.

"그럴 리가 없어."

"내 말이 사실이라면……."

카루스가 보석을 만지작거리면서 중얼거렸다.

"너를 죽여도 율리아는 죽지 않겠군."

카루스의 목소리는 으르렁거리는 짐승의 울음 같았다. 그가 거칠고 낮은 소리로 웃었다.

만약 자신의 추측이 사실이라면, 황제가 더는 이 보석의 주인이 아니라면.

죽일 수 있다.

크세노가 두 눈을 부릅뜨고 외쳤다.

"헛소리하지 마! 연인의 목숨으로 모험을 할 셈이냐? 카루스, 너는 절대 그렇게 못 해. 네 말대로라면 내가 죽어도 율리아는 저주를 완성할 수 없어! 그 여자는 영원히 고통받을 거야!"

"아니."

카루스가 고개를 저었다.

뭐라고 말해야 할까. 어떤 말로 협박해야 크세노가 진심을 털어놓을까. 카루스는 크세노를 속이기 위해 자신의 비밀을 먼저 내보이기로 했다.

그가 크세노의 눈앞에서 셔츠를 걷어 올렸다. 길게 베인 상처가 드러났다. 검게 변한 살점이 부풀어 올라 끔찍했다. 이제는 시커먼 멍이 팔 전체에 퍼져 가슴에 닿아 있었다.

그걸 본 크세노가 낮게 신음했다. 그의 몸이 가늘게 떨렸다.

"······중독되었나."

카루스는 죽음을 앞두고 있었다. 해적들에게 얻은 진통제와 의사가 준 약을 먹어가며 버티고는 있었지만, 곧 한계였다. 그는 자신의 심장이 점점 느리게 뛰고 있다는 걸 느끼고 있었다.

"크세노."

카루스가 황제 앞에 한쪽 무릎을 꿇고 앉았다. 그러곤 날카롭게 벼려진 칼을 꺼냈다.

"죽기 전에 하고 싶은 말이 있다면, 지금 해라."

들어줄 테니. 카루스가 관대한 척 말을 걸었다. 한때 대륙을 지배했던 황제의 유언이니 기록으로 남겨줄 수도 있을 것이다.

"허세 부리지 마라. 날 죽였다가 율리아도 죽어버리면 어떡하려고! 우리가 모두 과거로 돌아가버리면, 그땐 어떡하려고?"

"상관없다. 나도 곧 죽을 테니까."

율리아는 과거로 돌아갈 뿐 죽지 않고 살아남을 테니 상관없다고, 카루스가 말했다.

크세노가 기가 막혀 되물었다.

"율리아가 널 원망한다고 해도? 그래도 괜찮다고?"

"과거로 돌아가면 어차피 과거의 나와 만나게 될 것 아닌가. 원망은 그때 들으면 되겠지."

우린 다시 사랑에 빠질 테니까. 기억하지 못해도 상관없다. 카루스가 한마디 한마디를 내뱉을 때마다 크세노의 얼굴에서 혈색이 빠져나갔다.

카루스의 말은 거짓이었으나 크세노는 그걸 깨닫지 못했다. 그는 그처럼 깊은 사랑에 빠져본 적이 없었다. 누군가의 전부가 되거나, 누군가를 전부라고 여겨본 적도 없었다. 뭐가 거짓이고 진실인지 몰랐다.

그때 카루스가 몸을 구부리더니 입으로 검은 피를 쏟아냈다. 심장을 가득 채운 독이 그를 무너뜨리고 있었다. 이제는 정말 끝이었다.

크세노가 일그러진 미소를 띤 채 그에게 말했다.

"그래, 붉은 산의 다이아몬드는 나를 떠났어. 아무리 기다려도 내게 돌아오지 않았지. 카루스 란케아, 네가 그 보석의 새로운 주인이라면…… 어디 한번 그걸 삼켜봐!"

"뭐?"

"율리아처럼 입에 넣어 삼키라고! 그 보석은 진짜 주인을 만나면 그런 식으로 변하는 모양이니까. 삼켜! 망설일 필요 없잖아? 네가 진짜 주인이라면 네 영혼에 흡수될 거고, 그게 아니라면 결국 나처럼 되겠지!"

진짜 주인이라고?

카루스가 굳은 얼굴로 보석을 바라보았다. 크세노가 그를 향해 소리치고 있었다.

"기억하지 못해도 상관없다고? 그럼 그걸 삼키고 영원히 삶을 반복해봐! 과연 네가 그걸 감당할 수 있는지 시험해보라고!"

—◦•◦—

르세라 해군이 내어 준 쾌속선을 타고 부두를 떠난 율리아는 오래 지나지 않아 캄캄한 밤바다 한가운데서 리바이어던 함대를 찾을 수 있었다.

　배에 오른 그녀는 야간 경비를 서던 병사들에게 금세 둘러싸였다. 그들은 이 시간에 무슨 일이냐고 물었고, 눈물로 범벅이 된 그녀의 얼굴을 보곤 화들짝 놀라 카루스를 찾았다.

　"선창 밑 선실에 계신다고 합니다."

　크세노가 갇혀 있는 곳이었다.

　율리아는 그대로 달려서 계단을 내려갔다. 당황한 병사들이 어쩔 줄을 모르며 입구 밖을 서성거렸다.

　크세노가 갇혀 있는 선실 앞에 다다른 율리아가 천천히 숨을 골랐다. 안에서 카루스의 목소리가 조금씩 새어 나오고 있었다. 문은 굳게 닫혀 있었지만, 가까이 귀를 대면 그가 뭐라고 말하고 있는지 들을 수 있었다.

　심장이 불규칙하게 뛰었다.

　두 사람은 싸우고 있었다. 붉은 산의 다이아몬드가 카루스에게 있다고 했다. 크세노를 찾아가지 않고 갑자기 주인을 바꾸었다고.

　황제가 그 보석을 가지고 있지 않은 건 아닌지 의심하긴 했어도 그게 카루스를 따라다니는 줄은 몰랐는데.

　심장이 갈수록 세게 뛰었다. 가슴이 아플 정도로 크게 두근거렸다.

　두 사람의 목소리가 점점 커지고 있었다. 카루스는 크세노를 죽이겠다고 협박했고, 크세노는 그게 율리아의 죽음을 불러오면 어떻게 할 거냐고 물었다.

　비로소 크세노가 보석이 자신을 떠났다는 사실을 인정했을 때.

　카루스는.

　붉은 산의 다이아몬드를 삼키려고 했다.

그는 오래 고민하지 않았다. 손에 쥐고 있던 보석을 지그시 바라보는가 싶었는데, 금세 움직여 입가로 가져갔다.

"안 돼!"

율리아가 비명을 지르며 선실 안으로 뛰어들었다.

깊이 생각할 겨를도 없었다. 그녀는 쓰러지듯 안으로 달려들어가 카루스가 보석을 입에 넣지 못하게 막았다. 두 손으로 그의 손을 잡고 매달렸다.

"안 돼요, 제발……."

"율리아?"

율리아의 눈에서 눈물이 뚝뚝 떨어졌다. 그녀는 카루스의 몸에서 진하게 느껴지는 약 냄새를 맡곤 더 굵은 눈물을 떨어뜨렸다.

"당신까지 저주에 걸리게 할 수 없어요. 붉은 산의 다이아몬드가 당신을 선택했다고 해도…… 우리가 서로를 대적자로 여기면서 살 수는 없잖아요."

"괜찮아."

"카루스 님, 당신은 매번 날 살리는 구원자란 말이에요. 내 은인이라고요. 내가 여기까지 올 수 있었던 것도 전부 당신이 날 그 추운 산에서 구해줬기 때문인데……."

"율리아."

카루스가 그녀의 손을 꽉 잡았다. 그가 웃고 있었다. 그의 미소가 너무 다정해서 율리아는 울음을 그칠 수가 없었다.

"나는 괜찮아."

"카루스 님!"

"다음 삶으로 가서 우리가 죽음을 공유하게 된다고 해도 좋고, 내가 네 대적자가 되어 심장을 내어준대도 좋아. 네가 날 잊어도 견딜수 있어. 그렇게 해서 너를 그 고통에서 꺼내줄 수만 있다면…… 나는 뭐든지 할 수 있어."

"싫어요. 당신이 그런 고통을 겪게 할 수 없어요. 나로 충분해요. 아무도 이런 걸 겪어서는 안 돼요. 미안해요. 당신이 독에 중독되었다는걸 아는데, 이대로 놔두면 죽을지도 모른다는 것도 아는데……!"

원수를 앞에 두고도 얼음산 호수처럼 차갑고 잔잔하던 그녀의 영혼이 격렬하게 요동쳤다. 말라 사라진 줄 알았던 눈물이 쉴 새 없이 흘러내렸다. 앞이 제대로 보이지 않을 만큼 눈이 아팠다.

율리아는 카루스가 죽는 걸 두고 볼 수 없었고, 저주에 빠지는 것도 두고 볼 수 없었다.

카루스가 오열하는 그녀를 안고 달래듯 말했다.

"율리아, 나는 어차피 죽어."

"아니야. 방법이 있을 거예요. 분명 다른 방법이……."

"잘 들어. 내가 이걸 삼키고 나면, 바로 내 심장을 찔러."

율리아가 비명을 지르며 울었다.

"싫어요!"

"그게 가장 확실한 방법이야. 약속했잖아. 너를 지킬 거라고."

"싫어요……."

"율리아, 내가 맹세를 지킬 수 있게 해줘."

그가 불가능한 걸 자꾸 요구했다.

아홉 번의 삶을 거쳐 마침내 찾은 사랑. 첫 번째의 율리아가 사랑이라 착각했던 건 동경이었고, 그 후 몇 번이나 죽음을 반복한 뒤에야 그가 진짜 사랑임을 알았다.

세상의 많은 시인은 갖가지 언어로 사랑을 노래했다. 그들에게 사랑이란 어떻게든 정의하지 않으면 안 되는 숙제였고, 누구에게나 다른 형태로 찾아오는 숙명이었다.

율리아는 그에게서 이런 사랑을 처음 배웠다.

말이나 글로는 설명할 수 없는 사랑. 흔한 고백으로는 전할 수 없는 마음.

매일 더 깊은 마음으로 상대에게 다가가고, 매일 더 진한 색으로 물들어 가는 그런 사랑.

당신이 죽으면 나도 죽어요.

율리아는 그렇게 말하려고 했다. 그러니까 죽지도 말고, 그걸 삼키지도 말라고 말하려고 했다.

그러나 카루스에게는 시간이 없었다.

"하."

반쯤 일어선 채 두 사람을 바라보던 크세노가 짧은 탄식을 내뱉었다.

카루스의 입에 보석이 닿았다.

피처럼 불길한 붉음. 붉은 산의 다이아몬드는 그가 입을 벌리자마자 물처럼 형태를 잃고 그에게 스며들었다.

붉음이 안개처럼 흩어져 그의 입으로, 가슴으로, 영혼으로 빨려 들어갔다.

타는 듯 뜨거운 열기와 짜릿한 쾌감이 동시에 느껴졌다. 카루스는 이 보석의 이름이 왜 돌이킬 수 없는 사랑인지 절절히 깨달았다.

한 쌍의 저주가 마침내 진짜 주인을 찾았다.

56
연인

카루스 란케아는 익숙한 바닷가에 서 있었다.

이상했다. 조금 전까지 뭘 하고 있었는지 기억이 잘 나지 않았다. 세상이 물감처럼 뒤섞이더니 이내 다른 풍경으로 변했다.

손으로 머리를 짚으려고 했는데, 손가락에 뭔가가 걸려 있었다.

그는 누군가의 구두를 들고 있었다.

그의 손가락에 걸려 달랑달랑 흔들리는 신발이 가볍고 어여뻤다. 푹신한 모래사장 위에 흰 조개껍데기가 갖가지 모양으로 어여뻤다.

하얀 포말을 일으키며 밀려오는 파도와 멀리 높은 하늘을 나는 새, 뜨거운 햇살과 시원한 바람 모든 것이 어여뻤다.

한눈에 알 수 있었다. 이날은 율리아가 그에게 처음으로 마지막인 것처럼 살아보겠다고 약속했던 날이었다.

율리아.

카루스가 그녀를 불렀다. 소리가 되어 나왔는지는 알 수 없었다. 앞서 걷던 율리아가 걸음을 멈추더니 그를 향해 뒤돌아섰다.

깊이 요동치는 바다가 그녀의 눈동자에 갇혀 있었다.

이상했다. 율리아의 표정을 읽을 수가 없었다. 눈을 똑바로 마주하기 어려웠다. 고귀하고 장엄한 무언가가 그녀를 통해 그를 내려다보고 있었다.

율리아가 아니다. 그건 율리아가 아니었으나, 그녀와 똑같은 모습으로 나타나 그를 바라보았다.

전설 너머의 존재인가.

카루스는 그녀의 눈에 비친 자신이 모래알만큼 보잘것없는 존재임을 깨달았다. 이곳이 현실이 아니라는 것도 알게 되었다.

율리아가 손을 내밀었다.

카루스가 왼손을 내밀어 그녀의 오른손을 잡았다. 그의 손에 들려 있던 구두는 어느새 흰 모래 위에 가지런히 놓여 있었다.

그녀가 말했다.

"내 손을 잘라요."

카루스가 자신의 오른손을 내려다보았다. 구두가 사라진 손에 날카로운 칼이 쥐여져 있었다.

"내 손을 잘라요. 그러면 당신은 날 잊은 채 살아갈 수 있어요. 나는 죽어 과거로 돌아가겠지만, 이곳에 남은 당신은 계속해서 삶을 살아갈 수 있을 거예요."

카루스는 대답할 수 없었다. 성대가 없는 물고기처럼 그는 아무 소리도 낼 수 없었다.

"당신의 손을 잘라요."

율리아가 다시 말했다.

"당신의 손을 잘라요. 그러면 나는 당신을 잊은 채 살아갈 수 있어요. 당신은 죽어 과거로 돌아가겠지만, 나는 이곳에 남아 당신을 잊은 채 살아갈 수 있을 거예요."

그러고 싶지 않았다. 칼을 놓아버리려 했는데 손바닥에 붙은 것처럼 떼어낼 수 없었다. 꼭 자신의 손이 칼이 되어버린 것 같았다.

율리아가 마지막으로 말했다.

"아니면 차라리 내 손을 놓으세요."

그러면 어떻게 되는데.

"우리는 서로를 잊은 채 영원히 같은 비극을 반복하게 될 거예요. 모든 건 처음부터 다시 시작되겠죠."

카루스가 울며 부정했다. 그런 건 너무 잔인하다. 나 혼자 죽는다면 모를까, 율리아를 잊고 싶지 않다. 그녀를 잊은 채 살아가고 싶지도 않다.

잘못한 게 있다면 대가를 치르겠다.

이 삶이 끝난 뒤에 영원히 저주에 갇혀 산다고 해도 괜찮다.

율리아와 함께 단 한 번의 삶을 살아갈 수만 있다면, 무엇이든 하겠다.

그녀는 대답하지 않았다.

어차피 그가 선택할 수 있는 길은 하나뿐이었다.

카루스가 힘겹게 팔을 들어 칼을 자신의 손목에 가져다 댔다. 율리아를 과거로 돌려보내느니, 자신을 잊고 살아가게 하는 게 나았다. 그녀에게 그 아픔을 다시 겪게 할 수는 없었다.

과거로 돌아가 잊히는 아픔을 감당하는 건 자신의 몫이 되리라.

율리아, 나를 잊어도 괜찮아.

카루스가 마음으로 말했다.

내가 너를 찾을 거다. 너를 살리고, 보살필 것이다.

아무도 네게 상처 주지 못하게 온몸으로 막고 지킬 것이다.

고단했던 과거를 웃으며 추억할 수 있도록, 게으른 행복을 마음껏 누리게 하리라.

그렇게 한 번, 두 번…… 언제까지고 너만을 사랑할 것이다.

아마도 그 속에서 너는 내 삶의 유일한 구원자가 되겠지.

율리아가 카루스를 물끄러미 바라보았다.

그 순간 그녀의 눈동자 속에서 요동치는 바다가 그를 향해 밀려들었다. 어디선가 시원한 파도 소리가 들리는 것도 같았다. 배 위에서 처음 밤바다를 마주했을 때처럼, 장엄한 평화 속에 잠든 신화가 느껴졌다.

카루스는 전설을 떠올렸다.

대적자의 심장을 찌르면 저주를 완성할 수 있다던 이야기.

전설이란 와전되기 마련이다. 전하는 사람의 입맛에 맞게, 전해지는 사람의 취향에 맞게. 그렇게 조금씩 변해서 하나의 이야기가 된다.

어쩌면 저주는 그렇게 탄생했는지도 모른다.

심장이 뜨겁고도 차가웠다. 그는 자신이 아직 살아 있는 건지, 아니면 죽은 뒤인지도 알 수 없었다. 이곳은 현실이 아니기에 그는 죽음의 경계에서 자신이 만들어낸 환상을 마주하고 있는 걸지도 몰랐다.

그러니까 망설일 필요는 없었다.

카루스가 손목에 닿았던 칼을 되돌렸다. 이번에는 칼을 역수로 쥐고, 날 끝이 자신의 가슴에 닿게 했다. 심장이 있는 자리였다.

너를 잊는 것도.

네게 잊히는 것도.

율리아의 눈동자가 범람하고 있었다. 그녀의 얼굴을 한 거대한 존재가 그를 향해 손을 뻗었다.

왜, 이건 예상하지 못했어?

카루스가 단번에 자신의 심장을 찔렀다.

━ ∙ ◆ ∙ ━

율리아도 같은 바닷가에 서 있었다.

그녀를 인도하는 존재는 카루스였다. 그가 자신의 구두를 들고 뒷짐을 진 채 앞서 걸었다.

그의 손가락에 걸려 달랑거리는 구두가 어쩐지 가슴을 설레게 했다. 그가 지나간 자리에 일정하게 파인 발자국이 사랑스러웠다. 그 위를 똑같이 밟고 걸으면 이 넓은 바다에 그와 자신, 둘만 있는 기분이 들었다.

율리아는 허리를 구부려 작고 동글동글한 조개껍데기를 주웠다. 치마 주머니가 터지도록 가득. 그 사이엔 반질반질하고 푸르스름한 돌도 하나 섞여 있었다.

앞서 걷던 카루스가 걸음을 멈추었다. 그는 밀려오는 파도에 닿을 듯 말 듯 아슬아슬한 위치에 서서 그녀에게 손을 내밀었다.

율리아는 망설임 없이 그의 손을 잡았다.

카루스의 손에서 달랑거리던 구두가 흰 모래 위에 놓였다. 율리아는 구두를 신으려다가 고개를 들어 그를 바라보았다.

카루스의 검은 눈이 그녀를 응시하고 있었다.

까맣고 깊은 어둠이 보였다. 율리아가 갇혀 있던 마음의 감옥이 그 안에 있었다. 실패하고 절망했던 수많은 율리아가 그 안에서 새카만 비극을 품고 울었다.

언젠가 카루스가 열고 들어왔던 감옥이었다. 아무리 밀어내도 계속해서 두드려, 그는 마침내 그녀에게 닿았었다.

그가 말했다.

내 손을 자르면 너는 나를 잊은 채 살게 될 것이고, 네 손을 자르면 내가 너를 잊은 채 살게 되리라고. 죽은 사람은 과거로 돌아가 다시 시작하게 될 거라고 말했다.

율리아가 물었다.

"손을 놓으면 어떻게 되는데요?"

서로를 잊게 되리라. 영원히.

그리하여 한 쌍의 저주는 다시 새로운 주인을 찾아 떠돌게 될 것이다. 하나의 저주가 한 사람에게 깃들면 다른 하나의 저주가 상대를 찾아내고, 또 그렇게 죽음을 반복하고 서로를 증오하면서.

그렇다면 율리아에게도 선택지는 하나뿐이었다.

"아홉 번이나 겪은 일이에요."

열 번이라고 못할 게 없었다.

그녀는 과거의 율리아가 아니었다. 이제는 새로운 목표가 있었다. 원하는 삶이 있었다. 복수에 물든 악귀가 아니라, 율리아 아르테로 살겠다고 다짐했다.

레위시아의 시녀로, 코코와 알렉사의 벗으로, 카루스의 연인으로 살겠다. 아무것도 포기하지 않을 것이다.

율리아가 말했다.

"그를 만날 거예요."

사랑하고 또 사랑할 것이다. 당신이 나를 잊었대도 사랑할 수 있다. 이제는 그렇게 할 수 있다. 잊히고 싶지 않았지만, 그보다 더 강한 마음으로 당신을 원하게 됐으니까.

율리아가 칼을 들어 올렸다. 처음엔 자신의 손목에 갖다 대었으나, 이내 다시 떼어냈다.

그녀는 이 순간이 어떤 시험이라는 걸 깨달았다. 눈앞의 카루스는 진짜 카루스가 아니고, 잘라야 하는 건 손목이 아닐지도 모른다.

율리아가 카루스의 모습으로 나타난 존재에게 물었다.

"이걸 원해요?"

칼끝이 심장에 닿아 있었다.

자신을 위해 기꺼이 저주를 받아들이겠다는 남자를, 그 저주를 받아들이고도 모자라 심장까지 바치겠다는 남자를, 그녀는 절대 잊고 싶지 않았다.

그래서 망설임 없이 자신의 심장을 찔렀다. 칼날이 여린 살을 파고들어 심장에 닿게 했다. 슬프고 두려웠지만 이겨냈다.

"······!"

그런데 그 순간, 쥐고 있던 칼이 물거품처럼 투명해지더니 흔적도 없이 사라져버렸다.

그것으로 끝이 아니었다. 칼을 쥐고 있던 손과 그녀의 몸, 눈앞에 서 있던 카루스까지 전부 사라졌다. 흰 모래사장과 주머니 가득하던 조개껍데기, 가지런히 놓인 구두도 사라졌다.

모든 게 사라지고 있었다. 밀려와 부서진 파도가 거품만 일으키고 물러나듯, 온 세상이 제자리를 찾아 돌아갔다.

—◆・◆・◆—

조화를 이루며 살아가야 할 인간이 서로를 미워하며 싸우기 시작했을 때, 신은 그들을 시험하기 위해 하나의 보석을 둘로 나누었다.

그리고 그 보석이 선택하는 두 사람에게 시련을 안겨주었다.

지극히 사랑하는 사이라도 극복하기 어렵고, 지극히 증오하는 사이라도 헤어질 수 없게 만들었다.

언젠가 그 모든 시련을 극복한 자들이 나타나 두 개의 보석이 하나가 되길 기원하면서, 신은 두 개의 보석을 각각 바다와 산에 던졌다.

수많은 전설이 태어나고, 또 사라질 만큼 많은 세월이 흘렀다.

바다에 던져진 보석은 푸른 바다의 환초가 되었다. 산에 던져진 보석은 붉은 산의 다이아몬드라 불렸다.

세월이 흐르는 동안 두 개의 보석은 수많은 사람을 선택하고 포기하면서 그들을 시험에 들게 했다.

그리하여 언제부터인가 붉은 산의 다이아몬드가 '돌이킬 수 없는 사랑'이라는 이름으로 불리기 시작했을 때, 푸른 바다의 환초에게도 새로운 이름이 생겼다.

'연인'이었다.

56

아홉 번째의 율리아 아르테와
두 번째의 카루스 란케아

카루스는 자신이 한 번 죽었다는 사실을 깨달았다. 독에 중독돼 죽었을 수도 있고, 심장이 칼에 찔려 죽었을 수도 있었다.

하지만 그는 그 순간부터 자연스레 다시 살게 되었다. 과거의 한 장면에서 율리아의 모습을 한 존재와 만나 심장을 내어주는 선택을 한 뒤, 그는 한 번 죽음을 뛰어넘었다.

붉은 산의 다이아몬드는 사라졌다. 저주는 완성되었다. 그건 보석의 주인을 신으로 만들어주는 기회가 아니었다. 일종의 증명이었다. 저주의 완성은 곧 저주로부터의 해방이었다.

전설 너머의 존재는 보석을 통해 물었다.

인간은 사랑과 증오, 둘 중 무엇에 더 이끌리는 존재인가.

신이 어떤 결론을 내렸는지는 몰랐다. 하지만 카루스는 그 두 개의 보석이 다시는 이 땅에 나타나지 않을 거라고 확신했다.

"일어났어요?"

알싸한 약초 향을 뚫고 율리아가 다가왔다. 그녀는 의사가 지어준 약을 넓은 그릇에 물과 함께 넣고 섞었다.

"먹기 싫어."

"쓸데없는 소리 좀 하지 마세요."

"한번 찍어 먹어봐. 그게 얼마나 끔찍한 맛인지 알고 나면 너도 그렇게 말할 수 없을걸."

"후유증이 남는 것보다는 나아요."

율리아가 그릇을 내밀었다. 침대에 누워 있던 카루스는 말로는 투덜거리면서도 그녀가 내민 약을 남김없이 비웠다.

"신이 참 속 좁기도 하지. 이왕 살려줄 거면 상처와 독까지 다 없애주지 않고."

"그건 좀 동감이네요."

율리아가 카루스의 몸에 그어진 여러 줄의 상처를 보며 한숨을 내쉬었다.

흉터가 깊게 남을 것이다. 평범한 상처도 아니고 독을 바른 무기에 당한 상처였다. 저주를 완성한 뒤부턴 부풀었던 살점이 가라앉고 검은 멍도 사라지기 시작했으나, 그건 그가 괴물 같은 회복력을 가진 사람이기 때문이었다.

의사는 카루스가 살아 있는 게 기적이라고 말했다. 카루스도 그런 것 같다고 얼버무렸다. 율리아는 그가 한 번 죽은 순간부터 다시 살고 있다는 걸 알았지만, 다른 사람들에게는 전혀 내색하지 않았다.

두 사람은 아무것도 잊지 않았다. 과거로 돌아가지도 않았다.

"그럼 나는 두 번째인가."

카루스가 침대에 몸을 기대며 중얼거렸다. 그가 짓궂은 농담을 하고 있다는 걸 눈치챈 율리아가 두 눈을 가늘게 떴다.

"농담이 나와요?"

"살아 있는 게 믿어지지 않아서 그래. 자꾸 확인하고 싶어서."

"이게 마지막이에요."

"그래."

"우리 둘 다 마지막이에요. 다음은 없어요. 저주가 사라졌으니까요. 이제부턴 당신도 삶이 하나뿐인 평범한 사람처럼 살아요."

"난 항상 그랬어."

"자꾸 이상한 농담하지 말고요."

율리아가 카루스의 몸에 새 붕대를 감아주었다. 냄새가 덜 나는 연고를 발랐기 때문인지, 그에게서 느껴지던 쓰고 독한 냄새도 대부분 사라졌다.

"카루스 님."

율리아가 그에게 말을 걸었다.

약 기운이 도는지 카루스가 무거운 눈꺼풀을 손등으로 비볐다. 율리아는 그가 편히 누울 수 있게 베개를 받쳐주었다. 그러곤 그의 귓가에 속삭이듯 말했다.

"빨리 나아요."

우리 손잡고 해변으로 나가요. 평화 조약 같은 건 아무한테나 떠넘기고 오르테가로 돌아가요. 당신과 함께 저택을 꾸미고 싶어요. 저택 앞 바닷가로 나가서 맨발로 걸어요. 그날처럼 같이 작은 조개껍데기를 주워요.

카루스가 부드럽게 웃었다. 반쯤 잠들어 있는데도 그는 율리아의 손을 놓아주지 않았다. 그녀의 손가락을 자신의 손가락 사이에 얽어 가슴 위에 올려놓았다.

"율리아."

그러곤 잠에 취한 목소리로 말했다.

"이제부터는 네가 내 삶의 주인이야."

카루스는 빠르게 회복되었다.

그가 죽을 뻔했다는 사실을 알게 된 리바이어던의 기사들이 하루에도 몇 번씩 그의 침실을 찾아와 침묵시위를 벌이는 통에 잠자리가 뒤숭숭했다는 점만 제외하면 모든 것이 순조로웠다.

크세노 이베르트 바이칸은 카루스 란케아와 남부 연합의 전리품이었다. 그는 여전히 군함 깊은 선실에 갇혀 있었다.

여름이 코앞이었다. 오르테가는 이미 뜨거운 여름일 것이다.

하지만 율리아와 일행은 아직도 바이칸 서남부 르세라에 머무르고 있었다.

할 일이 태산이었다.

"안 돼."

코코가 단호하게 말했다.

"너만 오르테가로 돌려보낼 수는 없어. 나는? 나는 어쩌라고? 네가 카루스 란케아를 간호하면서 쉬는 동안 나는 잠도 줄여가면서 일했다고! 국가와 국가 간의 협약이야. 국제 조약이라고! 준비해야 할 문서가 한 보따리에, 협의해야 할 조항이 한 보따리인데!"

"그걸 왜 우리가 다 해요? 북부와 남부에서 독립 왕국 왕족들 모아놓고 하나씩 시키면 되잖아요. 바이칸에도 합리적인 방식으로 협상할 줄 아는 귀족들이 있을 거라고요."

코코가 꽥 소리를 질렀다.

"이게 다 레위시아 전하 때문이야!"

"전하께서 왜요?"

"이놈이랑은 술 마시다가 절친한 벗이 되고, 저놈이랑은 술 마시다가 이상한 사교 모임을 만들었어! 어떤 사람들은 전하의 외모에 반해 따라다니고, 또 어떤 사람들은 전하가 미혼이라서 따라다닌다고!"

한마디로, 레위시아가 왕족과 사절들 사이에서 가장 친화력이 높은 사람이란 뜻이었다.

코코는 도저히 레위시아를 말릴 수 없었다고 했다.

그는 이 평화 조약이 제대로 맺어지기만 하면 앞으로 한동안은 대륙에서 전쟁이 일어나지 않을 거라며, 그땐 잘생기고 인기 많은 왕이 최고가 될 거라고 말했다.

"음……. 틀린 말은 아니네요."

"카루스 란케아는 좀 어때."

간신히 짜증을 가라앉힌 코코가 뒤늦게 카루스의 안부를 물었다. 율리아는 그가 빠르게 회복되고 있다고 알려주었다.

"그럼 그 남자도 조만간 일하러 나올 수 있겠네?"

"코코! 카루스 님에게도 일 시키려고 물어본 거였어요?"

"그 남자를 의자에 멀거니 앉혀두기만 해도 협상이 우리한테 유리해질 텐데, 당연하지. 그런 보물을 왜 썩혀?"

"차라리 제가 할게요. 이리 주세요."

"율리아, 너 뭔가 착각하고 있는 모양인데."

코코가 사악하게 웃었다. 고양이 같은 그녀의 눈이 새침하게 휘어졌다.

"넌 이제 내 거야."

"그게 무슨 소리예요?"

"오르테가의 귀족에겐 의무가 있어. 왕궁 시녀에게는 더 엄격한 의
무가 있지. 난 네 상관이야. 지금까지는 네 저주 때문에 사정 봐주면
서 대충 부려먹었지만, 이제부터는 다를 거야."

율리아가 믿을 수 없다는 얼굴로 물었다.

"사정을…… 봐준 거였다고요?"

"넌 왕의 수석이야. 레위시아 전하의 일거수일투족이 네 책임이라
고. 전하께서 얼떨결에 왕이 된 데다 왕좌에 오르자마자 전쟁하느라
잊고 있었는데, 측근 시녀도 없이 혼자 다니는 왕족이 세상에 어디 있
니."

"코코가 있잖아요!"

"난 바빠!"

코코가 당당하게 책상 위에 가득 쌓인 서류를 가리켰다. 그녀를 쨰
려보던 율리아가 포기한 듯 맞은편 의자에 앉으며 투덜거렸다.

"……짜증 나."

"그러게 누가 귀족이 되래?"

"코코가요."

"그러게 누가 시녀 하래."

"코코가요."

코코가 깔깔 웃음을 터뜨렸다. 언젠가 그녀가 힌치 백작과 나누었
던 대화가 떠오른다면서, 왠지 아버지의 심정을 알 수 있을 것 같다고
했다.

"야, 율리아."

"왜요. 말 시키지 마요."

대답은 꼬박꼬박 잘만 하면서 말 걸지 말라는 율리아를, 코코가 살짝 흘겨보았다. 그러다 때마침 나타난 알렉사를 보곤 빠르게 일어나 소리쳤다.

"야! 너도 이리 와서 일해!"

"저는 그런 일 못 합니다."

"야, 알렉사! 야!"

"나중에 다시 오겠습니다."

"이리 와서 부채질이라도 하지 못해? 하다못해 옆에서 노래라도 불러! 너 혼자 노는 꼴은 못 봐! 야, 거기 안 서?"

"부채질하기엔 아직 이른 계절인 것 같은데요."

방 앞까지 왔던 알렉사가 복도 반대편으로 빠르게 걸었다. 코코는 보폭이 크고 걸음이 빠른 알렉사를 도저히 따라잡을 수 없었다.

금세 저만치 멀어지는 알렉사의 뒷모습을 보며, 코코가 깊은 한숨을 내쉬었다.

"저놈의 계집애, 처음부터 그냥 기사단으로 보내버렸어야 되는데……."

"기사단은 싫다잖아요. 시녀가 좋다는데, 쫓아내려고요?"

"칼 쓰는 애가 드레스 입고 할 게 뭐가 있다고."

"그냥 호위 시녀라고 생각해요."

율리아가 웃으며 건넨 말에 코코가 할 수 없이 고개를 끄덕였다. 알렉사는 이제 두 사람의 시야에서 완전히 사라진 뒤였다.

율리아를 괴롭히던 저주의 정체를 파헤치겠다며 오르테가를 떠났던 알렉사는 북부 패전국 연합에 합류하기 전에 바이칸 서북부 무스빌리에 들러 용병 대장 트리스탄의 도움을 받았다.

트리스탄이 가짜 신분증을 준비하는 동안, 알렉사와 맥스웰은 주벤 아르테의 혼적을 조사하는 한편 서북부 해군 기지에 억류되어 있는 리바이어던 함대와도 접촉할 수 있었다.

이제나저제나 제독이 돌아오기만을 기다리던 그들은 두 사람에게서 카루스가 황제에게 맞서려고 한다는 소식을 전해 들었다. 그래서 완벽하게 출정 태세를 갖춘 채 그의 명령이 떨어지기만을 기다릴 수 있었다.

이후 무스빌리를 떠나 북부 패전국 연합에 합류한 알렉사는 수차례 전훈을 쌓아 주술사를 만날 수 있었고, 그들이 평원을 넘어 운하까지 내려갈 수 있도록 전장에 숨통을 트였다.

그러곤 함대에 파견돼 있던 몇 명의 리바이어던 기사단과 함께 바이칸 동북부 란케아 영지로 향했다. 기사단을 데리고 전장에 합류하기 위해서였다.

그들은 마치 기다리고 있었다는 듯 인근 영지를 함락한 뒤 수도로 향하는 척 남쪽으로 진격하다가 남부 전선까지 올 수 있었다.

알렉사는 자신의 임무를 완벽히 수행했다. 그건 그녀가 아니었다면 누구도 해내지 못했을 일이었다.

남부 오르테가를 떠나 서북부 항구에서 북부 전선으로, 그리고 동북부 사막에서 다시 남부 전선으로, 대륙을 한 바퀴 돌아야 하는 강행군이었다.

하루도 허투루 쓰지 않고 그 긴 여정을 성공리에 이끈 알렉사는 레위시아와 카루스 다음으로 인기가 많았다. 리바이어던 기사단의 기사들로부터는 끈질긴 입단 제의를 받기도 했다.

알렉사가 사라진 방향을 응시하던 율리아가 한숨과 함께 말했다.

"고맙다고 말해야 하는데."

"아직도 못했어?"

"고맙다는 말만 하려고 하면 손바닥으로 귀를 막고 빙글빙글 웃으면서 도망쳐버려요. 걸음이 너무 빨라서 도저히 쫓아갈 수가 없단 말이에요."

"무혈 제독한테 잡아달라고 해."

"환자한테 그런 걸 어떻게 시켜요?"

"그 남잔 잡아줄걸."

코코가 웃으며 다시 자리에 앉았다. 그러곤 말없이 서류를 읽기 시작했다.

평화로웠다.

코코의 손가락 사이에서 몇 장의 서류가 팔락거렸다. 방 안을 맴도는 종이와 잉크 냄새, 살짝 열린 창문에선 시원한 바람이 불었다. 글씨를 쓸 때마다 들리는 사각사각 소리와 코코의 하품 소리. 모든 게 너무 평화로워서 비현실적으로 느껴질 정도였다.

전쟁이 끝났고, 저주는 사라졌다.

이게 다 꿈이면 어떡하지. 아닌 걸 알면서도 자꾸 그런 생각이 들었다. 이 모든 게 다 꿈이라면, 그때는 어떻게 하지.

환상 속 바닷가에서 카루스의 모습으로 나타난 신은 물거품이 되어 눈앞에서 사라졌다.

마지막 순간 율리아와 카루스는 같은 선택을 했다. 서로를 잊거나 잊히는 대신 자신의 심장을 바치려 했다.

아마도 간발의 차였을 것이다. 카루스가 그의 심장을 찌른 순간, 신은 율리아의 칼을 물거품으로 만들어버렸다. 그의 결단으로 율리아가 살았다. 저주는 그렇게 풀렸다.

율리아가 들고 있던 펜에서 검은 잉크가 한 방울 툭 떨어졌다. 멍하니 앉아 있다가 서류를 망친 그녀가 새 종이를 꺼내기 위해 기계적으로 몸을 일으켰다.

코코가 그런 율리아를 가만히 바라보았다.

"율리아."

"네?"

"봄의 첫날로 하자."

"뭘요?"

"네 생일."

율리아가 그게 무슨 소리냐며 눈을 깜박였다. 새 종이를 꺼내 자리에 앉는 그녀에게, 코코가 콧방귀를 뀌며 말했다.

"생일이라는 게 뭐 별거겠어? 그냥 태어난 걸 기념하는 날이잖아. 넌 언제나 겨울에서 봄으로 넘어가는 시기에 다시 시작했으니까, 그날을 네 생일로 결정하는 게 좋겠어."

"왜 그렇게 제 생일에 집착하는 거예요?"

"누구나 쑥스러워서 못하는 말이 있잖아. 좋아한다거나 사랑한다거나, 고맙다는 말. 선물은 그런 걸 대신하는 거 같거든."

"나한테 선물하고 싶어요?"

"그것도 있고."

코코가 한 손으로 턱을 괴고 말을 이었다.

"모여서 놀고 싶은데 마땅한 핑곗거리가 없을 때 써먹기도 좋지.

우리 적어도 계절마다 한 번씩은 파티를 열자. 레위시아 전하와 나, 너랑 알렉사. 이렇게 넷만 있어도 네 번은 놀 수 있어."

아무래도 코코가 일에 치인 나머지 무척 놀고 싶은 모양이라고, 율리아는 생각했다. 그래서 건성으로 고개를 끄덕였다.

"그래요. 봄의 첫날로 해요."

"너는 제일 좋아하는 꽃이 뭐야?"

좋아하는 꽃이라니. 율리아가 미간을 살짝 찡그렸다. 할 일이 태산이라고 할 때는 언제고 자꾸 뜬금없는 질문을 던지는 코코 때문에 영 진도가 나가질 않았다.

"좋아하는 꽃 같은 건 없어요. 꽃이야 뭐…… 죄다 거기서 거기 아닌가요. 다 비슷하게 예쁘고, 덧없죠."

"덧없으니까 예쁜 거야!"

"그럼 코코가 좋아하는 꽃을 좋아할게요."

"그런 게 어디 있어. 진지하게 생각해봐. 장미나 제비꽃 같은 것도 좋고, 등꽃이나 능소화도 예쁘지."

코코는 집요했다. 율리아는 그녀에게 만족할만한 대답을 해줘야 한다는 사실을 깨달았다. 그래서 서류를 작성하는 대신, 팔짱을 끼고 고민에 빠졌다.

꽃이라.

"코스모스가 좋아요."

"코스모스?"

"어릴 때 아버지랑 바닷가에 피어 있는 코스모스 꽃밭에서 놀았던 기억이 있어요. 제 귀엔 노란색 코스모스를 꽂고, 아버지는 붉은색 코스모스를 꽂았죠. 그러곤 저한테 춤을 가르쳐줬어요. 그땐 바보 같다고 비웃었는데…… 지금 떠올려보니 꽤 잘 어울렸었네요."

"그렇구나."

"코스모스가 정말 많았어요. 어릴 때라 거기가 정확히 어디였는지는 모르겠는데, 바람이 불 때마다 넓은 꽃밭이 출렁이던 게 생각나요."

코코가 빙그레 미소 지었다. 듣기만 해도 예쁜 기억이었다.

율리아가 그녀를 따라 웃으며 말했다.

"신기하죠. 아버지는 어머니가 살아 있는 과거로 가고 싶어서 보석을 찾아 헤매었는데, 정작 그 보석을 손에 넣은 나는 과거로 돌아가기 싫어서 저주를 풀어버렸어요."

"그럼 이제 내가 널 잊어버릴 일은 없는 거지?"

율리아가 고개를 끄덕였다. 이제는 그녀가 죽더라도 코코에게 잊히지 않을 것이다. 다시 시작할 수 없으니까.

"맞아요."

"좋아. 그럼 이제 마음껏 가까워져도 되는 거지? 잊거나 잊힐까 봐 두려워하지 않아도 되는 거잖아. 그러면 내가 네 생일을 만들어 챙기고, 네가 좋아하는 꽃으로 목걸이를 만들어도 되겠네. 매일 네가 좋아하는 과자를 사서 출근하는 것도 좋겠고."

"네?"

"두고 봐. 이전 삶의 내가 너한테 얼마나 중요한 친구였는지 몰라도, 그딴 계집애한테 질 순 없지."

자기 자신을 그딴 계집애라고 말한 코코가 살짝 열려 있던 창문을 활짝 열었다.

창밖에서 알렉사가 고개를 내밀었다.

"저도 그렇습니다."

짧게 자른 은발이 알렉사의 이마 위로 흘러내렸다. 코코가 손을 뻗어 그녀의 흐트러진 머리카락을 정돈해주었다. 알렉사가 간지럽다며 눈매를 찡그리고 웃었다.

험한 여정에 거칠어진 그녀의 머릿결이 안타까웠던지, 코코가 마음에도 없는 잔소리를 퍼붓고 있었다.

"그렇구나."

그 모습을 멍하니 바라보던 율리아가 저도 모르게 중얼거렸다.

"이 모든 게…… 마지막이네요."

찰나. 순간. 눈 깜빡할 사이. 그 짧은 시간에만 존재하는 모든 것이 소중했다.

알렉사의 미소와 코코의 잔소리, 봄에서 여름으로 넘어가는 르세라의 풍경. 전부 다시는 돌아오지 않을 것이다. 그저 세 사람의 기억에만 남아 있다가 언젠가는 그마저도 흐릿해지리라.

알렉사에겐 창밖에서 코코와 율리아의 대화를 엿듣다 들킨 기억으로 남을 것이고, 코코에겐 율리아에게 생일을 지정해준 기억으로 남을 것이다.

나는 어떻게 기억할까.

왈칵 눈물이 쏟아질 것 같았다.

그저 너무 소중했다. 하나라도 놓치고 싶지 않았다. 영원히, 선명하게 기억하고 싶었다.

내 기억력이 지금보다 더 좋았으면 좋겠다. 이제부터는 죽을 때까지 아무것도 놓치고 싶지 않았다. 그동안엔 복수 따위에 매달리느라 쓸데없는 기억으로 가득했지만, 앞으로는 달라질 것이다.

율리아의 눈동자에 눈물이 차올랐다. 펜을 쥔 손끝이 떨려, 새 종이 위에 또 잉크가 번졌다.

"야, 너 빨리 들어와서 일하지 못해?"

"차라리 부채질을 시키세요."

코코와 알렉사가 창문을 사이에 두고 장난을 치고 있었다. 율리아가 두 사람에게서 시선을 거두었다. 우는 걸 들키지 않으려고 고개를 숙였더니 종이 위에 눈물이 떨어져 잉크 자국이 더욱 크게 번졌다.

"야, 너 울어?"

"율리아, 울어요?"

코코가 벌떡 일어나 율리아에게 다가왔다. 알렉사는 창문을 뛰어넘어 안으로 들어왔다.

우냐고 물어보니까 정말 울음이 나왔다. 눈물만 한두 방울 떨어지고 말 거라고 여겼는데, 율리아는 어느새 서럽게 소리를 내어 울고 있었다.

알렉사가 어쩔 줄 몰라 하며 손수건을 찾았다. 코코가 너는 어떻게된 시녀가 손수건도 안 가지고 다니냐고 꽥 소리를 질렀다. 그러는 코코도 손수건이 없었지만, 그걸 지적할 정신이 없었다.

율리아가 더 큰 소리로 울었다.

고맙다고, 미안하다고 말하고 싶은데 말보다 울음이 세게 나왔다.

율리아가 좀처럼 울음을 그치지 못하자, 코코가 결국 그녀를 세게 껴안았다.

"이 골치 아픈 계집애."

"……."

"이제 괜찮아."

코코의 눈이 붉었다. 맑은 주홍색 눈동자에 투명한 눈물이 차올랐다. 꽉 잠긴 소리로 율리아를 달래던 코코도 끝끝내 눈물을 툭 떨어뜨렸다.

괜찮아, 율리아. 이제 괜찮아.

우리 같이 살자.

율리아를 달래는 코코의 목소리가 점점 잦아들었다.

알렉사가 조용히 창문을 닫았다. 누가 보지 못하게 커튼을 치고, 응접실로 통하는 문도 닫았다. 그러곤 율리아와 코코의 곁에서 말없이 두 사람을 지켰다.

—◄·•·►—

선실은 고요했다. 밖에서 들리는 파도 소리가 아니었다면 자신의 심장 소리를 들을 수 있었을지도 모른다.

크세노는 어두운 선실에 앉아 율리아를 생각했다.

저주를 완성한 그녀는 그것이 각성이 아니라 해금임을 알려주었다. 인간은 결국 신에 닿을 수 없었다. 크세노가 보석의 선택을 받아 그녀의 심장을 취했다 해도 이룰 수 없는 소원이었다.

처음엔 믿을 수가 없었다. 율리아와 카루스가 뭔가 잘못했으리라고 생각했다. 그래서 화를 내며 캐물었으나, 그들은 대답해주지 않았다.

크세노는 카루스가 죽지 않고 멀쩡하게 살아났다는 걸 확인한 뒤에야 깨달았다.

모든 게 끝났다는 걸.

그는 이제 과거로 돌아갈 수 없었다. 신의 능력을 손에 넣을 수 없었다. 정복 황제가 될 수 없었다.

크세노 이베르트 바이칸은 졌다. 처참하게 패배해 아무것도 손에 남지 않았다. 바이칸 제국은 데네브라 섭정왕의 손에 넘어가 그의 자식인지 아닌지도 알 수 없는 아이에게서 혈통을 잇게 되었다.

북부 패전국 연합에 지고, 르세라 방어군과 반 황제파에게 졌다. 남부 연합은 그를 짓밟고 사로잡기까지 했다.

'어디서부터 잘못된 걸까.'

크세노는 선실에 갇혀 있는 동안 계속 같은 생각을 했다. 자신은 언제, 어느 순간부터 잘못된 선택을 했던 걸까.

붉은 산의 다이아몬드가 그의 수중에 있는 동안에 대륙 정벌을 마무리 지었어야 했나. 카루스를 견제하지 말고 가까이에 두고 의지했어야 했을까. 아니면 데네브라와 결혼한 게 잘못이었나.

율리아 아르테를.

지켰어야 했나.

자꾸만 그런 생각이 들었다. 푸른 바다의 환초가 선택한 사람이 율리아라는 걸 처음 알았을 때, 그녀를 지키는 일에 모든 걸 걸었다면 어땠을까 하는 생각.

만약 율리아가 카루스와 사랑에 빠지기 전에 우리가 만났다면 어땠을까. 그녀의 소원이었던 복수를 이뤄주고, 죽지 않게 지켜주고, 함께 저주를 이겨내기 위해 애썼다면.

붉은 산의 다이아몬드는 여전히 내 손에 남아 있었으려나.

실소가 흘러나왔다. 전부 쓸데없는 생각이었다. 말도 안 되는 억지였다.

크세노는 자신이 조금씩 미쳐가고 있는 게 아닐까 의심했다.

규칙적으로 들리는 파도 소리가 그의 마음을 지배하고 있었다. 이제는 가슴 속에 심장이 아니라 바닷물이 가득 차서 출렁거리는 것 같았다. 철썩철썩하는 소리가 들릴 때마다 조금씩 물에 젖어 저 깊은 밑바닥으로 가라앉는 기분이 들었다.

그에게 저녁 식사를 가져다주었던 병사가 말했다.

"곧 포로 협상이 시작될 겁니다. 레위시아 국왕은 화해의 의미로 당신을 바이칸에 넘기기로 했고, 데네브라 섭정왕은 당신을 인계받아 북부 패전국 연합에 넘기겠다고 공언했습니다. 몸값을 내겠다는 사람이 없으니 포로 신분으로 승전국의 전리품이 될 겁니다."

자신은 처형될 것이다.

크세노 이베르트 바이칸은 북부의 원수였다. 그가 가장 활발하고 잔악하게 정복 전쟁을 벌였던 곳이 북부였기 때문이다.

북부 패전국 연합이 매번 그렇게 똘똘 뭉쳐 제국에 반기를 들었던 건 크세노와 제국에 대한 복수심의 작용이었다.

공개 처형에 이어 효수되려나.

크세노는 효수된 자신의 모습을 떠올려보다가 웃음을 터뜨렸다. 덥수룩하게 수염이 자란 얼굴에 갇혀 있는 동안 제대로 먹지 못해 비쩍 마른 몸, 심지어 씻지도 못해 꼴이 엉망이었다.

아마 여느 죄수와 다르지 않을 것이다. 지저분하고 볼품없고, 끔찍하겠지. 그가 지금까지 수없이 죽여왔던 수많은 사람과도 다르지 않을 것이다. 지극히 평범하고, 보잘것없으리라.

벽에 기대어 앉아 있던 크세노가 힘겹게 몸을 일으켰다. 굵은 쇠사슬이 질질 끌려 절그럭거리는 소리가 났다. 긴 시간 갇혀 지냈더니 이제는 쇠사슬을 끄는 것조차 힘에 부쳤다.

'티타니아로 돌아가고 싶었는데.'

만약 원하는 과거로 돌아가 언제든 삶을 다시 시작할 수 있게 된다면 그는 꼭 20여 년 전의 티타니아로 돌아가고 싶었다.

그의 첫 패배.

처참하게 패배한 것도 모자라 그 사실을 숨기고자 사실을 왜곡하고 역사를 날조했다. 그 일은 오래도록 크세노의 가슴에 남았다.

수치심은 분노로 표출된다. 그는 남부 연합을 용서할 수 없었다.

남부를 지배하려면 그때 참전하지 않았던 오르테가의 복종이 필요했다. 그들을 이용해야 했다. 그래서 겁많은 왕을 무릎 꿇려 보호 동맹이란 이름 아래 속국으로 삼았다. 그 사실을 잊지 않으려 티타니아에 아칸더스라는 새 이름까지 붙였다.

물론 전부 소용없는 짓이었다.

간신히 몸을 일으킨 크세노가 쇠사슬을 질질 끌어 창가로 다가갔다. 선실에 하나뿐인 작은 창은 반쯤 열려 있었다. 그는 두 팔에 매달린 쇠공을 하나씩 끌어 창가로 옮겼다. 쇠사슬에 묶인 손목에서 피가 묻어나왔다.

또 율리아 생각이 났다.

여섯 번째의 율리아 아르테. 지난 삶의 모든 죽음을 더한 것보다 더 힘들었다던 여섯 번째의 죽음.

네가 나라면, 율리아.

크세노가 중얼거렸다. 그는 이제야 진심으로 율리아의 마음을 이해했다.

"네가 나라면……."

크세노가 쇠공 하나를 끌어안고 들어 올렸다. 팔다리가 부들부들 떨릴 정도로 무거웠다. 그래도 그는 포기하지 않고 온 힘을 다해 쇠공을 들었다. 그러곤 힘겹게 창틀에 올려놓았다.

어지러웠다. 침과 함께 위액을 게워낸 그가 입을 닦을 새도 없이 또 하나의 쇠공을 들어 올렸다. 그렇게 3개의 쇠공을 창틀에 올리고 마지막 하나를 품에 안았다.

온몸이 덜덜 떨렸다. 이가 딱딱 부딪치며 시끄러운 소리를 냈다. 흐으, 신음과 울음이 동시에 흘러나왔다. 너무 무서워서 제정신이 아니었다.

그래도 어쩔 수 없었다. 그에겐 방법이 없었다.

이대로 시간을 끌었다간 누구에게라도 살려달라고 울며 매달리게 될 것이다.

크세노는 자신의 영혼이 산산이 부서지는 기분을 맛보았다. 너무 무서워서 고통마저 둔감해졌다. 이제는 분노조차 느껴지지 않았다.

그가 안고 있던 쇠공을 창밖으로 떨어뜨렸다.

묵직한 쇠공이 아래로 떨어지며 손목이 부러졌다. 아픔을 느낄 새도 없이 그의 몸과 함께 두 번째와 세 번째 쇠공이 미끄러졌다.

그는 첨벙 소리와 함께 빠르게 물속으로 가라앉았다. 마지막까지 창틀에 남아 있던 쇠공은 크세노가 물에 닿을 때쯤 그의 몸 위로 떨어졌다.

차가운 바닷물에 흰 거품이 일었다. 4개의 쇠공이 크세노를 데리고 저 깊은 밑바닥까지 떨어졌다.

그가 떨어진 곳에 일어났던 거품은 금세 흔적도 없이 가라앉았고, 그가 일으켰던 잔물결도 거친 파도에 뒤섞여 사라져버렸다.

그를 찾는 몇몇 새들만이 하늘 위에서 날갯짓을 이어갔다.

━ ◆ ◆ ◆ ━

크세노 황제가 죽었다는 사실을 가장 먼저 알게 된 사람은 카루스였다.

"창문을 열고 쇠공을 떨어뜨렸습니다. 창틀엔 쇠사슬로 긁힌 부분이 있고, 바닥부터 핏자국이 이어져 있었습니다. 그 외에 다른 흔적은 없는 것으로 보아, 쇠사슬에 묶인 채로 떨어진 게 확실합니다."

"……그렇군."

"수색할까요?"

"내버려둬."

황제가 살아 있을 가능성은 없었다. 병상에서 일어난 카루스가 선실로 내려갔다. 열린 창문과 창틀에 이어진 핏자국을 확인한 그가 고개를 끄덕였다.

"르세라로 가서 레위시아 국왕에게 이 사실을 알려야겠다. 서둘러라."

"알겠습니다."

카루스의 부하들이 빠르게 움직였다.

감시해야 할 황제가 죽었으니 더는 바다 한가운데 배를 띄워놓지 않아도 되었다. 카루스는 부하들에게 르세라에 닻을 내리라고 명령했다.

반나절 뒤 커다란 군함이 르세라 부두에 정박했다. 소식을 들은 레위시아가 직접 부두로 달려 나왔다.

"황제가 죽었어?"

"그래."

"그 미친놈이…… 아무것도 마주하지 않고, 그냥 죽어버렸다고?"

"그래."

"아니, 최소한 저를 섬기던 자들에게 마지막 인사라도 남겨야 하는 거 아니야? 바이칸엔 아직도 황제의 측근들이 남아 있는데 그들에게 한마디 말도 없이 그냥 죽었다고? 하다못해 그들에게 피해가 가지 않도록 항복 선언이라도 해야지! 그건 도망친 거잖아. 그냥 도망친 거야!"

카루스가 짜증스레 고개를 끄덕였다.

"그렇다니까."

레위시아가 이를 악다물고 중얼거렸다.

"끝까지 나쁜 새끼……."

그들은 크세노를 용서할 수 없었다. 한 나라의 국왕이며, 사령관이었기에 더욱 그랬다.

전쟁에 졌어도 황제가 해야 할 일은 많았다. 항복 선언과 함께 섭정왕에게 권력을 이양하는 모양새라도 갖추어주면, 그를 따르던 자들은 앞으로도 바이칸에서 귀족으로 살아갈 수 있었을 것이다.

레위시아가 카루스에게 물었다.

"그가 죽는 모습을 봤어?"

"아니. 아무도 없을 때 스스로 물에 빠져 죽었다."

"그럼 이렇게 하자."

레위시아가 카루스에게 바짝 다가와 속삭였다.

"실종됐다고 해."

"뭐?"

"바다 한가운데에서 사라졌다고. 죽었을 확률이 높지만, 기적적으로 살아 있을 수 있다는 식으로."

"왜 그래야 하는데?"

"황제가 죽었어도 바이칸은 제국이야. 정복군은 언제든 다시 조직될 수 있지. 이 혼란이 가라앉으면 분명 어디선가 제2, 제3의 크세노 황제가 나타날 거야."

레위시아는 여우 같은 왕이었다. 그를 곁눈질하던 카루스가 피식 웃으며 말했다.

"죽은 황제의 유령이 미래의 폭군을 억누른다는 건가."

누군가 또다시 정복 황제가 되려 한다면 그는 크세노의 유령과 먼저 싸워야만 할 것이다. 바이칸엔 크세노에게 충성하는 자들이 아직 많이 남아 있었다. 황제가 살아 있을 수도 있다고 그들이 생각하는 이상, 한동안 또 다른 폭군은 나타나지 않으리라.

"비겁한 도망자라고 발표하고 싶었는데."

카루스가 쯧, 혀를 차며 말했다.

"네 생각이 좀 더 나을 것 같네."

심지어 데네브라와 반 황제파를 견제할 수도 있었다. 바이칸은 사분오열될 거고, 상대적으로 북부와 남부는 빠른 안정기에 접어들 것이다.

카루스가 부하들을 불러 말을 맞추라고 지시했다. 기사들은 어려울 것 없다는 얼굴로 묵묵히 고개를 끄덕였다.

크세노 이베르트 바이칸.

제국의 학자들은 그를 최초의 통일 황제로 역사에 기록될 위인이라 칭했다. 반대로 점령 국가에선 그를 학살자 혹은 폭군이라 부르며 손가락질했다.

누군가는 그를 제왕적 기질을 타고난 우두머리 사자와 같다고 표현했으며, 누군가는 그를 인격적으로 문제가 있는 탐욕가라 불렀다.

저보다 뛰어난 부하를 향한 시기심 그리고 저주에의 집착.

이 두 가지가 없었더라면 크세노 이베르트 바이칸은 정말로 대륙을 통일하고 최초의 정복 황제로서 이름을 떨쳤을지도 모르는 일이었다.

"카루스, 식사나 같이하고 가."

레위시아가 긴 머리카락을 한쪽으로 모아 늘어뜨리며 물었다. 그의 희고 긴 손가락 사이에서 부드럽게 휘어지는 금발이 반짝반짝 빛났다. 은은한 등불을 받고 서 있는 자태도 몹시 고왔다.

카루스가 묘한 눈으로 그를 보며 대답했다.

"여태 굶었어?"

"쫓아다니는 것들이 많아서 어쩔 수 없었어. 이 새끼랑 먹으면 저 새끼가 들러붙고, 저 새끼랑 먹으면 그 새끼가 들러붙어서."

"왕이 말하는 꼬락서니가 참······."

"그러는 너는 왕한테 말하는 싸가지가 참······."

레위시아가 흰 눈을 뜨고 카루스를 노려보았다.

그렇게 투덜거리면서도 두 사람은 함께 마차에 올랐다. 거리는 안

전했다. 오르테가와 남부 연합이 르세라를 점령하다시피 하고 있었기에 그들을 위협할 만한 자들도 남아 있지 않았다. 마차는 고요한 밤거리를 달려 영주 성으로 향했다.

카루스가 의자 등받이에 깊이 몸을 기댔다. 많이 회복되긴 했어도 그는 여전히 환자였다. 아직은 예전처럼 자유롭게 움직일 수 없었다. 의사가 단단하게 묶어놓은 붕대도 답답했다.

그의 몸에서 알싸한 약 냄새와 함께 은은한 박하 향이 났다. 알렉사가 좋아해 율리아도 함께 쓰는 입욕제 냄새였다.

레위시아가 팔짱을 낀 채 카루스를 노려보며 입을 열었다.

"야, 변절자 카루스."

"왜 또 시비냐."

"오르테가에 란케아 영지를 내어줄 테니, 완전히 이주해."

레위시아는 꼭 아끼는 사탕을 억지로 내어주는 어린애처럼 말했다. 카루스가 실소를 터뜨리며 물었다.

"오르테가는 작은 나라야. 이번 협상에서도 영토 욕심은 내지 않겠다고 했다며? 나한테 영지를 주려면 누군가의 것을 빼앗아야 할 텐데, 그러면 너에게도 좋지 않을 거라는 건 알고 하는 말이겠지?"

"지금 내 나라가 작다고 무시하는 거냐?"

"사람 말을 그런 식으로 곡해해서 듣는 건 누구한테 배운 거냐."

"코코."

레위시아가 당당하게 대답했다. 투덜거리던 카루스가 또 한 번 실소를 터뜨렸다. 코코의 이름을 방패처럼 쓰는 그에게서 율리아의 모습이 보였다.

"영지는 됐어. 작위도 필요 없고."

"뭐? 진짜?"

"난 그냥 율리아가 있는 곳에서 살 거야. 그거면 돼."

카루스는 그렇게 말하고 입을 다물었다.

율리아가 숨 쉬고, 머무르고, 오가는 곳에서 살 것이다. 아침저녁으로 그녀를 안고 뺨에 키스할 수 있다면 그곳이 어디든 상관없었다.

그는 자신을 뿌리 없는 나무라고 생각했다. 기댈 곳만 있으면 아무 데서나 자라나는 덩굴처럼, 율리아의 곁에서만 뿌리를 내리고 살 것이다.

레위시아도 한동안 말이 없었다. 마차 안에서 마주 앉은 둘은 각자 다른 곳을 바라보며 같은 사람을 떠올렸다.

카루스는 무릎에 놓인 자신의 손을 응시하며 율리아를 생각했고, 레위시아도 그런 카루스를 노려보며 율리아를 생각했다.

대도시치고 르세라의 길은 울퉁불퉁한 편이었다. 그다지 빨리 달리는 것도 아닌데 마차가 자꾸 흔들렸다.

레위시아가 입을 꾹 다물고 심호흡했다. 그는 지금 자신의 속이 불편한 건 마차가 너무 흔들리기 때문이라고 몇 번이고 되뇌었다. 카루스가 율리아와 함께 살 거라고 말했기 때문이 아니라고.

그런데 카루스가 대뜸 그에게 말을 걸었다.

"하고 싶은 말이 있으면 해."

"뭐?"

"어디 멀리 꺼지라고 해도 되고, 차라리 눈에 띄지 말고 숨어 살라고 해도 되고. 화풀이하거나 욕을 해도 돼."

"개소리."

레위시아가 크게 개탄하더니 곧바로 혀 차는 소리를 냈다. 그는 고개를 한쪽으로 삐딱하게 기울인 채 카루스를 쳐다보았다.

꺼지라고 할까. 눈에 띄지 말고 숨어 살라고 할까. 욕을 하고 때려라도 볼까. 별의별 생각이 다 들었다. 그가 그러라고 했으니까, 걸쭉하게 욕이나 한바탕 늘어놓을까. 그러면 속이 좀 후련해지려나.

그때 카루스의 상처가 시야에 들어왔다. 대부분은 옷과 붕대에 가려 보이지 않았지만, 거의 다 아물어 밖으로 드러난 부분도 있었다.

레위시아도 카루스가 마지막 전투에서 어떤 모험을 했는지 알고 있었다. 그가 목숨을 걸고 율리아의 저주를 풀었다는 사실도 전해 들었다. 어떻게 그럴 수 있었는지는 몰랐지만, 죽을 뻔했다는 것 정도는 알았다.

"너는."

레위시아가 물었다.

"만약 꼭 한 번 네가 원하는 과거로 돌아갈 수 있다면, 언제 어디로 가고 싶어?"

카루스가 고개를 들고 그에게 되물었다.

"레위시아, 너는?"

레위시아는 대답하지 않고 고개를 저었다. 그는 과거로 돌아가고 싶지 않았다. 돌아가고 싶은 과거 같은 건 없었다. 그에겐 찬란했던 어린 시절이나 그리운 추억이 없었다.

어쩌면 브레웨 아카데미 졸업식에서 율리아와 마주쳤던 그때가 자신의 진짜 삶이 시작된 순간은 아닐까. 그때로 돌아가면 뭔가가 달라지려나.

아니었다. 그래도 돌아가고 싶지 않았다. 한 번이면 족하다고 생각했다.

카루스는 레위시아를 재촉하지 않았다. 대신 그의 질문에 아주 솔직하게 대답해 주었다.

"첫 번째의 율리아."

그는 처음으로 돌아가고 싶다고 했다.

"율리아가 아무런 상처도 받지 않았던 시점으로 돌아가서…… 여느 평범한 스물한 살의 아가씨처럼 행복하게 살게 해주고 싶어."

복수니 저주니, 전쟁이니 하는 것들은 아무것도 모른 채 그냥 살게 하고 싶다. 차별받지 않고 이용당하지도 않고, 어릴 적 꿈을 간직한 그대로의 율리아로 살게 하고 싶다.

"율리아가 너를 몰라도?"

"상관없어."

카루스의 낮고 부드러운 목소리가 마차 안을 가득 채웠다. 무뚝뚝하고 정 없는 사내라고 생각했는데, 그의 목소리에서 가늠할 수 없을 만큼 깊은 연정이 느껴졌다.

레위시아가 그런 그를 노려보다 말을 툭 내뱉었다.

"드추바 섬을 주마."

"뭐라고?"

"드추바 섬을 기준으로 해적들이 사용하던 옛 항로에서 자유 항로로 이어지는 바다. 그곳이 네 영지다, 카루스 란케아."

그 정도면 무혈 제독에게 딱 어울리는 영지가 아니냐며, 그러니까 딴생각하지 말고 오르테가에 뿌리를 내리라고 레위시아가 명령했다.

58

아름답고 강력한, 여러 가지로 행복한

황제가 실종됐다고 알려진 이후, 시간은 빠르게 흘렀다.

르세라에서 평화 조약을 준비하던 코코와 레위시아가 남부 독립 왕국의 왕족들로부터 전권을 위임받았을 무렵, 북부 독립 왕국에서 수십 명의 사절단과 함께 반 황제파의 수장이었던 프랑크 후작이 도착했다.

회의는 급물살을 타고 진행되었다. 승전을 이유로 지나치게 많은 영토와 혜택을 달라고 주장하는 이들도 있었고, 구렁이인 양 능글맞게 사태를 관망하는 이들도 있었다.

레위시아는 코코와 율리아의 도움을 받아 그들 모두의 의견을 적절히 조율했다. 간혹 심한 의견 충돌이 있을 때는 카루스가 그의 곁에 서서 말 없는 압박을 주었다.

각 나라의 대표들이 거대한 지도 앞에 모여 새로이 그어진 국경을 바라보았다.

남부 독립 왕국들은 티타니아 앞에 펼쳐진 드넓은 초원과 옛 왕국의 영토를 돌려받았다. 새 왕조를 세우는 데는 막대한 돈이 필요했고, 그들은 그걸 전부 바이칸에 요구했다.

북부 연합은 오래전 그들이 차지했던 영토를 대부분 수복한 것도 모자라 운하를 이용할 수 있는 권리까지 넘겨받을 수 있었다.

그들은 북부 대운하를 아예 소유하고 싶어했지만, 그 강이 바이칸의 수도로 향하는 만큼 제국으로서도 양보할 수 없는 부분이 있었다. 그래서 북부는 향후 2백 년 동안 독립 왕국들이 공평하게 운하를 이용할 수 있도록 자율권을 보장하고 통행세를 없애자고 제안했다.

프랑크 후작은 이 모든 걸 예상했음에도 절망적인 얼굴을 하고 있었다.

"아르테 백작, 제가 어찌하면 좋겠습니까?"

회의가 휴식기에 접어들었을 무렵, 프랑크 후작이 율리아를 찾아와 물었다.

다른 왕족들은 모두 레위시아의 만찬장으로 가고 없었다. 율리아는 카루스와 단둘이 식사하려다 프랑크 후작의 초췌한 얼굴을 보고는 그를 식당으로 데려왔다.

카루스가 살벌한 눈을 하고 뺨을 씰룩거렸지만 당장 마음이 급한 프랑크 후작의 눈에는 아무것도 보이지 않았다.

"전쟁 보상금의 규모가 상당하리란 거야…… 당연히 예상했습니다. 물론이죠. 바이칸은 패배했으니까요. 남부 독립 왕국들이 옛 영토뿐만 아니라 더 넓은 땅을 가지고 싶어할 거라는 것도 예상했습니다."

"운하가 문제군요."

"북부가 마지막 전투에서 운하를 차지했다는 건 알고 있습니다. 하지만 아르테 백작, 그 강은 바이칸의 수도로 통합니다. 우리가 패전했다고는 하나, 자국의 수도로 향하는 가장 큰 물길을 적국에 내어주는 멍청이가 어디에 있답니까?"

프랑크 후작이 두 손으로 얼굴을 감싸 쥐었다. 다른 사람들 앞에서는 약한 모습을 보이지 않으려고 그렇게 노력하더니, 율리아에게는 솔직한 심정을 가감 없이 내비쳤다.

"2백 년이라뇨. 통행세조차 없는 자유라뇨. 돈을 달라는 게 아니라, 통행세가 있어야만 그들을 감시할 수 있어요. 그게 아니면 거기에 어쩔 수 없이 군대를 주둔시켜야 합니다!"

"그러면 또 전쟁이 일어날 거예요."

율리아가 냉정하게 그 점을 지적했다.

프랑크 후작은 포크를 들고도 아무것도 먹지 못했다. 맞은편에 앉아 있는 카루스는 이미 제 몫의 음식을 다 해치우고 술을 마시려다 율리아에게 제지당하고 있었다.

"아르테 백작."

그 모습을 원망스레 바라보던 프랑크 후작이 머리를 숙였다.

"지혜를 빌려주십시오."

카루스가 의외라는 얼굴로 그를 흘깃 바라보았다.

여기 또 여우가 있었군. 카루스가 몰래 웃음 지었다.

프랑크 후작은 레위시아나 코코를 찾아갈 수도 있었다. 최근 사절단들 사이에 카루스의 거취가 가장 큰 화제인 만큼, 은근슬쩍 그를 회유할 수도 있었다.

하지만 후작은 카루스를 눈앞에 두고서도 오직 율리아와 대화하며 그녀에게 지혜를 빌려달라고 간청했다.

"당신은 아직 데네브라 님의 시녀장입니다."

"그건 데네브라 님께서 제가 제국의 귀족들에게 무시당할까 봐 만들어준 임시직이에요."

"그분은 황성으로 돌아간 뒤에도 시녀를 들이지 않았어요."

"네?"

"시중인이야 많지만, 시녀장은 물론이거니와 측근 시녀조차 뽑지 않았습니다. 데네브라 님이 섭정왕이 될 거라는 소문이 돌았을 때부터 황성엔 시녀가 되려는 이들이 줄을 섰는데도 불구하고."

"후작님."

"바이칸으로 와달라고 부탁하는 게 아닙니다. 바이칸이 이대로 무너지거나, 이 일이 또 다른 전쟁으로 이어지지 않도록 도와달라는 겁니다."

"그걸 왜 제가 해야 해요. 여기 르세라에 얼마나 많은 책임자가 있는데요."

"저는 절박합니다. 할 수 있는 사람에게 물어봐야죠."

"레위시아 전하나 코코에게 물어봐도 되잖아요."

"그분들을 오르테가 사람입니다."

"저도 오르테가 사람이에요. 오르테가의 이익만을 위하죠."

"그래도 당신은 다양한 관점에서 냉정하게 이 일을 바라보고 있잖습니까. 여기 그런 사람이 당신 말고 누가 있습니까?"

프랑크 후작은 오직 율리아만이 그의 고민을 해결해줄 수 있다고 말했다.

율리아가 들고 있던 포크를 내려놓았다. 한동안 침묵하며 깊은 생각에 빠져 있던 그녀가 카루스를 한번 슬쩍 쳐다보았다.

그러곤 프랑크 후작에게 물었다.

"르세라를 사랑하세요?"

"예?"

"이 도시를 얼마나 사랑하세요? 도저히 아무것도 포기할 수 없을 만큼 아끼시나요? 하나뿐인 집이자 마음의 고향으로 여기면서 당신만의 영지로 역사에 남기고 싶어요?"

프랑크 후작이 두 눈을 끔벅거렸다.

"물론 아끼고 사랑합니다만…… 꼭 제 이름으로 역사에 남기고 싶은 건 아닙니다. 저보다 더 나은 영주가 있을 수도 있는 거고."

"후작님."

율리아가 생긋 웃었다.

"르세라를 저희에게 넘기세요."

율리아의 말투는 단호하고도 상큼해서 꼭 프랑크 후작을 놀리는 것처럼 들렸다. 그가 그녀에 대해 잘 아는 사람이 아니었다면 버럭 화를 냈을지도 모르는 일이었다.

후작이 설명해달라는 얼굴로 그녀를 바라보았다.

"북부가 운하를 노리는 것처럼 2백 년, 르세라 항구를 오르테가에 개방하겠다고 하세요. 자율권을 보장하면서 통행세도 받지 않겠다고. 그걸 위해 르세라에 오르테가의 귀족을 파견해도 괜찮겠죠."

율리아가 포크를 다시 들었다. 그녀는 예쁜 디저트를 반으로 쪼개 놓고 설명을 이어 갔다.

"북부의 두 번째 관심사는 카루스 란케아와 리바이어던 함대가 남부 오르테가로 완전히 이주하느냐, 에 있어요. 그들은 바이칸 서부 해상으로의 진출을 꿈꾸거든요."

"그러고 보니 무스빌리, 그 위쪽에 함대의 기지가 있었죠!"

"맞아요. 앞으로는 무스빌리가 북부의 유일한 항구가 될 텐데, 카루스 님의 함대가 계속 그곳에 머무른다면 여러 가지로 눈치가 보일 거예요. 바다에 주인이 있는 것처럼 느껴질 테니까요."

율리아는 북부와 바이칸이 다시 전쟁을 일으키지 못하도록 몇 가지 견제 장치를 마련하는 게 좋겠다고 판단했다.

"레위시아 전하께서 자유 항로를 개방하셨으니, 앞으로는 항구를 가진 자가 돈을 벌겠죠."

돈은 곧 힘이 된다.

프랑크 후작이 이마에 손을 얹고 탄식하듯 말했다.

"북부가 운하를 욕심내니까 오르테가는 르세라를 달라는 겁니까?"

"네."

"저희만 너무 손해인 것 같은데요."

"북부는 오르테가가 르세라를 발판으로 바이칸 서부 해상을 지배하길 원하지 않을 거예요. 어떻게든 견제하려 하겠죠. 카루스 님을 이길 자신은 없고, 바다도 포기하기 싫으니까."

"그러면 제가……."

"협상가가 되세요. 북부 대신 중간에서 오르테가를 견제해줄 테니, 운하를 포기하라고."

율리아가 또 한 번 생긋 웃었다.

프랑크 후작은 괜찮은 협상가였다. 율리아도 그 사실을 알기에 그에게 은근슬쩍 그런 말을 건넸던 것이었다.

영토 욕심은 부리지 않겠다던 오르테가가 르세라를 요구하자, 북부뿐만 아니라 남부 독립 왕국에 이르기까지 많은 국가가 우려를 표했다. 자원이 풍부하고 해상 무역이 발달한 오르테가가 르세라까지 손에 넣는다면 대륙의 모든 상인이 남부행을 결심할 거라면서.

그때 프랑크 후작이 나섰다.

바이칸은 패전국이기에 어느 한쪽의 손만 들어줄 수는 없다며, 북부가 운하를 포기하지 않는 이상 오르테가에 르세라를 내어줄 수밖에 없다고 말했다.

치열한 회의가 이어졌다. 매일 언성이 높아지고, 수많은 서류가 오갔다. 레위시아와 코코의 손에도 잉크 자국이 마를 날이 없었다.

여름은 그렇게 지나갔다.

"어떻게 됐어?"

카루스가 손을 내밀며 물었다.

그는 마차를 타고 있었다. 꼭 집 없는 어부처럼 배에서 생활하길 고집하던 그가 오랜만에 항구로 나와 마차를 타더니 율리아를 데리러 왔다.

율리아가 그의 손을 잡고 마차에 올랐다.

"누구도 통 크게 양보할 수 없는 일이잖아요. 서로 애매하게 거리를 좁히고 있어요."

"코델리아 시녀장이 알아서 잘하겠지."

"다들 코코가 무서워서 피해 다닌다는 점만 제외하면요."

평소엔 고래고래 소리치며 싸우던 사람들이 회의장에 코코가 나타날 때마다 얌전해지기 시작했다. 말로 살을 바른다는 표현이 적절

할 정도로, 코코는 그들을 하나하나 잘근잘근 짓밟았다.

"북부는 운하를 포기하지 않는 대신 적게나마 통행세를 내기로 했어요. 군대가 주둔하는 것보다는 나으니까."

"오르테가는?"

"우리도 비슷하게 조율할 거예요."

"기간은?"

"똑같이 1백 년. 어쩌면 더 적어질 수도."

많은 양보가 있었군. 카루스가 웃으며 문을 닫았다.

"레위시아가 욕심 없는 왕이라 다행이라 해야 할지."

"아닐걸요."

"아니야?"

"리바이어던이 오르테가로 오잖아요. 함대와 기사단만으로도 엄청난 전력인데, 사실 가장 크게 이득 본 건 우리 오르테가가 아닐까요."

"영지까지 주겠다는데 어떡해."

카루스가 피식 웃음을 터뜨렸다. 드추바 섬은 오르테가에서 가장 큰 섬이었다. 도시 하나에 맞먹는 크기를 가진 데다 옛 항로와 자유 항로가 모두 개방되면 남부 해상에서 가장 중요한 교역로가 될 예정이기도 했다.

율리아가 그를 따라 웃으며 물었다.

"그럼 란케아 섬이라고 이름을 바꿀 거예요?"

"아르테 섬이라고 하려고 했는데."

"네? 왜요?"

"앞으론 네 영지가 될 테니까."

율리아가 할 말을 잃고 카루스를 바라보았다. 그녀는 아직 의자 끝에 걸치듯 앉은 상태였다.

그때 마차가 출발하면서 한 번 크게 흔들렸다. 카루스가 본능적으로 손을 뻗어 율리아의 손을 잡았다.

"제대로 앉아. 넘어질라."

"아르테 섬이라뇨?"

"그게 그렇게 놀랄 일인가?"

"당신 영지에 왜 제 이름을 붙여요!"

"우리가 결혼하면 드추바 섬을 란케아라 부르건, 아르테라 부르건 아무 상관 없어지잖아."

"그냥 드추바 섬이라고 부르죠. 이미 오랫동안 불러온 이름이 있는데, 우리 마음대로 바꾸는 건 좀 아닌 것 같아요."

율리아가 새침하게 눈을 흘겼다.

속력을 더할수록 마차가 더 크게 흔들렸다. 카루스는 여전히 율리아의 손을 잡고 있었다. 프랑크 후작에게 도로 정비 좀 하라고 해야겠다며, 그가 불만스럽게 창밖을 내다보았다.

여름도 얼마 남지 않았다. 율리아는 르세라에서 보냈던 이번 여름을 오래도록 잊지 못하리라 생각했다. 코코의 일을 돕느라 바쁘긴 했지만 그 시간조차 너무 즐거웠다.

카루스가 그녀의 손가락 끝을 꼭 쥔 채 살살 문질렀다. 이제는 그만 놓아도 될 텐데, 그는 두 사람이 손을 잡고 있다는 걸 인식조차 하지 못하고 있는 것 같았다.

율리아가 카루스에게 물었다.

"드추바 섬에 성을 지을 거예요?"

"그래야겠지."

"섬이니까 요새처럼 지을 수 있겠네요. 해안선이 완만한 쪽으로 부두를 길게 빼고, 리바이어던 함대는 남부 함대 기지를 공유해도 될 것 같고."

"난 네 집에서 살 거니까 거기서 섬으로 오가면 되고."

"네? 그런 걸 그렇게 마음대로 정하는 게 어디 있어요?"

"네가 그랬잖아. 함께 집을 꾸미고 싶다고."

그게 같이 살자는 소리가 아니고 뭐냐고, 카루스가 물었다. 할 말을 잃은 율리아가 그를 또 흘겨보았다.

"성도 있고 관저도 있는데 왜 우리 집에서 살려고 한담."

"방도 많은데 속 좁게 굴지 마."

"뭐예요?"

율리아가 카루스의 손목을 찰싹 때렸다. 그는 하나도 아프지 않으면서 아프다고 엄살을 피웠다. 마차가 방향을 틀면서 한쪽으로 쏠렸고, 장난을 치던 두 사람은 동시에 중심을 잃었다.

카루스가 손을 뻗어 율리아를 잡아당겼다. 그의 힘에 이끌리듯 자리를 옮긴 율리아가 의자에 앉자마자 웃음을 터뜨렸다.

왜 웃음이 나오는지 알 수 없었다. 카루스는 계속 투덜거리고 있었다. 이렇게 큰 항구 도시에서 길을 왜 이따위로 만들었는지 모르겠다며, 마부에게 조금 천천히 가라고 소리쳤다.

"괜찮아요. 재밌는데요, 뭐."

율리아가 카루스에게 바짝 몸을 붙이고 앉았다. 그의 어깨가 높고 넓었다. 그의 팔 안쪽에 손을 넣어 끼우고 머리를 살짝 기댔더니, 그제야 안정감이 들었다.

투덜거리던 카루스가 입을 꾹 다물었다.

그는 여전히 율리아의 손을 꼭 잡고 있었다. 피부가 맞닿은 곳마다 간질간질 나비가 앉은 것 같았다. 손을 잡고 있을 뿐인데 심장이 맞닿아 함께 뛰는 기분이었다.

입술을 달싹이던 카루스가 고개를 홱 돌려 창밖을 바라보았다.

사랑한다고 말하고 싶은데, 그러면 이 느낌이 사라질 것만 같았다. 그의 손가락 사이에 내려앉은 나비가 날아가지 않게 하려면 그저 입을 다문 채 이 시간이 영원하기만 바라는 수밖에 없었다.

———— • ◆ • ————

코델리아 힌치가 오르테가 왕궁의 악마 시녀장에서 대륙 회의의 악마로 자리 잡으면서 지지부진하던 협상도 급물살을 탔다.

코코의 목욕물을 데우는 건 장작이 아니라 그날 폐기한 서류 더미라는 농담이 있을 정도였다.

그렇게 모든 국가의 사절들이 대충이나마 동의한 평화 조약서가 완성되던 날, 레위시아가 가장 먼저 서명을 마쳤다.

"그럼 저는 이만 오르테가로 돌아가겠습니다. 너무 오랫동안 왕궁을 비워놓았어요. 불안해하며 기다린 백성들에게 긴 전쟁이 끝나 대륙에 평화의 시대가 도래했음을 선언하겠습니다."

레위시아의 부드러운 작별 인사에 사절들이 아쉬운 얼굴로 한숨을 내쉬었다. 그들이 레위시아를 둘러싸고 웅성거리며 인사말을 건넸다.

"곧 뵙겠습니다."

"조만간 찾아가겠습니다. 저희 왕께서 오르테가와는 우호 동맹을 맺길 원하신다고 하셨으니까요."

"남부의 겨울이 그렇게 따뜻하다지요? 겨울엔 꼭 그곳에서 휴가를 보내야겠네요."

레위시아의 인기가 하늘을 찌르고 있었다. 그는 친근하면서도 수줍은 듯한 얼굴로 사절들이 건네는 작별 인사를 하나하나 다 받아주었다.

"저도 여러분과 이렇게 헤어지기 아쉽습니다."

코코는 멀찌감치 떨어진 곳에서 그 모습을 바라보고 서 있었다. 겉으로 보기엔 그저 무표정하고 도도한 얼굴이었지만, 그녀가 상당히 기분 나빠하고 있다는 사실을 깨달은 율리아가 속삭이며 물었다.

"왜 그래요?"

"착한 척하는 게 웃겨서."

"전하가요?"

"어제는 저것들이 너무 들러붙어서 한시라도 빨리 왕궁으로 돌아가고 싶다고 칭얼거리더니…… 저 거짓말하는 것 좀 봐. 우리 전하께서는 어쩜 저렇게 가증스러우실까."

"왕께서 거짓말을 잘하는 건 재능이라고 생각하는데요."

"나도 알아. 그냥 내가 꼴 보기 싫어서 그래."

한 사람 한 사람 빠뜨리지 않고 모두와 인사를 나눈 레위시아가 코코에게 걸어왔다. 그는 몸을 돌리기 전까지 축 처진 눈으로 처연한 분위기를 내뿜고 있었다.

그러나 코코를 향해 돌아선 순간, 그의 얼굴엔 이별의 슬픔 대신 후련함이 가득했다.

그날 레위시아와 코코, 알렉사가 먼저 오르테가로 출발했다. 왕국을 너무 오래 비워뒀기에 더는 지체할 수 없었다. 그들은 르세라에 남은 율리아와 카루스에게 뒷일을 맡기고 배에 올랐다.

"금방 처리하고 갈게요."

율리아가 손을 흔들며 인사했다. 코코는 그냥 고개를 끄덕였고, 알렉사는 율리아를 향해 한쪽 눈을 찡긋했다.

레위시아가 카루스에게 말했다.

"율리아 데리고 멀리 도망가면 죽여버린다."

카루스는 대답하지 않았다. 그가 입술을 한쪽만 끌어올려서 웃자, 레위시아가 발끈해서는 손가락을 치켜들었다.

"코코, 저 자식 좀 봐!"

"유치하니까 그만하세요."

"저 자식이 먼저 시비를 건 거잖아!"

"뭔 소리예요. 시비는 전하께서 걸어놓고."

두 사람이 토닥거리는 소리가 조금씩 멀어졌다. 배가 출발하고 있었다. 르세라를 떠나 오르테가로 돌아가는 그들을 배웅하는 사람이 많았다. 소문을 듣고 몰려나온 시민들이 손을 흔들었다.

멀어지는 코코와 알렉사를 보며, 율리아가 말했다.

"어젯밤에 코코가 물었어요."

"뭘?"

"이제부터 뭘 하면서 살고 싶으냐고요."

카루스가 의외라는 얼굴로 율리아를 바라보았다. 그는 그녀가 계속 왕궁 시녀로 남아 있을 거라 여겼는데, 그게 아닐 수도 있겠다는 생각이 들었다.

"뭐라고 대답했는데?"

"왕궁 시녀로 살겠다고 했죠."

역시. 카루스가 웃으며 고개를 끄덕였다.

"재밌는 게 뭔지 아세요? 알렉사도 며칠 전에 비슷한 질문을 했다는 거예요."

두 사람은 율리아가 복수를 끝마친 데다 저주에서 벗어났으니, 이제부터 다른 삶을 살고 싶어할지도 모른다고 추측했다.

"저한테 그러더라고요. 경치 좋은 바닷가에서 푹 쉬면서 놀아도 좋고, 브레웨 아카데미로 돌아가 학자가 되어도 좋겠대요. 뭐든지 하고 싶은 일을 하라고 했어요."

"의외네. 코델리아 시녀장은 널 놔주지 않을 것 같았는데."

왕궁 시녀는 엄격하게 법도를 지키며 살아야 하는 데다 기본적으로 할 일이 많았다. 이제부터 본격적으로 부려먹을 거라던 코코의 협박은 반쯤 농담이었다. 평화 조약이 체결된 뒤에는 어차피 율리아를 쉬게 해줄 생각이었다며, 코코는 그녀에게 뭐든 원하는 삶을 살라고 말했다.

"제가 계속 시녀로 살 거라고 말했더니 짜증을 냈어요."

"왜?"

"더 깊이 생각해보래요."

두 사람의 마음을 알기에, 율리아는 좀 더 깊이 고민해보았다. 율리아 아르테의 삶에서 복수와 저주를 빼면 무엇이 남는지.

첫 번째부터 여덟 번째의 율리아 아르테에겐 아무것도 남지 않았을 것이다. 그것만은 확신할 수 있었다.

카루스가 은근슬쩍 물었다.

"저주에 걸리기 전에 첫 번째의 율리아 아르테는 어떤 삶을 살고 싶었어?"

"여행자가 되고 싶었죠."

"그래?"

카루스가 이번에는 정말 의외라는 얼굴로 율리아를 돌아보았다. 높은 신분의 귀족이 되거나 권력자가 되어 야망을 펼치고 싶어했을 거라고 예상했는데, 과거의 그녀는 전혀 다른 삶을 꿈꾸고 있었다.

"배를 타고 전 세계를 돌아다니고 싶었어요. 아버지와 함께했던 모든 추억을 돌아보면서, 이야기책에 나오는 장소를 한 번씩 다 가보는 거예요."

"지금은 달라졌어?"

"네."

율리아가 카루스의 손을 잡아끌었다. 멀리서 프랑크 후작이 그녀를 기다리고 있었다.

아직 세부적인 협상이 몇 가지 남았다. 데네브라로부터 율리아를 만나고 싶다는 전갈이 도착해 있기도 했다.

"저는 더 높은 곳으로 올라갈 거예요."

넓은 돌계단을 오르는 율리아의 머리 위로 늦여름의 태양이 뜨거운 빛을 뿌렸다.

"세상을 알고 싶어서 여행자가 되려 했지만, 세상에 저를 알리는 방법도 있다는 걸 깨달았거든요."

여름의 마지막 날, 섭정왕 데네브라가 르세라에 도착했다.

데네브라는 다른 사람들이 보는 앞에서 대놓고 율리아에게 바이칸의 귀족이 되는 게 어떻겠냐고 제안했다. 당장 공작으로 만들어줄 수는 없지만, 황성의 시녀장은 오르테가처럼 조그만 왕국의 백작보다는 높은 지위를 갖는다며 그녀를 회유했다.

"후작부터 시작해. 내 시녀장으로 들어와 자리를 잡은 뒤엔 제이비온과 위레우스의 스승이 되어라. 길어봤자 10년이야. 너는 바이칸 귀족계에서 최고의 자리에 오를 수 있어."

데네브라는 바이칸의 귀족들이 부리는 텃세쯤은 율리아가 콧방귀로도 물리칠 수 있을 거라고 판단했다.

율리아가 두 눈을 살짝 내리뜨고 말했다.

"데네브라 님, 저는 바이칸의 백성이 아니에요."

도무지 속을 알 수 없는 얼굴이었다. 입가엔 살짝 미소가 맺혀 있는데, 눈을 저렇게 내리깔고 있으니 어떤 심정인지 알 길이 없었다.

답답해진 데네브라가 율리아에게 더욱 직설적으로 물었다.

"원하는 게 있으면 그냥 말해."

"저는 전하께 원하는 게 없어요."

"거짓말하지 마라. 난 이제 바이칸의 섭정왕이야. 너처럼 욕심 많은 아이가 내게 원하는 게 없을 리가 없어. 하물며 너는 내가 뭐든지 해주려 한다는 것도 알고 있잖아!"

데네브라가 버럭 화를 냈다. 율리아는 그녀가 조급해하고 있다는 걸 알았다. 어쩌면 꽤 절박한 상황일지도 모른다.

데네브라는 아직 죽은 황제의 그림자를 떨쳐내지 못했다.

크세노의 유령과 가장 먼저 싸워야 하는 건 데네브라였다. 바이칸의 황성에서 그녀의 일거수일투족은 매일 도마 위에 올랐고, 끊임없이 시험당했다.

데네브라 같은 여자가 섭정왕이 되다니 결코 받아들일 수 없다는 자들이 허다했고, 데네브라 같은 여자도 섭정왕이 되는데 우리라고 못 할 게 무어냐는 자들도 허다했다.

데네브라는 불안했다. 크세노가 살아 있을 때보다 더 불안해졌다. 그의 사생아들을 방패 삼아 버티고는 있었으나 언제 또 다른 반역이 일어날지 몰랐다.

패전국이 된 이상, 바이칸의 진짜 적은 내부에 있었다. 이제부터 그녀는 내부의 적과 싸워야만 했다.

봄과 여름, 두 번의 계절을 보내며 그녀는 거의 매일 죽음의 위기에 처했다고 말했다. 식사에 독이 들어 있는 건 물론이고, 마시는 물과 입는 옷에 이르기까지 위험하지 않은 게 없었다.

창문이 없는 방을 골라 매일 다른 방에서 잠들었다. 그나마 믿을 수 있는 자들을 곁에 두고 호위로 삼았으나, 언제까지 이런 식으로 버티기만 할 수는 없었다.

그때 그녀는 율리아를 떠올렸다.

"율리아."

데네브라가 율리아의 곁에 무심하게 앉아 있는 카루스를 바라보았다. 그토록 열렬하게 사랑했던 남자인데, 이제는 가슴 시린 통증만 남았을 뿐 전처럼 강렬한 설렘은 느껴지지 않았다.

"나와 함께 바이칸으로 가자."

데네브라가 몸을 숙이자 풍성한 금발이 쏟아졌다. 그녀는 크세노와 결혼하기 전처럼 긴 금발을 치렁치렁하게 늘어뜨리고 있었다.

"난 위기에 처해 있어. 수도엔 나를 이용하거나 죽이려는 자들이 넘치지. 내 친정 가문과 프랑크 후작 하나만으로 상대할 수 없을 만

큼, 많은 자가 내 자리를 노리고 저들끼리 파벌을 형성하면서 반역을
꾀하고……."

"데네브라 님."

율리아가 데네브라의 말을 끊었다.

"저는 당신의 시녀가 아니에요."

나는 오르테가 사람이다. 오르테가의 왕궁 시녀다. 나의 왕은 레위
시아 오르테가다. 율리아는 먼저 그 사실을 분명히 했다.

데네브라가 무척 실망한 얼굴로 율리아를 바라보았다.

"뭐든지 해준다고 해도?"

"네."

"정말 아무래도 안 되겠어?"

데네브라의 목소리에서 점점 힘이 빠졌다. 틈만 나면 소리 지르며
화를 내던 그녀가 누가 봐도 기죽은 목소리로 물으니, 곁에 있던 프랑
크 후작까지 무거운 한숨을 내쉬었다.

율리아가 또 속을 알 수 없는 얼굴로 고개를 저었다. 카루스는 시종
일관 그런 그녀의 곁에서 침묵하고 있었다.

프랑크 후작이 이제 그만하면 됐다는 듯 데네브라에게 다가왔다.
율리아를 움직일 수 없다면 그녀에게서 몇 가지 지혜라도 빌리는 편
이 낫지 않겠냐는 말을 하기 위해서였다.

"좋다."

그런데 데네브라가 생각지도 못했던 말을 건넸다.

"리바이어던 함대의 군함을 전부 오르테가로 보내주마. 그것들은
본래 바이칸의 재산이었으나, 카루스의 변절로 소속이 불분명해. 어
디에 있어도 문젯거리가 될 거야."

"전하!"

프랑크 후작이 깜짝 놀라 데네브라의 팔을 잡았다. 그러곤 되레 놀라 얼른 손을 떼었다.

데네브라는 눈도 깜짝하지 않고 계속 말했다.

"리바이어던 기사단이 오르테가로 이주할 수 있도록 돕겠다. 카루스를 따르는 자들에게는 무사히 재산을 처분할 수 있는 시간과 인력을 보장하고, 나머지 가족들도 그들의 의사에 따라 안전하게 이주시켜주마."

또 있었다.

"바이칸에 남는 자들이 변절자의 부하라 손가락질당하지 않도록 그들이 가진 지위와 재산을 보호하고, 란케아 영지의 자치권을 보장하겠다."

파격적이다 못해 충격적인 대가였다.

프랑크 후작이 숨 쉬는 것조차 잊은 채 율리아를 바라보았다. 두 눈을 내리깔고 데네브라의 말을 흘리기만 하던 그녀가 마침내 고개를 들었다.

"제게 원하는 게 뭔지 말씀해주세요."

율리아의 마음이 움직였다.

"바이칸 황성으로 와. 내 시녀장이 되는 거야."

"기간은요?"

"바이칸 여섯 가문의 공작들이 내게 충성을 맹세하고, 내가 정한 후계자가 황태자 임명식을 치를 때까지."

파격적인 대가를 치를 테니, 너도 그만큼의 보상을 줘야 한다. 데네브라는 진심이었다. 카루스를 눈앞에 두고도 그녀는 이제 율리아에게만 시선을 쏟았다.

카루스는 아무 말도 하지 못했다. 그 역시 놀라서 할 말을 잃은 상태였다.

율리아가 천천히 자리에서 일어났다. 그러곤 두 손으로 치맛자락을 잡고 곱게 허리를 숙였다. 긴 드레스 자락이 펼쳐지며 부드러운 곡선을 그렸다.

공손하면서도 우아하게. 율리아가 데네브라에게 머리를 숙였다.

━ •◆• ━

바이칸의 수도는 넓은 강과 완만한 산맥을 끼고 있어, 상업과 건축이 비약적으로 발달한 도시였다. 운하에서 이어지는 강줄기가 수도 안쪽까지 닿고, 산지를 등지고 아름다운 성벽이 길게 이어졌다.

황성은 도시에 존재하는 가장 높은 건물들로 이루어져 있었다.

수십 개의 성이 빼곡하게 이어졌다. 바이칸 제국인들은 산맥 아래 뾰족하게 솟은 황성 건물을 '봉우리들'이라고 부르기도 했다.

섭정왕이 된 이후, 데네브라는 크세노의 거처를 자신의 것으로 삼았다. 그리고 그 안에 있던 모든 시중인을 내쫓고 자신의 사람으로 채웠다.

여름 동안 황성엔 여러 차례 피바람이 불었다. 데네브라를 죽이려던 자들이 매일 처형장에서 비명을 지르며 죽어갔다.

그리고 가을이 한창이던 어느 날, 황성 연회장의 문이 열렸다.

"섭정왕 데네브라 전하께서 들어오십니다!"

거대한 홀을 가득 채운 인파가 한꺼번에 입을 다물었다. 데네브라의 구두 소리가 천장에 닿을 정도로 고요했다. 긴 장식용 망토에 붉은 드레스를 입은 그녀는, 오만하기 그지없는 태도로 걸어 들어와 황제의 의자에 앉았다.

하지만 바이칸 귀족들의 시선을 사로잡은 건 데네브라가 아니라 다른 사람이었다.

섭정왕의 오른쪽에 한 여자가 서 있었다.

율리아였다.

긴 갈색 머리카락에 신비로운 초록색 눈동자, 그녀는 우아한 크림색 드레스에 넓은 산호색 허리띠를 둘러 묶고 두 손엔 흰 장갑을 끼고 있었다.

눈에 띄게 화려하진 않았으나 시선을 잡아끌었다. 그녀가 서 있는 곳은 황제의 최측근만이 허락받을 수 있는 자리였다. 손만 뻗어도 황제를 죽일 수 있는 위치이기에 가족보다 더 깊은 신뢰를 받는 자만이 그 자리에 서곤 했다.

크세노에겐 호르헤가 있었다. 그 이전의 황제들에겐 주로 스승이나 조언자, 가장 가까운 시중인이 있었다.

저 여자는 도대체 누굴까.

다음 대의 황제로 가장 유력하게 거론되는 위레우스와 제이비온이 등장한 뒤에도 사람들은 율리아에게서 눈을 떼지 못했다.

연회가 시작되자 귀족들은 작위가 높은 순서대로 데네브라에게 다가가 머리를 숙였다. 그때마다 율리아가 귓속말로 무언가 말을 건넸고, 데네브라는 고개를 끄덕이며 귀족들에게 인사말을 건넸다.

데네브라가 달라졌다.

그녀는 감정적이기만 했던 과거와는 달리, 속을 알 수 없는 얼굴로 귀족들을 대했다.

실종된 크세노 황제가 돌아와 바이칸을 다시 일으켜 세우리라 기대하는 자에게는 권위적인 모습으로 심리전을 걸고, 자신에게 우호적인 자에게는 잘 계산된 친근함을 보여주었다.

그때 한 젊은 남자가 단정한 자세로 걸어왔다. 그의 얼굴을 알아본 율리아가 재빨리 데네브라에게 말했다.

"크세노 황제와 가까운 가문이라고 하셨죠? 가주인 호르헤를 잃은 뒤에도 흔들림 없이 후계자가 빈자리를 채웠다고 들었어요. 전하와 반 황제파에게도 보복을 거론하지 않았죠."

율리아의 속삭임이 데네브라의 귓가에 스며들었다.

"호르헤는 실리주의자였어요. 남부 연합과의 전쟁을 앞두고 황제를 버리고 북부 방어를 선택했을 만큼 바이칸에 충성하기도 했고요."

"그래서 어쩌라는 것이냐?"

"그 역시 실리주의자일 거예요. 그러니까 전하의 편으로 만드세요."

"그게 가능하다고?"

"비전을 제시하세요."

비전이라. 데네브라가 은근슬쩍 손바닥을 드레스에 문질러 닦았다. 황비로서 황제의 곁에 있을 때는 이렇게 긴장한 적이 없는데, 손바닥이 땀이 찰 만큼 마음이 초조했다.

그 모습을 힐긋 바라본 율리아가 다시 귓속말을 건넸다.

"위레우스와 제이비온을 소개하세요."

"아이들을?"

"잘 자란 후계자야말로 전하께서 내보일 수 있는 최고의 비전이니까요."

데네브라가 애써 고개를 끄덕였다.

새로이 가주가 된 호르헤의 아들이 그녀 앞에 한쪽 무릎을 꿇고 고개를 숙였다. 흠잡을 데 없는 인사였다. 데네브라는 괜찮으니 일어나라며 손을 내밀었고, 그는 그녀의 손등에 지그시 이마를 갖다 대곤 천천히 몸을 일으켰다.

"그대에겐 특별히 소개해줄 사람이 있단다."

데네브라가 위레우스와 제이비온에게 손짓했다. 아이들이 기다렸다는 듯 그녀의 곁으로 다가왔다. 위레우스가 데네브라의 오른손을, 제이비온은 왼손을 잡았다.

"돌아가신 황제 폐하의 아이들이야. 나는 이 아이들을 잘 가르칠 것이다. 바이칸의 황금기는 아쉽게 지나간 게 아니라, 아직 오지 않은 것이라고 믿기 때문이지."

호르헤의 아들이 탐색하듯 두 아이를 바라보았다. 그러나 그의 시선 끝에 닿은 사람은 데네브라나 두 명의 후계자가 아니라, 그 상황을 뒤에서 연출하고 있는 율리아였다.

인사를 마친 뒤, 그가 먼저 입을 열었다.

"저 사람도 소개해주십시오."

공손하면서 단호한 요청이었다. 데네브라는 당황했지만, 이내 아무렇지 않은 얼굴로 고개를 끄덕였다.

"시녀장 율리아 아르테다."

"처음 뵙겠습니다."

율리아가 입꼬리를 살짝 올리며 웃었다. 물고기가 꼬리를 치듯 유연한 미소였다.

바이칸 황성에 새로운 권력자가 나타났다.

이름은 율리아 아르테, 이제 고작 20대 중반에 접어든 젊은 시녀였다.

데네브라의 모든 것을 손에 쥐고 흔들 만큼 그녀의 영향력은 대단했다. 도대체 무슨 수를 쓴 건지, 두 명의 황자 위레우스와 제이비온도 율리아 아르테의 말이라면 무조건 따르는 편이었다.

그렇다 보니 눈치 빠른 자들을 중심으로 율리아에게 닿고자 하는 줄이 생겼다. 물론 번번이 실패했지만.

율리아가 데네브라나 여타 귀족들처럼 공개된 자리에 잘 나서는 사람이라면 접근하기 쉬웠을지 모르나, 그녀는 언제나 데네브라의 그림자 안에서만 움직였다.

수도 안의 작은 도시라 일컬어질 만큼 커다란 황성, 봉우리들이라 불리는 높은 건물들 사이 가장 은밀한 황제의 거처.

율리아를 만나려면 그곳까지 들어가야만 했다.

처음엔 데네브라의 친정 가문과 반 황제파의 수괴들만이 그녀를 만날 수 있었다. 이후엔 위레우스와 제이비온의 가문에서 그녀를 찾았다.

시간이 흐르면서 귀족들 사이엔 율리아 아르테가 섭정왕을 꼭두각시처럼 이용하고 있다는 소문이 돌았다.

"섭정왕께서 그 누구에게도 패전의 책임을 묻지 않겠다 하시었소."

"그게 정말인가?"

"바이칸의 크나큰 비극 앞에서 우리끼리 싸우는 모습을 더는 보고 싶지 않다고 하셨다는군. 최근엔 두 분 후계자에게 크세노 황제의 호위였던 자를 붙여 검술을 배우게 한다지."

"그건 알고 있소? 북부 독립 왕국이 운하의 이용권을 얻어냈으니, 그들에게 통행세를 받아 관리할 책임자가 필요하다더군. 수십 장의 추천서가 들어갔다고 하네."

귀족들의 눈동자가 반짝 빛났다.

통행세라. 적국을 상대해야 하니 위험하다며 말리는 건 하나만 알고 둘은 모르는 자들이었다.

데네브라는 크세노가 아니었다. 전쟁이라면 지긋지긋할 것이다. 운하의 통행세를 관리하는 건 엄청난 이득을 가져다줄 중요한 책무였다.

추천서는 금세 수백 장에 이르렀다. 데네브라의 집무실엔 매일 비슷한 서류가 쌓였다. 운하뿐만 아니라, 남부 국경 도시 관리자와 르세라에 보낼 영주 대리인도 뽑아야 했다.

프랑크 후작이 통통 부은 눈을 손등으로 비비며 말했다.

"르세라에는 상업과 무역, 해군과 뱃사람들에 대해 두루 잘 아는 자를 파견하셔야 합니다. 제가 황성에서 전하를 보필하는 동안에는 르세라에 갈 수가 없으니……."

"누가 그걸 모르느냐? 너는 왜 다른 자식 하나 없어서 이 사달을 만들어!"

프랑크 후작이 억울하다며 항의했다.

"제 아이들은 그런 중책을 맡기엔 아직 너무 어렵습니다. 제일 큰 아이가 이제 고작 열아홉인데, 수도에서 유학하느라 르세라에 온 적도 별로 없어요."

"누굴 믿어야 할지 모르니, 누구를 보내야 할지도 모르겠구나. 능력이 있으면 뭐 하느냐. 반역을 저지를지 안 저지를지, 내가 그걸 어떻게 아느냐고!"

데네브라가 서류 하나를 박박 찢어 쓰레기통에 던졌다.

처음에는 쓰레기통에 넣지도 못하고 그 주변에 흩뿌리더니, 이제는 제법 정확하게 던져 넣었다.

"후작님."

율리아가 다가와 서류 하나를 내밀었다. 프랑크 후작이 얼른 일어나 그녀에게서 서류를 받아들었다.

"이건 누구입니까?"

"무스빌리의 도시 관리자입니다."

"아…….. 거긴 이제 북부의 영역이 되었지."

"작위가 높지 않아 파벌이 없고, 귀족보다 군인들과 가까웠던 자리고 들었습니다. 무스빌리에서 잔뼈가 굵었다면 상인과 용병, 해적을 다루는 솜씨도 있겠죠."

"실무자로는 적합하겠습니다. 하지만 시녀장, 정치를 잘하지 못하면 르세라엔 파견할 수 없습니다. 제 가문과 오르테가 그리고 중앙의 압박 사이에서 외줄 타기를 해야 하는데."

"혼인을 주선하세요."

"예?"

"나이도 많은데 아직 혼자랍니다. 후작님의 측근 중에서 그런 쪽으로 능력 있는 여성을 골라서 혼인을 주선하세요. 감시와 조력, 둘 다 가능한 사람으로."

그렇게만 할 수 있다면 르세라는 프랑크 후작의 시야에서 안전하게 굴러갈 것이다. 율리아가 은근히 웃으며 그의 어깨를 두드렸다.

프랑크 후작의 머릿속에 비슷한 나이의 여성들이 주르륵 떠올랐다. 그러고 보니, 그의 여동생 중 하나가 오래전에 남편과 이혼하고 상단 일에 빠져 있었다.

"편지를 써야겠습니다!"

프랑크 후작이 서둘러 자리를 떠났다. 데네브라는 한심하다는 얼굴로 그를 노려보다가 깊은 한숨을 내뱉었다.

"저 인간도 이제 네 말이라면 무조건 따르는구나."

"운하의 통행세를 관리하는 건 위레우스 님의 가문에 맡기세요."

"그럼 제이비온의 어미가 크게 반발할 거야."

"제이비온의 어미는 혼인하지 않았으니, 크세노 황제의 비로 책봉하세요. 그리고 그녀에게 두 아이의 교육을 맡기시고요."

"허……."

데네브라가 품위 없이 입을 떡 벌리고 율리아를 쳐다보았다.

"위레우스를 제이비온의 어미가 키우게 하자는 거냐?"

"천성이 자유분방해 나랏일을 시키기엔 부족하지만, 아이에 대한 애정이 넘치는 여자였어요. 위레우스의 어미에겐 실리를 쥐여주고, 아이는 우리 편으로 만들죠."

부족하지 않게 황비라는 직함까지 준다면 거부할 수 없을 것이다. 크세노는 아직 공식적으론 실종된 상태이니, 황실의 안주인 역할을 맡길 수도 있었다.

"그랬다가 그것들이 내 뒤통수를 치면 어떡해?"

"배신자는 언제, 어디에나 있어요. 그러니까 전하는 항상 그들이 가장 원하는 것을 손에 쥐고 놓지 마세요. 완전히 믿을 수 있게 될 때까지요."

"누구를 후계자로 삼을지 발표하지 말라는 거냐?"

"위레우스를 어여삐 여기셨다가, 그들이 건방지게 굴거든 제이비온과 나들이를 하세요. 제이비온을 어여삐 여기셨다가, 그들이 건방지게 굴거든 위레우스와 만찬을 즐기시고요."

"다른 귀족들은?"

"크세노 황제를 이용하세요."

"그를 어떻게?"

"언제 살아 돌아올지 모른다며 두려워하되, 그가 나타나도 흔들리지 않도록 전하께 도움을 줄 자들을 모으세요."

"그러니까 그걸 어떻게! 자세히 좀 말해보아라!"

"북부와 남부의 왕국들이 독립하면서 영지를 잃은 자들이 많아요. 전쟁 중에 가문이 쇠락한 자들도 많고요. 전하께선 그들을 품으셔야 합니다."

"아……."

"그들은 전하의 편이 될 수밖에 없어요. 황제는 돌아오지 않을 거니까요. 그들도 전하께 협조하지 않으면 과거의 영광을 되찾을 수 없다는 걸 알게 될 거예요."

시간이 좀 걸리겠지만, 반드시 그리될 것이다.

율리아가 데네브라의 손에 새 서류 뭉치를 쥐여주었다.

얼마 뒤, 호르헤의 아들이 율리아를 찾아왔다. 그는 율리아가 말했던 대로 보복보다는 바이칸의 미래를 걱정하며 실리를 추구하는 남자였다.

애초에 그는 호르헤가 죽은 건 크세노 탓이라 여기고 있었다.

"황제께서 북부를 포기하지 않았다면, 아버지는 죽지 않았을 겁니다."

"맞는 말씀이에요."

"당신에게는 기쁜 일이었을 수 있겠지만."

그가 율리아를 말없이 노려보았다. 분노와 슬픔은 거의 느껴지지 않았다. 그저 탐색하며 바라보고, 관찰할 뿐이었다.

감정을 잘 갈무리할 줄 아는 남자였다. 율리아는 그가 귀족들 사이에서 데네브라에 대한 여론을 주도하고 있다는 걸 알고 있었다.

"호르헤 님은 옳은 결정을 하셨죠."

틀린 건 황제였다.

율리아가 그렇게 말해도 그의 표정엔 변화가 없었다. 하지만 그녀의 그 한마디가 그의 경계를 누그러뜨리는 데 결정적인 역할을 한 건 틀림없었다.

"저는 데네브라 님을 섬기지 않을 겁니다. 가까이에서 모시는 당신이 더 잘 알겠지만, 섭정왕에겐 군주의 자질이 없습니다."

"그럼 왜 저를 찾아오셨나요?"

"위레우스 님과 제이비온 님을 만나게 해주십시오."

그는 무리한 요구를 하고 있었다. 데네브라도 아니고 시녀장인 율리아를 찾아와 아무런 절차도 밟지 않은 채 다짜고짜 후계자들을 만나게 해 달라고 하다니.

하지만 율리아는 그의 말을 흔쾌히 들어주었다.

"가시죠."

후계자들은 데네브라의 거처에서 가까운 곳에서 같이 살고 있었다. 위레우스의 어미가 운하 때문에 황성을 나가게 되어, 제이비온의 어미가 두 아이를 함께 길렀다.

물론 아이들의 교육은 율리아의 계획대로 진행되었다.

"율리아!"

제이비온이 다다닥 달려와 율리아의 허리에 매달렸다. 위레우스는 의자에서 벌떡 일어나긴 했지만 점잖은 태도로 인사를 건넸다.

"어서 오세요, 시녀장."

"두 분 뭐 하고 계셨어요?"

"숙제하고 놀고 있었어요. 위레우스 오빠가 도와줘서 금방 끝냈거든요. 틀린 부분 찾기였는데, 재밌었어요."

제이비온은 아직 어려서 위레우스와 같은 수준의 공부를 하지는 못했다. 하지만 두 아이를 함께 가르치니, 위레우스가 제이비온에게 성실하고 다정한 스승 노릇을 하고 있다는 걸 알게 됐다.

경쟁자인 두 어미나 가문과는 달리 아이들은 무척 사이가 좋았다.

율리아가 피식 웃으며 물었다.

"틀린 부분 찾기요?"

"네! 역사서에서 틀린 부분을 찾는 거였어요."

호르헤의 아들이 두 눈을 번쩍 빛냈다. 그가 말도 없이 다가가 아이들이 해 놓은 숙제를 살펴보았다.

바이칸의 역사서는 온통 자국의 입장에서 유리한 것만 서술하는 경향이 있었다. 때문에 제국인들은 그들이 얼마나 잔혹한 전쟁을 벌여왔고, 얼마나 많은 피해자를 만들었는지 잘 알지 못했다.

특히 아이들이 배우는 역사서가 그랬다. 너무 많은 것이 생략되거나 사라지고, 그저 제국은 특별하다고만 가르쳤다.

진짜 학자들은 이대로 가다간 바이칸의 아이들이 아무것도 모르는 바보가 될 거라고 경고해왔다. 백성을 우매하게 만들어 지배하려는 자는 천박한 폭군이 될 뿐이라고 지적했다.

호르헤의 아들도 그런 사람이었다.

그가 율리아를 바라보았다. 율리아도 그를 바라보았다.

"시녀장."

그가 율리아에게 다가와 말했다.

"저를 기용하십시오."

"무엇으로요?"

"두 분의 시중인이 되겠습니다."

고위 귀족이라고 알고 있는데, 고작 시중인이라. 그로서는 아주 많은 것을 양보한 셈이었다. 가까이에서 감시하며 보살피겠다는 계산도 깔려 있을 것이다.

율리아가 생긋 웃으며 말했다.

"그럼 우선 데네브라 님의 신뢰부터 얻으셔야겠네요."

섭정왕에게 군주의 자질이 없다면, 당신이 직접 옆에서 보좌하면 되지 않겠나.

다음 날, 호르헤의 아들이 데네브라의 보좌관으로 들어왔다. 그건 바이칸의 귀족 사회가 한차례 들썩거릴 만큼 큰 사건이었다.

이제야 균형이 맞춰졌다고 생각한 율리아는 여섯 가문의 공작들로부터 추천서를 받아, 데네브라의 시녀를 새로 뽑았다.

3년이란 시간이 흘렀다.

1, 2년이면 될 줄 알았는데 생각보다 시간이 많이 필요했다. 그동안 율리아는 섭정왕 데네브라의 시녀장으로 바이칸 황성에 머무르며 그녀와의 약속을 철저하게 지켰다.

여섯 가문의 공작들은 율리아를 우습게 본 나머지 잘 훈련된 가문의 여성을 보내 그녀의 자리를 빼앗고자 했다. 하지만 율리아는 여우처럼 그들을 이용해 여섯 가문을 회유하거나 약점을 잡아 겉으로나마 데네브라에게 충성 맹세를 하게 만들었다.

그동안 리바이어던 함대는 완전히 오르테가의 소속이 되었고, 기사단도 대부분 카루스를 따라 이주를 마쳤다. 란케아 영지는 바이칸 유일의 독립적인 자치구로 인정받았다.

그렇게 약속했던 날이 다가왔다.

다시 가을이었다.

붉게 물든 가로수 길에 한 무리의 사내들이 나타났다. 덩치 큰 말을 타고 나타난 그들은 가벼운 여행복을 입고 있었다.

선두에 있던 한 사내가 코를 훌쩍이며 말했다.

"복덩이가 우릴 잊어버린 건 아니겠죠."

바바슬로프였다.

그는 율리아가 3년 동안 바이칸 제국 황실에서 데네브라를 위해 일하겠다고 했을 때 가장 격렬하게 반발했다. 기사단 선배들이야 맨몸으로 오면 되는 거 아니냐고, 그걸 위해 왜 우리 복덩이가 희생해야 하느냐며 화를 냈다.

하지만 카루스가 그런 그를 달랬다. 율리아는 카루스와 그의 부하들뿐만이 아니라 오르테가를 위해서라도 한동안 바이칸에 남아 있겠다고 결정했다. 그녀의 결심을 바꿀 수 있는 사람은 아무도 없었다.

"왜 아무도 말이 없어요? 복덩이가 우릴 다 잊어버렸으면 어떻게 하느냐고!"

"좀 닥쳐."

카루스가 한숨을 쉬었다. 그의 지친 목소리에 맥스웰이 방정맞은 웃음을 터뜨렸다.

"누가 보면 네놈이 시녀님 가족인 줄 알겠다."

"가족이나 마찬가지지!"

"시녀님도 그렇게 생각할까?"

"아니, 그건 아닌데……."

갑자기 자신감을 잃은 바바슬로프가 멀리 보이는 황성을 향해 소리 없이 욕을 했다. 이게 다 크세노와 데네브라 때문이라며, 이놈의 황실 인간들은 하여간에 평생 도움이 안 된다고 투덜거렸다.

바바슬로프가 입을 다물 생각을 하지 않자, 카루스가 또 한 번 한숨을 내쉬었다.

"닥치라고 했다."

카루스의 목소리가 쉬어 있었다. 그가 지난 며칠 동안 거의 잠을 이루지 못했다는 걸 아는 맥스웰이 슬그머니 다가와 말을 걸었다.

"답장은 받으셨습니까?"

"아니."

"그럼 저희가 데리러 가고 있다는 걸 시녀님이 모르시는 거 아니에요?"

"나도 몰라."

"예?"

"아는지 모르는지 모른다고."

아니 이 양반이 지금 무슨 소리를 하는 거야. 맥스웰이 눈을 빠르게 끔벅거렸다.

"그럼 그냥 다짜고짜 찾아가는 거란 말이에요? 시녀님이 바이칸을 떠날 준비가 안 되어 있으면 어떻게 합니까? 우리가 마땅한 이유도 없이 이런 식으로 바이칸 황성에 나타나는 걸 저쪽에서 절대 반기지 않을 텐데……."

"너도 닥쳐."

카루스가 결국 짜증을 냈다. 바바슬로프가 맥스웰의 곁으로 다가가 말했다.

"야 인마, 좀 이해해드려라. 전쟁 끝나자마자 바닷가 저택으로 가서 행복하게 살게 될 줄 알았는데…… 3년이나 생이별을 했다고. 우리가 그 3년 동안 저 양반 비위 맞추느라 얼마나 고생을 했는데!"

"네놈이 먼저 긁었잖아!"

"내가 언제!"

두 사람의 목소리가 커질수록 카루스의 얼굴은 어두워졌다.

평소 같았으면 벌써 한소리 했을 텐데, 그는 벌써 딴 데 정신이 팔린 채였다.

황성이 눈앞에 있었다.

바이칸의 백성으로 살던 때는 한 번도 이런 생각을 해 본 적이 없는데, 이제 와 자세히 보니 참 쓸데없이 넓고 높은 건물이었다. 저 안에는 권력에 미친 괴물들이 우글거리며 살아가고 있을 텐데, 율리아는 혼자서 3년이나 그들을 상대해야 했다.

"시녀님한테 잘하세요."

바바슬로프가 혀를 쯧쯧 차며 말했다. 이번만은 맥스웰도 그의 말에 깊이 공감한다는 듯 얼른 말을 보탰다.

"이참에 우리 모두 아르테 가문에 입적하는 건 어떻습니까. 아르테 가문엔 시녀님 혼자뿐이잖아요? 레위시아 국왕은 우리한테 호의적인 편이니까 잘 구슬려서 아예 기사단 전체를……."

"쓸데없는 소리."

황성 안으로 들어간 뒤에는 대정원을 지나 섭정왕의 거처를 향해 움직였다. 카루스의 통행증이 아직 효력이 있어 다행이었다.

바이칸 황성은 작은 도시와도 같았다. 마차가 다니는 길이 따로 포장되어 있고, 대정원엔 넓은 인도가 마련되어 있었다.

카루스와 일행은 마차가 다니는 길로 접어들었다.

넓은 도로에 일정한 간격으로 병사들이 배치되어 있었다. 병사들이 카루스를 흘깃거렸다. 그의 얼굴을 알아보는 자도 있었고, 누군지 몰라 고개를 갸웃거리는 자도 있었다.

맥스웰이 고개를 쭉 빼고 눈을 가늘게 떴다.

"이 길로 쭉 가면 어디더라. 하도 오랜만에 왔더니 기억이 가물가물한데……."

"멍청한 놈아. 이 길로 쭉 가면 황제의 거처지."

"어쩐지 기운이 안 좋더라니."

"너 아직도 점쟁이 만나고 다니냐?"

바바슬로프가 큰소리로 맥스웰을 놀렸다. 율리아를 괴롭히던 저주와 두 개의 보석에 관해 알아보고 다녔던 맥스웰은 한동안 점성술과 마법, 전설에 매료되어 있었다.

발끈한 맥스웰이 바바슬로프에게 뭐라 화를 내려던 찰나, 카루스가 갑자기 말에서 뛰어내렸다.

"어? 카루스 님!"

"어디 가십니까?"

말이 멈춰 서기도 전에 뛰어내린 그가 엄청난 속도로 달려가 한 마차를 막고 섰다.

여섯 필의 말이 이끄는 새하얀 마차였다. 화려한 옷을 입은 마부와 시중인이 앞에 앉아 있고, 앞뒤엔 제복을 갖춰 입은 병사들이 말을 타고 마차를 호위했다.

높은 사람이 타는 마차였다. 황성 안에서 이 정도로 대접받는 사람이라면 적어도 고위 귀족, 혹은 황가의 핏줄 정도는 되어야 했다.

카루스가 그런 마차를 가로막고 섰다.

"누구냐!"

병사들이 큰소리로 물었다.

"감히 섭정왕 전하의 시녀장께서 타는 마차를 가로막다니, 신분과 용건을 밝혀라!"

바람을 타고 시원한 박하 향이 흘러들었다. 백합인 것 같기도 했다. 반쯤 열린 마차 창문엔 흰 손이 걸쳐져 있었다. 그 위로 실낱같은 머리카락이 몇 가닥 휘날렸다.

"율리아."

카루스가 입술을 달싹이며 그녀의 이름을 불렀다.

창문에 걸쳐져 있던 손이 움직여 마차 문을 열었다. 풍성한 진주색 드레스 자락 아래, 푸른 공단 구두가 보였다.

율리아가 마차에서 몸을 내밀어 카루스를 바라보았다.

"카루스 님?"

그녀의 눈이 점점 커지더니 이내 춤을 추듯 가늘어졌다. 매혹적인 미소였다. 3년 동안 도대체 무슨 일이 있었던 건지, 앳돼 보이던 율리아의 얼굴에 깊은 매력이 흘러넘치고 있었다.

카루스가 홀린 듯 그녀를 향해 걸어갔다. 그가 무혈 제독 카루스 란케아라는 사실을 알아챈 병사들이 말 위에서 묵례했다.

"언제 오셨어요?"

율리아가 물었다. 그녀는 여전히 마차에서 반쯤 몸을 내밀고 있었다. 카루스가 다가가 손을 내밀자, 율리아가 그의 손을 잡았다.

카루스가 천천히 입을 뗐다.

"믿을 수가 없군."

"네?"

"3년 동안 매일 생각했더니…… 헤어져 있었던 것 같지가 않아."

율리아가 웃음을 터뜨렸다.

그녀와 조금씩 가까워질 때마다 심장이 터질 것처럼 크게 부풀었다. 이대로 질식해 죽을지도 모른다는 생각이 들 정도였다. 그의 가슴은 율리아를 향해 뛰는 심장으로 가득했다. 그의 영혼이 기뻐 날뛰고 있었다. 해를 맞이한 꽃처럼 활짝 피었다.

"오늘쯤 오실 줄 알았어요."

"어떻게?"

"편지를 받았거든요. 전령을 풀었죠. 어디쯤 도착했는지, 어느 길로 오는지."

"코델리아 시녀장이 꼭 데려오라고 했어."

율리아가 웃으며 카루스의 손을 잡아당겼다.

"안 그래도 작별 인사를 마친 참이에요."

"데네브라가 곱게 보내준대?"

"많이 우셨지만…… 허락해주셨어요."

"울었다고?"

"섭정왕께서 우니까 후계자 두 분이 따라 울어서 조금 곤란했죠."

데네브라는 율리아를 보내지 않으려고 했다. 아르테 공작으로 만들어주겠다고, 황성 가까운 곳에 영지를 내어주겠다고도 했다. 제이비온과 위레우스의 스승이 되어서 바이칸의 역사를 다시 써보라고도 했다.

하지만 율리아는 오르테가로 돌아가겠다고 말했다.

남부의 바다 냄새가 그리웠다. 창문을 열고 눈을 감으면 멀리서 들려오는 파도 소리가 그리웠다. 뜨거운 햇살과 낭만적인 뱃사람들, 아름다운 왕궁이 그리웠다.

코코와 알렉사, 레위시아가 보고 싶어 죽을 것만 같았다.

"카루스 님."

율리아가 카루스의 목에 팔을 감았다. 그러곤 마차에서 뛰어내려 그의 품에 안겼다.

"우리 오르테가로 돌아가요."

카루스가 율리아를 꽉 끌어안았다. 그녀를 품에 안고 깊이 숨을 들이켜자, 티타니아의 차가운 바람과 남부의 향기가 그에게 스며들었다.

"복덩이……."

바바슬로프가 눈물을 글썽이고 있었다. 맥스웰은 고개를 젖히고 애꿎은 하늘을 노려보았다. 카루스의 기사들은 말없이 눈짓으로 인사를 건넸다.

"이 마차를 타고 가십시오."

마차에 올라 있던 시중인이 지극히 공손한 태도로 율리아에게 허리를 숙였다. 병사들도 천천히 물러나 카루스와 그의 부하들에게 자리를 내주었다.

"섭정왕께서 시녀장님께 선사하신 것입니다. 시녀장님의 물건은 르세라를 통해 배편으로 보내주신다고 하셨습니다."

"짐 같은 건 안 보내줘도 괜찮아요."

"시녀장님의 손이 닿은 물건은 무엇 하나라도 남기지 말고 모두 선물하라 하셨습니다. 보석과 드레스, 거처에 장식되어 있던 미술품과 수집하신 책까지 전부 보내 드릴 예정입니다."

"그렇구나. ……고마워요."

"섭정왕 전하를 대신해서 이렇게 감사드립니다. 시녀장께서 떠난다는 말에 전하의 측근 시녀들이 모두 배웅을 나오고 싶어하셨으나, 전하께서 질척거리고 매달리지 말라며 전부 물리셨습니다."

"모두에게 고맙다고 인사 전해주세요."

"언젠가 꼭 다시 뵐 날이 있기를 기원하겠습니다."

시중인이 마지막으로 머리를 조아렸다. 그의 태도에선 율리아를 향한 깊은 존경심이 배어 나오고 있었다.

"가자."

카루스가 율리아를 데리고 다시 마차에 올랐다. 마부석엔 맥스웰이, 병사들 대신 바바슬로프와 카루스의 부하들이 두 사람을 호위했다.

"출발하겠습니다!"

마차가 경쾌한 소리를 내며 출발했다.

율리아의 눈에는 보이지 않았지만, 멀리 높은 곳에 문이 활짝 열린 발코니가 있었다. 붉은 드레스에 긴 금발을 늘어뜨린 섭정왕과 여섯 명의 측근 시녀가 발코니에 나와 서 있었다.

섭정왕은 울고 있었다. 품위는 온데간데없이 눈물 콧물을 다 흘리며 울었다. 그녀의 입에서 원망과 욕설이 마구 튀어나왔다. 시녀들이 돌아가면서 손수건을 쥐어주었으나 울음을 멈추게 하지는 못했다.

그렇게 한참을 울던 섭정왕 데네브라가 손수건으로 얼굴을 벅벅 문지르며 중얼거렸다.

"나쁜 것."

"전하, 그만 우세요."

"나쁜 것……."

작위와 재산, 명예와 권력. 무엇으로도 율리아를 잡을 수 없었다. 데네브라는 율리아가 오르테가에 남겨 두고 온 게 무엇인지 알기에 끝까지 매달릴 수도 없었다.

그녀는 그 자리에 서서 율리아가 황성을 떠나는 모습을 오래도록 지켜보았다.

59
오르테가의 시녀들

왕궁 시녀를 선발하는 시험장의 문이 열렸다. 깨끗한 드레스를 입은 다섯 명의 시녀가 둥글게 반원을 그리며 앉고, 그 앞에 수십 명의 지원자가 나란히 섰다.

"훌륭한 시녀가 되기 위해서는 몇 가지 명심해야 할 것들이 있습니다."

면접관이 말했다. 깐깐해 보이는 사람이었다. 높낮이가 일정해 서늘한 목소리에 지원자들의 어깨가 움츠러들었다.

"12번 지원자."

한 소녀가 한 걸음 앞으로 걸어 나왔다.

탐탁지 않은 시선이 소녀에게 쏟아졌다. 면접을 보는 시험관은 물론이거니와, 옆에 있던 지원자들조차 소녀를 보며 얼굴을 찡그렸다.

어쩔 수 없는 일이었다. 누구라도 그랬을 것이다. 소녀의 몰골은 빈

말로도 왕궁 시녀 면접을 보러 온 사람이라고 할 수 없었으니까.

소녀가 입고 있는 옷은 아카데미 교복이었다. 심지어 구겨지고 더러워져 엉망진창이었다.

치마는 축축하게 젖어 거무스름한 얼룩이 들었고, 블라우스는 여기저기 찢어져 너덜너덜했다. 뒤집어쓴 물이 상하기라도 했는지 퀴퀴한 냄새까지 났다.

"지원자."

"네."

"준비된 질문을 하기 전에 이것부터 묻지 않을 수가 없네요. 그 차림새는 어찌 된 것입니까? 왕궁 시녀 면접이 우습나요?"

"아닙니다."

"도대체가……."

면접관이 한차례 힐난을 쏟아내려던 찰나, 누군가 불쑥 말했다.

"그냥 질문부터 하세요."

멀리 떨어진 의자에 혼자 앉아 있던 시녀였다. 부드럽고 차분한 목소리인데도 어쩐지 깐깐한 면접관보다 더한 위엄이 느껴졌다.

소녀는 그 사람이 누군지 몰랐다. 하지만 면접관이 뜨끔한 얼굴로 고분고분하게 고개를 끄덕이는 걸 보니 상급자인 것 같았다.

"그럼 12번 지원자? 훌륭한 시녀의 자질에 대해서 말해볼까요. 출신이나 성적은 조건일 뿐, 그보다 더 중요한 것들이 있지요."

천천히 움직이던 면접관이 소녀의 정면에 멈춰 섰다.

"그게 무엇인지 말해보세요."

"충성심과 품위 그리고 인내심입니다."

"충성심부터 설명하세요."

"시녀는 몸과 마음을 바쳐 왕가에 충성해야 하며, 때로는 모시는 왕족을 위해 목숨을 바치기도 합니다."

"품위는?"

"시녀는 왕족의 일상을 함께하는 자입니다. 그런 시녀에게 품위가 부족하다면, 그는 왕족의 명예에 누가 됩니다."

소녀는 또박또박 잘 대답했다. 하지만 품위를 말하면서 자신의 차림새를 떠올리지 않을 수 없었기에, 입술을 꾹 깨물고 붉어진 얼굴을 조금 수그렸다.

면접관이 그런 소녀를 물끄러미 쳐다보며 물었다.

"좋아요. 그다음은요?"

세간에 알려진 답은 여기까지였다. 충성심과 품위. 오르테가 최고의 권력자 중 하나인 코델리아 시녀장이 강조하는 왕궁 시녀의 기본 소양. 이 두 가지만 말하면 기본 점수는 받을 수 있었다.

소녀에겐 그 이상이 필요했다. 그래서 이 대면 면접이 아주 중요했다. 여기서부터 면접관들이 주는 가산점과 특별 임명권이 발동되기 때문이다.

'여기서 떨어지면 끝장이야.'

소녀는 짧게 심호흡하고 마지막 질문에 대답했다.

"왕궁은 무섭고 위험한 곳이라 들었습니다."

암암리에 퍼진 이야기였다.

"사람이 사람을 믿지 못해 불신이 팽배하고, 그 안에서 상처받은 자들이 드러내 눈물짓지 못해 가슴부터 썩어가는 곳. 왕궁에 깔린 한숨은 철보다 무겁고, 시녀들의 눈물이 강이 되어 흐른다고요."

면접관이 입을 다물었다. 다른 사람들도 마찬가지였다.

"하여, 왕궁 시녀에게 가장 필요한 덕목은 인내심이라고 생각합니다."

소녀의 말은 자칫 왕궁을 악마들의 소굴인 양 비난하는 것처럼 들릴 수도 있었다. 그러나 아무도 멈추라는 말을 하지 않았기에, 소녀는 굴하지 않고 끝까지 말을 이었다.

"죽을 만큼 아프고 지독하게 외로워도 끝까지 견뎌내는 사람. 두려움이나 유혹을 마주하고도 말없이 눈 감을 줄 아는 사람. 참고, 참고 …… 또 참을 수 있는 사람."

그게 바로 훌륭한 시녀의 덕목이다. 소녀가 설명을 마치자 면접관이 물었다.

"당신은 그 마지막 조건에 부합하는 사람입니까?"

"네."

"왜 그렇게 생각하지요?"

"가진 게 없어서요."

"뭐라고요?"

"저는 돌아갈 집이 없어요. 가진 게 없으니 잃을 것도 없고, 기댈 사람도 없어요."

소녀는 가난한 사람이었다.

"아카데미를 졸업할 수 있었던 건 익명의 후원자로부터 장학금을 받았기 때문이에요. 졸업과 동시에 기숙사를 나왔지만, 갈 데가 없었어요. 제 출신 때문에 아무 데서도 저를 받아 주지 않았거든요."

"지원자."

"저는 어릴 때 노예선에서 구출되었고, 보육원에서 자랐어요."

시험장에 묵직한 침묵이 가득 찼다. 다른 지원자들이 질문에 대답했을 때는 짧게나마 조언을 해주거나 웃음을 보이던 면접관들이 모두 굳은 얼굴로 입을 다물고 있었다.

질문을 던졌던 면접관이 등을 돌렸다.

"시험은 끝났습니다."

소녀는 대면 면접을 통과했다.

마지막 날 제일 늦은 시간에 지원서를 넣은 데다 차림새에 심각한 문제가 있었는데도, 면접관들은 그녀를 합격자 명단에 넣어주었다.

솔직히 의외였다. 원서를 넣고도 진짜 합격할 거라곤 생각하지 않았던 탓이다. 왕궁 밖으로 쫓겨나지나 않으면 다행이었다.

소녀는 한때 노예였고, 그것 때문에 어디에서도 환영받지 못했다.

"이쪽이란다."

소녀는 한 시녀의 안내를 받아 교육관으로 향했다. 면접관이 소녀의 차림새를 지적했을 때 그냥 준비된 질문부터 하라고 말했던 시녀였다. 그녀는 그때 멀리 떨어진 의자에 혼자 앉아 시험장을 내려다보고 있었다.

높은 사람이겠지. 밉보이면 안 되니까 함부로 입을 열지 말자. 그렇게 다짐한 소녀가 입을 꼭 다물었다.

앞서 걷는 시녀에게선 시원하고 기분 좋은 향기가 났다. 왕궁 시녀들은 다 기숙사 사감 선생님처럼 올림머리에 목까지 올라오는 원피스만 입는 줄 알았는데, 그녀는 긴 머리카락을 자연스럽게 풀어 내리고 진주색 드레스에 화려한 허리띠를 하고 있었다.

"기본 교육 과정이 끝나면 인력이 부족한 곳에 배정될 거야. 시녀라고는 해도 왕궁 살림이 어떻게 돌아가는지는 알고 있어야 하니까,

일을 게을리하지 말렴."

"네, 명심하겠습니다."

"공교롭게도 지금 제일 인력이 부족한 곳은 코델리아 시녀장이 일하는 본성인데, 견딜 수 있겠어?"

"할 수 있어요."

"그래, 응원할게."

시녀의 목소리엔 은근한 웃음기가 배어 있었다.

소녀는 그녀가 자신을 비웃는 걸지도 모르겠다고 생각했다. 애송이 주제에 감히 코델리아 시녀장의 본성에서 살아남을 수 있을 것 같으냐고, 우습게 여기지 말라는 경고일지도 모른다.

함부로 입을 열지 말자. 그냥 고분고분하게 구는 거야. 소녀는 또한 번 그렇게 다짐했다.

그런데 교육관 안에 있는 숙소에 들어가자마자 두 번이나 다짐했던 게 무색하게도 작은 비명을 내지르고 말았다.

"우와……!"

새하얀 커튼이 휘날리는 예쁜 방이었다. 폭신한 침대와 커다란 책상, 책장엔 소녀가 익혀야 할 왕궁 예절과 역사서 등이 빽빽하게 꽂혀 있었다.

"씻고 옷부터 갈아입어야겠구나."

소녀를 안내해준 시녀가 옷장을 열어 진주색 원피스를 꺼냈다. 드레스에 가까운 원피스였다. 새 속옷과 구두, 허리띠까지 맞춰 꺼내 놓은 그녀가 소녀에게 말했다.

"내 이름은 율리아 아르테야."

"네? 율리아…… 아르테 님이요?"

소녀가 멍하니 입을 벌렸다.

율리아 아르테.

오르테가의 보옥.

햇살을 등지고 선 율리아의 모습은 소녀가 매일 기숙사 침대 머리맡에 붙여놓고 바라보던 그림 속의 그녀와 똑같았다. 삼류 화가에게서 산 초상화였기에 이목구비를 알아볼 수는 없었지만, 분위기만은 그대로 닮아 있었다.

어쩐지 눈물이 날 것 같았다.

내가 얼마나 당신을 선망했는지 모를 거라고, 당신처럼 되고 싶어서 죽도록 공부했다고. 나 같은 아이들에게 학비를 보내주던 익명의 후원자가 왕궁 시녀들이라는 걸 알게 됐을 때부터 얼마나 여기 들어오고 싶어했는지.

"율리아 님처럼 브레웨 훈장을 받고 싶었는데……."

소녀가 결국 눈물을 떨구었다. 뚝 떨어진 제 눈물을 보고 지레 놀라 더러운 소매로 벅벅 문질렀지만, 목소리가 형편없이 떨려 울음을 감출 수 없었다.

— ◆ ◆ ◆ —

"좋겠네. 추종자도 생기고."

코코가 퉁퉁 부은 눈 위에 얼음주머니를 올리고 투덜거렸다.

"배은망덕한 것! 학비는 내가 대줬는데 왜 율리아처럼 되고 싶다는 거야? 이왕 선망의 대상으로 삼으려면 날 골라야지. 내가 이 왕궁에서 제일 높은 시녀인데!"

"코코, 꼴사나워요."

"뭐? 인내심? 시녀들의 눈물이 강이 되어 흐른다고? 이 안에서 십 년만 썩다 보면 영혼이 메말라서 눈물은커녕 땀도 안 난다고 말해줘 야겠네. 갠 어디서 그런 걸 주워들었대?"

"그거 다 코코가 쓴 자서전에 있던 말……."

"닥쳐. 그 계집애는 기본 교육 과정 끝나자마자 알렉사 보조로 넣 어버려."

율리아가 의외라며 물었다.

"왜요? 코코가 데려다 가르치려던 거 아니에요? 브레웨 아카데미 성적표 보고서는 꼭 합격시키라고 당부했잖아요. 그 덕분에 바빠 죽 겠는데 면접 시험장까지 다녀왔단 말이에요."

"알렉사한테 필요한 애니까."

코코가 율리아에게 보고서 하나를 보여주었다. 최근 외성 관리를 맡게 된 알렉사가 올린 정기 보고서였다.

"음."

율리아가 터지려는 웃음을 꾹 참고 보고서를 훑어보았다.

글씨는 엉망진창에 꼭 필요한 수치만 대충 휘갈겨 써놓은 게, 꼭 게 으른 기사단장이 부하한테 일 시킬 때 건네는 쪽지 같았다.

"갠 보조가 필요해. 똘똘하고 글씨 잘 쓰고, 일 잘하는 보조."

코코가 얼음주머니를 얼굴에서 떼어냈다. 하얀 얼굴이 잠깐 빨갛 게 보일 정도로 찜질을 했더니 부기가 조금 가라앉았다.

"눈은 왜 그렇게 부은 거예요?"

"어젯밤에 술을 좀 마셨더니……."

"누구랑요?"

"티타니아."

율리아가 짧게 신음했다. 일에 지친 레위시아가 여장하고 코코를 꾀어내 밤새 유흥을 즐긴 모양이었다.

"변장이라도 하고 다니셔서 다행이라고 해야 할지."

"은퇴하겠다고 했더니…… 죽을 때까지 마실 기세였어."

코코가 얼음주머니를 내려놓고 한숨을 내쉬었다.

코델리아 힌치는 얼마 전 아버지로부터 정식으로 가문의 후계자가 되어달라는 요청을 받았다. 힌치 백작은 남부 독립 전쟁과 상인연합 재건 등의 공로를 인정받아 후작 작위를 받았고, 오르테가 최고의 귀족 가문이 된 만큼 후계자가 절실했다.

"완벽하게 잘 자란 자식이 있는데, 왜 다른 데서 후계자를 데려다 키워야 하냐고……."

맞는 말이었다. 코코도 아버지의 마음을 이해했다. 그래서 그녀는 한동안 밤잠을 설쳐가며 고민에 고민을 거듭했다.

"율리아."

"네."

"너는 내가 어떻게 했으면 좋겠어?"

코코가 정말 모르겠다고 중얼거렸다. 부은 눈에 다시 얼음주머니를 올린 그녀가 끙끙 앓는 소리를 냈다.

창가로 다가간 율리아가 밖을 내다보았다.

가을에 오르테가로 다시 돌아온 그녀는 겨울을 지나 또 한 번의 봄을 맞이하고 있었다.

아름다운 왕궁 정원에 꽃보다 어여쁜 새싹들이 자라났다. 이름 모를 어린싹들이 봄 내음을 맡으려 빼꼼 고개를 내밀었다. 그늘진 곳엔 아직 찬 기운이 남아 살얼음이 껴 있었지만, 햇살 내리쬐는 곳마다 뾰족뾰족한 풀들이 카펫처럼 깔렸다.

왕궁에 못 보던 얼굴이 많았다. 본관 경비를 서는 병사들은 전쟁 이후 군에 지원해 수년 동안 훈련을 받은 정예군이었다. 관리직 시녀의 비중이 크게 늘고, 왕족 전담 시녀는 그만큼 줄어들었다.

궁내부의 변화가 가장 컸다. 왕궁의 살림을 맡아 하는 곳이라는 이유로 모든 일을 내밀하게 처리하던 그들은, 음침한 곳일수록 구린 게 많아 보인다는 코코의 구박에 공개적으로 조직을 개편해야만 했다.

레위시아는 좋은 왕이었다.

완벽하고 강한 군주는 아니었다. 그는 여전히 본관 문지기보다도 못한 검술 실력을 갖추고 있었고, 잠들기 전엔 매일 다른 분야의 스승을 데려다 조언을 구했다.

율리아가 레위시아를 좋은 왕이라고 생각하는 이유는, 좋은 사람들이 한데 모여 그를 도우려 하기 때문이었다.

"코코."

"왜."

"그걸 왜 벌써 고민해요. 후작님은 아직 정정하신데."

"아버지가 자꾸 내일 죽을 것처럼 엄살을 피우니까……."

"제가 코코라면 둘 다 포기하지 않았을 거예요."

코코가 들고 있던 얼음주머니를 놓쳤다. 툭 소리와 함께 떨어진 얼음주머니에서 물이 새어 나왔다.

"뭐?"

"힌치 후작님은 아직 젊어요. 브레웨 아카데미 학장님을 보세요. 여든이 넘었는데도 정정하시잖아요. 후작님께 노환이 찾아올 때까지는 왕궁 시녀장 자리를 지키다가, 그때쯤 가문으로 돌아가도 늦지 않아요."

"아버지가 고래고래 소리를 지르면서 싫어할 것 같은데."

"그런 고민할 시간에 몸에 좋은 약이나 지어드려요."

"그럴까."

"그래도 마음에 걸리면 그땐 왕국 법을 뜯어고치면 되죠. 왕궁 시녀도 한 가문의 가주 노릇을 할 수 있도록."

"그러다 우리가 다 은퇴할 때쯤에 시녀 출신 반역자가 나올 수도 있어."

"은퇴하기 전에 다시 고쳐요. 시녀는 가문을 물려받을 수 없게."

"나쁜 계집애네, 이거."

"이제 알았어요?"

다 코코한테 배운 거예요. 율리아가 웃으며 건넨 말에, 코코가 가볍게 웃음을 터뜨렸다.

"오늘 면접은 어땠니."

"그냥…… 새삼스러웠어요."

"뭐가?"

"제가 왕자궁에 처음 들어왔을 때, 코코의 심정을 이해할 수 있었달까."

"넌 진짜 이상한 계집애였어."

그날을 떠올린 코코가 동그랗게 말아놓은 머리카락을 손가락으로 매만졌다.

그녀의 머리엔 물망초 모양의 머리핀이 반짝거리고 있었다.

"율리아, 이번에 새로 들어오는 애들은 네가 교육해봐."

"제가요?"

"기본 교육 과정이 끝나면 관리직 시녀가 될지, 왕족 전담 시녀가 될지 선택해야 해. 아마 대부분은 관리직 시녀가 되려고 할 거야. 봉급이 안정적이고 권력 싸움에서 자유로운 편이니까."

"왕족 전담 시녀는 인기가 없나 봐요."

"있었지. 있었는데……."

다 떨어뜨렸다. 코코가 짜증스레 말했다.

"전부 레위시아 전하를 노리고 들어온 애들이더라고. 앵무새처럼 꾸미고 나타나서는 온종일 향수만 뿌려대니, 가르칠 수가 있어야지. 머리가 아파서 다 쫓아내버렸어. 감히 그딴 마음가짐으로 왕궁에 발을 들였냐고, 한 번만 더 내 눈에 띄었다간 육신에서 영혼을 뽑아버리겠다고 협박했더니…… 울면서 뛰쳐나가버렸어."

다시는 그때와 같은 일을 겪고 싶지 않다며, 코코가 머리를 싸맸다. 그녀의 책상 위엔 이번 수습 시녀들의 지원서가 올려져 있었다.

"얘들은 제발 그러지 않았으면 좋겠다."

면접장에서 만난 지원자들을 떠올린 율리아가 괜찮을 거라며 코코를 달랬다.

"걱정하지 마세요. 이번엔 다를 거예요."

"확실해?"

"네, 제가 보기엔……."

지원자 중 왕족 전담 시녀가 되려는 아이는 기껏해야 서너 명일 것이다. 꼬질꼬질한 교복을 입고 면접장에 나타난 아이도 거기 속해 있었다.

아카데미에서 얼마나 괴롭힘을 당했는지 물어보지 않아도 알 수 있었던, 절박해 보이던 아이.

"괜찮아 보였어요."

"그 애 말하는 거야? 내가 눈여겨보라고 했던?"

"제가 잘 가르쳐볼게요."

코코의 책상에서 지원서를 집어 든 율리아가 미소를 지우고 서류에 집중했다. 그녀의 눈빛이 순식간에 깊게 가라앉았다.

━ • ❖ • ━

"레위시아 국왕 전하께서는 시녀를 줄줄이 데리고 다니는 걸 어릴 때부터 좋아하지 않으셨어. 유모가 없으면 아무것도 못 하는 어린애 같다고 창피해하셨지."

수습 시녀들이 작게 웃음을 터뜨렸다. 그러곤 율리아의 눈치를 보며 재빨리 표정을 갈무리했다.

"나도 오해했었어. 왕궁 시녀라는 건 그냥 값비싼 찻잎이나 고르면서 왕족의 곁을 장식하는 인형이 아닌가, 비난했거든."

율리아가 수습 시녀들의 차림새를 눈으로 훑었다.

코코가 말했던 것처럼 알록달록 앵무새 같은 아이는 보이지 않았지만, 딱 달라붙는 옷을 입어 은근히 몸매를 드러내거나 코를 찌르는 향수를 뿌린 아이들이 있었다.

그녀는 코코처럼 드러내놓고 화를 내지는 않았다. 다만 생각할 거리는 던져줄 뿐이었다.

"시녀란 무엇인지, 어떤 일을 하는 사람인지. 너희들은 스스로 그 질문에 대한 답을 내려야 할 거야."

그렇게 말한 율리아가 수습 시녀들을 데리고 왕궁 정원을 가로질러 어느 궁 입구에 섰다.

아름다운 궁이었다. 한때는 오르테가 왕궁에서 가장 화려한 실내 장식을 자랑하던 곳이었으나, 최근 주인의 취향이 달라져 전보다는 훨씬 기품 있는 모습이 되었다.

"샤트린 공주 전하의 궁이야."

율리아가 수습 시녀들에게 고갯짓으로 입구를 가리켰다.

"너희는 오늘부터 열흘간 공주 전하의 궁에서 선배 시녀들과 함께 생활하게 될 거야. 왕족을 가까이에서 모신다는 게 어떤 일인지 몸으로 배우고, 마지막 날에는 공주 전하께 평가받는 시간을 가질 거고."

소풍 가듯 발랄하던 수습 시녀들의 얼굴이 삽시간에 창백하게 굳어졌다.

"저희가 바로…… 공주 전하의 궁에 들어간다고요?"

율리아 아르테가 코델리아 시녀장보다 훨씬 부드럽고 무른 사람이라고 생각한 그들은 오늘 아침까지만 해도 운이 좋았다면서 저들끼리 속닥거리고 있었다.

실제로 율리아는 코코처럼 완고하거나 무섭지 않았다. 언성을 높이지도 않았고, 어려운 과제를 안겨주지도 않았다.

그녀는 항상 물처럼 잔잔하고 평온해 보였다.

"저기, 율리아 수석 시녀님. 하나만 여쭤봐도 되나요?"

"그래."

"열흘 동안 배운 걸 공주 전하 앞에서 평가받는다는 건…… 그러니까, 저희가 또 시험을 치러야 한다는 말씀이세요?"

수습 시녀들의 얼굴에 불만이 피어올랐다. 그 어려운 시험을 통과

해서 면접까지 보고 들어왔는데, 또 평가라니. 게다가 하필이면 오르테가 왕족 중에서 가장 성격이 까탈스럽다는 샤트린 공주의 궁이라니.

"저희는 수습 기간만 지나면 정식 시녀가 되는 줄 알고……."

"그럼 나중에 관리직 시녀로 지원하면 되겠네."

율리아가 눈으로 웃었다.

"미리 말하지만, 나는 코델리아 시녀장님보다 사람 보는 눈이 높아."

"네?"

"내 마음에 들려면 아주 많이 노력해야 할 거야."

그때 공주궁 문이 열리며 샤트린의 시녀들이 걸어 나왔다. 가문으로 돌아가는 것조차 포기한 채 공주의 곁에 남겠다고 맹세한 사람들이었다.

그들은 율리아를 보자마자 자연스레 그녀에게 길을 터주며 옆으로 물러나 곱게 머리를 숙였다.

"율리아 수석 시녀님."

"다들 오랜만이야."

율리아가 그들에게 다가가 인사를 건넸다.

불만으로 가득했던 수습 시녀들의 눈이 바쁘게 움직였다. 샤트린 공주의 시녀들은 그들이 상상해왔던 완벽한 시녀의 모습을 하고 있었다. 아름다운 드레스와 고급스러운 장신구, 작은 움직임과 말투 하나하나 모두 우아했다.

공주궁도 마찬가지였다. 구두를 신었는데도 푹신하게 느껴지는 카펫과 세 겹의 커튼으로 장식된 창문, 안쪽에선 감미로운 음악이 흘러나왔다.

율리아가 샤트린의 시녀들에게 말했다.

"이번에 들어온 수습 시녀들이야. 미리 연락했듯이, 열흘 동안 여러분 밑에서 공주 전하를 어떻게 모셔야 하는지 배우게 될 거고."

"어머, 잘 가르쳐드려야겠네요."

샤트린의 시녀들이 눈으로만 웃었다.

"아주, 잘, 제대로 가르쳐드려야겠네요. 수습 시녀라니 도대체 얼마 만에 보는 새 얼굴인지 모르겠어요."

환영받고는 있는데 어쩐지 등에 소름이 돋았다. 수습 시녀들이 잔뜩 긴장한 얼굴로 한 명 한 명 이름을 말하며 고개를 숙였다.

코코가 눈여겨보았다던 소녀는 맨 뒤에 서 있었다.

동기들과 비슷한 드레스를 입었는데도 아이는 저 혼자 수수해 보였다. 귀걸이나 목걸이, 그 흔한 머리 장식조차 하나 없으니 당연한 일이었다.

면접 때 엉망진창이었던 차림새를 떠올리면 마치 다른 사람을 보는 것 같았지만, 그래도 여전히 어색해 보였다. 드레스를 입는 게 처음이라 그런 것 같았다.

소녀에게서 자연스레 시선을 거둔 율리아가 샤트린의 시녀들에게 말했다.

"열흘 뒤에 올게."

"맡겨주세요."

수습 시녀들이 매달리는 눈으로 율리아를 바라보았다. 하지만 그녀는 조금도 망설이지 않고 뒤돌아 공주궁을 떠났다.

수습 시녀들을 공주궁에 맡겨놓고, 율리아는 열흘 동안 레위시아를 보필하느라 바쁜 나날을 보냈다.

봄을 맞은 오르테가에 배가 한꺼번에 몰려와 어부들이 부두에 빈자리가 없다며 아우성이었다. 책상 위에 쌓인 탄원서를 읽던 레위시아가 번쩍 고개를 들고 말했다.

"배가 왜 이렇게 많이 오는 건데? 무역선이야 그렇다 치고, 유람선? 유람선이라고? 이것들이…… 도대체 남부에서 뭘 하려고 이 난리인 거야?"

율리아가 담백하게 대꾸했다.

"전하께 청혼하러 오는 거겠죠."

"하."

레위시아가 한 손으로 머리카락을 벅벅 긁었다.

"이 넓은 대륙에 미혼인 왕이 나 하나도 아니고, 데네브라 섭정왕도 남편 없이 혼자잖아! 카루스 그 자식도 아직 미혼이라고!"

"제독께선 약혼하셨잖아요."

"너 꼭 남의 일인 것처럼 말한다? 기분 나쁘게."

"저희 약혼이 전하의 심기를 거슬렀다니……."

"거슬렀지. 그래서 결혼은 절대 허락 안 해줄 거야. 왕궁 시녀는 왕족의 허락이 있어야 결혼할 수 있는 거 알지? 나한테 잘하라고 해. 안 그러면 평생 독신으로 살다가 죽게 만들 테다."

"진심이세요?"

"거짓말 같아?"

"그럼 오르테가 왕궁에 독신의 저주가 깃들었다고 소문이 나겠네요. 전하에서 그렇게 심술을 부리시면 카루스 님은 질 수 없다며 전하와 주위 사람들을 괴롭힐 거고, 우리는 아무도 결혼하지 못한 채 독신으로 다 함께 늙어갈 거예요."

"와, 너 요새 성격 나빠졌다?"

"여기 들어온 게 언제인데, 저도 배우는 게 있겠죠."

"누구한테 뭘 배워?"

"전하께 말로 사람 속 긁는 법을……."

레위시아가 내가 언제 그랬냐며 벌떡 일어나 따지기 시작했다. 그의 언성이 높아지자 무슨 일인가 싶어 궁금해진 보좌관들이 집무실 문을 두드렸다.

"전하? 무슨 일이십니까?"

두 번의 노크와 함께 문이 열리자, 꽥꽥 소리를 지르던 레위시아가 재빨리 근엄한 얼굴을 하고 창밖을 바라보았다.

그러곤 어조를 낮추어 말했다.

"아르테 백작의 말이 옳다."

뭐가 옳다는 거예요.

율리아가 그를 말 없이 노려보았다.

"그건 그렇게 처리하도록 하고……."

보좌관들이 저게 무슨 뜻이냐고 율리아에게 물었다. 왕이 하는 말인 만큼 중요한 명령일 거라 착각한 모양이었다.

율리아가 그들을 향해 돌아섰다. 그녀도 레위시아처럼 근엄한 얼굴이었다.

"각국에서 들어온 무역선과 유람선이 부두를 장악하고 있는 문제에 대해 의논중이었습니다. 부두 확장 공사가 마무리될 때까지는 남부 함대 기지를 일부 개방하고, 관광객들이 오르테가에서 마음껏 여흥을 즐길 수 있도록 편의를 봐줘야 한다고 말씀하셨어요."

"아!"

보좌관들의 얼굴이 밝아졌다.

"그렇죠! 왕족이나 부유한 귀족층이 오는 거니까요. 금화를 물 쓰듯이 쓰고 갈 겁니다. 우리한테는 좋은 일이고 말고요."

과연 전하의 혜안을 따라갈 수가 없다며 보좌관들이 레위시아를 치켜세웠다. 그는 괜히 아부하지 말라며 쑥스러운 얼굴로 웃었고, 보좌관들은 그런 그를 흐뭇하게 바라보곤 집무실 밖으로 물러났다.

달칵, 문이 닫히는 소리가 들리자마자 레위시아가 율리아에게 말했다.

"카루스랑 결혼해도 평생 내 밑에서 일할 거지?"

"성격 나쁘다면서요."

"그럴 리가 있나. 내 수석 시녀는 대륙에서 제일 영리하고 마음이 선하며, 선구자적 지혜를 갖춘 인재인데."

"제가요?"

"내가 가족보다 더 믿고 아끼는 사람이지. 오르테가의 보옥이라는 말도 아까워. 율리아 아르테는 남부의 구원자야!"

율리아가 집무실에서 뒤돌아 나가며 말했다.

"흠, 괜히 아부하지 마세요."

그녀의 옆얼굴이 익숙했다. 못된 고양이처럼 얄미운 미소. 남겨진 레위시아가 허탈한 얼굴로 그녀의 뒷모습을 바라보았다.

왕의 집무실에서 빠져나온 율리아는 곧장 샤트린의 궁으로 향했다. 마차를 타고 갈 수도 있었지만, 날씨가 좋아 그냥 걸었다.

지나가던 병사들이 그녀를 발견하곤 멈춰 서서 인사를 건넸다.

"아르테 백작님, 어디 가십니까?"

"공주궁에 가려고."

"마차를 불러드릴까요?"

"괜찮아."

왕궁에서 봄이 온 걸 가장 먼저 느낄 수 있는 곳은 선왕의 왕비가 기거하던 왕비궁이었다. 병사들은 그곳 정원에 노란 봄꽃이 피었다며, 결혼식은 거기서 하는 게 어떻겠냐고 물었다.

율리아는 그냥 웃었다.

카루스와 그녀가 약혼한 건 지난가을이었다.

바이칸에서 돌아온 그녀를 기다리고 있던 건 코스모스로 가득한 저택이었다. 그녀의 바닷가 저택에 색색의 코스모스가 장관을 이루고 있었다.

카루스와 코코의 작품이었다. 두 사람은 여름 동안 색이 예쁜 코스모스 씨앗을 잔뜩 모아 저택 여기저기에 뿌렸다. 꽃밭을 만들기 위해 정원사를 따로 고용하기까지 했다.

가을이 되자마자 꽃이 피기 시작했다. 율리아의 저택은 비탈진 바닷가에 세워져 있었다. 저택 입구에서부터 정원을 지나 바닷가 해변에 이르기까지 엄청난 수의 코스모스가 바람을 타고 춤을 추었다. 꽃의 파도였다.

율리아는 그곳에서 청혼받았다.

이제 네가 없으면 단 하루도 살 수 없을 것 같다는 달콤한 고백이 이어졌다. 카루스는 긴장하고 있었다. 율리아는 그의 얼굴을 멍하니 바라보다, 갑자기 울음을 터뜨렸다.

파도를 따라 물결치는 코스모스 속에 아버지의 모습이 그려졌다.

꽃 한 송이 사줄 돈조차 없던 그는 늘 길가에 핀 꽃을 한 아름 따다가 율리아에게 선물하곤 했다.

돈도 안 되는 걸 왜 자꾸 가져오냐고 구박하면, '네 엄마는 좋아했는데.'라고 말하며 쑥스러워하던 아버지.

그제야 이해가 되었다. 아버지는 어머니가 없는 세상에선 단 하루도 살 수 없는 사람이었다. 오직 율리아 때문에, 그가 사랑하는 여자가 세상에 남겨놓은 아이 하나 때문에 꾸역꾸역 목숨을 붙들고 있었다.

카루스의 얼굴에 아버지의 모습이 겹쳐졌다가, 이내 환영은 사라지고 사랑하는 남자의 얼굴만 남았다.

"날 사랑해요?"

아무리 사랑해도 그런 말로 어린애처럼 보채는 건 유치하다고 생각했는데, 자꾸만 같은 걸 물어보게 되었다. 그는 그때마다 같은 대답을 반복하면서도 조금도 지루해하지 않았다.

"이상하죠. 이렇게까지 당신을 사랑하는 내가 낯설어요. 그런 내가 점점 좋아지기까지 해요. 당신은 나를 이 세상에 발 디디게

하는 유일한 사람이에요. 나는 당신을 사랑해서 나를 이해하게
됐어요."

"율리아."

"내가 얼마나 부족하고 어린애 같은 사람인지, 당신을 사랑하
는 게 얼마나 나를 성장하게 하는지……."

당신을 사랑해서 살고 싶어졌다. 영원히 변치 않을 거라는 말로 운
명을 묶을 수 있다면 그렇게 하겠다. 말뿐인 약속은 아무것도 아니라
고 생각해 왔지만, 사랑엔 말로 하는 약속이 꼭 필요하다는 것도 이제
안다.

"우리 결혼해요."

마침내 율리아의 입에서 떨리는 고백의 말이 흘러나왔다.

카루스는 태양을 닮은 노란색 코스모스를 하나 꺾어 그녀의 귀에
꽂았다. 그러곤 다가오는 봄에 오르테가에서 성대한 결혼식을 올리
자고 말했다.

이후 두 사람이 약혼했다는 소문이 오르테가를 뜨겁게 달구었다.

코코와 레위시아는 왕궁을 개방해서 성대한 연회를 열자고 했지
만, 바이칸에서 막 돌아온 율리아에겐 산더미 같은 일거리가 기다리
고 있었다.

그래서 가까운 사람들만 초대해 작은 연회를 열었다. 율리아는 카
루스에게 붉은 산의 다이아몬드와 꼭 닮은 반지를 선물했고, 카루스
는 율리아에게 푸른 바다의 환초와 꼭 닮은 반지를 끼워주었다.

가을은 금세 지나 어느 때보다 따뜻한 겨울이 되었다. 율리아는 다시 레위시아의 수석 시녀가 되었다.

3년이나 섭정왕 데네브라의 시녀장이었던 사람을 왕의 측근으로 둘 수는 없다며 반대하는 자들이 많았지만, 율리아가 전쟁 당시 세웠던 공훈을 생각하면 공작 작위를 주어도 아깝지 않다고 레위시아가 화를 내자 조용히 물러날 수밖에 없었다.

율리아는 오래전의 마조람 후작보다 더 큰 권력을 손에 넣었다.

그녀는 견제의 대상이었으며, 두려움의 상징이기도 했다. 레위시아 국왕을 왕좌에 앉힌 장본인이자 왕궁을 움직이는 숨은 실세이며, 섭정왕 데네브라의 측근이고, 남부에서 가장 강력한 무력을 가진 무혈 제독의 연인이었다.

격변의 시기를 겪고 있는 오르테가는 그사이에 많은 발전을 이루었다. 승전 이후 대륙에서 가장 부유해진 국가는 오르테가였다.

좁은 영토에 반해 풍부한 자원과 사계절 따스한 날씨, 드넓은 영해의 소유권. 오르테가는 레위시아 국왕의 치세 아래 대륙 최고의 부국이 될지도 몰랐다.

율리아는 그런 왕국의 젊은 실세였다. 레위시아가 권력을 내려놓고 몸을 낮추는 왕이라는 점을 생각하면, 그녀는 언젠가 왕보다 더 큰 힘을 손에 쥐고 흔들 수도 있었다.

"아르테 백작."

지나가던 귀족이 율리아를 붙들고 말을 걸었다.

"조만간 결혼식을 올릴 거라던데, 그게 사실입니까?"

"어디서 들으셨어요?"

"사교계에 소문이 파다합니다. 초대장을 쟁취하려는 자들이 벌써 줄을 서고 있다던데요? 말이 나와서 하는 말인데, 저희 가문엔 당연히 초대장을 넉넉하게 보내주시겠지요?"

그는 한때 마조람 후작의 파벌이었으나 과감하게 그들을 배신하고 뛰쳐나와 레위시아의 발밑에 엎드린 자였다. 전쟁이 일어났을 때도 어마어마한 전쟁 지원금을 내놓으며 과거의 오점을 지우려 노력했다.

율리아는 그가 청한 악수를 기꺼이 받아주었다.

"다들 제 결혼식을 이렇게 기대해주시니, 열심히 준비해야겠네요."

"오르테가의 경사지요."

그녀에게 조금 더 가까이 다가온 귀족이 능청스레 속삭였다.

"후작 작위를 거절한 건 잘한 일이라고 생각합니다. 아직 젊으시니, 오래 지나지 않아 또 기회가 오겠죠. 어쩌면 오르테가에 최초의 공작이 나타날지도 모르겠네요."

"그렇게 말씀해주셔서 감사해요."

"결혼식 기대하겠습니다."

그와의 인사를 마치고, 율리아가 공주궁 앞에 섰다.

낮은 담 안쪽에서 깔깔거리는 웃음소리가 들렸다. 입구를 지키는 병사들이 그녀를 알아보곤 웃으며 고개를 숙였다.

◆━◆◆◆━◆

공주궁 정원으로 들어선 율리아의 눈에 화려한 테이블이 죽 늘어서 있는 게 보였다.

도톰한 숄을 걸친 샤트린과 시녀들이 정원에서 작은 연회를 즐기고 있었다.

율리아가 맡겨놓은 수습 시녀들은 선배들을 따라다니며 차 시중을 들었다. 제법 능숙하게 찻잎을 다루는 아이도 있었고, 긴장감 때문에 우왕좌왕하는 아이도 있었다.

샤트린이 율리아를 발견하곤 손을 번쩍 들고 흔들었다.

"율리아!"

"공주님, 뭐 하시는 거예요?"

"네 결혼식 예행연습."

왜 다들 내 결혼식 얘기뿐일까. 율리아가 샤트린의 맞은편 자리에 앉아 물었다.

"제 결혼식이 언제인데요?"

"어? 아카시아가 필 무렵이라던데?"

"누가 그래요?"

"코코가."

코코가 왜 그런 말을 했을까. 율리아가 눈썹을 가운데로 모으고 생각에 잠겼다.

샤트린이 웃으며 물었다.

"카루스 란케아도 그러던데?"

"카루스 님이요?"

"군함 하나를 아카시아로 장식하려면 얼마나 많은 꽃이 필요하겠냐고, 내 시녀장한테 물어봤대."

"언제요?"

"얼마 안 됐어."

설마 비밀이었던 거냐며 샤트린이 제 입을 손바닥으로 살짝 때렸다. 하지만 이 왕궁 안에서 이렇게 큰 행사가 비밀리에 진행될 수는 없으니, 어차피 알게 될 일이었다고 스스로 변명하기도 했다.

샤트린이 손짓으로 한 시녀를 불렀다.

"애, 거기 너. 이리 와서 손님께 차를 대접해봐."

수습 시녀 하나가 서둘러 이쪽으로 걸음을 옮겼다. 율리아와 코코가 눈여겨보았던 그 소녀였다.

소녀는 어설픈 자세로 차를 준비했다. 순서는 맞는데, 처음 해보는 티가 역력해 책을 보고 달달 외운 게 눈에 보였다.

샤트린의 시녀들은 눈을 감고도 할 수 있는 일이었다. 모든 동작이 물 흐르듯 자연스럽기도 했다.

하지만 소녀는 눈대중으로 보고 따라 했을 뿐, 아직 그들에게서 느껴지는 우아함은 갖추지 못했다.

율리아와 샤트린의 시선이 소녀의 손을 따라 움직였다.

오르테가에 하나밖에 없는 공주와 수석 시녀 율리아가 자신을 보고 있다는 생각에, 긴장한 소녀가 주전자를 쥔 손을 바들바들 떨었다.

찬 바람이 불었다. 차를 따르는 소녀의 얼굴이 창백했다. 다른 시녀들은 값비싼 숄이나 털 장식 조끼를 입고 있는데, 소녀는 드레스 위에 수수한 조끼를 두 겹 겹쳐 입고 있었다.

굳은살이 박여 거칠어 보이는 손가락엔 작은 화상 자국이 있었다. 아직 물집이 잡혀 있는 걸 보니 얼마 되지 않은 상처였다.

샤트린이 입꼬리를 한쪽만 씰룩거리며 물었다.

"네가 걔구나?"

"네?"

"수습들 사이에서 괴롭힘당한다던 아이가."

샤트린이 작게 욕설을 내뱉었다.

공주가 상스럽게 욕을 하자 깜짝 놀란 소녀가 둥근 눈을 더 동그랗게 떴다.

"출신 때문인가? 나이가 어려 철이 없는 건 알겠는데, 왕궁에 들어와서 한다는 짓이 고작 약한 아이 하나를 골라서 괴롭히는 거라고? 그러고도 시녀가 되겠단 말이야?"

율리아가 의외라는 얼굴로 샤트린을 바라보았다. 이런 일에는 별로 관심이 없던 공주가 진심으로 화를 내고 있었다.

"말해봐. 누가 무슨 짓을 했는지."

"저, 저는……."

"아주 그냥 머리채를 잡아서 가문까지 질질 끌고 갈 테니까."

소녀가 우물거리며 샤트린과 율리아를 번갈아 바라보았다. 어떻게 해야 할지 모르겠다는 얼굴이었다.

답답해진 샤트린이 한 차례 더 보챘지만, 소녀는 꿀 먹은 벙어리처럼 입을 다물고 고민에 고민을 거듭했다.

율리아가 넌지시 말을 건넸다.

"수습 시녀는 교육이 진행되는 동안 왕궁의 보호를 받을 권리가 있어. 누가 네게 어떤 방식으로든 폭력을 썼다면 우리에게 고발해도 된단다."

"수습이 아니게 된 뒤에는요?"

소녀가 물었다.

"전부 제 책임이 되나요?"

율리아가 이번에는 살짝 웃음 지으며 대답해주었다.

"왕궁 법도에 어긋나지 않는 선에서는."

상대가 명백히 죄를 짓지 않는 이상은 자신의 책임이란 소리였다.

천천히 눈을 깜박이던 소녀가 샤트린에게 푹 고개를 숙였다.

"마음을 써주셔서 감사합니다. 이건 제가 차 시중을 처음 들게 되었을 때, 아무것도 몰라서 저지른 실수예요. 앞으로는 조금 더 조심하겠습니다."

샤트린이 입을 다물었다.

"저는 괴롭힘당하지 않았어요."

소녀가 힘주어 말했다.

"제 동기들은 전부 좋은 친구들이에요."

흥미가 식어버린 샤트린이 물러나란 뜻으로 손을 흔들었다. 소녀는 공주와 율리아에게 다시 인사를 하고는 수습 시녀들이 서 있는 곳으로 돌아갔다.

수습 시녀들이 어색해하며 소녀에게 자리를 비켜주었다. 소녀와 눈을 마주치지 못하는 아이도 있었다.

소녀는 그들 사이에 난 자리로 가서 당당하게 섰다. 율리아와 샤트린을 앞에 두고서는 긴장해서 제대로 눈도 못 마주치던 아이가 동기들 사이에선 맹수와도 같은 존재감을 내뿜었다.

샤트린이 찻잔으로 입을 가린 채 율리아에게 속삭였다.

"웃기는 애네."

"코코가 점찍은 아이예요."

"조용하고 영리하길래 너랑 닮았나 했더니, 코델리아 시녀장이었나?"

"열흘 동안 어떠셨어요?"

"쟤들 중 네 명은 레위시아를 노리고 왕궁에 들어왔고, 다섯 명은 관리직 시녀가 되어서 가문에서 독립하고 싶대. 나머진 아직 결정하지 못한 것 같고…… 저 웃기는 애는 속을 모르겠어."

"흠."

율리아가 고개를 끄덕이며 저들 중 누구를 집으로 돌려보낼지 고민할 때였다.

샤트린이 은근슬쩍 다가와 그녀의 옆구리를 찔렀다.

"그나저나 결혼식 준비는 누구한테 맡길 거야?"

"네에?"

"코넬리아 시녀장은 바쁘잖아. 왕궁에서 제일 바쁜 사람이라고. 그러니까 나한테 맡겨야지! 알렉사는 결혼식 준비 같은 건 해본 적도 없을 거고 국왕 전하께 부탁할 수도 없는 일이니까, 나밖에 없어! 그렇지?"

"공주님."

"본식 드레스부터 연회용 드레스에, 초대장에 그릴 초상화 화가도 서둘러 섭외해야 하고, 연회 음식은 어떤 풍으로 할 건지……. 아! 식장에 음악은 꼭 미리 맞춰봐야 해. 소리라는 건 공간을 많이 타거든. 테이블은 요즘 유행하는 꽃무늬 레이스를……."

"샤트린 공주님."

율리아가 기어이 한 손으로 머리를 짚었다.

"다들 왜 그렇게 제 결혼식에 집착하는 거예요?"

샤트린이 눈을 희번덕거리며 좀 더 가까이 다가왔다. 어깨가 닿을 정도로 율리아에게 몸을 붙인 그녀가 욕심 가득한 목소리로 말했다.

"질 수 없어서 그래."

"그게 무슨 말씀이세요?"

"봄이 되자마자 대륙 여기저기에서 별의별 놈들이 다 온다고 하잖아. 그중 절반은 레위시아 전하께 청혼하러 오는 거고, 나머지 절반의 절반은 나한테 청혼하러 오는 거겠지. 그러고도 남는 놈들은 젊고 미혼인 권력자를 찾을 거야."

"아니, 무슨……."

발정기에 영역 투쟁하는 동물들도 아니고.

율리아가 차마 꺼내지 못한 말을 꿀꺽 삼키자, 샤트린이 그녀의 귓가에 나지막이 속삭였다.

"무혈 제독에게도 붙을 거야."

"카루스 님한테요?"

"너도 마찬가지고."

오르테가엔 미혼인 왕족이 둘이나 있다. 하물며 오르테가에서 가장 유명한 귀족인 코델리아 시녀장과 카루스 란케아, 율리아 아르테와 알렉사 콴이 모두 미혼이다.

율리아와 카루스가 약혼하긴 했지만 가까운 사람들만 참석했던 작은 행사였기에, 외국에서 오는 손님들은 그 사실을 몰랐다.

샤트린이 주먹을 꽉 움켜쥐었다.

"질 수 없지. 네 결혼식을 최대한 성대하게 열어서, 그 결혼 장사꾼들을 한 방에 퇴치하는 거야!"

"왜 하필 제 결혼식이에요."

"결혼할 사람이 너밖에 없잖아."

"다들 그동안 연애도 안 하고 뭐 했담."

"국왕 전하는 일이 많아 바쁘고, 코델리아 시녀장은 일 시키느라 바쁘고, 알렉사는 연애를 너무 많이 해서 바쁘고, 나는 왕궁 살림하느라 바쁘고……."

율리아가 데네브라와의 약속을 지키느라 바이칸에서 3년을 보내는 동안 오르테가 왕궁은 넘쳐나는 구혼자들로 하루도 조용할 날이 없었다.

그리고 그들을 상대하며 퇴치하는 건 샤트린의 역할이었다.

"난 너무 지쳤어."

샤트린이 율리아의 손을 꼭 잡더니 간절히 부탁했다.

"율리아, 내가 준비하게 해줄래?"

율리아가 대답하지 못하고 머뭇거리자 공주궁의 시녀들이 한꺼번에 다가와 그녀에게 번쩍거리는 눈빛을 보냈다. 그들의 눈에서 오랜만에 맞이하는 경사에 잔뜩 흥분한 기색이 느껴졌다.

율리아는 고개를 끄덕일 수밖에 없었다.

"알겠어요."

공주궁이 환호성으로 가득 찼다. 샤트린의 목청이 제일 컸다. 그녀는 시녀들을 꽉 끌어안고 오르테가에서 가장 아름답고 성대한 연회를 준비하자며 소리를 질렀다.

＊ • ＊ • ＊

해안가 모래밭에 한 무리의 기사들이 둥근 원을 그리며 모였다. 그들은 차가운 바닷바람에도 모두 윗옷을 벗고 있었다. 갈색으로 탄 피부에 성난 근육이 꿈틀거렸다.

"이겨라! 이겨! 쓰러뜨려!"

"그래, 거기…… 거기야! 잘한다!"

긴 나무창이 한 바퀴 돌아 모래사장을 긁었다. 허공으로 튀어 오른 모래가 비처럼 쏟아졌다. 그렇게 시야를 빼앗은 여자가 창으로 상대를 압박하기 시작했다. 그러자 목검을 든 남자가 빠르게 몸을 뒤로 물렸다.

"비겁하다!"

"비겁하긴? 여긴 모래사장이야! 허튼 소리하려거든 꺼져!"

기사들의 목소리가 우렁찼다. 그들은 반으로 나뉘어 창을 든 여자와 목검을 든 남자를 응원하고 있었다. 대련이 길어질수록 응원이 싸움으로 번지고 있긴 했지만, 내깃돈까지 거하게 걸려 있다 보니 어쩔 수 없었다.

"알렉사, 알렉사!"

"카루스, 카루스!"

분위기가 점점 과열되었다. 두 손으로 나무 창을 돌리던 알렉사가 카루스에게 말했다.

"봐주지 말고 최선을 다하시죠."

"너야말로 오늘따라 몸이 무거운데?"

"과식해서 그렇습니다."

알렉사가 웃으며 창을 휘둘렀다. 순수한 힘을 제외하면 카루스에게 무엇 하나 밀리지 않는 그녀는 오늘에야말로 승부를 결정짓겠다며 혀로 입술을 핥았다.

카루스도 마찬가지였다. 힘과 속도에서는 앞서는 게 분명한데, 무기를 다루는 기술만은 알렉사를 따라갈 수 없었던 그는 이번 대련에서 반드시 승리하려 마음먹었다.

두 사람은 거의 동시에 흰 모래사장을 밟고 달렸다. 응원하던 기사들이 괴성을 질렀다. 두 사람이 뛰어오를 때마다 모래가 튀었다. 무기와 무기가 부딪치고, 나무가 패였다.

길이가 긴 창이 카루스의 목 옆으로 들어오고, 그가 내지른 칼은 알렉사의 가슴에 닿을 듯했다.

그때 율리아가 나타나 말을 걸었다.

"두 분…… 뭐 하세요."

두 사람이 우뚝 움직임을 멈췄다.

괴성을 지르던 기사들도 입을 꽉 다물고 자세를 바로 했다. 옷도 안 입은 채 점잖은 척 율리아에게 길을 비켜준 그들이 조금씩 뒤로 물러나기 시작했다.

카루스가 아무렇지 않은 얼굴로 칼을 내리곤 알렉사에게 다가가 그녀의 어깨를 두드렸다.

"실력이 많이 늘었군."

언제 창을 버렸는지, 빈손이 된 알렉사도 그의 어깨를 툭툭 쳤다.

"제독님도 마찬가지입니다."

율리아가 한숨을 내쉬며 다가왔다. 그러곤 두 사람이 혹시 상처를 입진 않았는지 눈으로 살폈다. 다행히 작은 생채기만 나 있을 뿐, 둘 다 멀쩡해 보였다.

"할 얘기가 있어서 왔는데, 왜 이렇게 매일 싸우고 있는 거예요."

"할 얘기라니?"

"샤트린 공주 전하께서 우리 결혼식 준비를 직접 하시겠대요."

카루스가 들고 있던 목검을 툭 떨어뜨렸다. 율리아가 그를 흘겨보며 말했다.

"도대체 누가 그렇게 소문을 내고 다녔는지 모르겠네요. 그렇죠?

조용히 치르려고 했는데. 뭐라더라. 군함을 아카시아로 가득 채우려면 얼마만큼의 꽃이 필요하냐고요?"

"아니……."

"덕분에 남부가 들썩거릴 만큼 성대한 결혼식의 주인공이 되었어요."

"왜? 그게 왜 그렇게 되는데?"

"우리 결혼식으로 악귀처럼 몰려드는 구혼자들을 물리치겠대요."

"그러니까 그게 왜 그렇게 되는데?"

"구혼하려면 이 정도는 되어야 생각해보겠다는 일종의 선전포고죠."

참 샤트린다운 발상이라고, 카루스가 중얼거렸다. 화려하고 사치스러운 취향으로는 데네브라에게도 지지 않는 공주는 율리아의 결혼식으로 욕구불만을 해소하려는 게 틀림없었다.

알렉사가 이해한다며 고개를 끄덕였다.

"승전 연회조차 생략했으니 몸이 근질근질하실 겁니다. 백성들을 위한 축제는 일주일이나 진행하며 국경일로 지정하기까지 했는데, 왕궁은 조용했거든요. 코코와 국왕 전하께서 율리아가 돌아오면 생각해보겠다고 한사코 고집을 부려서……."

"어쩔 수 없네요."

율리아가 카루스에게 당부했다.

"저는 수습 시녀 교육을 맡게 되어서 당분간 바쁠 것 같아요. 카루스 님이 샤트린 공주님과 상의해서 준비해주실래요?"

"그건 어렵지 않은데……."

카루스가 저만치 멀어진 기사들을 보며 씩 웃었다.

"마침 노는 놈들도 있군."

그가 도망치는 기사들을 잡으려 걸음을 뗐다. 싸울 때는 살벌하게 그를 노리던 알렉사가 어느새 한마음이 되어 기사들을 쫓았다.

◆ ···· ◆

가뜩이나 자리 없는 부두에 거대한 유람선이 닻을 내렸다는 소식이 들렸다. 북부와 바이칸에서 온 귀족들이었다. 그중엔 후계 서열에서 밀려난 왕족도 몇 섞여 있었다.

율리아는 오랜만에 자신의 저택에서 잠들었다가 아침이 되자마자 그 소식을 들었다.

둥근 쟁반에 새 수건과 따뜻한 물을 챙겨 온 트루디가 수다스럽게 입을 열었다.

"엄청 비싼 옷을 입고, 엄청 거드름을 피우면서 내리더래요. 처음 보는 양식의 옷을 입은 사람이 많았는데, 오르테가의 따뜻한 날씨에 적응을 못 해서 지금이 이른 봄이 맞냐고 묻는 사람도 여럿 있었다고 들었어요."

"얼마나 많이 왔대?"

"수행원들까지 헤아리면 수백은 되겠죠? 고급 여관엔 이제 자리가 없어서 친분 있는 귀족들에게 별장을 빌린다나 봐요."

율리아가 침대에서 몸을 일으켰다. 하늘하늘한 침대 커튼을 손수 걷어낸 그녀가 옆자리에서 세상 모르게 잠들어 있는 카루스를 흔들었다.

"일어나요. 언제까지 잠만 잘 거예요?"

"……"

"계속 자는 척하면 혼자 왕궁으로 가서 식사할 거예요."

"왜 그러는 거야."

카루스가 마지못해 일어났다. 바쁘다며 왕궁에서 돌아오지 않는 율리아를 저택에서 매일 기다렸던 그는, 아침이 되자마자 다시 출근하려는 그녀를 이해할 수가 없었다.

"수습 시녀 교육이 그렇게 바쁘고 중요한 일이야?"

"그럼요."

"그런 건 그냥 알렉사한테 맡기지 않고."

"알렉사한테 맡겼다간 시녀들이 훈련복을 입고 연무장에서 체력 단련을 하고 있을지도 몰라요."

"코델리아 시녀장은?"

"코코한테 맡기면 전부 울면서 왕궁을 뛰쳐나가겠죠."

트루디가 까르르 웃음을 터뜨렸다. 그러고 보니 지난번에도, 그전에도 그런 일이 있었다면서. 하녀들 사이에 꽤 오랫동안 회자된 이야기라고 했다.

"어찌나 고소해하던지! 수습 시녀님들은 도대체 왜 그렇게 하녀들한테 못되게 구는 걸까요?"

"트루디, 이따가 나랑 같이 왕궁으로 가서 이번에도 그런 수습 시녀가 있는지 알아보고 와."

"맡겨만 주세요!"

트루디는 오랜만에 왕궁 하녀들을 모아 놓고 다과회라도 열어야겠다며, 간식을 챙기러 주방으로 달려갔다.

트루디가 가져온 물에 손을 뻗는 율리아에게 카루스가 다가왔다.

그는 침대에 앉은 채로 율리아를 뒤에서 끌어안았다. 그의 긴 팔이 허리를 감싸고, 그의 턱이 율리아의 어깨에 걸쳐졌다.

"넌 좀 쉬어야 해."

"내가 너무 무리하고 있다고 생각해요?"

"그렇게 물어보면 할 말은 없지만."

카루스는 율리아가 이보다 더 많은 일을 한꺼번에 해치울 수 있는 능력자란 걸 알고 있었다. 바이칸 황실에서 3년이란 세월을 보낸 그녀는 전보다 더한 괴물로 성장했다.

"수습 시녀 교육을 아무한테나 맡길 수가 없어서 그래요. 우리 왕국엔 남은 왕족이 몇 없고, 시녀는 더 없잖아요."

그렇다고 아무나 들일 수도 없었다. 레위시아와 샤트린은 아직도 그들을 이간질하려는 귀족들에게 시달리고 있었다. 2년 전 선왕의 왕비가 시름시름 앓다 죽은 뒤부터는 원로원에 남겨진 4왕자에게 접근하려는 자들도 많았다.

율리아는 텅 빈 왕궁을 채워야겠다고 생각했다.

자꾸 들러붙는 카루스를 떼어내고 왕궁에 도착한 율리아는 레위시아를 찾기 전에 수습 시녀들의 기숙사로 향했다.

건물 안으로 들어가자 그녀를 알아본 하녀들이 반갑게 고개를 숙였다. 그녀의 뒤에서 트루디가 나타나자, 하녀들은 아예 한쪽으로 쪼르르 달려가 소리 없는 비명을 지르며 인사를 나누었다.

율리아는 수습 시녀들이 아침 식사를 하고 있다는 식당으로 향했다.

안에서 잔뜩 독 오른 목소리가 들려왔다.

"그러니까 사람들이 노예 출신은 티가 난다고 말하는 거야. 아무리 잘해주려고 해도, 아무리 우리와 똑같이 생각하려고 해도, 네가 이런 식으로 나오니까!"

"내가 무슨 짓을 했는데요."

"피해자인 척하잖아. 불쌍한 척, 가난한 척, 착한 사람들의 동정심을 이용해서 뭔가를 더 얻어내려고! 그게 얼마나 비겁한 일인 줄 알아? 우리는 뭐 귀족으로 태어나고 싶어서 태어났냐고?"

"제가 노예선에 팔린 게 제 잘못은 아니죠."

"누가 그렇대? 그냥 네 말대로 동등하게 경쟁하자고. 그러자고!"

"동등?"

일대 다수의 싸움이었다. 교복을 입고 면접을 보러 왔던 소녀가 혼자였다. 소녀는 아름답게 치장한 동기들 사이에 서서 꽉 눌린 목소리로 말했다.

"나와 당신들이 동등하다고요? 그렇게 대놓고 노예 출신이란 말을 흘리고 다니면서, 동등하다고요?"

"다를 게 뭐야. 네 말대로 우리 모두 시험을 쳐서 들어온 건데."

"가문의 힘, 입김, 비싸고 명망 높은 선생님과 전직 시녀님들의 입궁 지도, 각종 뇌물에 전담 하녀들까지…… 동등하다고요?"

수습 시녀들은 아직 어렸다. 열아홉 혹은 스물. 이제 갓 성인이 된 아이들이 대부분이었다.

율리아는 식당 문에 기대 그들이 하는 이야기를 엿들었다.

한 수습 시녀가 잔뜩 비아냥거리며 말했다.

"우리가 귀족인 게 너한테 잘못이니?"

소녀는 한참 동안 아무 말도 못 하고 서 있었다. 그러다 이렇게 말했다.

"불쌍한 척한 적 없어요."

"뭐?"

"날 불쌍하다고 손가락질하고 수군거린 건 그쪽이잖아요. 쟤는 옷이 없어서 저딴 걸 입고 왔나 봐. 쟤는 시녀가 되겠다는 애가 손이 저게 뭐야. 어디서 허드렛일이라도 했나 봐. 시녀는 왕궁의 얼굴인데, 저 가난해 보이는 애를 내세우면 꼴사나워서 어떡해……. 이렇게 말했잖아요."

"내가 언제……."

"동정심을 이용해서 비겁하게 합격할 생각 없어요. 이 왕궁에 진심으로 날 불쌍해하는 사람은 하나도 없거든요."

그러자 처음 소녀에게 시비를 걸었던 수습 시녀가 픽 웃으며 말했다.

"평민은 그래도 괜찮은데, 노예는 좀 그렇지."

소녀의 얼굴이 창백했다.

"어디서 뭐 하다 굴러들어 왔는지 알 게 뭐야."

"전 노예가 아니에요. 어릴 때 노예 상인에게 붙잡혀서 노예선에 팔렸을 뿐이고, 오르테가에는 노예 제도가 없으니까……!"

"너 때문에 우리까지 격이 떨어지고 있다는 걸 알아야지!"

더 두고 볼 수 없었다.

"그만."

율리아는 일부러 소리 나게 식당 문을 열었다. 그러곤 거침없이 안으로 걸어 들어갔다. 그녀의 구두 소리가 대리석 바닥을 울리며 또각또각 소리를 냈다.

화들짝 놀란 수습 시녀들이 재빨리 허리를 숙였다. 급하게 헛숨을 들이켜거나 당황한 얼굴로 눈동자를 데굴데굴 굴리는 아이도 있었다.

소녀의 얼굴에서 오래전의 자신이 겹쳐 보였다. 다른 아이들의 얼굴에선 크리스틴과 마조람 후작 부인, 샤트린 공주를 비롯해 왕궁에서 그녀를 괴롭혔던 많은 사람이 떠올랐다.

왠지 웃음이 났다.

"왕궁의 법도를 익혀 훌륭한 시녀가 되길 바랐는데."

율리아가 노래하듯 말했다.

"입만 산 싸움꾼들이 모여 있네."

"율리아 시녀님!"

"여럿이 하나를 놓고 행패나 부리고."

언제더라. 레위시아에게 처음으로 경연장에 함께 가도 좋다는 허락을 받았을 때, 화를 내던 코코의 얼굴이 떠올랐다. 그때 그녀는 짜증을 내면서도 굳이 경연장까지 따라와 율리아에게 시비 거는 귀족 자제들을 파리처럼 내쫓았다.

요즘 의도치 않게 자꾸 코코의 심정을 알게 되는 기분이었다.

"누굴 혼내거나 편들어줄 생각은 없어."

비록 자신이 평민 출신이라 해도 마찬가지라고, 율리아가 말했다.

"그동안 내가 너희를 너무 풀어줬던 모양이야. 공주 전하의 궁에서 왕족을 모시는 법에 대해 깨닫길 바랐는데, 그것조차 실패한 것 같고."

"시녀님, 저희는……."

"샤트린 전하께서 말씀하셨지."

율리아는 웃고 있었다. 하지만 그녀의 목소리에선 조금의 웃음기도 찾아볼 수 없었다.

"국왕 전하의 눈에 들어 왕비가 되고자 하는 꿈을 꾸는 아이가 여럿, 가문에서 탈출하고자 관리직 시녀를 원하는 아이가 또 여럿, 그리고 아직 진로를 결정하지 못했다는 아이가 여럿이라고."

수습 시녀들이 찔끔해서 고개를 숙였다.

샤트린은 율리아가 맡기고 간 수습 시녀들과 함께 열흘 동안 흥청망청 놀았다. 매일 만찬을 즐기고 음악회를 열었으며, 드레스를 입혀보거나 춤을 추기도 했다.

한마디로, 왕궁에서 할 수 있는 모든 사치를 누리게 했다.

"공주 전하께서 왜 그러셨는지 알아?"

샤트린과 공주궁의 시녀들은 노련했다. 수습 시녀들을 구박하고 채찍질하는 대신 열흘 동안 향락에 빠져 살게 했다.

"분위기에 휩쓸리지 않고 시녀의 본분을 다하는 자."

옥석을 가리기 위해서였다.

"이렇게 신분 운운하면서 건달패처럼 모여 싸우는 게 시녀의 본분이야?"

"아니요."

"신분 상승하거나 가문으로부터 도피하는 게 시녀가 되려는 이유라고?"

"아, 아니요."

"그럼 왕궁에 왜 들어왔어?"

율리아가 물었다.

수습 시녀들은 대답하지 못했다. 거짓말을 하자니 너무 쉽게 간파당할 것 같고, 솔직하게 말하려니 쫓겨날 것 같았다. 솔직히 무서웠다. 무른 사람이라고 생각했던 건 커다란 착각이었다.

율리아 아르테는 그 대단했던 마조람 후작을 사형대에 세운 사람이었다.

오르테가를 지배하던 파벌 하나를 무너뜨린 잔인한 지략가.

그들은 가문에서 들었던 율리아에 대한 이야기를 떠올리곤 떨리는 심장을 가라앉히느라 무진 애를 썼다.

율리아가 다시 물었다.

"왜 왕궁에 들어왔는지 말해봐."

"저는……."

그때 식당을 가득 채운 불편한 침묵을 뚫고, 따돌림당하던 소녀가 말했다.

"거울이 되려고 왔어요."

분노로 꽉 눌려 있던 목소리가 어느새 평상시처럼 돌아와 있었다. 창백했던 얼굴도 발그레했다. 율리아를 바라보는 눈동자에 그녀를 동경하는 마음이 그대로 드러났다.

"거울?"

소녀 특유의 맑은 목소리가 율리아의 귓가를 울렸다.

"빛을 비추면 더 환한 빛으로 돌려주고…… 귀한 사람은 귀하게, 추한 사람은 추하게 비춰주는 거울이요. 왕궁 시녀는 그런 존재라고 들었어요. 왕족을 왕족답게, 왕궁을 왕궁답게 비추는 거울."

소녀가 그렇게 말하곤 먼저 고개를 숙였다. 방금 식당에서 일어난 일은 모두 제 잘못이라며, 너그러이 용서해달라고 간청했다.

"용서해주세요, 율리아 시녀님."

다른 수습 시녀들도 뒤늦게 소녀를 따라 고개를 숙였다.

그날 율리아는 수습 시녀들에게 오르테가 왕실 역사와 전통, 예법 등을 직접 가르쳤다. 그녀가 알려주는 건 무척 어렵고 난해한 것들이었다.

율리아는 수습 시녀들이 수업 내용을 따라오지 못해도 봐주지 않았다. 같은 내용을 두 번 설명해주지도 않았다. 대신 그와 관련된 책을 각자의 기숙사 방에 가져다 두도록 했다.

"시녀님, 이것도 시험에 나오나요?"

한 아이가 물었다. 율리아는 빙그레 웃으며 고개를 저었다.

"시험을 어떤 식으로 치르게 되는지는 안 알려줄 거야."

"네에?"

"대신 너희들이 기본 교육 기간을 무사히 통과하면 어떤 상을 받게 될지 알려줄게."

마침 이번 봄에 예정된 행사가 있었다.

"너희는 내 결혼식 연회에서 각국에서 온 사절들을 안내하는 역할을 맡게 될 거야."

"네? 결혼식이요?"

긴 수업으로 축 처져 있던 수습 시녀들의 분위기가 반짝 살아났다. 아이들은 결혼식이라는 말을 듣자마자 볼을 발그레하게 물들이며 그녀에게 이것저것 물었다.

드레스는 누구한테 맡길 건지, 결혼식은 어디에서 할 건지, 국왕 전하께서는 허락하셨는지.

꼭 제 일처럼 흥분하며 설렘을 느끼는 아이들을 바라보며, 율리아가 꿍꿍이 가득한 미소를 지었다.

결혼식 준비는 차근차근 진행되었다. 연회 전문가인 샤트린과 남다른 도량을 가진 카루스, 시녀가 된 뒤 처음으로 연회 준비를 해보는 알렉사가 손을 잡고 종횡무진 뛰어다녔다.

결혼식 장소는 카루스의 주장대로 거대한 군함을 나란히 세워놓은 선상으로 결정되었다. 오르테가는 어부들을 시작으로 해상 무역이 발달해 이루어진 국가이기에, 그의 선택은 많은 사람을 기쁘게 했다.

수백 장의 초대장이 만들어졌다. 열 명이 넘는 화가가 초대장 제작에 매달렸다. 진주색 카드에 두 사람이 서로를 바라보는 실루엣이 그려졌다.

율리아의 결혼식 드레스는 코코가 직접 수배한 디자이너가 맡았다. "오늘은 드레스 가봉이 있어서 바쁘니까 미리 연습할 겸 너희끼리 손님을 맞이해봐."

"저희도 시녀님 결혼식 드레스 보고 싶은데……."

"어차피 결혼식 날 보게 될 텐데, 뭐 하러?"

"그래도 먼저 보고 싶어요!"

수습 시녀들은 율리아를 무서워하면서도 좋아했다. 교육 일정을 촘촘하게 짰더니 한 사람을 따돌리거나 괴롭힐 시간이 없어져서인지, 분위기도 전보다 훨씬 좋아 보였다.

코코가 눈여겨보던 소녀는 조금씩 동기들 사이에 스며들고 있었다. 아직은 겉도는 느낌이 남아 있었지만, 어려운 공부를 다른 수습 시녀들에게 가르쳐 주면서 사이를 좁히고 있다고 들었다.

소녀가 물었다.

"오늘 오시는 분들은 어떤 손님이에요?"

"북부 독립 왕국에서 온 귀족들이라고 들었는데, 문화적으로 통하지 않는 부분이 많으니까 신경 써서 대화해야 할 거야."

"알겠습니다."

"내일 보자."

율리아는 수습 시녀들을 귀빈궁 입구까지 데려다준 뒤 드레스 가봉을 위해 자리를 비웠다. 그녀가 탄 마차가 멀어지는 모습을 보며, 수습 시녀들이 짧게 여러 번 심호흡했다.

"들어봐, 애들아. 이건 어쩌면 시험일지도 몰라."

한 아이가 호들갑을 떨며 말했다. 동기들의 모두 제 말에 귀를 기울이자, 아이는 잔뜩 신이 나서 촉새처럼 떠들었다.

"귀빈궁은 외국에서 온 손님들을 접대하기 위해 개방됐잖아. 여기 오는 사람들은 왕족이거나 적어도 사절의 자격을 갖춘 신분 높은 귀족일 거라고! 그런 사람들에게 왕궁을 안내하는 일이야. 거기에 우리 같은 수습 시녀를 배치했다는 게 뭐겠어?"

"시험이구나!"

"분명 감시하는 사람이 있을 거야. 안 보이는 데서 우리를 지켜보면서 점수판에 숫자를 적어 넣고 있을 거라고!"

"혹시 샤트린 공주 전하의 시녀님들일까? 율리아 시녀님은 드레스를 가봉하러 가셨으니까……."

"나 갑자기 떨리기 시작했어. 어떡하지? 손이 너무 차가워."

"난 딸꾹질이 나려고 해."

수습 시녀들이 어쩔 줄을 모르며 거울을 찾았다. 마음의 준비가 되지 않았을 때는 겉모습이라도 멀쩡해야 한다며, 차림새를 정돈하느라 난리였다.

그때 소녀가 입을 열었다.

"북부에서 누가 오든 너희보다 예쁘고 귀해 보이진 않을 테니까 염려 마요."

"어?"

"오르테가의 잘난 귀족 아가씨들은 여느 독립 왕국의 공주님보다 어여쁘고 우아하거든요. 그러니까 꼴사납게 긴장하다 실수하지 말라고."

"뭐…… 뭐야?"

칭찬은 칭찬인데 기분이 나빴다. 말투도 그랬다. 예의를 지키는 건지 아닌 건지 영 알쏭달쏭했다.

"야! 칭찬하려거든 칭찬을 하고, 욕을 하려거든 차라리 욕을 해! 그딴 식으로 말하면 헷갈려서 더 기분 나쁘니까."

동기들이 앙칼지게 목소리를 높이자, 소녀가 슬그머니 한걸음 뒤로 물러났다. 그러곤 저만치 멀리서 다가오는 마차들의 행렬을 가리키며 말했다.

"내가 뭐, 손님 오신다고요."

북부에서 온 귀족들은 오르테가의 날씨에 적응하지 못했다. 지금이 봄이 맞냐고, 저기 피어 있는 게 정말 여름꽃이 아니라 봄꽃이냐고 몇 번이나 물었다.

그들이 쓰는 언어도 알아듣기 어려웠다. 분명 같은 말을 하고 있는데, 순서가 이상하거나 억양이 달랐다. 가끔은 단어의 뜻이 다를 때도 있었다.

서로가 처음이었다. 북부의 귀족들은 오르테가에 적응하지 못해 너무 얇은 옷을 입거나, 너무 두꺼운 옷을 입기 일쑤였다. 오르테가의 시녀들은 그들이 일상적으로 사용하는 투박한 표현에 당황해 자주 얼굴을 굳히곤 했다.

그러다 결국 사건이 터졌다.

시작은 북부의 한 귀족이었다. 그는 오르테가의 풍요로운 자원과 자유로운 분위기에 취해 잔뜩 들뜬 얼굴로 왕궁을 돌아다녔다.

그러다 산책하던 샤트린 공주와 마주쳤고, 의례적인 인사를 주고받았다. 그 뒤엔 수습 시녀들과 함께 있다는 사실을 망각한 채 일행과 이런 대화를 나누었다.

"하! 저 넨장맞을 공주를 차지하는 놈은 아주 팔자가 피겠구나!"

"이봐, 자네 아들이 품기엔 썩 높은 여자야."

안내를 맡았던 수습 시녀들이 한꺼번에 얼굴을 굳혔다. 북부인이 쓰는 어휘가 워낙 투박하고 가끔은 반대의 의미를 뜻하는 경우가 있다는 건 알고 있었으나, 이번에는 도저히 못 들은 척 넘길 수가 없었다.

한 수습 시녀가 휙 뒤를 돌았다. 그러곤 그 귀족에게 떨리는 목소리로 따져 물었다.

"지금 뭐라고 하셨죠?"

"뭐요?"

"저희가 듣고 있다는 걸 알면서도 자꾸 그런 말씀을 하시는 이유가 뭔가요? 감히 저희가 존경하며 사랑하는 샤트린 공주 전하께, 지금 뭐라고요?"

"칭찬이외다!"

"칭찬이요? 희롱이 아니고요?"

"거, 내가 뭐랬다고 이러시오?"

"말을 왜 그따위로 하시냐고요!"

"뭐라고?"

귀족이 발끈 화를 냈다. 딸보다 어린 시녀에게 말투를 지적받으니 자존심이 상했던 모양이었다.

"오르테가의 시녀들은 원래 이렇게 시건방진가? 바이칸에서도 이런 취급을 받은 적이 없거늘! 귀빈을 대할 때는 서로의 문화적 차이를 껴안으라고 배우지 못했소?"

말문이 막힌 수습 시녀가 바르르 떨었다. 그게 아니라고, 그쪽이 말을 기분 나쁘게 한 거라고 항변했으나 목소리가 바들바들 떨려 조금도 위협적으로 보이지 않았다.

그때 소녀가 동기의 손을 잡아 자신의 뒤로 끌어당겼다. 그러곤 등을 꼿꼿하게 세우고, 그 귀족에게 말했다.

"문화적 차이라는 말로 무례를 포장하지 마세요. 그쪽은 감히 오르테가의 공주 전하를 실없는 농담거리로 삼았고, 내 동기는 해야 할 말을 했어요."

분위기가 점점 험악해졌다. 그쪽에서도 귀족의 동료들이 그의 팔을 잡아당겼다. 하지만 잘못한 건 아직 철없는 너희 시녀들이라며, 먼저 사과하라고 타일렀다.

"농담거리로 삼은 게 아니라 칭찬한 거요. 이분은 북부의 어른인데, 그냥 잘못했다고 하면 넘어가주실 테지. 응? 원래 이럴 때는 어린 사람이 숙여야 하는 거야."

"어른의 잘못을 젊은이에게 뒤집어씌우는 게 북부의 문화인 모양이죠?"

"뭐라고?"

"그렇다면 잘못했네요. 그쪽 어른의 잘못이지만, 새파랗게 어린 제가 사과할게요."

소녀의 눈에서 차가운 안광이 뿜어져 나왔다.

드레스는 정말 아름다웠다. 어쩐지 코코의 취향이 진하게 묻어 나오는 것 같았지만, 율리아는 모르는 척 기쁘게 고개를 끄덕였다.

여러 사람이 달라붙어 그녀의 몸에 드레스를 맞추었다. 완성되려면 아직 시간이 더 필요하다며, 그때 또 한 번 들러서 마지막 점검을 하자고 제안했다.

"이제 끝났어?"

"힘드세요, 백작님?"

"아니. 괜찮은데…… 걱정되는 일이 있어서."

"무슨 걱정이 있어요. 이렇게 아름다운 분이 곧 결혼식을 하는데. 다른 사람들이 다 해결해줄 거예요."

"그랬으면 좋겠지만."

앳된 얼굴의 수습 시녀들을 떠올린 율리아가 웃으며 고개를 저었다. 아무래도 드레스 가봉이 끝나자마자 왕궁으로 다시 들어가봐야 할 것 같았다.

오늘 아이들이 안내를 맡은 북부의 귀족은 독립 왕국의 신흥 귀족들이었다. 그중엔 한때 용병이었던 자도 있고, 군인이었던 자도 있었다. 그들은 평화의 시대가 도래하면서 이제는 무력보다 상업에 몸을 던져야 한다는 걸 깨닫고 오르테가에 줄을 대고자 찾아온 기회주의 자였다.

예절이나 법도로부터 자유로운 편에 속해, 안심하고 안내를 맡겼는데.

'아무래도 불안해.'

수습 시녀들의 맹랑한 눈빛이 떠올랐다. 율리아 앞에서는 얌전한 강아지처럼 굴지만 돌아서자마자 앙칼진 맹수가 되던 소녀도.

"끝났습니다. 고생하셨어요, 백작님."

"고마워."

할 일을 마치고 가게를 나서려는 율리아에게 트루디가 요란하게 달려왔다.

"배, 백작님!"

불길한 예감은 왜 늘 피해가질 않는지.

"왕궁에서 싸움이 났대요!"

웃는 얼굴 그대로 굳어 버린 율리아에게, 트루디가 두 눈을 질끈 감고 고자질을 마쳤다.

"수습 시녀님들이 북부에서 오신 손님들을 상대로 고래고래 소리를 지르며 싸우고 있다고……."

"마차."

"대기시켰어요!"

"따라와."

가게 문을 열고 나서는 율리아의 치맛자락이 크게 휘날렸다. 고자질하러 올 때까지만 해도 불안해 어쩔 줄을 모르던 트루디는 그제야 안심했다는 얼굴로 씩씩하게 달려가 마차 문을 열었다.

"아저씨, 빨리요! 빨리 왕궁으로요!"

율리아와 트루디가 마차에 오르고 문이 닫히자마자 바퀴가 힘차게 구르기 시작했다.

노발대발하던 북부의 귀족들은 율리아의 이름을 듣고는 갑자기 찬물을 뒤집어쓴 것처럼 얼어붙었다.

"율리아 아르테라고?"

그들은 지금까지 수습 시녀들을 상대로 싸우던 것도 잊은 채 멍하니 율리아를 뜯어 보았다. 꼭 이야기 속에만 나오는 사람을 실제로 마주한 것처럼 얼떨떨한 얼굴이었다.

수습 시녀 중엔 울음을 터뜨린 아이도 있었다. 무리를 지어 자신을 보호하는 물고기처럼 한데 모여 서로를 지키던 아이들은 율리아가 도착하자마자 슬금슬금 그녀의 곁으로 가더니 눈물을 닦으며 자세를 바로 했다.

위로해줄 법도 한데, 율리아는 아이들에게 눈길 한 번 주지 않았다. 그녀는 그냥 북부의 귀족들에게 다가가 의례적인 인사를 건네곤 이렇게 물었다.

"제 제자들이 무슨 실례를 했기에 이렇게 화를 내고 계시죠?"

"제, 제자라고요?"

"오르테가의 전통 있는 가문에서 추천한 아이들이에요. 귀한 손님이시니 특별히 안내를 부탁했죠."

"크흠!"

그들은 겸연쩍어 했다. 율리아의 말에 숨은 뜻을 파악했기 때문이었다. 수습이라고 우습게 본 모양인데, 이 아이들의 가문이 얼마나 대

단한지 알지도 못하면서 손님이라는 이유로 으스대지 말라는 뜻이
었다.

"그리고."

물론 가문이 전부는 아니었다.

"제가 손수 가르치는 제자들이고요. 그러니까 아이들이 귀빈께 무
슨 실수를 했다면 제게 말씀하세요."

그들은 감히 율리아 아르테에게 언성을 높일 수 없었다. 시녀들의
잘못을 일러바칠 수도 없었다.

율리아 아르테는 북부 패전국 연합이 바이칸과의 전쟁에서 고전
하고 있을 때, 오르테가와 블라이스의 이름으로 전쟁 자금을 보낸 장
본인이었다. 심지어 바이칸의 미래를 예언자처럼 예측하고 그들에
게 정보를 공유해준 은인이기도 했다.

크세노의 바이칸을 무너뜨리고, 데네브라의 바이칸으로 다시 세
운 여자.

"사소한 오해가 있었을 뿐입니다."

뒤늦게 정신을 차린 귀족들이 한껏 긴장한 목소리로 말했다.

"저 앞에서 산책하던 공주님을 만났습니다. 그분을 만난 게 기뻐서
저도 모르게 속마음을 입 밖으로 내뱉었어요. 결혼 안 한 아들이 한
놈 있어서…… 북부에서는 아주 좋다는 말을 하고 싶을 때 나쁜 단어
를 섞어 쓰기도 하거든요. 어린 시녀님들이 오해했나 봅니다."

"오해요."

"예, 그것참…… 왕실을 사랑하는 좋은 시녀를 두셨습니다."

그들이 먼저 수습 시녀들에게 다가갔다. 그러곤 눈이 빨갛게 부은
아이를 달래며 손을 내밀었다.

아버지보다 나이가 많은 귀족이 먼저 머리를 숙이고 사과하며 악수를 청하자, 시녀들은 울먹이면서도 그들의 손을 잡았다.

"미안합니다, 시녀님들."

억지로 하는 사과이건, 입에 발린 거짓말이건 그건 중요하지 않았다. 율리아는 그들이 정중하게 사과하는 모습을 눈여겨보았다. 간신히 화를 삭이며 사과를 받아들이는 아이들의 모습도 눈여겨보았다.

■ ◆ ◆ ■

"죄송합니다."

수습 시녀들이 깍듯이 머리를 숙였다. 손님들을 다 보내고 난 뒤, 아이들은 율리아에게 사고를 쳐서 죄송하다며 용서를 빌었다.

"저희를 믿고 맡기셨는데 일이 이렇게 되어서……."

"왕궁에 오는 사람들은."

율리아가 차분하게 그들의 말을 끊었다.

"전부 감시자라고 생각해."

수습 시녀들이 입을 꼭 다물었다. 귀빈을 대접하긴커녕 말로 패싸움을 했으니, 당장 왕성에서 쫓겨나도 할 말이 없었다.

율리아가 계속 말을 이었다.

"너희의 말씨, 차림새, 눈빛과 태도. 뭘 얼마나 알고 있는지, 뭘 얼마나 배우고 익혔는지, 누구를 섬기며 누구를 위해 움직이는지. 매일, 어디에서, 누구에게나 감시를 받는다고 생각해야 해. 한 사람을 만날 때마다 한 번의 시험을 치른다고 생각해야 하고."

왕궁 시녀는 그런 사람이었다.

"왕궁을 대표하는 얼굴이라는 건 그냥 듣기 좋게 꾸며 낸 허울일 뿐이야. 너희는 이제부터 칼날 위에서 사는 거야. 중심을 잃는 순간 너희가 죽거나, 다른 사람이 죽을 수도 있겠지."

"……명심하겠습니다."

아이들은 쫓겨날까 봐 겁을 먹은 상태였다. 율리아가 그들을 데려온 곳은 넓은 응접실이었는데, 한쪽 구석에 옹기종기 모여 저들끼리 손을 꼭 잡고 있었다. 어깨가 겹치도록 가까이 붙어서는 누구 하나 나서지도 못한 채 울상을 지었다.

아이들이 괴롭히던 소녀도 그 한가운데에 껴 있었다.

늘 겉돌기만 하던 소녀가 무리의 중앙에서 동기들의 손을 꼭 잡고 있었다. 소녀를 밀어내는 아이는 없었다.

소녀의 오른손은 노예 운운하던 귀족 아이가, 왼손은 크게 말다툼을 했던 아이가 잡았다. 그게 무슨 구명줄이라도 되는 것처럼 꼭 잡고 놓지 않았다. 누가 보면 살벌하게 싸우던 앙숙이 아니라, 둘도 없는 벗이라고 여겼을 것이다.

율리아는 결국 참지 못하고 웃음을 터뜨리고 말았다.

봄바람 같은 미소였다. 잔뜩 긴장했던 아이들이 멍하니 고개를 들고 율리아를 바라보았다. 그녀는 고개를 반쯤 돌린 채 어깨를 떨며 웃었다.

소녀가 망설이다 물었다.

"시녀님?"

율리아가 고개를 끄덕이며 대답했다.

"잘했어."

"네?"

"하녀들한테 다 들었어. 내 전속 하녀는 왕궁 안에 모르는 사람이 없거든. 손님들의 무례를 당당하게 지적한 것도 모자라 샤트린 전하의 명예를 지켰다고 하던데?"

수습 시녀들이 어색하게 눈을 깜박거렸다. 믿을 수가 없었다. 크게 혼이 날 줄로만 알았는데, 칭찬을 듣다니. 눈동자에 눈물이 빠르게 차오르더니 금세 울먹거리기 시작했다.

"모시는 왕족을 대신할 때는 절대 굽히지 않는 거야. 잘했어."

"시녀님⋯⋯!"

"너희는 전부 합격이야."

율리아가 그들에게 다가가 자랑스럽다며 눈물을 닦아주었다.

아이들은 그제야 마음을 놓고 엉엉 소리 내어 울었다. 어린애처럼 율리아에게 안겨 우는 아이도 있었다. 저들끼리 껴안고, 서로의 팔에 매달려 울었다.

소녀도 울고 있었다.

독한 녀석이라 혼자 안 울 줄 알았는데, 양팔에 동기를 하나씩 매달고 제일 큰 소리로 울었다.

"내가 왕궁에 들어오기 위해 그동안 얼마나 힘들게 공부했는데⋯⋯ 너희 때문에 쫓겨날 뻔했어. 내가, 내가 얼마나 무서웠는데!"

"그러게 왜 나섰어. 이 멍청아! 지켜줄 가문도 없는 게! 그냥 우리 뒤에서 찌그러져 있었어야지!"

"너무 화가 났단 말이야! 제까짓 게 뭔데 우리 공주님을 노려? 제까짓 게 뭔데 우리 왕궁을 우습게 봐!"

"난 네가 제일 무서웠는데⋯⋯."

그날 이후 레위시아 국왕의 수석 시녀 율리아 아르테가 수습 시녀로 들어온 이름 높은 가문의 아가씨들을 쥐잡듯이 잡아 한꺼번에 울렸다는 소문이 퍼졌다.

또 북부의 귀족들이 그 어린 시녀들에게 크게 혼이 나, 왕궁 구경은 커녕 만찬에 초대도 받지 못하고 서둘러 궁 밖으로 나갔다는 소문도 함께 퍼졌다.

60
다시, 시작

눈을 뜨니 코앞에 카루스가 있었다.

꿈인가. 그는 결혼식 전날까지 몹시 바빠 얼굴조차 볼 수가 없었다.

어디선가 향긋한 아카시아 냄새가 나는 것 같기도 했다.

저택으로 돌아와 혼자 침대에 누웠던 율리아는 지난밤 내내 쉽게 잠을 이루지 못하고 오랫동안 뒤척거렸다.

율리아가 잠들지 못할 거라 예상한 트루디가 자정이 넘은 시간에 방으로 찾아와 뜨거운 수건으로 마사지를 해주었지만, 그마저도 소용이 없었다. 그녀는 결국 술을 두어 잔 마신 뒤에야 간신히 눈을 붙였다.

얕고 불안한 잠이 이어졌다. 꿈을 꾸고 깨고, 또 꿈을 꾸고 깨어야 했다.

처음엔 오래된 과거를 꿈꾸었다. 어릴 때 배에 팔렸던 보육원 동기들의 꿈을 꾸고, 굶주려 구걸하던 날의 꿈을 꾸고, 바실리를 동경하던 첫 번째의 율리아가 되기도 했다.

꿈은 곧 과거에서 벗어나 상상의 길에 올랐다.

보석을 삼킨 이후로는 기다리지 않았던 아버지가 갑자기 보육원에 나타나 율리아에게 용서를 빌었다. 늦어서 미안하다고, 엄마가 저 밖에서 기다리고 있다며 이제부터 우리 셋이 행복하게 살 거라고 말했다.

꿈속의 율리아는 살아 있는 아버지와 배를 타고 여행을 떠나기도 했고, 코코와 자매처럼 아옹다옹하며 살다가 힌치 백작에게 입양되기도 했다.

누가 그랬던 것처럼 오르테가 최초의 공작이 되어 국왕 못지않은 권력을 손에 넣었고, 대륙 최고의 부자가 되어보기도 했다.

상상이니까, 꿈이니까. 그녀는 무엇이든 할 수 있었다.

그렇게 생각하다 보니 다시 어릴 때의 자신이 떠올랐다. 굶주림에 지쳐 처음으로 죽은 해적의 주머니를 뒤지던 날. 구역질할 때마다 눈물이 한 주먹씩 쏟아졌지만, 율리아는 끝까지 그의 주머니를 뒤졌다.

미안하다고 계속 중얼거리면서 제발 동전 하나라도 나오기만을 빌었다.

푸른 바다의 환초가 그녀의 손에 있었다. 그때는 아주 작았을 때인데, 꿈속의 그녀는 이미 다 자란 성인이었다.

율리아는 바닷가에 서 있었다. 손바닥에 위에 올려져 있던 보석은 바다와 똑같은 색깔로 반짝반짝 빛났다.

발끝에 파도가 와 닿았다. 물이 빠지며 모래가 함께 쓸려 내려가 발가락 사이를 간질였다. 율리아는 자신의 삶이 파도에 휩쓸리는 모래와 닮았다고 생각했다.

저만치 멀어진 것 같다가도 계속 찾아와 그녀를 끌어당기는, 아홉 번의 삶.

율리아는 손바닥 위의 보석을 차가운 바닷물에 내려놓았다.

금세 파도가 밀려와 모래와 함께 보석을 삼켰다. 흰 거품이 발목을 간질이고 물러나자, 보석은 흔적도 없이 사라진 뒤였다.

안녕.

그녀는 인사하고 싶었다.

첫 번째의 율리아에게, 두 번째의 율리아에게. 세 번째와 네 번째, 다섯 번째의 율리아에게도. 여섯 번째와 일곱 번째, 그리고 여덟 번째의 율리아까지.

안녕이라고.

과거를 버릴 수는 없었다. 잊을 수도 없었다. 언젠가는 남들처럼 흘려보낼 수 있다고 약속하지도 못하겠다.

율리아는 자신의 과거를 담아 두기로 했다. 꼭꼭 담아 두고 때때로 꺼내 보면서 소중히 여길 것이다.

"마지막이니까."

눈을 뜨니 정말로 카루스가 코앞에 있었다. 그가 환히 웃으며 율리아의 이마에 키스했다. 침대 위에 어지럽게 흐트러진 그녀의 머리카락을 쓰다듬더니 잠이 덜 깬 그녀의 뺨과 콧날에, 입술에 키스했다.

"뭐가 마지막이야."

"제가…… 뭐라고 했어요?"

"마지막이라고."

카루스가 율리아를 품에 안고 일으켜 앉혔다. 그의 몸에 기대앉아 있으려니, 몽롱했던 머릿속이 점차 맑아졌다.

율리아가 그게 아니라며, 카루스에게 말했다.

"잘못 말했어요. 마지막이 아니라 시작인데."

"뭐가 시작인데."

"안 가르쳐줄 거예요."

오늘은 우리 결혼식인데 아침부터 이렇게 치사하게 굴 거냐며, 카루스가 짐짓 화난 척을 했다. 율리아는 하나도 무섭지 않으니 빨리 준비나 하러 가자고 그의 손을 잡아당겼다.

"트루디가 밤새 한숨도 못 잤대. 눈 밑이 아주 퀭해."

"아니, 자기가 왜."

"악몽에 시달렸다던데? 네가 자길 쫓아내는 꿈을 꿨대. 이제 우리가 결혼하고 나면 내가 쫓아낼지도 모르니까 이참에 새 일자리를 구해보라고 놀렸더니……"

"울렸어요?"

"흠."

"사람이 왜 그래요. 남의 하녀를 울리기나 하고."

그 당돌한 애가 울다니. 율리아가 별일이라며 혀를 찼다.

아래층으로 내려가자 정말로 눈이 토끼처럼 빨개진 트루디가 그녀를 기다리고 있었다.

율리아가 웃으며 물었다.

"도대체 왜 울었어? 넌 쓰지도 않은 금화가 한 상자나 있는 부자잖아. 여기서 쫓겨나도 먹고 사는 데 아무 지장 없을 텐데……"

"싫어요."

"응?"

"백작님 돌아가실 때까지 모실 거예요. 아니, 저보다 더 오래 사셨으면 좋겠어요. 제가 나중에 백작님 늙으면 병시중도 다 할게요. 그러니까 저 쫓아내지 마세요!"

"누가 쫓아낸대?"

"제독님이……!"

역시 트루디는 참지 않고 카루스를 고자질했다. 율리아가 그를 흘깃 노려보자, 더 신이 나서는 자기가 그 말을 듣고 얼마나 서러웠는지 미주알고주알 일러바쳤다.

바람이 불어 커튼이 크게 휘날렸다. 그 모습을 보고 뒤늦게 정신을 차린 트루디가 율리아에게 다가와 바깥에서 마차가 대기하고 있다고 알려주었다.

"알렉사 시녀님이 모시러 왔어요. 준비는 왕궁에서 하고, 그다음에 배로 이동할 거래요. 그러니까 어서 마차에 오르세요."

"무슨…… 시녀 결혼식 준비를 왕궁에서 한담."

"어서요, 늦겠어요!"

트루디가 율리아를 문밖으로 밀어냈다. 하얀 왕궁 마차가 그녀를 기다리고 있었다. 어디선가 진짜 아카시아 냄새가 났다.

왕궁에 도착한 뒤엔 샤트린의 궁으로 끌려갔다. 그냥 간 것도 아니고, 끌려갔다는 표현이 옳았다.

왜 이렇게까지 해야 하느냐는 율리아의 항의는 샤트린의 번쩍번쩍한 눈빛 앞에선 아무 힘이 없었다.

샤트린이 율리아를 자신의 드레스 룸에 밀어 넣으며 말했다.

"내 시녀들이 얼마나 끝내주는 애들인지 한번 겪어봐."

"네?"

"얘들아!"

공주궁의 시녀들은 이 순간이 오기만을 기다렸다며 히죽히죽 웃었다. 드레스는 이미 완성되어 도착해 있었고, 율리아는 그들에게 이끌려 안으로 들어갔다.

알렉사가 샤트린에게 다가와 말했다.

"저도 이만 준비하러 가보겠습니다."

"내가 당부한 거, 안 잊어버렸지?"

"그럼요."

샤트린의 궁에서 빠져나온 알렉사가 마차에 올랐다. 평소 같았으면 그냥 걷거나 뛰어서 갔을 텐데, 오늘은 시간이 그리 많지 않았다.

알렉사가 탄 마차는 율리아와 함께 타고 온 마차와는 다른 것이었다. 뒤에 넓은 짐칸이 따로 달려 있어 훨씬 크고 길었다.

마부가 반갑게 인사하며 말했다.

"물건은 모두 준비되었습니다. 이제 어디로 갈까요?"

"본성을 제외한 모든 궁에 한 번씩 다 들러야 해."

"예? 지금요?"

"빨리 출발하지. 시간이 별로 없어."

"아, 알겠습니다."

당황한 마부가 다급히 말을 몰았다. 마차가 빠른 속도로 다음 건물을 향해 달렸다. 알렉사는 자신의 드레스를 탁탁 털어 구겨진 곳은 없는지 확인했다. 그러곤 한쪽에 고이 챙겨 두었던 상자를 열었다.

그 안엔 공단으로 만든 파란 코스모스가 들어 있었다.

꼭 생화처럼 아름다웠다. 얇은 꽃잎은 바람이 불 때마다 춤추듯 흔들리고, 노란 수술도 꽃가루가 묻어날 것같이 어여뻤다. 알렉사가 그 꽃을 조심스레 가슴에 달았다.

"다 왔습니다, 시녀님!"

첫 번째로 도착한 곳은 수습 시녀들이 기본 교육 과정을 이수하기 위해 기거하는 기숙사 건물이었다. 알렉사가 마차에서 내리자, 똑같은 디자인의 진주색 드레스를 입은 수습 시녀들이 우르르 몰려왔다.

"알렉사 시녀님, 저희는 준비 끝났어요!"

"벌써? 결혼식까진 아직 시간이 좀 남았는데?"

"돕고 싶어서요. 돕게 해주세요. 네?"

"그럼 일단……."

알렉사가 수습 시녀들에게 마차에 실려 있는 상자를 나눠주었다. 그들은 상자 안에서 파란 코스모스 장식을 발견하곤 작은 비명을 지르며 서로의 가슴에 달아주었다.

"이걸 왕궁의 모든 시녀에게 나눠주고 와."

"전부요?"

"그래."

"맡겨만 주세요!"

수습 시녀들이 상자를 품에 안고 흩어졌다. 거리가 먼 궁으로 가는 아이는 마차를 타고, 가까운 궁으로 가는 아이는 종종걸음으로 움직였다.

바람이 불어 시녀들의 치마가 둥글게 부풀었다. 또 한 번 작은 비명을 지른 아이들이 상자를 들지 않은 손으로 치마를 꾹 누르며 각자 다른 방향으로 걸었다.

바람에 꽃잎이 날리듯 어여쁜 광경이었다.

해가 머리 위 하늘에서 살짝 기울었을 무렵, 율리아 아르테와 카루스 란케아의 결혼식이 시작되었다.

율리아는 왕궁에서 샤트린 공주과 함께 마차를 타고 이동했다. 준비를 마친 레위시아와 코코가 그녀의 옆자리를 차지하려 작은 소란을 피웠지만, 결혼식을 준비한 건 샤트린이었기에 양보할 수밖에 없었다.

그렇게 마차를 타고 바닷가로 이동한 뒤엔 꽃으로 장식된 나룻배를 타고 군함을 향해 움직였다.

새파란 바다 위에 거대한 군함이 나란히 서 있고, 희고 작은 나룻배가 율리아를 실어 날랐다.

수많은 사람이 율리아를 바라보았다. 부둣가엔 두 사람의 결혼을 축하하러 나온 오르테가의 백성들이 장사진을 이루고 있었다.

얇고 긴 치마가 바람에 휘날렸다. 두 겹, 세 겹으로 휘날리며 둥글게 부푼 치맛자락은 그녀를 바다 위에 내려앉은 새처럼 보이게 했다.

율리아가 탄 배가 군함에 닿자, 백성들이 한꺼번에 소리를 질렀다.

꽃으로 장식된 밧줄이 내려와 작은 배를 통째로 들어 올렸다. 카루스가 율리아에게 손을 내밀고 있었다.

율리아가 그의 손을 잡았다.

와아아아!

이번엔 군함 위에서 환호성이 쏟아졌다. 카루스의 부하들이 절도 있는 동작으로 두 갈래로 나뉘어 길을 만들었다. 그들 사이사이엔 똑같은 디자인의 드레스를 입은 왕궁 시녀들이 가슴에 파란 코스모스를 달고 서 있었다.

꿈처럼 아름다운 광경이었다. 파란 하늘과 흰 구름, 파란 바다와 흰 파도, 그리고 파란 코스모스를 달고 있는 하얀 옷의 시녀들.

왕궁 시녀들이 치마를 두 손으로 잡고 율리아를 향해 살짝 무릎을 굽혔다. 왕족을 제외한 사람에게 할 수 있는 최고의 예우를 보이며 그녀를 마중했다.

율리아는 카루스의 손을 잡고 그 길을 따라 걸었다. 그녀가 지나갈 때마다 시녀들이 축하한다고 속삭였다. 수습 시녀들도 눈물 그렁그렁한 얼굴로 율리아를 바라보았다.

카루스가 웃음을 터뜨렸다.

"왠지 널 빼앗아가는 나쁜 놈이 된 기분이야."

길 끝 단상 위에 레위시아가 서 있었다. 그의 곁엔 코코와 알렉사가 서 있었다.

코코의 눈에 눈물이 가득했다. 용케 떨어지진 않았지만, 툭 치면 와르르 쏟아질 것처럼 아슬아슬했다. 레위시아도 크게 다르지 않았다. 그의 눈이 발갛게 달아올라 있었다. 알렉사는 두 사람이 울까 봐 제가 더 불안해하고 있었다.

아홉 번째의 율리아가 결혼을 한다.

율리아의 눈에도 물기가 고였다. 지금까지는 아무렇지도 않았던 결혼식이 갑자기 커다란 의미가 되어 다가왔다.

행복했다.

어쩌면 나는 이 순간을 위해 그렇게 많은 과거를 짊어져야 했던 게 아닐까.

이 사람들을 만나기 위해 그렇게 오래 떠돌아야 했던 게 아닐까.

잊히기 싫어서 누구와도 마음을 나누지 않았는데, 너무 깊은 마음은 결국 인연이 되고 운명으로 남는 게 아닐까.

"진짜 시작이에요."

율리아가 조그맣게 속삭였다. 자신에게 하는 말이 아니란 걸 깨달은 카루스가 아무 말 없이 그녀의 손을 감싸 쥐었다.

먼 길이었다.

눈보라 치는 산에서 여기까지.

그리고 이제는 정말 알 수 없는 미래를 향해.

율리아가 크게 심호흡하고 한 걸음을 내디뎠다. 그녀를 따라 카루스도 한 걸음을 내디뎠다. 연회의 시작을 알리는 음악과 함께 터질 듯한 환호성이 쏟아졌다.

오르테가의 봄이었다.

나쁜 시녀들 5

ⓒ 자야

2024년 5월 10일 초판 1쇄 발행

지은이 자야
펴낸이 김재범
펴낸곳 (주)아시아
출판등록 2006년 1월 27일 제406-2006-000004호
주소 경기도 파주시 회동길 445 (서울 사무소: 서울특별시 동작구 서달로 161-1, 3층)
전자우편 bookasia@hanmail.net

ISBN 979-11-5662-707-4 04810
      979-11-5662-697-8 (세트)